I0730989

Lord Desesperado

SERIE
LORES MALDITOS 1

SYDNEY JANE BAILY

cat whisker press
Boston

cat whisker press, Boston, MA
1º Edición Impresa en Español
Copyright © 2022 Sydney Jane Baily
Traductora: Helena Ramos

ISBN: 978-1-957421-06-3

Título original: Lord Despair

Gracias por comprar esta novela

Dedicatoria

A PTPR
Hasta que llegue a ti, estaré demasiado lejos

Agradecimientos

Gracias a mi madre por estar ahí.

Prólogo

1847, Belton Manor, Sheffield, Inglaterra

Simon contempló la oscuridad y sintió una oleada de satisfacción. No había ni una pizca de luz. Así era como le gustaba. El día o la noche no suponían ninguna diferencia para él. Ni tendría por qué. A la agonía que invadía su mente no le importaban cosas como la salida o la puesta del sol. Solo la entrada de sus sirvientes con una bandeja llena de comida o, mejor aún, con brandy francés, perturbaba su rutina. Un rayo de claridad atravesaba la infinita negrura cuando estos abrían la puerta con suavidad y depositaban su ofrenda casi sin hacer ruido sobre la mesa.

De vez en cuando llegaba el médico infernal, si es que en realidad lo era, con sus tonterías sobre el aire fresco, los paseos y la toma de gotas de láudano para calmar su estado de ánimo. De manera exasperante, el hombre dejaba la puerta abierta de par en par para poder ver mejor a su «paciente», como llamaba a Simon, quien no se sentía nada enfermo.

El último tratamiento novedoso aconsejado por el curandero fue la hipnosis, sugerencia que fue recibida por parte del falso enfermo con un grito de rabia echándolo de la casa.

El hombre salió huyendo, y con razón. Tal vez, sería inteligente y no volvería nunca. Por suerte, alguien cerró la puerta tras él, y el mundo de Simon se sumió de nuevo en una absoluta oscuridad.

De vez en cuando, si no podía concentrarse en el juego de ver a través de las sobras, sus pensamientos se desviaban hacia Toby. El querido primo Tobías. Lo habían descuartizado y dado de comer a los pájaros ante los ojos de Simon.

No fue una forma de tortura. No, Toby ya estaba muerto cuando empezaron a cortarlo en trozos, se había desangrado en la celda antes de que arrastraran su cuerpo al sucio patio y lo hicieran pedazos, pero no fue un castigo, sino una advertencia a Simon y a los otros dos desventurados reclusos del terrible destino que les esperaba si se salían de la línea, como había hecho Toby. Este había pedido otro sorbo de agua, según recordaba Simon. El guardia se ofendió y lo atravesó con su sable.

Aquello sacudió a Simon hasta la médula. Él y su primo habían pasado por muchas cosas juntos. Habían crecido tan unidos como si fueran hermanos y, por eso, cuando Toby anunció su intención de luchar por la reina y la patria, Simon sintió que también era su deber hacerlo, aunque pensara que la causa del conflicto birmano era el comercio de la madera de teca y el beneficio que reportaba, y no un ideal patriótico. Sin embargo, era imprescindible vencer a los franceses para evitar que realizasen alguna incursión en las posesiones imperiales de la reina Victoria.

Después de haber librado docenas de batallas, ambos al mando de tropas indias, acabaron como prisioneros en la misma celda birmana olvidada de Dios. Se habían cubierto las espaldas el uno al otro durante tanto tiempo, que a Simon le resultaba ahora imposible que aquel hombre, que siempre había estado en su vida, inteligente, amable y feroz como el infierno cuando era necesario, ya no volvería a formar parte de esta.

Ya nada tenía sentido. Su vida no tenía sentido, y tampoco preocuparse por ningún motivo. No encontraba ninguna razón para que algo le importase lo más mínimo, excepto esperar a la muerte, que era lo que Simon había hecho hasta que un día, por un milagro, o quizá por desgracia, la puerta de su celda se abrió de repente.

¡Rescate, libertad, condenación eterna!

¿Cómo iba a volver a esa vida de lujo y comodidades? ¿Cómo iba a beber té y sentarse a la mesa con gente civilizada, cuando sabía que el ser humano podía alcanzar ese nivel de crueldad?

¿Cómo podría olvidar los ojos vidriosos de Toby?

¿Cómo podría cerrar los párpados y dormir?

Simon no podía hacerlo, al menos, no de forma voluntaria. Luchaba contra el sueño cada noche, y a veces perdía la batalla. Se sentaba en la oscuridad y no dejaba que su cuerpo o su mente supieran si era la hora de la vigilia o del sueño.

Sin embargo, cuando este lo dominaba durante unos minutos, incapaz de mantenerse despierto, se desataba el infierno. Las batallas, el salvajismo y los ojos de Toby eran sus pesadillas. Y la celda infestada de ratas. Siempre la celda.

¿Aún estaba en ese pequeño espacio, en el que no podía ni ponerse de pie, soñando con esta casa en Sheffield, con esta habitación en el hogar de su familia? ¿O solo estaba imaginando esta vida, que le parecía completamente irreal, y en la que sabía que ya nunca podría participar?

Simon Devere, séptimo conde de Lindsey, lo ignoraba. Pero mientras permaneciese con los ojos abiertos en medio de la oscuridad para no poder fijarse demasiado en los detalles de la habitación, entonces estaría aquí, en Inglaterra, en Belton Manor.

Capítulo 1

—No creo que pueda trabajar un día más para ese hombre. —El inesperado comentario provino de una joven en edad casadera, con el pelo color caramelo, y que lucía una expresión de desdicha en su encantador rostro.

Maggie había vuelto a casa.

Jenny se percató de la llegada de su hermana por el portazo de la puerta principal y, por lo tanto, estaba preparada para verla entrar en la habitación, arrojar sus guantes sobre el escritorio y sentarse al otro lado del mismo.

Jenny intentó evitar la exasperación en su voz.

—No trabajas para ningún hombre, que yo sepa —le dijo—. Así que, ¿de qué demonios estás hablando?

Maggie frunció el ceño, recogió unos papeles que tenía delante, los miró como si estuvieran escritos en un idioma extranjero, en lugar de ser los pagos de su pequeña casa de campo y sus tierras, y luego los volvió a dejar sobre la bruñida superficie de nogal.

—Ya sabes a quién me refiero. A lord Desesperado.

Jenny suspiró.

—Eso suena poco amable. Además, tú no estás a su servicio, sino que ayudas a esa pobre mujer, que está casi loca de dolor por la muerte de su marido. Muestra algo de compasión, Mags.

Maggie se envaró.

—Oh, lo hago, lo hago. Me siento con esos chicos a diario mientras intentan conjugar los verbos franceses y hablar con tanta fluidez como su madre. Si *lady* Devere entra en la habitación, con su rostro pálido y sus ojos enrojecidos, siempre le pregunto cómo se siente. Sin embargo, han pasado casi dos meses desde que lord Desesperado llegó a casa y trajo la noticia del fallecimiento de su primo y esposo de *lady* Devere, ¿no es así? Por no mencionar que, en realidad, lleva muerto unos dos años. Aun así, la señora llora como si lo hubiera colocado hoy mismo en el féretro y acabara de darle la última despedida.

—Tobías Devere era un buen hombre, según tengo entendido —ofreció Jenny.

Maggie asintió.

—Los niños también lloran a veces, aunque dudo que lo recuerden. Aunque sí se han dado cuenta de que su padre no va a volver. Nunca.

Jenny oyó que la voz de Maggie se entrecortaba y supo que su hermana no era ajena a la tragedia de la familia Devere, pues le traía a la memoria su propia pérdida, la de su querido, pero irresponsable padre, lord Blackwood.

—No tengo nada que hacer allí —insistió Maggie—. No quiero estar en medio de su dolor. Tengo que lidiar con el mío —añadió—. Es más, no quiero ser tutora de francés. ¿Por qué tengo que serlo? ¿Por qué no puedo quedarme en casa y ayudarte con esas cifras que estás sumando todo el día? —Señaló los libros de contabilidad y los papeles sobre el escritorio.

Jenny se encogió de hombros.

—Todos hacemos lo que podemos para ayudar a mamá. Ya lo sabes. Y tú eres tan poco apta para la aritmética como yo para el francés.

—¿Y Eleanor?

Jenny sonrió ante la idea de que su hermana menor pudiera desempeñar un trabajo remunerado.

—Si puedo encontrar una retribución económica a soñar despierta y dibujar rosas de vez en cuando, entonces tendré el empleo perfecto para ella.

Jenny extendió la mano por encima de la mesa y la puso sobre la de su hermana.

—Por favor, sigue con ello. Sé que tu salario es una miseria comparado con lo que vales, pero por ser la hija de un barón, te pagan más de lo que pagarían a un verdadero tutor o a una institutriz.

Las fosas nasales de Maggie se dilataron.

—¡Que debamos discutir sobre salarios, como... comerciantes! —Maggie se puso en pie, se dirigió al aparador y comenzó a juguetear con la jarra de brandy vacía.

A los dieciocho años, Maggie, la hermana mediana de Jenny, atrapada en el campo y sin ningún pretendiente a la vista, era muy consciente de su precaria situación. Sobre todo, por la falta de dote y porque, lamentablemente, su única temporada había sido truncada con la prematura muerte de su padre a principios de año.

Entonces, los acreedores comenzaron a llamar a la puerta. Las perspectivas matrimoniales de Jenny también se esfumaron de inmediato cuando lord Adler, un vizconde aparentemente honrado que la había cortejado y conquistado durante su segunda temporada, retiró su oferta de manera abrupta. Si su padre hubiera estado vivo, habría impugnado la ruptura del contrato verbal. Por supuesto, de haberlo estado, el vizconde no lo habría roto, en primer lugar.

Jenny se habría casado, como era su deber, y tendría que haberse sentido agradecida por tener la oportunidad de ayudar a dirigir la hacienda de lord Alder y criar a los hijos con los que ella y el vizconde hubieran sido bendecidos. Sin embargo, Jenny solo había sentido un leve interés por aquel hombre y por la idea de convertirse en su esposa.

A la muerte del barón Lucien Blackwood, su madre no estaba preparada para hacer nada más que reunir a su familia, incluidas sus tres hijas y todos los sirvientes que pudiera seguir empleando, y dirigirse a la casa de campo de la familia en Sheffield. Allí tenían muchos buenos recuerdos rodeadas de veranos calurosos y otoños frescos, al contrario que en Londres.

Y durante muchos años, cuando Jenny era más joven, los Blackwood iban a Sheffield a pasar las vacaciones de invierno. Si los Deveres estaban en la residencia campestre, celebraban una de sus legendarias fiestas de Navidad. Jenny recordaba haber ido a Belton Park y haber conocido tanto a los Deveres con título que vivían en la gran casa solariega como a sus parientes menores de Jonling Hall. De los cuales, *sir* Tobías Devere, solía ser el feliz señor.

La guerra de Birmania había acabado con todo eso. Tobías se había marchado hacía tres años para cumplir su deber con su primo Simon, el vizconde y heredero del condado. Para cuando Jenny y su familia habían llegado de Londres, ya se temía que ambos estuvieran muertos, yl a familia de Tobías Devere se había trasladado a Belton Manor.

Jenny esperaba que el motivo de su mudanza fuera poner a la viuda y a sus hijos bajo la protección del conde. Sin embargo, temía que se debiera a la presión financiera que afectaba a muchas de las grandes familias, ya que mantener las tierras y pagar a los sirvientes no era tarea fácil.

—Incluso cuando estamos pasando una tarde agradable —se lamentó Maggie—, de repente, oímos a lord Desesperado...

—Por favor —interrumpió Jenny—, deja de llamarlo así.

Más o menos al mismo tiempo que su familia se establecía en Sheffield, Simon Devere había regresado en un estado mental terrible, o eso decían los rumores, que se extendieron con rapidez entre los habitantes del pueblo. Es más, había confirmado lo peor respecto a *lady* Devere, la esposa del primo de este, nacida en Francia. *Sir* Tobías había muerto, y Simon, cuyo padre había fallecido mientras él estaba en Birmania, ya no era vizconde, sino el nuevo conde.

Un conde al que nadie había visto salir de Belton Manor desde su regreso.

—Es lord Devere, y el noble de mayor rango de este condado —le recordó a su hermana.

Jenny guardaba una vaga memoria de las pocas veces que su familia había ido a la mansión para una fiesta de

Navidad o de finales de verano. El conde tenía ojos amables y era bastante llamativo. Era mayor que ella, quizá siete u ocho años, por lo que nunca había compartido con él más que un breve saludo. Sin embargo, se había quedado con la impresión de que era cortés.

—En realidad, supongo que ahora que su padre ha fallecido, lord Devere se ha convertido en lord Lindsey.

—Bien —cedió Maggie—. El caso es que, mientras les leo un cuento los niños y les pido que presten atención al vocabulario, tenemos que escuchar a lord Lindsey gritar o dar golpes en su habitación como un jabalí herido. El abatimiento que cae sobre ellos y la pobre *lady* Devere es casi palpable. Habría sido mejor que se quedaran en Londres.

—Tal vez no tenían otra opción.

Maggie lo consideró en silencio, y luego señaló los papeles sobre el escritorio.

—¿Cómo ha ido? ¿Estamos en mejor situación que el mes pasado?

Jenny miró los números que tenía delante.

—Tu salario ayuda enormemente. —Eso era exagerar, pero cada pequeña cantidad contaba.

Maggie asintió en señal de acuerdo.

—Tu contribución es mucho mayor, estoy segura.

Jenny se sonrojó. Sí, sus habilidades contables habían aportado una buena suma, y esperaba que eso continuara, siempre y cuando los dueños de aquellos libros no supieran que era ella, una simple solterona de veinte años quien se ocupaba de su contabilidad. Se volverían locos si conocieran su identidad, una mujer sin experiencia en los negocios. A través de Henry, el criado de su padre, al que su madre se había negado a despedir tras la muerte de lord Blackwood, Jenny había conseguido ganarse la confianza de unos cuantos clientes.

Llevaba las cuentas de los comerciantes locales, así como de algunos nobles. Henry era el encargado de llevarle los libros de cuentas, y ella era el misterioso genio que determinaba la cantidad que un súbdito leal debía a la corona o tenía derecho a guardar en sus propias arcas. Si tan solo hubiera sabido las terribles circunstancias de su padre...

Gracias a su creciente clientela y al modo de vida frugal, evitaba que su madre, sus hermanas y su hogar cayeran en la indigencia. Aunque Maggie no aportaba gran cosa, la idea de que todo no recaía sobre sus espaldas reconfortaba mucho a Jenny, y así podía afrontar la considerable carga de la manutención de su familia.

Además, aunque no se lo había mencionado a Maggie ni a Eleanor, todavía les quedaba algo de dinero de la venta de su casa en la ciudad. Con esto y la bendición de su madre, Jenny estaba decidida a darles a sus hermanas la oportunidad de tener su temporada en Londres, aunque esta fuera muy corta. Sin embargo, sería imposible reunir una dote. Las dos jóvenes eran encantadoras, Jenny lo sabía, y si tan solo pudieran dejarse ver en algunos salones de baile, tendrían ocasión de conseguir un buen partido.

En cuanto a ella misma, Jenny descubrió que no le importaba el drástico cambio de estilo de vida, como había temido. Ser una solterona en Londres habría sido insoportable; habría sido despreciada y sus compromisos sociales se habrían visto severamente limitados a medida que envejecía. En el campo, tenía libertad. Ya dirigía una casa y supervisaba a sus hermanas como si fuera un hombre. Montaba a caballo cuando quería y leía lo que le apetecía, y aquí nadie la obligaba a tocar el temido pianoforte, a cantar o a bordar.

De hecho, Jenny odiaba beneficiarse de la miseria de los demás, y menos aún de la su madre y hermanas, pero su vida había mejorado. Y no había tenido que asumir el papel de esposa de un vizconde, sobre todo, como resultó evidente, el de una esposa que no era en realidad deseada. La única nube negra era la ingrata posibilidad de no casarse nunca, de no experimentar los misterios del lecho matrimonial ni de tener hijos propios.

—De todos modos, no puedo volver mañana. —La voz de Maggie la sacó de sus pensamientos.

Jenny se puso en pie.

—¿Qué estás diciendo? ¿Por qué no?

—Mamá me ha pedido que lleve a Eleanor a la ciudad para comprarle un sombrero nuevo, ya que los ha perdido todos, y unos guantes, pues ha roto su último par.

Un sombrero y unos guantes. Jenny quería gritar ante la frivolidad de aquello.

—No puedes abandonar a tus pupilos por un asunto así. No cuando se supone que estás trabajando.

Maggie levantó la mano.

—No digas esa palabra. Yo no trabajo. Ayudo a los niños Devere. Les presto mis habilidades educativas. Se me recompensa como a una dama.

Jenny suspiró. Comprendía el anatema de su hermana por haber caído de la posición superior que habían disfrutado mientras su padre vivía, pero los hechos eran los hechos.

Sin embargo, Maggie no había terminado.

—¡Hablas como si *lady* Devere pusiera monedas en mi mano!

En realidad, el pago se enviaba a través de un sirviente cada semana a la casa de los Blackwood. Ninguna sucia ganancia se dirigía directamente a su hermana. Y si Maggie iba mañana a la sombrerería de la ciudad con Eleanor, la tendera solo escribiría la suma en un papelito y se lo enviaría a Jenny de vuelta para que esta le pagara.

A Jenny no le sorprendía que la mayoría de la gente no pensase en los números. O que, como su padre hacía, no tuviese en cuenta sus deudas hasta que era demasiado tarde.

—¿Por qué no te encargas de las clases de francés y yo me encargo de Eleanor?

—Porque tengo que pasar un día lejos de ese lugar —afirmó Maggie.

—Solo es martes —señaló Jenny. ¿Cómo iba a llegar su hermana al viernes?

—No. El señor Desesperado me dio un susto hoy, y necesito un día para recuperarme. Eso es todo. —Estaba claro que Maggie no iba a echarse atrás, y si Jenny esperaba imponerse y conseguir que su hermana volviera el jueves, más le valía ceder.

—Bien. Iré a la mansión en tu lugar.

Maggie se quedó con la boca abierta.

—¿De veras? ¿Y qué harás?

Jenny reflexionó. Todo lo que sabía era que no quería dar a nadie en Belton una razón para retener los honorarios de Maggie el sábado. Sospechaba que no era *lady* Maude Devere quien pagaba, en cualquier caso, sino alguien a cargo de las arcas del conde. Obviamente, no el propio conde, ya que por lo visto no estaba en condiciones de hacer nada desde su regreso, salvo quedarse sentado en su habitación. O eso decían los chismes de los criados.

—Quizá les muestre a los niños el asombroso poder del álgebra.

Maggie no parecía impresionada.

—Sabes un poco de francés, y tu pronunciación es bastante buena, a pesar de no entender todas las palabras. ¿Por qué no les lees un cuento y tratas de no estropearlo todo demasiado? Tienen algunos libros en la pequeña sala donde nos reunimos, y en algún lugar de esa mansión hay una biblioteca.

Al día siguiente, Jenny sintió de inmediato el escozor por el rebajamiento de su familia que tanto había molestado a su hermana estas últimas semanas. Detuvo con suavidad su brillante calesa en el camino de entrada de Belton Manor, y recorrió el sendero de losas hasta la imponente escalinata de piedra. A llegar a las enormes puertas, enmarcadas por un dintel tallado y flanqueadas por columnas, anunció al sirviente con librea que era la señorita Blackwood. Este le pidió que diera la vuelta y se dirigiera a la puerta lateral. No era exactamente la entrada del servicio, pero tampoco la reservada a las visitas.

Jenny enderezó la espalda y recorrió el largo camino alrededor de la perfecta y simétrica fachada frontal de la mansión de piedra amarilla hasta el acceso que le habían indicado.

Para su sorpresa, el mismo sirviente fue quien le abrió cuando llamó a la puerta.

El hombre se encogió de hombros.

—Es como nos dicen que debe ser, señorita.

—Muy bien. ¿Dónde están los jóvenes Deveres?

—Por aquí, por favor. —El hombre alto la condujo por el pasillo hacia unas escaleras traseras, y luego por un corredor hasta una pequeña y elegante habitación, decorada en azul huevo de petirrojo, con paneles blancos y molduras en las paredes. Después, le pidió que esperase en la sala bien iluminada.

Jenny se quitó el abrigo, lo colocó sobre un asiento con brazos, y se tomó un minuto para examinar el entorno. Parecía que el espacio había sido el salón de una dama convertido en una improvisada aula escolar, con dos sillas con respaldo alto arrimadas a una sencilla mesa rectangular. Sobre ella había bolígrafos y tinta, tiza y dos pizarras, un ábaco que Jenny cogió de inmediato y una pila de finas hojas de papel.

Jugueteando con las cuentas del ábaco, Jenny se acercó a la librería, complacida al ver una gran variedad de temas, incluso novelas y algunas historias apasionantes. En ese momento, la puerta detrás de ella se abrió de golpe y entraron sus alumnos. Un niño y una niña, ninguno mayor de diez años. Se pararon en seco al verla. Al parecer, no se les había informado del cambio de tutor.

—¿Quién es usted? —preguntó el chico, sin maldad, pero sin preámbulos.

—Soy la señorita Blackwood.

—No, no lo es —dijo la chica, obviamente más joven, tal vez de unos cuatro años—. En absoluto.

—Yo soy *la otra* señorita Blackwood. Y aún hay una

señorita Blackwood más —le informó Jenny—, así como una *lady* Blackwood, que es mi madre. ¿Y vuestros nombres son?

—Soy Peter —dijo el chico.

La niña dio un paso adelante.

—Yo soy Alice.

—¿Habla francés? —preguntó Peter.

Jenny asintió, sin confesarle lo oxidado que estaba su dominio del idioma. Luego miró por encima de sus hombros, pero por lo visto no había nadie más. Ningún adulto para impartir las lecciones de la tarde. ¿Quién les enseñaba otras materias además del francés?

—¿Tenéis otros tutores además de la señorita Margaret? Peter asintió.

—El señor Cara de Queso me enseña matemáticas y escritura.

—¿El señor Cara de Queso? —repitió Jenny.

El chico sonrió y asintió, y entonces Alice se rio, al advertir que era una broma.

—Vamos. No está bien burlarse de la gente. —Pensó en su propia hermana y en los numerosos habitantes del pueblo que llamaban Señor Desesperado al hombre abatido que residía en algún lugar de esta magnífica casa. ¿Habían escuchado los niños ese cruel apelativo de su pariente de sangre?

—Parece un queso suizo —dijo Peter—, pero se llama señor Dolbert.

—Ya veo. ¿Y cuándo viene?

—A primera hora de la mañana —dijo el chico—. No todos los días.

—¿Hoy no habéis tenido ninguna clase?

En lugar de responder, Peter preguntó:

—¿Por qué tiene el ábaco en la mano?

Jenny bajó la mirada, y solo entonces se dio cuenta de que sus dedos habían estado deslizando ágilmente las cuentas hacia adelante y hacia atrás en las diez filas. Era familiar, reconfortante, aunque el suyo tenía doce. Al menos, no se trataba de un complicado idioma extranjero, con esas temidas letras *r* que trababan la lengua.

—¿Queréis que os lea un cuento en francés para ver si podéis decirme qué significan las palabras? —Con suerte, ¡lo harían!

Como respuesta, los niños corrieron hacia la estantería y sacaron un gran libro ilustrado de cuentos de hadas recopilados por Perrault.

Jenny sonrió.

—Ah, uno de mis favoritos. —Si estuviera en inglés…

Evitando las duras sillas de la mesa, los tres se sentaron juntos en un sofá junto a un ventanal con enormes cristales que se extendían hacia el techo.

En medio de los dos niños, Jenny tenía el libro en su regazo y lo abrió.

—¿Alguno en particular?

—Empiece por el principio, por favor —dijo Peter.

Oh, vaya. Era una colección bastante grande.

—Hoy leeremos dos. *Histoires ou contes du temps passé* —leyó Jenny lentamente y añadió el subtítulo del libro, *Les Contes de ma Mère l'Oye*. —Su pronunciación no era tan terrible, y ninguno de los niños se rio.

—Traducción, por favor, Peter —dijo Jenny.

—*Historias o cuentos de hadas de tiempos pasados con moraleja,* o *Cuentos de mamá ganso*.

—*Très bien* —le dijo ella—. El primer cuento, que seguro que ya habéis escuchado cientos de veces, es *Cendrillon*. Alice, por favor, traduce.

—Cenicienta —dijo la niña.

—*Bon* —aprobó Jenny.

Leyendo un párrafo cada vez, dejó que los niños se turnaran para explicar lo que ocurría y, a veces, les permitía traducir una línea completa. A este ritmo, pasaron una hora agradable, y luego otra con el siguiente cuento, *La Belle au Bois Dormant*, o *La Bella Durmiente del Bosque*.

—Vaya —dijo Jenny cuando llegó al final y la reina había muerto rodeada de serpientes y sapos—. Tengo sed. *Je suis soif.*

—*J'ai soif* —le corrigió Peter.

Umm. Corregida por un niño.

—Hora del té —declaró Jenny, ciñéndose al inglés mientras se levantaba y se estiraba—. ¿Dónde soléis tomar la merienda?

Los niños se miraron entre sí.

—Alguien suele traerla.

—No sé vosotros, pero a mí me gustaría mucho dar un paseo —les dijo ella. No pudo ver el tirador de la campanilla por ninguna parte. Sin duda, estaba oculto como uno de los elementos decorativos de latón o bronce de la sala, pero se sentiría tonta si intentaba pulsar y girar cada uno de ellos.

—¿Vamos al comedor y llamamos allí con la campanilla?

Jenny era muy consciente de que a los niños les encantaba llamar al servicio. Al menos, a sus hermanas les gustaba hacerlo cuando eran jóvenes en su casa de Londres.

Como era de esperar, se levantaron de un salto, corriendo delante de ella, y haciendo el suficiente ruido como para rivalizar con una manada de los mejores ciervos de la reina.

Jenny esperaba no haber causado ningún problema con el protocolo y los siguió.

———— ❧ ————

—¿Qué es ese ruido? —preguntó Simon en voz alta, aunque estaba seguro de que estaba solo. ¿Un motín fuera de la prisión? ¿Los guardias se están divirtiendo? ¿Un rescate? Pero ¿no lo habían rescatado ya? ¿Qué podía causar semejante estruendo en el tranquilo Sheffield? ¿Venían a llevárselo de vuelta?

Su corazón comenzó a galopar y un sudor frío le recorrió la espalda.

Se acercaban, ¿o era solo el eco? Gritó, o eso creyó haber hecho. Sí, volvió a gritar y se sintió bien al hacerlo. Sintió su propia y poderosa resistencia y gritó de una manera que nunca había hecho en la cárcel, por miedo a ser acallado de forma instantánea y permanente.

Entonces Simon cerró los ojos y vio a Toby tendido a sus pies, y recordó de pronto que no había dicho una palabra durante mucho tiempo después del brutal asesinato de su primo. Recordó cómo había observado en silencio mientras lo arrastraban por los pies y empezaban a...

—¡No! —gritó—. ¡No, no, no, no!

Simon continuó hasta que se sintió agotado. Cuando se

detuvo, los ruidos también habían cesado. Todo a su alrededor estaba en silencio.

Bien.

Capítulo 2

AJenny se le erizó el cabello de la nuca y se estremeció. ¡Qué barullo tan atroz! Primero los niños, luego los espantosos gritos. Supo al instante de quién se trataba.

Con lástima y una punzada de miedo, extendió los brazos mientras Peter y Alice corrían hacia ella para ponerse a salvo.

¿Estaba lord Lindsey en el mismo piso? ¿O uno más arriba? ¿Debían volver de inmediato al salón o...?

—¿Qué diablos está pasando aquí?

Jenny se volvió poco a poco hacia el sonido de la voz masculina, sin saber qué esperar. Un hombre alto, un poco mayor que su padre, estaba de pie en el pasillo, con los brazos caídos en sus costados y el ceño fruncido.

Por su comportamiento, parecía un comandante, pero por su vestimenta, un sirviente.

—¿Quién es usted? —le preguntó a Jenny, con las cejas

pobladas levantándose hacia su plateada cabellera.

Antes de que ella pudiera responder, se dirigió a los niños.

—Vosotros dos sabéis que no debéis causar tanto jaleo.

—Sí, señor —dijeron Alice y Peter al unísono.

—¿Qué hacéis corriendo en esta ala?

Jenny decidió asumir la responsabilidad.

—Los niños y yo íbamos a pedir el té. Llevamos horas encerrados.

—¿Y usted? —Esta vez esperó su respuesta.

—La señorita Blackwood.

Él la observó con una mirada neutral.

—Otra —dijo.

Ella asintió.

—Mi hermana no pudo atender hoy sus obligaciones.

—Ya veo. Y una Blackwood es tan buena como cualquier otra —ofreció él.

Ella estuvo a punto de ofenderse, pero se dio cuenta de que estaba haciendo una pequeña broma y no hablaba en serio. O eso pensó.

—Y hay otra más —le informó Peter.

—Qué conveniente. —El hombre respiró hondo, como si se recompusiera, y Jenny empezó a comprender que le había molestado de verdad su ruido y que, sin duda, estaba molesto por el efecto que este había causado en el conde.

—Soy el señor Binkley —se presentó—, mayordomo de Belton, y le pido disculpas por el descuido del personal. Deberían haberle traído el té. Enviaré una bandeja de inmediato. Por favor, vuelva al salón azul.

—¿Podemos ir al comedor para cambiar de lugar? —le

pidió Jenny, ahora que el señor Binkley parecía haberse calmado.

Este pareció reflexionar.

—Prometo que no habrá más carreras ni disturbios —añadió Jenny —. Repasaremos el vocabulario en francés para los artículos de comedor comunes mientras estemos allí.

Aun así, él dudó. Por fin, murmuró:

—Muy bien. Síganme.

Asintiendo a Jenny al pasar junto a ella, el señor Binkley continuó por el pasillo en la dirección que los niños le habían indicado. Los tres bajaron la escalera principal y atravesaron un gran vestíbulo. Al entrar en un vasto comedor con una larga mesa y unas dos docenas de sillas dispuestas a ambos lados, Jenny solo pudo detenerse y mirar.

La mesa se extendía eternamente con un brillo perfecto y sin una mota de polvo ni una sola huella de dedos a la vista. Muy al contrario de la mesa de roble de su casa, con papel de periódico, flores y a veces migas esparcidas por encima. En contraste, a Jenny le pareció que el comedor de Devere tenía un claro aire de desuso e incluso de tristeza, aunque contara con dos magníficas lámparas de cristal que colgaban del alto techo.

—Por favor, espere aquí y no vaya a ningún otro sitio.

Jenny asintió con la cabeza al señor Binkley, y este lanzó una mirada severa a cada uno de los niños antes de retirarse.

—Bueno, casi nos estropea la excursión.

Alice soltó una risita ante las palabras de Jenny, y Peter se paseó por la habitación como si nunca la hubiera visto. Con un sobresalto, Jenny se dio cuenta de que tal vez era así. Quizá, *lady* Tobías Devere y sus hijos comían en una acogedora sala y no en esta estéril cámara abovedada.

—¿Puedes decirme algo sobre esta habitación? —preguntó Jenny—. ¿Conoces al hombre del cuadro?

Peter se había detenido a mirar un gran retrato colgado en un extremo de la pared, sobre el papel pintado azul y decorado con flor de lis.

—No lo sé. —Su voz tenía un acento extraño, y Jenny se acercó a él.

—Se parece a mi padre, solo que mucho más viejo. —La voz de Peter estaba teñida de curiosidad.

Jenny estudió el retrato. Un hombre apuesto, de mediana edad, la miró fijamente.

—Oh, —murmuró ella, recordando las reuniones en la mansión cuando era niña. Nunca había estado en esta sala, solo en el gran salón, el cual sabía que no estaba muy lejos. Allí solía colocarse el árbol de Navidad más grande que había visto nunca. Y este hombre, el anterior conde, había vivido allí junto con su único hijo, Simon, que ahora sufría solo en el piso de arriba.

Tal vez el padre de Peter y Alice, *sir* Tobías Devere, había estado presente en esas reuniones navideñas, aunque Jenny no lo recordaba. Sin duda, había sido un joven desgarbado como su primo Simon.

—Yo conocía a este hombre. Era lord Lindsey, el padre del actual conde. —El anciano había fallecido mientras su hijo y su sobrino estaban en el extranjero, reuniéndose con la difunta condesa. De hecho, Jenny no recordaba ningún momento en que *lady* Lindsey hubiera estado viva.

Luego dio una palmadita en el hombro del niño.

—Y tú también te pareces a él, Peter, porque es tu

abuelo.

—¿Y el mío también? —preguntó Alice.

Jenny se giró para decir que sí justo cuando entró una joven portando una reluciente bandeja de plata, seguida por el señor Binkley, que se detuvo al verlos frente al cuadro de dos metros de altura.

—Cuando terminen su refrigerio —dijo, su tono no admitía discusión—, por favor, toquen la campanilla. —Señaló una estatua de bronce de un león sobre sus patas traseras, que parecía una simple figurilla colocada sobre el mantel.

—Apriete las patas delanteras y la acompañaré al estudio.

Jenny habría preferido husmear y quizá encontrar por sí misma la gran sala de los recuerdos de su infancia, pero al parecer, no iba a ser así.

—Por supuesto —dijo ella, y se acomodó en las sillas con los niños. Junto con una tetera, tazas y platillos, una pila de bollos reposaba alegremente en una bandeja con dos tazones, uno con nata espesa y otro con mermelada de frambuesa.

Alice chilló de alegría y Jenny perdió con rapidez la voluntad de hacerles nombrar todo el vocabulario en francés, ya que dudaba que pudiera saber si era correcto de todos modos.

***

Con la cabeza apoyada en el respaldo del sofá, Jenny descubrió que no podía moverse. Sus ojos estaban firmemente cerrados.

—Ja —cacareó la voz de Maggie—, lo sabía. Esos niños

te agotaron.

—Sí —murmuró Jenny, sin levantar la cabeza—. Lo hicieron.

Entonces, la dulce voz de Eleanor reconfortó su cansada mente.

—Jen, mira mi nuevo sombrero.

Con esfuerzo, Jenny abrió los ojos y los dirigió al otro lado de la habitación, hacia sus hermanas. Maggie sonreía y Eleanor, también sonriente, tenía puesto un hermoso sombrero de paja con plumas y cintas artísticamente dispuestas.

—Parece caro —dijo Jenny.

Las dos chicas se desinflaron de inmediato al oír su tono.

—Pero es precioso —añadió Jenny con rapidez—. Perfecto para el campo.

La amplia sonrisa de Eleanor regresó.

—¿Verdad que sí? El ala mantendrá el sol fuera de mis ojos y de mi nariz.

—Es perfecto —repitió Jenny y volvió a cerrar los párpados. Le había prometido al señor Allen, propietario de la posada, que tendría sus cuentas equilibradas para la mañana siguiente, o al menos su sirviente, Henry, le había al hombre tal promesa. Tendría que reunirse pronto y cumplir con la palabra que había dado su criado.

Al sentir que alguien se sentaba junto a ella, supo que se trataba de Maggie, ya que había oído a Eleanor salir corriendo a su habitual ritmo.

—Son buenos niños —comenzó Maggie.

—Sí. Leímos a Perrault y luego nos aventuramos a buscar sustento.

Maggie jadeó.

—¡No puedo creerlo! ¿Salisteis de la habitación azul?

—Sí.

—Se supone que no debes hacerlo.

—Lo sé, pude comprobarlo por mí misma.

—¿Quién te sorprendió? —preguntó Maggie, con cierta emoción en su voz.

—El señor Binkley.

—¡El almirante!

Jenny se sobresaltó.

—¿Lo es de verdad?

—No. —Maggie se rio—. Pero lo considero como tal.

—Ya veo por qué. Fue bastante contundente.

—¿Te hizo volver al salón?

—No, tuvimos un delicioso servicio de té en el comedor.

Maggie jadeó.

—¡ No puedo creerlo!

—Deja de decir eso.

—¿Decir qué? —La voz de su madre atravesó la habitación—. ¿Y por qué estás durmiendo a estas horas?

—No estoy durmiendo, mamá, solo estoy descansando. He pasado muchas horas en la mansión.

Su madre se sentó a su lado y su familiar aroma a lavanda penetró en la nariz de Jenny, ofreciéndole consuelo.

—¿La recuerdas? La Mansión Belton, quiero decir…

—Sí, pero no pude volver a visitar el gran salón —contestó Jenny.

—Lástima —reflexionó su madre.

—Uno de los salones más hermosos de toda Inglaterra,

te lo aseguro. Siempre es bueno que la abran a los niños en Navidad.

—Vi un retrato del viejo conde.

Su madre chasqueó la lengua.

—Un buen hombre. Se horrorizaría al enterarse del destino de su sobrino, estoy convencida, por no hablar del de su único hijo.

—Creo que lo he oído hoy.

Maggie volvió a jadear.

—¿A qué te refieres? —quiso saber su madre.

—Quiere decir que ha oído a lord Desesperado gimiendo y quejándose —explicó Maggie.

Jenny levantó por fin la cabeza y lanzó una mirada a su hermana, pero no se molestó en corregirla.

Luego se volvió hacia su madre.

—Los niños se pusieron un poco bulliciosos cuando fuimos a tomar el té. De repente, oí los gritos de un hombre. Eran espeluznantes. —Jenny recordó lo que sucedió a continuación—. Entonces empezó a gritar la palabra no. Un poco débil al principio, pero luego con mucha más firmeza. Una y otra vez, como si lo estuvieran atormentando.

Había sido un sonido desgarrador.

—Y tengo que volver allí mañana —protestó Maggie.

—¿Tiene que hacerlo? —preguntó su madre a Jenny como si fuera la jefa de la casa.

—Sí, desde luego que sí. —Miró a Maggie—. ¿Has oído algo parecido?

Maggie suspiró.

—Sí, aunque rara vez. Tal vez no sea un episodio tan largo como el que mencionas. Solo un grito o un gemido. Y a veces da golpes, y esos ruidos molestan a los niños. El almirante...

—¿Quién? —preguntó su madre.

—El mayordomo —aclaró Jenny.

—El señor Binkley a veces viene a vernos después de que el conde tiene un incidente. —Maggie se puso de pie de repente.

—Voy a escribir a Ada. La echo mucho de menos.

Jenny lamentaba que su hermana tuviera que dejar atrás a todos sus amigos. Evidentemente, las carencias de su nueva vida la hacían pensar en la anterior.

—¿Por qué no la invitas a quedarse con nosotros cuando termine la temporada?

Maggie le lanzó una mirada de absoluto horror.

—Oh, no, no podría. —Se llevó las manos a las mejillas.

—¿Te imaginas que me vea malviviendo en el campo después de haber estado bailando el vals en Londres? Dios mío, ¿y si descubriera que estoy empleada a sueldo por enseñar a los niños Devere?

—Eso no sería posible —respondió su madre.

Jenny pensó que ambas eran demasiado sensibles.

—Entiendo que perderse la temporada es algo desafortunado, pero deberías sentirte orgullosa por...

—No te atrevas a decir «por tu trabajo» o nunca volveré a la mansión. Allí me siento humillada —concluyó Maggie, antes de marcharse furiosa.

—Oh, querida —murmuró su madre.

—En efecto —coincidió Jenny.

«Su señoría, el conde de Lindsey desea que realice una auditoría exhaustiva de los libros de contabilidad de los cinco años anteriores. Dichos volúmenes serán entregados en su oficina por...».

Jenny leyó el contenido de la misiva una y otra vez. Consistía en un único párrafo dirigido al señor G. Cavendish, el nombre con el que se había hecho llamar desde que comenzó la lucrativa farsa de contable, utilizando el apellido de soltera de su madre.

Clara, el ama de llaves, que les había servido desde que Jenny era una niña, estaba de pie ante el escritorio, esperando a que Jenny llegara al final de la carta que había sido entregada en su puerta. Estaba firmada por «E. Binkley, en representación de su señoría Simon Devere, conde de Lindsey».

—¡Por Dios! —exclamó ella—. ¡El almirante!

—Hay un muchacho que espera una respuesta —le recordó Clara.

Jenny se quedó mirando un momento a la mujer. Su primer pensamiento fue que la descubrirían si no era muy cuidadosa. Su segundo pensamiento fue que debería cobrar más a este cliente en particular. Su tercer pensamiento fue que probablemente debería rechazar esta petición.

Aun así, cogió su pluma estilográfica y tomó una hoja de papel normal, sin la reconocible *B* de Blackwood, rodeada de acebo y subrayada con el muy apropiado lema, *Per vias rectas.* ¡Por caminos rectos, por supuesto!

¿Qué pensarían sus antepasados de su camino, que no tenía nada de recto? Jenny decidió no molestarse en reflexionar sobre esa cuestión.

Con rápidos trazos, respondió que estaría encantada de ayudar al conde y que recibiría sus libros de contabilidad en breve. Añadió su firma falsa, que ya se estaba convirtiendo en algo familiar.

Agitó el papel de un lado a otro durante unos instantes, lo dobló y se lo entregó a Clara, que le ofreció una sonrisa irónica y se apresuró a marcharse.

Qué interesante giro de los acontecimientos. Jenny iba a conocer los entresijos de Belton Park, incluyendo la mansión y Jonling Hall, así como las tierras y propiedades circundantes. Tal vez incluso descubriera quién había comprado la mansión, que permanecía vacía después de que *lady* Devere y sus hijos la desocuparan hacía más de un año. Por algún motivo, habían sido incapaces de mantener la residencia.

Apenas cuarenta y ocho horas después, Jenny se sentó en su escritorio con los libros de contabilidad de Devere extendidos ante ella y abrió el último para hacer un balance del estado actual de las cosas antes de ahondar en el pasado.

Tres horas más tarde, además de una tetera y cuatro galletas de limón, ya sabía bastante. Maude Devere no había tenido ingresos disponibles para sostener el mantenimiento de Jonling Hall, ni para pagar a sus sirvientes. Se había visto obligada a despedirlos a todos y a vender su casa a alguien que había acudido a un agente inmobiliario de Londres y que, por desgracia, no figuraba en el proceso. Obviamente, era alguien bastante adinerado.

La familia de Jenny había evitado el mismo destino, aunque había tenido que desprenderse de su querida casa en Hanover Square. En caso de que consiguiese ahorrar lo suficiente para darles a cualquiera de las dos hermanas una temporada adecuada el próximo mes de enero, ¿dónde iban a alojarse estas en Londres?

Apartando esa preocupación de su cabeza, se lanzó a la aventura. Si bien las propiedades del viejo conde habían sido bastante prósperas en el pasado, últimamente habían dado beneficios cada vez menores. El declive ya había comenzado en el primer libro de cuentas, cinco años atrás, cuando otro contable apuntó una disminución de un cuarto del total a fines de año; al año siguiente, las ganancias volvieron a bajar. Luego, más o menos cuando el joven conde y su primo se marcharon, la contabilidad se volvió irregular, y algunas ganancias no se registraron en absoluto. La escritura también cambió.

Jenny se preguntó si Simon Devere había sido el encargado de llevar los libros de contabilidad de su padre antes de marcharse a Birmania. De una cosa estaba segura, algunos de los ingresos desaparecían de las cuentas comerciales. Tal vez fuera solo por un malentendido y no por un cálculo nefasto.

Durante los días siguientes, Jenny tomó notas de sus descubrimientos, expuso las discrepancias que estaba encontrando y envolvió todo el paquete de forma ordenada para que Henry se lo devolviera al señor Binkley a primera hora de la tarde del tercer día. Jenny dudaba de que el conde estuviera en condiciones de examinarlos, pero su mayordomo, y con suerte un supervisor de la finca, tendría que entender que ella no podía hacer una contabilidad adecuada de la misma, con semejantes lagunas en los registros.

Por último, hizo su factura por las horas trabajadas, la metió en un sobre y la pegó al paquete con un trozo de cuerda resistente.

Era hora de recompensarse con una copa de vino español antes de la cena. Después de decirle a Clara que tomaría el aperitivo en su pequeño y desordenado jardín, Jenny se dirigió a la terraza trasera pavimentada, con vistas a los bojes, los arbustos de agracejo y las rosas. Sentada frente a la mesa de hierro forjado, podía ver los establos, el pequeño prado y escuchar el relincho de sus caballos.

Al aceptar el vino de Clara con una inclinación de cabeza en señal de agradecimiento, Jenny admitió que casi había olvidado el otro asunto importante que tenía pendiente. Trueno, como Eleanor había bautizado a uno de sus caballos, había adoptado el comportamiento de su nombre y se había convertido en un castrado de mal carácter. Habían vendido otro par de buenos ponis en Londres y se habían traído solo a Trueno y a Lucy, una yegua mansa. Aquí, en su casa de campo, ya tenían un viejo caballo de tiro, un Cleveland Bay, sin nombre, por lo que ella sabía, y que había pertenecido a la familia desde antes de que ella o cualquiera de sus hermanas nacieran.

Jenny suspiró. El mantenimiento de los caballos era caro, sobre todo, cuando había que comprarles sombreros caros a sus hermanas y una temporada para la que ahorrar. Sin embargo, nadie compraría a Trueno en su estado actual, y ninguna de ellas podría soportar desprenderse de Lucy o del viejo bayo.

En ese momento, los tres caballos pastaban en el prado. Se podría pensar que los dos mayores se alejarían voluntariamente de Trueno, pero Lucy se acercaba con bastante frecuencia a su compañero de cuadra, lo que provocaba el caos. El problema había comenzado con un resbalón en un molesto charco primaveral cuando huyeron por instinto hacia Londres. Las carreteras estaban plagadas de grietas superficiales y profundas, llenas de agua de lluvia. Trueno había pisado un surco disimulado por el agua turbia y se había torcido la pata delantera derecha.

Ninguna de las mujeres Blackwood tenía especial destreza con los caballos, a pesar de que les habían enseñado a montar, y Eleanor amaba a todas las criaturas, casi más que a las personas. George, su joven mozo de cuadra e hijo de Clara, atendió a Trueno lo mejor que pudo, aconsejado por un vecino, utilizando una cataplasma y un vendaje apretado. La pata se había curado, pero mientras tanto, el caballo había desarrollado una ligera cojera.

Para empeorar las cosas, Trueno había metido la cabeza en un arbusto de frambuesas, probablemente en busca de bayas dulces, y, por la forma en que parpadeaba y se agitaba de ese lado, parecía que se había arañado el ojo izquierdo. Entre una cosa y otra, estaba ansioso y asustado.

Jenny volvió a suspirar y tomó un buen trago de su vino.

—¿Qué haces? —le preguntó su madre, ocupando la silla vacía que había a su lado.

—Relajarme. Y pensar qué vamos a hacer con Trueno, pero no se me ocurre nada.

Clara sacó otra copa de vino para la dueña de la casa, y Jenny levantó la suya para chocarla con la de su madre.

—Deja que George se preocupe de los caballos —dijo Ann Blackwood—. Estás haciendo un excelente trabajo con todo lo demás. ¿Te lo he dicho?

Jenny sonrió a su madre.

—Sí, lo has hecho.

—Sé que ya estarías establecida en tu propia casa si no fuera por la muerte de tu padre. ¿Estás muy decepcionada?

Jenny negó con la cabeza.

—Con toda sinceridad, no. Me habría ido a una casa desconocida y habría vivido entre extraños.

—Habrías tenido un marido —señaló su madre.

—Otro extraño —dijo Jenny—. ¿Amabas a papá cuando te casaste con él?

Anne miró los campos más allá del prado, y luego dio un sorbo a su vino.

—Lo amaba.

—¿Te habrías casado con él si no lo hubieras hecho?

—Las circunstancias eran diferentes. Tal y como estaban las cosas, mi padre estuvo a punto de prohibir nuestro matrimonio. Si no hubiera amado a tu padre y presionado al mío, su petición de mano habría sido desestimada.

—¿Porque papá era escocés?

—Sí, pero le rogué a mi madre que ayudara a convencer a mi padre. Si tu padre no hubiera sido un barón, ella tampoco me habría ayudado, pero ese pequeño guiño a la nobleza le dio el brillo de la aceptación. Eso y el hecho de que había estudiado en una escuela a este lado de la frontera.

Jenny lo consideró por un momento. Sus padres siempre habían parecido felices.

—Siento que hayas perdido a tu amor, mamá. Aparte de ser mi padre, me gustaba como persona.

Su madre se acercó y tocó el brazo de Jenny.

—Gracias.

—Me alegro de que ya no llores su pérdida. Maggie dice que *lady* Devere sigue haciéndolo y, piénsalo, su marido lleva años muerto, aunque ella no lo supiera.

—Quizá llore por otras razones —dijo Anne—. En cualquier caso, he tenido un buen matrimonio y os tengo a vosotras tres. No puedo quejarme.

Jenny sonrió ante la practicidad de su madre. Ella la había heredado en su totalidad.

—No sentía por el vizconde lo que tú sentiste por padre. Qué terrible si hubiera tenido un profundo interés por Alder y me hubiera rechazado como lo hizo.

—Tuve suerte de no tener que recurrir a la bárbara temporada —admitió Anne. Ambas se rieron de su apelativo respecto a la ronda de eventos londinenses que muchas jóvenes esperaban con ansias, mientras que otras tantas la afrontaban con temor.

—La familia de tu padre era vecina de la casa de mis padres en Carlisle, y de todos modos estábamos bastante acostumbrados a los escoceses, ya que vivíamos tan al norte.

Pero Jenny se distrajo hablando de la temporada, que seguía en marcha en Londres al menos durante unas semanas más.

—Bárbara o no, mamá, debemos encontrar la manera de que Maggie asista el año que viene. Es poco probable que encuentre un marido adecuado aquí.

—¿Qué hay del nuevo conde? —sugirió Anne—. Es un poco viejo para ella, pero podría encontrarlo atractivo. Además, va allí todos los días. Tal vez...

—Está confinado como un ermitaño y suena como un animal herido.

Su madre frunció los labios.

—Supongo entonces que no es adecuado para nuestra

Mags.

—No —murmuró Jenny—, supongo que no. Siempre están los anuncios matrimoniales, supongo. Si Maggie está dispuesta, podemos...

Un grito hizo que Jenny se pusiera en pie.

Capítulo 3

Eleanor entró corriendo, sonriendo de algún modo mientras seguía chillando.

—No os lo podéis imaginar, nunca, nunca jamás —declaró la hermana menor de Jenny, y luego volvió a gritar emocionada.

—Deja de hacer ese ruido infernal de una vez —dijo su madre, mientras Jenny volvía a su asiento, queriendo estrangular a su hermana menor por darles palpitaciones a las dos.

—Nadie podrá imaginar nada hasta que te sientes y hables con propiedad. Oh, querida, no sé de dónde has sacado esos modales ni cómo vamos a encontrarte un marido. Maggie será un caso fácil en comparación. Ella solo tiene una lengua algo ácida, mientras que tú...

—Lo siento, mamá —interrumpió Eleanor—. Pero es tan maravilloso que no he podido contenerme.

—¿Qué pasa? —preguntó Jenny irritada, con su corazón aún acelerado y recordando los horribles gritos del conde.

—He recibido una carta de Maisie. Ella y el tío Neddy vienen a pasar unos días con nosotras.

Jenny y su madre intercambiaron una rápida mirada. Ella creyó ver la alarma reflejada en los ojos de Anne.

—No es tu tío. —Fue todo lo que dijo su madre.

—Mi primo, entonces —corrigió Eleanor.

—Solo por matrimonio —replicó Anne, y luego dio un sorbo a su vino—. Y es tu primo segundo por línea directa.

En realidad no importaba el parentesco de Ned Darrow con su difunto padre. Jenny sabía que Eleanor estaba sencillamente encantada de que la hermana de Ned, Maisie, la visitara, pues tenían la misma edad y siempre se habían llevado bien. Sin duda, Eleanor se sentía muy sola en Sheffield y esta era la oportunidad de tener algo de compañía aparte de sus hermanas y su madre.

Ned era otro asunto, el hijo del primo político de su padre había sido ocasionalmente su invitado en la ciudad. Solía quedarse una noche cuando traía a Maisie, quien a menudo se alojaba con ellos durante un mes, y de nuevo pernoctaba allí cuando venía a recogerla para regresar a su casa en Escocia. Pasaba el tiempo con su padre bebiendo brandy y vino, y haciéndole ojitos durante las comidas.

Jenny odiaba reconocerlo, pero él la molestaba. Demasiado engreído y demasiado interesado en ella, a decir verdad. Se había alegrado de la propuesta del vizconde, aunque solo fuera para detener la atención de Ned. Ahora, ella volvería a estar al alcance de su mano. Supuso que podría fingir que aún estaba en medio de un largo compromiso, aunque tal vez él ya sabía la verdad.

—Ned Darrow debería haber esperado a ser invitado —declaró su madre, expresando los recelos de Jenny.

Eleanor se sonrojó.

—Ya lo ha sido. Al menos, invité a Maisie.

Anne chasqueó la lengua.

—Estuvo mal que lo hicieras, pero también fue bastante atrevido por parte de Ned aceptar en nombre de su hermana sin preguntarme primero. Y piensa en el gasto.

Jenny estaba haciendo precisamente eso. Una boca más que alimentar o tal vez más, si Ned se quedaba también, ¡y quién sabía por cuánto tiempo!

—Maggie tendrá que dormir conmigo —dijo, empezando a planear lo inevitable. Como primogénita, había disfrutado del lujo de tener su propia habitación mientras sus dos hermanas menores compartían la más grande con dos camas.

—Entonces, Maisie puede dormir con Eleanor.

—¿Qué haremos con el primo Ned? —dijo su madre.

Sí. ¿Qué iban a hacer?

Luego su madre añadió:

—Supongo que tendrá que tener una cama en el salón.

Jenny se puso en marcha.

—¿Cómo llevaré a cabo mis tareas de contabilidad? ¿Dónde guardaré los libros de mis clientes?

—Tal vez solo se quede una noche —dijo Anne—. Y mientras tanto, puedes instalar una mesa en mi cuarto.

Jenny asintió. Que así fuera. Eleanor tenía un rostro bastante sombrío, y Jenny se acercó para estrechar la mano de su hermana.

—Querida, me alegro de que tengas compañía de tu

edad, pero, por favor, no invites a nadie más, o tendrán que dormir con los caballos.

De hecho, si Ned llegaba en su desvencijado y repintado brougham, el cual había visto mejores días, pero que le ofrecía un aire de nobleza, en lugar de conducir él mismo un carruaje descubierto, entonces el cochero tendría que dormir al raso, ya que la cocinera, George, Henry y la criada ocupaban las dos habitaciones contiguas a la cocina.

Eleanor soltó una risita y su expresión se iluminó de nuevo.

—¡Tendremos suficiente gente en la casa para el escondite! —Se levantó de un salto y salió corriendo de la sala, gritando el nombre de Maggie para informarle de sus indeseados invitados.

Incluso entonces, mientras Jenny miraba, Lucy se acercó a Trueno, que estaba apoyado en la valla, con la cabeza gacha y un aspecto abatido, si es que era posible que un caballo pareciera abatido. Cuando la yegua se acercó, Trueno se sobresaltó, se encabritó y dio un mordisco al hombro de Lucy. Luego, se apartaron el uno del otro.

—¿Envío a Clara a por más vino? —preguntó su madre.

Jenny solo asintió.

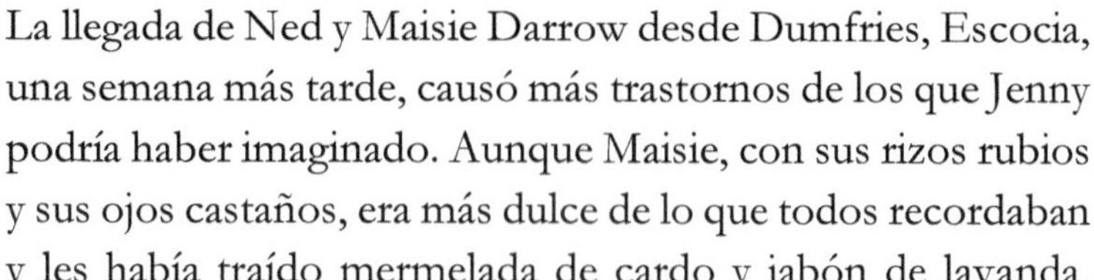

La llegada de Ned y Maisie Darrow desde Dumfries, Escocia, una semana más tarde, causó más trastornos de los que Jenny podría haber imaginado. Aunque Maisie, con sus rizos rubios y sus ojos castaños, era más dulce de lo que todos recordaban y les había traído mermelada de cardo y jabón de lavanda,

Ned era exactamente tan molesto como Jenny recordaba. Más aún.

Momentos después de entrar por la puerta, dejó claro que sabía de la ruptura de su compromiso. Después de despojar su cuerpo delgado del abrigo y quitarse el sombrero, dejando al descubierto su pelo color arena, con unos modales excepcionalmente malos, sacó a relucir el insensible despido del vizconde. Hacerlo con el pretexto de darle sus condolencias mientras se mostraba inapropiadamente alegre, era típico de Ned.

Jenny tenía la sensación de que su verdadera visita tenía más que ver con ella que con acompañar a Maisie a visitar a Eleanor.

Maggie trató de acudir al rescate de Jenny preguntando de forma directa si debían prepararle una cama o si regresaría a su casa de inmediato, con la esperanza de hacerle sentir tan indeseado como lo era en realidad.

Por desgracia, no dio resultado.

—Espero que sea una broma estúpida —dijo Ned a Maggie, y luego miró a Jenny—, porque tenía la intención de quedarme para hacerles una larga visita. Creí que quedó claro en la carta de Maisie.

Señaló con la cabeza hacia donde había estado su hermana, pero Maisie y Eleanor ya habían desaparecido hacia el piso de arriba, susurrando y riendo.

—Desde luego, no quiero que piensen que ningún miembro de la familia del primo Lucien las ha abandonado tras su muerte —continuó Ned.

—Le prometemos que no pensamos nada de eso —dijo la madre de Jenny—. Es solo que tendrá que dormir en el salón, ya que nos hemos quedado sin habitaciones arriba.

—Está bien —dijo Ned, con la mirada todavía fija en Jenny—. No me importa en absoluto.

Lástima. Esta le dedicó una sonrisa apretada, que fue lo mejor que pudo conseguir. Jenny esperaba que él se fuera gritando por las colinas cuando supiera que no tenía un dormitorio propio. Quizá cuando sintiera la dureza del sofá o su estrechez, acortaría su visita.

De todos modos, tenía trabajo que terminar. Y ahora Jenny tenía el inconveniente de tener que esconderlo y encerrarse en la habitación de su madre.

—Bueno, la veré a la hora de la cena —le dijo a su prima mientras seguía el camino que Eleanor había tomado hacia las escaleras.

Un ceño fruncido apareció en la frente de Ned.

—Oh, querida prima, esperaba que pudiéramos tomar una taza de té juntos o quizá dar un paseo por la propiedad. A mí, desde luego, me vendría bien una breve caminata para estirar las piernas después del viaje.

Jenny abrió la boca y la volvió a cerrar. ¿Qué excusa le daría si no podía hablarle de su práctica contable? Miró a Maggie, que puso una cara extraña, dando a entender que no saldría en defensa de su hermana en este caso. No cuando el riesgo significaba dar un paseo con Ned.

Por suerte, su madre intervino.

—Me encantaría tener la oportunidad de pasear y conversar sobre la familia de Lucien. Estoy segura de que Jenny se uniría a nosotros si pudiera.

Sin ofrecer ninguna oportunidad para discutir y sin esperar una respuesta, Anne se dirigió a la puerta y cogió el paquete de un gancho en la pared. Ned no tuvo más remedio que seguirla.

—Yo también le enseñaré nuestros caballos, ¿quiere? Y luego volveremos para tomar una buena taza de té. Vamos, chicas —dijo ella por encima del hombro, tomando el brazo de Ned y obligándolo a salir por la puerta principal.

Los días siguientes fueron todo un reto. En primer lugar, Maggie tuvo que marcharse antes de que terminara la comida del mediodía. Ned estaba parloteando sobre las elecciones escocesas. No podía entretenerse más o llegaría tarde a sus encargos. Maggie se levantó en medio de una de las largas diatribas de Ned, se excusó y salió de la habitación. Esto hizo que él hablase durante unos largos minutos de su descortesía.

Jenny escuchó en silencio hasta que estuvo a punto de explotar.

—Bastante incivilizado, por no decir otra cosa —señaló él por segunda vez—. Aunque no me ofendiera que se fuera justo cuando estaba a punto de contarle lo más interesante sobre los unionistas liberales, habría que tener en cuenta su salud. La digestión es tan importante para las mujeres jóvenes como para los hombres. —Frunció los labios y señaló con la cabeza a las cuatro damas que quedaban en la mesa.

—Hermano —dijo Maisie—, seguramente, si la prima Margaret va a caminar, eso ayudará a su digestión.

—No —dijo Ned—. Debería sentarse durante media hora al menos antes de moverse después de comer.

Los días siguientes, Jenny se vio obligada a fingir que dormía hasta tarde y se acostaba temprano para terminar cada una de las cuentas de sus clientes, mientras se ocultaba en la alcoba de su madre.

Al final de la semana, durante la cena, Ned mencionó cómo Jenny se había convertido en toda una ociosa dama campestre.

Sin pensarlo, Eleanor se enfrentó a él.

—Eso que dice es poco amable —dijo esta mientras cogía una rebanada de pan y empezaba a untarla con mantequilla—. Jenny trabaja más duro que nadie que yo conozca y, con sus habilidades aritméticas, cuida de todos. Por no decir que Maggie ayuda también con sus clases de francés.

Jenny cerró los ojos consternada al oír que Maggie jadeaba ligeramente y luego trataba de disimular con una tos.

—Oh, vaya —dijo Eleanor, dándose cuenta demasiado tarde de que no debería haber dicho nada que tuviera que ver con las actividades de sus hermanas mayores.

Anne trató de salvar la situación.

—Lo que Eleanor quiere decir es que Jenny ha heredado la tendencia de su padre hacia los números, por lo que lleva los libros de la casa, por suerte para mí, pues yo no tengo cabeza para la contabilidad en absoluto.

Ned siguió frunciendo ligeramente el ceño.

—Y Maggie... —continuó Anne, siendo interrumpida por esta.

—Intento ayudar a Eleanor a prepararse para su primera temporada dándole el pulido de un buen acento francés. *¿N'est-ce-pas?* —le preguntó Maggie a su hermana, volviéndose hacia ella con los ojos brillantes.

—*Oui* —dijo Eleanor en voz baja.

Ned parpadeó. Luego se rio.

—Aunque admiro a Jenny por tratar de entender la

aritmética con su bonita cabeza, en realidad no entra en su ámbito de habilidades, no por el orden natural de las cosas. ¿Cómo se puede esperar que una mujer haga números?

Jenny se quedó con la boca abierta. Estuvo a punto de ponerle en su sitio con algunos datos sobre las matemáticas cuando él añadió el insulto a la herida.

—Además, a Lucien se le daba muy mal el cálculo. Me lo dijo una vez. Me aseguró que las cuentas de la casa eran un galimatías para él. Supongo que fue una lástima que no se buscara un buen contable para que ahora no se encontraran todas desterradas en el campo, ¿verdad? Pero ya no puede hacer nada al respecto, ¿no es así?

Ned sorbió su vino en el silencio que siguió, sin reparar en cuántos insultos o palabras hirientes había logrado acumular. Por desgracia, luego tuvo más que añadir.

—En cuanto a que Eleanor tenga una temporada, el coste de los trajes ciertamente lo hará imposible, ¡por no mencionar el precio de las entradas! Da lo mismo que sepa hablar el punjabi tan bien como el francés. Estoy seguro de que Maisie se lo contará todo cuando tenga su primera temporada dentro de unos años.

Maisie tuvo la delicadeza de sonrojarse ante la falta de tacto de su hermano. Incluso puso su mano sobre la de Eleanor.

Jenny quería estrangularlo. Sobre todo, cuando Ned se zampó el asado de cerdo que ella había pagado con sus conocimientos de contabilidad, sin darse cuenta de la incomodidad que él había causado.

Al menos, se había olvidado de los comentarios de Eleanor.

Al día siguiente, le sobrevino otro terrible momento que le hizo perder el control. Cuando Jenny miró por la ventana de la habitación de su madre a primera hora de la mañana, después de empezar el libro de cuentas del panadero, vio un carruaje cuyo cochero vestía la librea del conde. Al detenerse frente a su humilde casa, pudo ver con claridad el escudo de armas de los Lindsey en la puerta del carruaje.

¿Y quién se bajó cuando se abrió la puerta? Nada menos que el almirante.

—¡Por las llagas de Cristo! —exclamó en voz baja.

La llegada del señor Binkley solo podía significar una cosa. Había venido a hablar con el ficticio G. Cavendish.

Jenny bajó casi de un salto las escaleras hasta el primer rellano, oyó que Clara abría la puerta y se detuvo cuando su madre se adelantó al pasillo. Dando un paso atrás, Jenny se escondió entre las sombras del hueco de la escalera.

—Es el señor Binkley —le anunció Clara a Anne—. El mayordomo de lord Lindsey.

—Siento molestarla, señora —comenzó a decir este—. Estoy buscando al señor Cavendish.

Oh, vaya. Jenny se agarró las manos. ¿Recordaba su madre lo que le había dicho sobre el uso de su apellido? Jenny contuvo la respiración.

—¿Señor Cavendish? —Anne hizo una pausa—. El mayordomo de lord Lindsey desea hablar con el señor Cavendish —dijo en voz demasiado alta sin saber que Jenny estaba cerca, con el objetivo de advertirla.

Si la situación no fuera tan grave, Jenny se habría reído ante el extraño tono de su madre y el gesto del mayordomo cuando dio un paso atrás, sobresaltado.

Por desgracia, la puerta del salón se abrió en ese momento y apareció Ned, con aspecto cansado y malhumorado por haber sido despertado antes de las diez de la mañana.

—¿De qué se trata todo esto? —preguntó con un bostezo.

—No hay que hablar en voz alta. —Jenny bajó las últimas escaleras, sabiendo que Ned podía arruinarlo todo en un instante—. Primo —añadió—, por favor, puede retirarse. No tiene de qué preocuparse.

Ned miró alternativamente a Jenny, a Anne y a Binkley.

—Estoy encantado de ofrecer mis servicios ocupándome de lo que sea que haya llegado a nuestra puerta —dijo Ned, empezando a hincharse como de costumbre.

Una idea se formó en la cabeza de Jenny.

—¡Sí, por supuesto! Sus servicios serán requeridos —le aseguró ella, ofreciéndole su más brillante sonrisa. Él sería el señor Cavendish—. Si es tan amable de volver al salón, estaré allí en breve para... transmitirle cualquier información importante. Sin embargo, recuerde que está en ropa de dormir y que este es el mayordomo del conde de Lindsey. —Señaló al señor Binkley—. Debemos hacer una mejor representación ante él que aparecer en semejante estado de desnudez.

Ned miró su bata arrugada sobre el pijama.

—Sí, por supuesto. —Y con eso y una cálida sonrisa en respuesta a la aparente amabilidad de Jenny, desapareció con rapidez en el salón, cerrando la puerta firmemente tras de sí.

—¿Era el señor Cavendish? —preguntó el señor

Binkley tras el intercambio, con una expresión dudosa y quizá un poco decepcionada.

Jenny se miró los pies. ¿Podría decir una mentira descarada delante de su madre?

—Pues sí, por supuesto. —Fue Anne quien respondió. Bendita sea—. Estuvo trabajando hasta altas horas de la noche y debe de haber dormido en el salón. Por favor, pase a nuestro modesto comedor para tomar una taza de té mientras él se viste.

Los ojos del señor Binkley se abrieron de par en par al ser invitado a tomar el té. Y en el comedor, nada menos. Todo su mundo debía de estar patas arriba en ese momento. Sin embargo, no podía rechazar una oferta de alguien superior a su posición, por muy inapropiada que fuera.

Dedicó a Jenny otra larga mirada, como si deseara preguntarle por qué ella, la señorita Blackwood, estaba en casa del señor Cavendish. Sin embargo, eso sería atrevido, presuntuoso y grosero, y por lo tanto, Jenny sabía que él no preguntaría.

Ella le indicó con un gesto que siguiera a su madre, limitándose a ofrecerle una expresión serena.

En cuanto el almirante desapareció por el pasillo y entró en el comedor, Jenny dio un golpecito en la puerta del salón.

—Adelante —dijo Ned, como si en realidad fuera su habitación.

Jenny apretó los dientes y volvió a esbozar una sonrisa amistosa.

—Primo —dijo ella, empujando la puerta y asomándose con cautela al interior, asegurándose de que él estaba, en efecto, completamente vestido antes de entrar.

—Entre —respondió él—. Por favor, ¿qué está pasando? ¿Por qué el mayordomo del conde ha venido a esta casa?

—Voy a confiar en usted, como mi primo que es, como el hijo del primo de mi padre, como un amigo de esta familia, como el hermano de la querida amiga de mi hermana. —Jenny hizo una pausa. Él podía ayudar o podía arruinarlo todo.

—Sí, sí, soy todo eso. Dígame. Puede confiar en mí. Quizá no lo sepas, aunque creo que sí. Le tengo un profundo cariño, querida prima, y no haría nada que le causara angustia.

Jenny respiró hondo antes de hablar y consideró la posibilidad de cruzar los dedos, si es que creía en esa tontería.

—Muy bien. El mayordomo de lord Lindsey vino aquí preguntando por el señor Cavendish. El caso es que… —Extendió los brazos—. Yo soy el señor Cavendish.

—¿Usted? ¿Qué quiere decir?

—Dirijo un servicio de contabilidad, y lo hago bajo la firma de G. Cavendish. Mis clientes suponen que mi sexo es masculino, por supuesto.

Frunció el ceño.

—Eso es absurdo.

—No. —Jenny negó con la cabeza—. Le aseguro que es la verdad.

—¿Pero cómo es posible que...?

Ella levantó la mano.

—No insulte mi inteligencia, Ned, soy experta en aritmética, lo suficiente como para ayudar a los comerciantes locales a cuadrar sus libros de cuentas y calcular sus impuestos a la corona. Si no fuera cierto, ¿habría mandado el conde a buscarme?

Por primera vez desde que conocía a Ned Darrow, que era toda su vida, este se quedó sin palabras. Ella sonrió.

—No puedo dejar que el señor Binkley sepa que soy una mujer. En caso de que él no sea tan previsor… —Jenny casi se atragantó—. Tan abierto de mente y comprensivo como usted.

Ned se quedó un momento en silencio, reflexionando. Básicamente, él tenía el sustento de Jenny en sus manos, y a ella no le gustaba esa idea. Ni un poco.

—La creo, prima —dijo Ned.

Ella dejó escapar el aliento que había estado conteniendo y casi lo abrazó. Casi.

—Por el gran aprecio que siento por usted —añadió él—, y por el bien de nuestro futuro, la ayudaré.

«¡Nuestro futuro!» ¿Estaba exigiendo un precio por su ayuda? Ella temía que sí, pero no podía ocuparse de eso ahora. No con el almirante en la habitación de al lado.

Jenny asintió con la cabeza, sin saber si había aceptado algo o no.

Por la amplia sonrisa de Ned, parecía creer que ahora tenían un acuerdo.

—¿Qué quiere que haga? —preguntó este.

Ella se adelantó de un salto.

—Déjeme traer al señor Binkley aquí. Puede hablarle de nuestra relación familiar, pero usted debe ser un Cavendish, no un Darrow. Dígale que debo quedarme durante la reunión, ya que hago trabajos de oficina para usted debido a mi excelente caligrafía. Así, si hace preguntas, podré guiarle de algún modo hacia la respuesta correcta.

Ned palideció ligeramente.

—Nunca había hecho algo así.

Jenny se sintió mal. Deseó poder decir lo mismo.

—Por lo general, nuestro criado Henry lleva los libros de contabilidad a mis clientes, pero esto es diferente. Obviamente, Henry no puede reunirse con el señor Binkley.

—¿Pero por qué está el mayordomo aquí?

Ella frunció el ceño.

—He revisado cinco años de los libros de la finca Belton y he encontrado algunas anomalías. Han desaparecido fondos y...

Un golpe en la puerta la hizo callar.

—Jen, sea lo que sea que estés haciendo, hazlo rápido.

Era Maggie, susurrando a través de la puerta. Jenny se dirigió hacia esta y la abrió de un tirón.

—Estamos casi listos. Ve a buscar al señor Binkley y llévalo al salón del señor Cavendish.

Jenny tragó saliva e hizo un gesto detrás de ella hacia Ned, que incluso en ese momento estaba hinchando el pecho y bajándose las mangas del abrigo. Los ojos de Maggie se abrieron de par en par con horror, pero asintió con la cabeza y salió corriendo.

Jenny esperó en la puerta del estudio. Esto tenía que funcionar.

Capítulo 4

Con el señor Binkley sentado en una de las sillas junto al escritorio y Ned al otro lado, Jenny se quedó junto a la puerta esperando a que este se hiciera cargo de todo.

Sin embargo, Ned le dedicó una amplia sonrisa al sirviente principal del conde. Y no dijo nada.

¡Dios Santo! Jenny lo miró con desprecio y Ned tosió.

—Binkley, ¿verdad?

El mayordomo asintió, y luego se volvió ofreciendo a Jenny una mirada inquisitiva.

Por suerte, Ned volvió a llamar su atención.

—La señorita Blackwood es mi prima, y ella... es mi ayudante.

—Ya la conozco —dijo el señor Binkley—. Parece ser una persona bastante servicial, y que aparece donde menos se espera.

Ned se encogió de hombros, sin encontrar el sentido exacto de su significado.

Binkley se llevó las manos a la espalda, donde Jenny podía verlas. Tuvo la sensación de que el almirante intentaba calmar su impaciencia.

—Verá, esta es una situación bastante delicada, como estoy seguro de que puede apreciar después de revisar los libros de contabilidad —continuó el mayordomo—. Preferiría que habláramos en privado.

Jenny sintió frío en todo el cuerpo. Ned podía decir algo incorrecto en un abrir y cerrar de ojos y la farsa se haría añicos. Por la expresión de su rostro, él lo sabía.

—Con el debido respeto, señor Binkley, la señorita Blackwood ya está totalmente familiarizada con las cuentas del conde. A menudo la utilizo para transcribir mis apuntes, ya que mi letra no es demasiado legible. Garabatos, como solía llamarla mi madre.

¡Bravo! De nuevo, Jenny podría haberlo abrazado.

—Ya veo. —Binkley se volvió una vez más para mirar a Jenny con especial dureza—. Entonces, señorita Blackwood, quizá podría dejar de moverse a mis espaldas. Me causa una sensación de amenaza por mis días como soldado de infantería.

Umm, ciertamente rezumaba disciplina, y ahora ella sabía por qué.

Jenny entró en la habitación y se situó junto a su escritorio, intentando parecer mansa.

Binkley se dirigió a Ned una vez más.

—Debido al delicado asunto de los ingresos que disminuyen o desaparecen, como usted descubrió, y por la situación ocurrida hace tres años, estoy aquí para solicitar su presencia en Belton.

—¿Es necesario? —preguntó Ned, en tono aburrido y como si ahora tuviera el control absoluto.

Jenny quería estrangularlo. Después de todo, este podía ser su cliente más lucrativo, y servían al conde a través del señor Binkley. Si este se sintiera molesto, era probable que decidiera buscar un contable de verdad en Manchester o Londres.

—Lo que el señor Cavendish quiere decir, es que odiaría entrometerse en la intimidad del conde —soltó ella.

—No entrará en contacto con su señoría —dijo el señor Binkley, como un almirante al mando de su armada. De nuevo, la miró con dureza, quizá recordándole que se había metido donde no debía la última vez que estuvo en la mansión.

—Por supuesto —murmuró ella.

El mayordomo se volvió hacia Ned una vez más.

—Debo insistir en que venga a Belton, ya que hay demasiados libros de contabilidad para poder transportarlos con facilidad. Es más, creo que puede tener preguntas que podrían responderse mejor si yo estoy presente.

—Ya veo —dijo Ned, y luego miró a Jenny. Ella levantó las cejas y asintió—. En ese caso, ¿cuándo quiere que vayamos?

—¿Vayamos?

—Bueno, debo llevar a Jenny por...

—Por sus garabatos —dijo el mayordomo de forma servicial, aunque no en un tono entusiasta—. Si pueden venir mañana, tendré la biblioteca despejada para que trabajen cómodamente.

—¿Mañana? —preguntó Ned.

Jenny decidió que era hora de terminar su reunión.

—Creo que podré despejar la agenda del señor Cavendish para mañana. Nos veremos a las nueve y media, si le viene bien.

—Sí, muy bien.

El mayordomo abandonó el salón y se marchó en el carruaje del conde.

Apoyada en la jamba de la puerta, con los brazos cruzados, Jenny casi se rio de alivio al verlo partir. Dios mío, debía de haber envejecido un año.

De repente, Ned estaba a su lado.

—Ni siquiera nos ha dado las gracias por ir mañana con tan poca antelación.

Jenny puso los ojos en blanco.

—No tiene que darnos las gracias. Trabajamos para él.

—Ah, claro.

Acto seguido, sintió que Ned le cogía el brazo y, con un pequeño tirón, lo metía bajo el suyo, manteniéndolo cerca de su costado.

Ah, el precio a pagar. Sería muy costoso.

—Esto es bastante emocionante —dijo él—. Nunca he hecho una comedia como esta. Y pensar que la estamos haciendo juntos… —Le dio una palmadita en la mano atrapada.

—Sí —dijo ella—, ¿quién lo diría?

Jenny sería amable con Ned. Esa era su naturaleza, después de todo. Es más, él le estaba haciendo el mayor de los favores, pero aun así, ¿tenía que seguir recordándoselo? Entre la partida del señor Binkley y el desayuno, había mencionado su contribución «al bienestar de ella» al menos una docena de veces.

«¡De qué aprieto la he sacado!», había declarado Ned durante la cena de la noche anterior, con la boca llena de pastel de carne.

«¡Qué suerte haber estado aquí con Maisie!», dijo mientras desayunaba gachas de avena y gruesas tortillas de tocino al día siguiente. «Esto es lo que pasa por decir mentiras», se regodeó dando un bocado a una tostada antes de sorber su té.

Como si Jenny hubiera podido elegir, siendo una mujer.

Ella ya tenía ganas de gritar, y eso que acababan de llegar a la mansión Belton. Ned había intentado cogerla de la mano en numerosas ocasiones en la intimidad de su carruaje, después de insistir en que viajasen en su viejo brougham, y no en la calesa descubierta de Jenny. Cuando estaba a punto de golpear a su primo en la nariz, sintió que las ruedas del carruaje giraban hacia el camino de grava.

Además, pensó malhumorada, mientras llevaba a Ned hasta la entrada lateral y llamaba a la puerta, en realidad no necesitaba su ayuda. Habría pensado en otra cosa si él no hubiera estado allí en aquel momento. Aunque no tenía ni idea de qué.

El mismo sirviente los recibió en la puerta. Obviamente, le habían dicho que Jenny no había acudido esta vez para darles clases particulares a Peter y Alice, porque los condujo por un camino diferente a través de los pasillos y las escaleras antes de mostrarles una gran y bien provista biblioteca, con libros desde el suelo hasta el techo que debían de costar una fortuna.

—Qué maravilla. —Jenny no había estado en una habitación así desde que se equivocó de sala después de haber tomado demasiado champán durante su primera temporada. Su padre la había encontrado sentada en una silla, con la copa en la mano, leyendo una biografía de Isaac Newton y sus ecuaciones matemáticas en uno de los fabulosos y extravagantes bailes de lord y *lady* Jersey.

Había una gran mesa redonda con cuatro cómodas sillas de cuero dispuestas alrededor, y Jenny y Ned se sentaron cada uno en una de ellas. Sobre la mesa había dos pilas de tomos de cuero, con toda seguridad, libros de contabilidad, ya que se parecían a los que ella ya había estudiado a fondo. Bolígrafos, tinta, papel en blanco, todo había sido cuidadosamente dispuesto para ellos.

Jenny sacó su ábaco de la mochila. La ayudaba a recordar sus habilidades, aunque no calmaba del todo las mariposas que revoloteaban en su estómago.

—¿Por dónde empezamos? —preguntó Ned, echándose hacia atrás en su asiento como si no tuviera ni idea de lo que era un libro ni cómo abrirlo.

—Puede encontrar algo interesante en estos estantes —le dijo ella—, o puede echarse una siesta. —A ella le importaba lo que hiciera, siempre y cuando se quedara callado y no la molestara—. Empezaré con el último libro de contabilidad y trabajaré hacia atrás. Me parece que es la mejor manera de no cometer ningún error.

Cogió el primer volumen y descubrió que era muy antiguo.

Eso no serviría. De pie, comenzó a ordenar los libros por décadas, hasta que al fin encontró las cuentas anteriores a seis años. Entonces se quedó en silencio y empezó a leer, a calcular, y a sumar y a restar.

Había pasado una hora, quizá más, cuando se abrió la puerta y entró el almirante. En ese momento, ella estaba escribiendo apresuradamente, inclinada sobre el libro de contabilidad y con la nariz casi pegada al papel para leer las letras diminutas que alguien había escrito en el margen.

Al levantar la vista, vio al señor Binkley mirándola fijamente y luego a Ned, tumbado en un diván junto a la ventana y roncando con un libro abierto sobre el pecho.

¡Dios mío! Tendría que haberle preparado al menos para que se pareciese al personaje.

—Ejem… —Se aclaró la garganta el señor Binkley. Ambos miraron a Ned, que no se movió.

—Se está tomando un pequeño descanso mientras transcribo algunas notas —dijo Jenny—. ¿Puede decirme, señor Binkley, si el propio conde, el joven, quiero decir, el actual, guardó los libros hasta el momento en que se marchó?

—No. ¿Por qué lo pregunta?

—Porque aunque ya se habían producido algunos cambios en los libros de contabilidad y en los ingresos de la finca en los últimos seis o siete años, éstos cambiaron drásticamente hace tres.

—Ah, sí. Era el primo de su señoría quien llevaba los libros de contabilidad.

—¿Tobías Devere?

—Sí, desde hace unos siete años, diría yo. *Sir* Tobías era adepto a los números y le pidió al padre del conde si podía hacerse cargo de las cuentas de la casa, y luego también se ocupó del resto de su hacienda.

Era extraño, pensó Jenny. Con una finca tan vasta y rica como la de los Deveres, no tenían un contable profesional a su servicio.

—Y antes de *sir* Tobías, ¿quién llevaba la contabilidad?

—Su señoría, el anterior conde, tenía un administrador de la finca que hace tiempo que se fue.

Ned resopló en sueños, y ambos lo miraron por un segundo.

—¿Y el actual conde no se ocupa de las cuentas desde hace ocho años o desde entonces?

—Me temo que nunca tuvo cabeza para ello, señorita. No es que no se interesara por los bienes de su familia. Eso sería una suposición incorrecta. Lord Devere, ahora lord Lindsey, siempre participó en la gestión de esta mansión y de las numerosas propiedades de su padre. Entendía su funcionamiento y las necesidades de su gente.

Antes de que se convirtiera en un abatido recluso. ¿Y ahora?

Jenny se guardó esa pregunta para sí misma.

—Ya veo. —Ella pasó unas cuantas páginas de un lado a otro—. ¿Quién lleva la contabilidad ahora?

El señor Binkley se llevó las manos a la espalda y la miró.

—Aparentemente, usted.

Sintió que sus mejillas se enrojecían y volvió a mirar a Ned. Criatura inútil. El mayordomo se había dado cuenta de su farsa, sin duda. Sin embargo, ella no debía asumir que eso era lo que él quería decir.

—Lo que quería preguntarle es quién se ha encargado de esto desde que su señoría y su primo se fueron al extranjero.

—Sé lo qué quería preguntar —dijo el señor Binkley—. El viejo conde aún vivía durante los dos años de ausencia de su hijo.

Eso no le decía nada a Jenny, pero sonrió con ánimo. ¿Habría algo más?

—Nadie más se ha encargado —añadió el mayordomo.

Por primera vez, Jenny tuvo la sensación de que le estaba ocultando algo.

—He hecho algunas anotaciones, y el ayuda de cámara del conde ha llevado algunas cuentas —dijo el hombre—. Incluso el ama de llaves, la señora Keithley, a la que no creo que conozca, ha tenido que hacer cuentas. Estaba visitando a su hermana en Gloucestershire cuando usted estuvo aquí antes. De ahí que nadie le trajera el té.

Jenny frunció el ceño. Qué método tan descuidado. Y el almirante, por su malestar, lo sabía.

—No entiendo muy bien cómo el heredero del condado y su primo, que supongo que también era un heredero potencial, pueden ir a la guerra y dejar toda la finca sin un supervisor, sin faltarle el respeto a usted, por supuesto.

—No se trata de una falta de respeto, señorita, se lo aseguro.

En ese momento, Ned roncó con fuerza y se despertó. Se incorporó, parpadeó y recordó dónde estaba y por qué estaba allí. Entonces vio al señor Binkley y se puso en pie de un salto.

—Sí, como decía, los libros de contabilidad muestran algunas discrepancias graves —dijo de pronto.

Jenny estuvo a punto de reírse, pero se limitó a suspirar, y el señor Binkley tuvo la delicadeza de guardar silencio.

—Seguiré indagando más —le dijo al mayordomo—. Ahora que tengo una mejor comprensión, miraré más de cerca los asuntos recientes. Al menos podré decirle dónde buscar los ingresos perdidos.

—Ella se refiere a que lo haré, junto con su ayuda... —comenzó a decir Ned, pero se detuvo cuando ella le envió una mirada de tranquilidad.

Solo después de que el señor Binkley se marchara, Jenny se dio cuenta de que seguía sin saber por qué se había dejado la hacienda a la deriva tras el fallecimiento del conde sin que hubiera alguien a su cargo. Era inconcebible.

Jenny oyó los gritos y no pudo ignorarlos. Deseó poder pasar sigilosamente junto a la puerta cerrada de la cámara del conde, pero su corazón tendría que ser de piedra. Todo lo que quería era una maldita taza de té, pero se había perdido en su camino desde la biblioteca.

«¡No!», oyó gritar Jenny de nuevo, segura de que se trataba de él.

Miró por el pasillo y esperó con ansias ver a algún miembro del servicio, pero este estaba desierto. Sin duda, todos en la mansión estaban acostumbrados a su extraño tormento y por eso lo ignoraban.

Otro grito y luego unos profundos gemidos atravesaron la puerta y, casi sin pensarlo, Jenny puso los dedos en el picaporte y lo giró. Con el corazón palpitante, empujó lentamente y echó un vistazo al interior, sumido en las sombras.

Sorprendida, dudó antes de entrar. A esa hora del día, la habitación debería estar llena de luz solar. En cambio, estaba tan oscura como la brea.

Sin embargo, cuando oyó a Simon Devere gemir de nuevo, se acercó a él, ignorando la piel de gallina de sus brazos. Sus ojos se estaban acostumbrando con rapidez a la mínima luz que la había seguido desde el pasillo.

Después de unos segundos, pudo distinguir la forma de una gran cama con dosel a su derecha, pero el conde no estaba en ella. Sus trágicos sonidos provenían de las ventanas, cubiertas con espesos cortinajes. Cruzó la gruesa alfombra tan rápido como se atrevió para no tropezar y caer a sus pies.

Logró llegar hasta él. Estaba profundamente dormido, sentado en un sillón, y era obvio que estaba sufriendo una terrible pesadilla.

Ni siquiera podía distinguir sus rasgos, solo un pelo demasiado largo y un rostro pálido en la oscuridad. ¿Debería descorrer una cortina? ¿Debía tocarlo para despertarlo?

El conde se agitó de pronto, gritó con fuerza y se despertó, sentándose como un rayo. Parecía mirarla fijamente, pero no dijo nada, sin mostrar sorpresa ni alarma por su aparición. Luego miró a su izquierda y a su derecha, hacia su propio regazo. Al fin, se agarró a los reposabrazos y respiró hondo.

—Milord —susrró Jenny, y él volvió a mirarla—. Siento entrometerme en su intimidad, pero estaba usted angustiado.

Solo pretendía despertarle.

Él ladeó la cabeza.

Al ver que seguía callado, ella temió por un momento que el conde de Lindsey hubiera perdido la cordura.

—Iré a buscar al señor Binkley —dijo Jenny.

Cuando ella se giró, él la agarró del brazo. Jenny estuvo a punto de gritar de sorpresa, pero antes de que pudiera hacerlo, él jadeó.

—Puedo tocarte…

—¿Milord? ¿Está bien?

—Eres un demonio bien hablado —dijo él con voz baja y rasposa.

—¿Perdón?

—Mis pesadillas nunca suplican —le dijo—. Normalmente me hacen rogarles. —Volvió a mirar a su habitación y luego a ella—. Nunca había soñado antes contigo.

—No soy un sueño, milord.

Él suspiró.

—Por lo que sé, estoy en mi celda en Birmania, soñando que estoy en mi habitación, en casa.

—Le aseguro que está en casa.

—No puedes asegurármelo. He tenido este sueño demasiadas veces, aunque sin ti, estoy convencido. Me despertaré en un minuto y oleré el hedor de la prisión. Esa es siempre mi primera pista para saber dónde estoy.

—Si estuviera durmiendo en su celda, milord, ¿no cree que lo olería incluso aquí, en su casa de ensueño?

Él asintió.

—Eso tiene sentido. —Luego frunció el ceño—. Sin embargo, nada tiene sentido, ¿verdad? Acabo de estar allí. Lo sé.

—No, estaba aquí. Estaba gritando. Lo oí. Siento entrometerme, pero definitivamente, está sentado en un sillón en Sheffield, Inglaterra.

—¿Es así?

—Lo es.

—Tal vez por el momento —concedió tras una pausa—, pero dentro de muy pocos minutos puedo encontrarme de nuevo en Birmania. Tú, con tu suave voz, desaparecerás. Estaré en un suelo duro y sucio, con alimañas infestadas de pulgas arrastrándose sobre mí, con la piel picando sin alivio y congelándome porque el sol se ha puesto, es temporada de monzones y solo llevo andrajos. O estaré hirviendo porque el sol abrasador golpea con fuerza contra la pared de la prisión. Y tendré mucha sed.

Jenny estaba hipnotizada, imaginando vívidamente las terribles condiciones y preguntándose cómo alguien podría sobrevivir a eso. Sin embargo, dicen que vivió en la prisión durante casi dos años antes de ser rescatado por los soldados británicos.

—Por cierto, ahora tengo sed.

El conde lo dijo de una manera tan natural que a ella casi se le escapan sus palabras.

—Oh —dijo Jenny, mirando a su alrededor. Allí, junto a su codo, sobre una pequeña mesa redonda, logró ver una jarra de agua y un vaso.

—Si me suelta, le daré de beber.

Él dudó.

—¿No desaparecerás si te libero?

—No, milord. Lo prometo.

—Me gusta tu tacto —dijo él, todavía agarrándola.

Jenny tuvo que admitir que su roce era una sensación totalmente nueva y nada desagradable. En el lugar donde su mano sujetaba su muñeca con firmeza, pero sin lastimarla, ella sentía un cosquilleo.

Sin embargo, en lugar de soltarla, la acercó hacia él hasta que Jenny perdió el equilibrio y cayó sobre el regazo del conde. Entonces, él la olió. Este desconocido se inclinó hacia delante y olisqueó sobre la parte delantera de su vestido.

—Umm —dijo ella.

—A mí también me gusta tu olor. A limón, creo. Es extraño. Nunca había soñado con un olor así.

Jenny consiguió ponerse en pie y dio un paso atrás, temblorosa, muy consciente de que su mirada estaba fijada en ella, y cogió la jarra.

—Aquí hay agua, milord.

Él se estremeció, pero no dijo nada.

—Le serviré un vaso.

—¿Así de fácil? —preguntó él—. Otros han muerto por lo mismo.

Jenny no sabía qué decir. Tras una pausa, se limitó a repetir sus palabras.

—Le serviré un vaso y se lo beberá. —Sin duda, él parecía delirar, y tal vez se debiera a la sed.

El conde inclinó la cabeza.

—Si es cierto que existes, y que yo estoy aquí, entonces supongo que me darás ese vaso. Yo lo aceptaré y beberé. Me sentiré aliviado durante un tiempo. La mente puede hacer que incluso el aire se asemeje a una bebida fresca y deliciosa cuando se está fuera de sí por la sed.

Incapaz de imaginar tal sufrimiento, Jenny se apresuró a llenar el vaso. Al entregárselo, sus dedos se rozaron.

—No te reconozco, pero siento que eres real —dijo él con emoción.

—Lo soy, milord.

Ella lo observó examinar el vaso y oler el agua antes de bebérselo del todo, inclinando la cabeza hacia atrás y sosteniéndolo contra sus labios para obtener las últimas gotas.

—Hay más, si lo desea.

—No, está bien. Ya no tengo sed, pero sé que no durará. Cuando esté en la celda, me preguntaré cómo he podido imaginar el agua de forma tan verídica. Sin embargo, si vuelvo a cerrar los ojos, desaparecerá y volveré a estar allí. Lo sé. Me esfuerzo por no cerrar nunca los ojos.

Pobre hombre atormentado.

—Si no me conoce —razonó Jenny—, entonces, ¿cómo podría imaginarme. ¿Cómo puedo ser solo un sueño? ¿No se sueña solo con lo que se conoce?

Él la observó y luego la miró de arriba abajo en la espesa penumbra. No con insolencia ni con ningún tipo de insinuación impropia que pudiera hacerla sonrojar. Simplemente la estudió.

—Eso tiene sentido. He soñado con mucha gente mientras estaba en mi celda. Con los ojos abiertos, juro que hablo con los vivos y con los muertos. Con los ojos cerrados, a menudo estoy aquí, en esta misma habitación, o paseando por el jardín. A veces incluso estoy montando uno de mis caballos favoritos. —Hizo una pausa y luego extendió la mano, sorprendiéndola, mientras volvía a agarrar con suavidad su antebrazo.

—Pero es cierto, siempre conozco a la persona o el lugar. O al caballo.

Jenny asintió.

—No la conozco, ¿verdad? —preguntó él, con un tono casi suplicante.

Oh, vaya. Jenny odiaba romper la lógica de su propio argumento, pero tampoco estaba dispuesta a mentirle.

—Ahora sí, milord.

Él soltó su brazo al instante.

—Un enigma. Y una prueba de que usted podría ser producto de mi imaginación.

—No —añadió ella con rapidez, preguntándose por qué se sentía tan desesperada por demostrarle a aquel hombre que ella era real y que él estaba a salvo en Inglaterra.

—Coincidimos más de una vez cuando yo era una niña y usted un muchacho. Por lo tanto, para ser sinceros, sabíamos el uno del otro, pero no me conoce. Ciertamente, no podría recordarme casi doce años después.

—De nuevo, tiene sentido —dijo—. Tanto como todo esto puede tenerlo. Entonces, ¿cómo ha llegado hasta mi habitación, asumiendo que usted sea de carne y hueso?

—Pasaba por delante de su puerta y lo oí llamar.

—¿En voz alta?

—Sí, milord.

Él asintió.

—Cuando estoy aquí, me quedo muy quieto y callado para no despertarme y volver allí. ¿Lo entiende?

Ella lo escuchó, fascinada por sus pensamientos.

—Cuando estoy allí, grito y chillo, rogando que sea solo una horrible pesadilla. A veces mi voz me despierta y regreso aquí. Y si me mantengo en la oscuridad, entonces no puedo ver las ratas.

Las lágrimas brotaron de sus ojos.

—No hay ratas, milord.

Él negó con la cabeza.

—No, ahora no. Pero más tarde, sí. A menos que me mantenga despierto. ¿O es que debo seguir soñando con el hogar?

Ella no era médico, pero creía que si él permanecía en esta habitación a oscuras, sin saber si estaba despierto o soñando, entonces caería en la locura. Si no era ya demasiado tarde.

—¿Y si lo mantengo despierto hablándole? —Jenny ni siquiera estaba segura de lo que decía ni de por qué. Solo sabía que quería ayudarlo—. No volvería a aquella celda mientras estamos conversando, ¿verdad, milord?

Él reflexionó.

—No, no creo. Tampoco regreso si bebo. Después de todo, tomaré otro vaso de agua.

Ella le sirvió uno al instante, y él bebió la mitad antes de dejar el vaso a un lado.

—¿Y la comida?

—¿Qué pasa con la comida? —preguntó él.

—Alguien se la traerá, supongo. ¿Se alimenta bien?

—Sí.

Jenny se preguntaba si se la llevaba el propio señor Binkley, el ama de llaves, aún invisible, o tal vez una de las criadas. Porque, sin duda, este hombre necesitaba compañía, aunque solo fuera para mantenerse anclado en el aquí y ahora.

—¿Quién se encarga de eso?

—Binkley. Y otros que no veo. Creo que me tienen miedo.

—*Uff…* —dijo ella.

—Es lo mismo que dijo Binkley cuando se vio obligado a hacer de criado.

Probablemente, el almirante estaba tratando de hacer entrar en razón al joven conde. Sin embargo, Jenny pensó que el señor Binkley no tenía ni idea de hasta qué punto había quedado traumatizado Simon Devere.

«¿Y tú sí?», preguntó una voz burlona en su cabeza.

Por alguna razón, ella creía entender su miedo. No era una melancolía fantasiosa, aunque muchos podrían pensarlo. Era algo más práctico. Le habían enseñado durante su estancia en la celda que dormir significaba soñar cruelmente con estar en casa. Uno y uno eran dos. Y ahora que estaba en casa, ¿cómo podía estar seguro de que no seguía en cautiverio en uno de sus sueños?

El terror al despertar en la celda no lo liberaría con facilidad.

Con toda probabilidad, necesitaba que un médico lo devolviera a la realidad. Sin embargo, en ese momento, ella era la única persona que estaba allí.

—Lo que usted come… ¿son tal vez tartas y asado de ave o cerdo?

Él asintió con un gesto.

—¿Saben de verdad?

—Sí.

—¿Cree que el sabor podría ser tan vívido en un sueño? ¿Si aún estuviera en su celda?

Jenny pensó que él sonreía hasta que se dio cuenta de que en realidad estaba haciendo una mueca.

—Le sorprendería lo reales que son mis sueños. Una vez probé un bocado especialmente delicioso, nunca lo olvidaré. Era una cucharada de tarta de manzana caliente, y me dije que si era un sueño, no creía que pudiera sobrevivir. Entonces me desperté en el infierno.

Jenny jadeó. La decepción la golpeó como si hubiera estado allí.

—Pero logré sobrevivir. A pesar de la falta de bizcocho, manzanas y crema pastelera.

Pobre alma desgraciada…

—Por lo tanto, querida belleza fantasmal, me como todo lo que Binkley me traiga. Incluso me baño cuatro veces a la semana. Y, por supuesto, hay otras llamadas de la naturaleza que se manejan de manera muy diferente en este mundo que en el otro.

Jenny no quería pensar en el horror de atender las funciones corporales en un pequeño lugar cerrado. Con ratas y pulgas mordiendo constantemente su piel.

¿Cómo podía ayudarle? ¿Qué podía...?

¿Belleza fantasmal? ¿En realidad la consideraba hermosa?

Entonces recordó la oscuridad de la habitación, y cómo apenas podía distinguirlo en la penumbra. Asimismo, ella debía de ser solo una voz femenina con forma de mujer, con el cabello recogido en un sencillo moño y un vestido anticuado que él no podía ver.

Un golpe en el marco de la puerta la hizo saltar. El conde hizo lo mismo, y se miraron como niños a los que se ha pillado haciendo alguna travesura.

De inmediato, Jenny se dio cuenta de que no debería estar en la cámara del conde, a solas con él.

Capítulo 5

Ninguno de los dos habló, pero al ver al señor Binkley, de pie en el umbral de la puerta, Jenny se relajó. Menos mal que la había dejado abierta de par en par. Sin duda, eso indicaba una situación totalmente inocente.

Dando un paso atrás, se dirigió al almirante, que la miraba como si tuviera dos cabezas.

—Su señoría estaba en apuros. Entré para ver si podía ayudarle.

El mayordomo asintió. Luego se llevó las manos a la espalda de esa manera que ella le había visto hacer en su propio salón.

—Esta es la tercera vez que se presenta en un lugar inesperado, señorita Blackwood. Estoy empezando a pensar que es usted un hada.

—Yo creía que era un demonio —repuso el conde.

Jenny no pudo contener la risa nerviosa que se le escapó, pues el señor Binkley no sonreía.

—Voy a volver al trabajo. O más bien, a asistir al señor Cavendish.

Era difícil distinguirlo en la penumbra, pero le pareció ver al señor Binkley poner los ojos en blanco.

El mayordomo inclinó la cabeza.

—Le deseo un buen día, milord.

—¿Volveré a soñar con usted? —le preguntó el conde a Jenny.

El señor Binkley tosió.

—Le prometo que soy real —dijo ella.

—Entonces, prométame también que volverá. Mañana —insistió el conde.

Jenny miró al almirante para pedirle permiso. Él dudó y luego asintió.

¿Por qué eso la llenó de calidez, en lugar de temor?

—Sí, milord. Vendré a veros de nuevo mañana.

Simon Devere se relajó visiblemente.

—Me quedaré despierto hasta entonces.

Oh, Dios. Se apresuró a tranquilizarlo.

—Si se duerme, lo despertaré cuando vuelva, y le aseguro que estará aquí, en casa.

—Si usted lo dice.… —No parecía convencido.

Ella lo miró una vez más y luego se deslizó en silencio ante la mirada penetrante del señor Binkley.

Después de la cena, Jenny no perdió tiempo en contarle a Maggie todo lo que había ocurrido. Quería que su hermana comprendiera que el conde no era un monstruo como los que aparecen en los cuentos de Perrault, y que tampoco estaba loco, solo torturado por sus propios sueños.

Estaban sentadas en la cama de Jenny, en su estrecho dormitorio, donde nadie podía escucharlas. Al regresar a la biblioteca después de su encuentro con el conde, había aplacado a Ned con una bandeja de té muy cargada, llevada por la criada que la seguía. Las galletas, la nata y las fresas distrajeron a Ned de preguntarle cómo podía haber tardado tanto en encontrar las cocinas.

Apoyada en el cabecero de la cama, hombro con hombro con Maggie, Jenny se levantó las faldas hasta las rodillas para combatir el calor veraniego que se había acumulado en su habitación, a pesar de la ventana abierta.

—Lord Desesperado es un hombre verdaderamente problemático —dijo Maggie, abanicándose—. ¿Y tienes intención de volver?

—Se lo prometí.

Maggie estudió el perfil de su hermana.

—¿Estarás a salvo?

Jenny se encogió de hombros.

—No sentí miedo de él ni un solo momento. Cuando me tocó, fue...

—¿Te tocó? —preguntó Maggie, con un destello de preocupación cruzando sus bonitas facciones.

Jenny sintió que el calor se apoderaba de su rostro.

—Brevemente, me agarró del brazo, pero fue muy suave.

Maggie sonrió, sin decir nada.

—¿Qué? ¿Por qué pones la cara de un gato delante de un plato de nata?

—¿Es guapo su señoría?

Jenny chasqueó la lengua.

—Apenas pude verle. Te dije que estaba oscuro.

—Bueno, ¿te dio la sensación de que parecía un ogro?

Las dos se rieron.

—Muy bien. Te lo diré. El conde de Lindsey es un hombre de rostro agradable, por lo que pude distinguir en la oscuridad. Tenía el pelo un poco más largo de lo que está de moda, pero alguien se ha encargado de afeitarle la barba a diario. Lo más probable es que sea el señor Binkley, aunque debe de haber un ayuda de cámara en alguna parte, ¿no crees?

Maggie asintió.

—Sin duda. ¿Qué más? —Le dio un codazo a su hermana.

Jenny reflexionó.

—Olía a limpio y su voz tenía un rico timbre.

—¿Cuando no estaba gritando y gimiendo?

—Sí, Mags. Cuando no estaba gritando y gimiendo. Pobre hombre —dijo ella, pensando en cuánto había sufrido—. Todos deberíamos tener compasión por él. Estoy segura de que me miraba con cordura e inteligencia.

—¡Te gusta! —declaró su hermana.

—¿Qué? ¿Cómo puedes concluir tal cosa por lo que te he contado?

—¿Lo niegas?

Jenny se revolvió.

—Siento simpatía por el hombre.

Su hermana resopló, divertida.

—¿Cuándo volverás a ver a tu conde?

—Basta. Sabes muy bien que no es mi conde.

—¿Y bien? —Maggie insistió.

—Mañana. —Jenny saltó de la cama cuando su hermana empezó a reírse—. Me voy a la habitación de mamá a terminar la contabilidad de la panadería.

—Creí que ya la habías terminado —señaló Maggie.

—Entonces haré la de la posada —dijo Jenny, huyendo de la divertida expresión de su hermana.

Simon gritó, despertándose. Sacudió la pierna izquierda, donde aún podía sentir las garras de una rata. Su corazón estaba acelerado y no tenía idea de si era de día o de noche. Eso era normal. Lo que no era normal era que estuviera buscando a alguien. ¿A quién?

Se quitó la manta de encima recordando cómo Binkley se la había puesto en el regazo después de la cena.

Después de comer, Simon había dado veinte vueltas alrededor de su gran alcoba, sorprendido por lo débiles que sentía las piernas incluso después de tan poco ejercicio, y luego se había desplomado de nuevo en su silla. No le había gustado que Binkley intentara arroparlo como si fuera una anciana.

Aun así, Simon no podía deshacerse de la sensación expectante de que alguien debería estar, podría estar, en su habitación. Entonces se acordó. La mujer. Se concentró en ella, recordando su dulce voz y su amabilidad mientras le daba agua. Tal vez reapareciera.

Siempre y cuando se mantuviera despierto.

¿No le había pedido él que volviera al día siguiente? ¿Era

ya por la mañana?

Se levantó y se estiró. Después de muchas semanas, era capaz de moverse con facilidad por la habitación en la oscuridad. Se acercó a la ventana, vacilante, y apartó una de las cortinas. Se encogió, esperando ver los barrotes y oler el aire espeso y penetrante del bosque de teca birmano. En cambio, los cristales le protegían del fresco aire de la noche inglesa. A juzgar por las estrellas, era temprano, quizá faltaban un par de horas para el amanecer. Mucho tiempo de espera, si es que de verdad ella iba a volver a verlo.

Estaba desesperado por la idea de regresar a la última pesadilla. Las ratas habían sido particularmente voraces. Simon dio unas cuantas vueltas más a su habitación. Al final recuperaría las fuerzas, pero quizá debería esforzarse más. Solo tenía que permanecer fuera de la celda el tiempo suficiente para hacer ejercicio.

Casi se rio de sus propios pensamientos enrevesados.

Por ahora, un libro le serviría. Binkley le había traído una pila de las historias de aventuras favoritas de Simon de su juventud. *Robinson Crusoe, Los viajes de Gulliver*, incluso *Tom Jones*, aunque no le habían dejado leer el cuento subido de tono hasta los catorce años. Ahora, después de haber vivido su propia aventura, una bastante terrible, quería leer algo más tranquilo.

En contra de su costumbre, encendió una lámpara y examinó las opciones. Al coger *Las penas del joven Werther*, Simon le echó un vistazo, pensó en la decisión del suicidio del protagonista y lanzó el libro al otro lado del dormitorio. Un momento después, fue a recogerlo y lo colocó de nuevo en su estantería. El estallido de violencia espontánea le resultaba extraño, sobre todo, si iba dirigido contra un libro inocente.

¿Qué más había? Ah, una colección de Robert Burns. Un poco de poesía de un hombre que amaba la vida, las mujeres y la bebida. Uno podría hacer algo peor. Incapaz de seguir sentado, Simon lo abrió y comenzó a leer de pie, a la luz de la lámpara.

A la mañana siguiente, Jenny decidió no molestarse en seguir fingiendo con el señor Binkley. Era un insulto para el hombre. Muy aliviada, le dijo a Ned que podía quedarse en casa. Por supuesto, su primo protestó airadamente.

—No es seguro que vayas allí sola, querida prima —dijo.

—Pero yo voy siempre sola —señaló Maggie—, y Jenny también lo ha hecho antes.

—Usted va a ver a los niños —dijo Ned—, mientras que ella estará sin carabina.

Jenny se quedó callada. No iba a discutir.

—En cualquier caso, me voy esta tarde —le dijo Maggie a Jenny—, y veré cómo estás, ¿quieres? Cuando Peter y Alice estén tomando el té.

—Si lo deseas… —contestó su hermana.

Ned se mostró insatisfecho.

—Bueno, no me gusta nada este arreglo. Lady Blackwood, ¿qué dice usted?

La madre de Jenny estaba leyendo el *London Times*, que llegaba desde Londres con una semana de retraso, y estaba claro que no había escuchado ni una palabra. Al oír su nombre, levantó la cabeza y miró a sus hijas y a sus invitados.

—¿Me he perdido algo?

—No, mamá —dijo Jenny—. ¿Alguna noticia que valga la pena compartir?

—Oh, sí —añadió Eleanor—. ¿Algo sobre la reina?

—¿O de la condesa de Dudley? —preguntó Maisie.

—Seguiré leyendo, pero hasta ahora, todas las noticias son malas. Por supuesto, todavía hay innumerables historias sobre la hambruna. Esas pobres almas… Terrible, terrible —dijo, y todos se detuvieron un momento a pensar en la gente que se moría de hambre en Irlanda.

Luego dio un sorbo a su té y hojeó la siguiente página.

—La duquesa de Montrose ha fallecido. Y Frederick Douglass ha regresado a Estados Unidos después de escribirle al editor para que publique que pasó en Inglaterra una estancia encantadora.

Maggie soltó una carcajada y Jenny se unió a ella.

—¿Qué? —preguntó Anne Blackwood, mirando a sus dos hijas mayores.

—Estoy segura de que no le dijo al *Times* que había tenido una «encantadora estancia» —afirmó Maggie—. Debió de ser algo más profundo después de haber estado aquí durante un año y medio.

Lady Blackwood se encogió de hombros.

—Estoy segura de que disfrutó de su estancia. De todos modos, déjame mirar en las páginas sociales.

Mientras su madre las obsequiaba con historias, Jenny se excusó y se preparó para marcharse. A decir verdad, una pequeña sensación de impaciencia la recorría ante la perspectiva de volver a ver al conde.

—Disfruta de la mañana —le dijo Maggie a Jenny mientras esta subía a su calesa—. Saluda a lord Desesperado de mi parte.

Jenny miró hacia atrás y observó cómo Ned interrogaba a su hermana por su comentario, y se sentó de nuevo en el desgastado asiento de cuero, feliz de escapar de su casa de campo y del opresivo Ned Darrow.

Muy pronto, Jenny casi deseó la facilidad de tratar con su primo, o al menos de manejar solo la contabilidad del posadero. Los libros de contabilidad de los Belton estaban en un estado terrible. El dinero que debería estar allí simplemente había desaparecido. No podía imaginarse cómo el señor Binkley seguía administrando todo. Debía de ser un mago.

Cuando se abrió la puerta de la biblioteca, Jenny esperó que fuera el mayordomo, ya que tenía algunas preguntas más para él. Estuvo a punto de recomendarle que alguien se embarcara en un viaje por las vastas posesiones del conde para entender cómo había podido ocurrir semejante lío.

Sin embargo, en lugar del señor Binkley, entró en la habitación una mujer a la que nunca había visto. Por el estilo de su vestido, Jenny pudo ver que no era una sirvienta. Por el color del mismo, negro impoluto, Jenny supo quién era.

—Su señoría —dijo Jenny, poniéndose de pie e inclinando brevemente la cabeza.

—¿Me conoce? —La voz de la mujer delataba un leve acento francés. Obviamente, hablaba un inglés tan perfecto como su lengua materna.

—No, señoría. Supongo que es usted *lady* Tobías Devere.

De estatura media y algo regordeta, la mujer de pelo rubio llevaba un elegante vestido de brocado negro y sujetaba un pañuelo arrugado, que parecía haberlo estado estrujando entre sus manos.

—Lo soy. Usted ha conocido a mis hijos, tengo entendido.

—Son encantadores. Mi hermana los atenderá en breve.

Lady Devere sonrió, quizá al pensar en sus hijos.

—La señorita Blackwood es excelente con ellos. Su francés ha mejorado mucho. La casa de mi familia está en Niza, y cuando Alice tenga otro año más, tengo la intención de llevarlos a ambos allí para una estancia prolongada.

Jenny asintió. No tenía nada que aportar a la idea de un viaje tan maravilloso, ya que nunca había puesto un pie fuera de las Islas Británicas.

Luego miró el pañuelo gastado y consideró lo que representaba.

—Siento mucho su pérdida.

Maude Devere miró al suelo.

—Gracias. Sé que la gente piensa que actúo como una tonta frente al dolor. Después de todo, según el relato de lord Lindsey, mi Tobías lleva más de dos años fallecido, pero para mí es como si acabara de suceder.

—Estoy segura de que es muy difícil. También el hecho de perder su casa. —A Jenny le gustaría saber por qué la viuda se quedó sin dinero y a quién había vendido Jonling Hall.

La mujer miró a Jenny.

—Nosotros también tuvimos que dejar nuestra casa en Londres por la muerte de mi padre —explicó esta—. Ha sido duro adaptarse.

Sin comentar el destino de la familia de Jenny, *lady* Devere se dirigió hacia las ventanas de la biblioteca, que daban a la parte trasera de la finca.

—Los niños y yo tuvimos suerte de que la servidumbre del conde nos acogiera sin que él estuviera en la residencia.

Jenny lo consideró. La verdad es que era bastante sorprendente que el personal de servicio de lord Lindsey se encargara de abrir su casa sin su permiso. Supuso que eso demostraba la cercanía de los primos.

¿Qué pasaría cuando Simon recuperara sus facultades y tomara el control del condado y de la finca? ¿Permitiría que la viuda de su primo se quedara hasta que se fuera a Francia? Sin duda, eso daría que hablar en ciertos círculos.

—Mi marido se contentó con quedarse aquí en Sheffield y ocuparse de todo lo que su tío necesitara —dijo Maude Devere—. No estoy segura de que su contribución fuera totalmente apreciada. —Resopló y se secó las lágrimas.

—Eso parece —dijo Jenny con suavidad—, tal vez fue una mala idea que ambos primos se fueran al mismo tiempo, dejando solo al envejecido conde.

—Dudo que mi marido hubiera decidido ir él solo, pero sentía que era su deber luchar al lado del heredero. —Una nota de amargura se había colado en su voz.

¿Fue por eso que ambos fueron a la guerra? Tal vez el viejo conde en persona había enviado a Tobías para proteger a su único hijo. Ciertamente, ninguno de los dos podría haber previsto que el conde de Lindsey muriera mientras ellos estaban fuera.

—Sin embargo, si algo les hubiera ocurrido a los dos...

Al parecer, Jenny se había extralimitado, pues Maude se envaró visiblemente.

—Mi hijo estaba aquí, en caso de que ninguno de ellos regresara.

—Sí, señoría, pero no me refería a un heredero. Me refería a la necesidad de tener a alguien que dirigiera la finca de los Devere.

La mujer hizo un ruido incomprensible antes de continuar.

—Siempre estuvo el padre de mi marido, el hermano del viejo conde.

—Oh... —Era la primera vez que Jenny oía hablar de él.

Entonces Maude pareció pensar mejor sus palabras.

—No creo que mi suegro tenga ninguna participación en nada que concierna a Belton, no desde que el actual conde regresó a su legítima posición.

Jenny se sorprendió.

—¿Quiere decir que su suegro estuvo aquí durante el tiempo que su marido y el conde estuvieron en Birmania?

—Sí, por supuesto. Cuando el antiguo lord Lindsey cayó enfermo, su hermano vino enseguida. Fue él quien sugirió que me mudara con mis hijos a esta casa. Después de todo, él sabía que Jonling Hall era solo una terrible sangría para mis recursos.

—¿El hermano del conde le sugirió que lo vendiera?

Maude se puso rígida.

—Sí.

—Si su marido hubiera regresado, ¿no se habría molestado por la pérdida de su hogar?

Jenny se dio cuenta de que podía haberse excedido. La señora lo confirmó levantando la barbilla y dirigiendo a Jenny una mirada fulminante.

—La estoy apartando de su trabajo —dijo Maude, ignorando la pregunta y subrayando la diferencia de su rango—. Mi intención era solo conocerla, puesto que ha pasado tiempo con Peter y Alice. Siempre entrevisto personalmente a cada uno de sus tutores.

Jenny se abstuvo de preguntar si Maude la consideraba aceptable para estar cerca de sus hijos. Se limitó a inclinar la cabeza una vez más y a levantarla para ver cómo se marchaba *lady* Tobías Devere.

Aunque no pudo evitar preguntarse si el suegro de la mujer había comprado Jonling Hall para mantener la propiedad en la familia. Pero ¿por qué no habría figurado en los registros? Y si lo había hecho, ¿por qué no había dejado que su nuera y sus nietos se quedaran en su antigua casa?

No, Jenny decidió que debía estar conjeturando mal.

Pasaron otras dos horas, la tetera que le habían traído se quedó vacía, y Jenny decidió estirar las piernas y tal vez visitar a su hermana, que estaría atendiendo a los niños en el salón azul.

Sin embargo, cuando empezó a recorrer los pasillos, Jenny se dio cuenta de que no iba a otro sitio que no fuera la alcoba del conde. Desde el momento en que había llegado esa mañana, lo único que deseaba era verlo, volver a hablar con él y asegurarse de que estaba bien.

Cuando se acercó a su habitación, esta vez reinaba el

silencio. ¿Dormía plácidamente o estaba despierto, mirando solo a la oscuridad?

Estuvo a punto de dar media vuelta y huir, pero en el último momento, llamó a la puerta.

Simon llevaba horas a la escucha, esperando mientras pensaba que la belleza fantasmal había sido un sueño después de todo, hasta que le pareció oír pasos. De hecho, rezó para que así fuera.

El ligero golpe en su puerta casi le hizo saltar de la silla. Pero los movimientos repentinos a veces le hacían despertar. Recordó eso y se congeló, recordando la vez que desmontó después de un agradable paseo con Bretón solo para descubrir que su caballo había desaparecido y que su libertad estaba una vez más restringida por los confines de la temida celda.

—Entra —dijo. No ocurrió nada. ¿Era la mujer desconocida? ¿Le había oído ella? ¿La había imaginado por completo? Lo más probable es que sí, pues la existencia de una desconocida en su casa era del todo totalmente improbable.

Entonces se abrió la puerta. Contuvo la respiración, sabiendo por el cauteloso y lento movimiento que no era Binkley.

Un rostro apareció en la penumbra de su alcoba.

Tuvo ganas de sonreír al comprobar que su aparición privada había regresado.

—Buenos días, milord.

—Buenos días, belleza fantasmal.

Simon la vio vacilar.

—No, entre, por favor —le dijo—. Acérquese para que pueda verla.

Ella hizo lo que le pidió, pero aun así, él no podía verla bien. De repente, la oscuridad le molestó en lugar de reconfortarle como hacía siempre.

—¿Es de día?

—Sí. —Su voz era tan suave y gentil como él recordaba.

—Descorra las cortinas —dijo él.

Ella no se movió.

—¿Por qué duda? Cuando las abra, ¿veré la selva? —Esperó que su voz no revelase el miedo que sentía ante esa perspectiva.

—No, milord. Está en Sheffield y no hay ninguna selva. Pero no soy un sirviente, y no estoy acostumbrada a que me hablen de esa manera.

—Ya veo.

Lo consideró. ¿Por qué una mujer extraña se paseaba por su casa, si no era una sirvienta?

—Por favor, abra las cortinas.

—Por supuesto. —Ella pasó junto a él, y él olió el mismo aroma del día anterior.

Se había olvidado de él, pero allí estaba, crujiente y fresco, como los limones y las flores blancas. Le gustaba incluso más que el jabón de glicerina que había estado consumiendo como la leña consume el fuego desde su regreso. Estar limpio, oler bien, dos lujos que había creído no volver a experimentar. Por eso, se bañaba más a menudo de lo que lo había hecho nunca.

Cuando la mujer abrió las cortinas de la ventana que

estaba a su lado, fue como si hubiera encendido cien velas. La luz del sol entró a raudales. El miedo le recorrió por un segundo, haciendo que su corazón se acelerara.

Agarrado a los brazos de la silla, contuvo el aliento, luchando por no gritar, consciente de la repentina humedad de su propia piel y del sudor que se deslizaba por su espalda, mojando su camisa.

—Milord —dijo ella, preocupada.

Debería de sentirse humillado, pero no lo estaba. Había otras muchas emociones con las que él tenía que lidiar, incluido el fastidio, ya que seguía sin poder distinguir sus rasgos. Ella estaba ahora iluminada por la luz brillante, que convertía su pelo en un halo resplandeciente.

—¿Está bien? —preguntó ella, acercándose.

Él no podía hablarle. No podía tranquilizarla. Necesitaba un momento. Sacudió la cabeza, esperando transmitirle su necesidad de orientarse, y cerró los párpados. Eso solo empeoraba las cosas. ¿Y si al abrirlos estaba de nuevo en su celda? ¿Y si ella desaparecía?

Las lágrimas brotaron de sus ojos. Estaba atrapado. Demasiado asustado para volver a abrirlos.

¿Y si? ¿Y si?

Simon se oyó gritar antes de darse cuenta de que lo estaba haciendo. Se sintió bien. Gritó, y no hubo represalias, aunque le pareció oír a la mujer jadear. Gritó una y otra vez. Sin embargo, nadie lo atravesó con un sable. Estaba vivo.

Sí, estaba vivo y gritando, y no se atrevía a abrir sus propios malditos ojos.

—¿Qué está pasando aquí?

Capítulo 6

¡**B**inkley! Simon sabía que estaba en realidad en casa, si Binkley estaba allí.

De inmediato, abrió los ojos. Allí estaba su mayordomo, al que había conocido casi toda su vida. Allí estaba su habitación, iluminada por el cálido sol que hacía un dibujo de cruces en su alfombra a través de los numerosos cristales de la ventana. Allí estaba la mujer, con la mano sobre la boca en señal de angustia, con los ojos muy abiertos y asustados.

—Lo siento —le dijo enseguida, y era cierto. Nunca había sido el tipo de hombre que asustaría a propósito al sexo débil. Le gustaban las mujeres y se había acostado con algunas, pero jamás había asustado a ninguna.

Aun así, no dijo nada.

—Póngase... por favor, póngase allí —señaló al otro lado de su silla—, para que pueda verla mejor.

Ella hizo lo que él le pidió. Su rostro era pálido, lo que hacía que sus labios parecieran bastante rojos. Y tenía los ojos más fascinantes que él había visto nunca. Pestañas oscuras sobre unas pupilas de color café que le recordaban a su caballo favorito de la infancia, y que eran hermosamente grandes. Una mirada inteligente en una cara bonita. En ese momento esos ojos estaban escudriñando su propia apariencia, y brevemente, con ridícula vanidad, esperaba que a ella le gustara lo que veía.

Estuvo a punto de reírse, porque ¿cómo podía encontrarlo atractivo si acababa de gritar como un loco?

—Estoy bien, Binkley —le dijo Simon a su mayordomo—. Lamento decir que le ordené a esta señora que abriera mis cortinas, y los resultados fueron un poco bruscos.

—Ella no debería estar aquí —afirmó Binkley.

—Yo la invité. —¿Por qué no debería? se preguntó él. Esta era su casa. Podía invitar a quien quisiera. Y en ese momento, quería hablar con ella. A solas.

—Te llamaré si te necesito —le dijo a su mayordomo.

—Ella tiene deberes que atender, milord —argumentó Binkley.

El conde volvió a mirar a la mujer.

—Usted dijo que no era una sirvienta.

—No lo soy, milord —respondió Jenny.

—Es contable, milord —explicó Binkley.

—¿Lo es? —Por supuesto, ya había notado su expresión inteligente.

—Ella irá pronto, Binkley.

Su mayordomo le hizo un gesto con la cabeza y se marchó. Al quedarse solos, Simon comprobó, ahora que podía verla con claridad, que era más joven de lo que indicaban su voz, sus modales y su disposición. Quizá apenas había superado la adolescencia.

—¿Ha venido a Belton para revisar las cuentas?

—Sí, milord.

Un destello de rabia lo atravesó. Toby debería estar ocupándose de los libros de contabilidad. Toby, que había sido asesinado, con un total desprecio por su vida o por la familia que le esperaba. La horrible verdad era que la vida de su primo había sido desperdiciada. El hombre nunca debería haber ido a la batalla. Mejor que se hubiera quedado en casa, en su estudio, encorvado sobre los números. Ciertamente, nunca debería haber acabado en esa celda infernal.

Simon apartó de su mente los oscuros pensamientos que le asaltaban. Volverían más tarde, estaba seguro. Mientras tanto, se concentró en controlar su inútil ira. La joven no se la merecía.

—¿Cómo se llama? —preguntó, sin importarle si sonaba grosero. Ya no le preocupaban las sutilezas. Después de todo, ella había escuchado al incivilizado animal herido que acechaba en su interior.

—Jenny —le dijo de inmediato.

—¡Jenny! Suena como el nombre de una criada.

Ella no pareció ofenderse. Más bien, un gesto de perplejidad cruzó su agradable rostro.

—¿Cómo puede sonar un nombre como el de una sirvienta? Eso es ridículo.

Ella lo había llamado ridículo.

—No lo creo —dijo Simon—. ¿Cuántas Betsys conoce en la alta sociedad? Ninguna, se lo aseguro. Todas son Elizabeth. Quizá si hubiera dicho «Guinevere»...

—¡Uff! ¿Qué pasaría si yo estuviera en medio del Strand y estuviera a punto de ser atropellada por un carruaje?

Fue su turno de sentirse desconcertado.

—¿Por qué demonios haría eso? ¿Es una ingenua?

Ella negó con la cabeza.

—Por supuesto que no.

«Si no es ingenua, tal vez solo sea insensata», pensó Simon.

—Entonces, ¿qué me está preguntando? Si va a ponerse en medio de una calle concurrida, se merece que la atropellen, se llame Jenny o Guinevere.

—En realidad no lo haría, por supuesto. Además, esa no es la cuestión.

Simon sintió el impulso de volver a gritar. Por lo general, no lograba controlarlo, pero esta vez lo consiguió, y le habló en un tono sereno.

—No tiene sentido.

—Sí lo tiene. Si usted me gritara: «¡Guinevere, cuidado!», estaría muerta antes de que llegara a la tercera sílaba de mi nombre. Pero si me gritara «¡Jenny!», podría tener una oportunidad.

Su argumento, a pesar de ser enrevesado, le resultó claro y aligeró la tensión. De hecho, tuvo el extraño impulso de sonreír.

—Ya veo. En ese caso, podría llamarla Jen.

Ella hizo una pausa y lo consideró. Entonces sonrió, y su rostro pasó de ser bonito a impresionantemente encantador. Una oleada de deseo lo atravesó, tomándolo desprevenido por completo. Hacía mucho tiempo que su cuerpo no tenía una razón para cobrar vida de esa manera. Se sentía muy bien.

—Entonces —continuó ella—, espero, milord, que se

tomase esa la libertad con mi persona y me apartase del camino para salvarme.

Se miraron fijamente durante un momento, con sus palabras flotando en el aire. En la mente de Simon, giraba la idea de tomarse esa libertad.

—En efecto —dijo Simon, sin poder evitar echar una breve mirada desde la parte delantera de su vestido azul hasta los pies que se ocultaban bajo la falda. Su silueta estaba bien formada, grácil pero curvilínea, conforme a su gusto, sin excesos. Al menos por el momento.

Cuando su mirada regresó a su rostro, recorrió su escote, y observó la generosa protuberancia de sus pechos y el misterioso valle entre ellos. Sí, Simon comprobó que su cuerpo estaba definitivamente despierto.

—Podría tomarme la libertad con su persona —aceptó—, pero ¿y si perezco en su lugar, pisoteado por los cascos del caballo?

Se miraron de nuevo durante unos largos segundos. Las mejillas de ella estaban sonrojadas. ¿En qué estaría ella pensando? ¿En la descortés valoración que él había hecho sobre tomarse ciertas libertades?

Jenny dio un paso atrás y rompió la incomodidad que él había creado con tanta rapidez.

—Le estaría muy agradecida y asistiría a su funeral —declaró juntando las manos.

Ante sus palabras, Simon no solo sonrió, sino que comenzó a reír. Se rio más fuerte de lo que creía posible. Se rio hasta que las lágrimas corrieron por sus mejillas, y entonces sollozó y, para su sorpresa, sintió que ella lo rodeaba con sus brazos.

Por un momento, se congeló ante la inesperada y extraña sensación de ser abrazado y consolado.

Enterrando su cara en el suave cuello de Jenny, donde su atractiva fragancia era más intensa, Simon lloró de una manera que no había hecho desde que era un niño. No se sintió avergonzado. No sintió nada más que una intensa tristeza. Luego, a medida que las lágrimas fluían y los minutos pasaban, empezó a sentir un poco de alivio.

Sí, alivio, como si hubiera guardado algo terrible en su interior, y ahora lo hubiese liberado.

También se sintió muy agotado. Levantó la cabeza y limpió la suave piel del cuello de Jenny con la manga de su camisa antes de que ella tuviera la oportunidad de enderezarse. Entonces le asaltaron las ganas de dormir, justo como pensaba que se sentiría al ser golpeado en la calle por esos caballos imaginarios que Jenny había mencionado.

Quiso tumbarse y cerrar los ojos. ¡Qué locura! Querer hacer lo que había combatido todas estas semanas. Debería aceptar su destino: dormir y dejar que llegasen las pesadillas.

Simon observó cómo ella se frotaba con la mano la parte baja de su espalda y luego el cuello, y pensó en lo amable que era al haberse inclinado sobre él como lo había hecho durante tanto tiempo solo para confortarlo.

—Voy a acostarme —le dijo y, sintiéndose como un niño, se levantó de la silla, cruzó la habitación y se echó en la cama, en la que no se acostaba desde hacía tiempo.

Tumbado de espaldas, Simon miró el familiar dosel que había sobre él. No le pidió a Jenny que se fuera. No estaba seguro de si quería que lo hiciera, o por el contrario, prefería que se quedara para tratar de rectificar su degradante comportamiento, del que, para su sorpresa, no se sentía humillado en absoluto.

Sí, lo sabía. Reconoció que quería que ella lo vigilara mientras dormía, pero no se lo pidió. No podía hacerlo.

Sin embargo, esta mujer, Jenny, esta contable, no dijo nada sobre su demostración emocional. En su lugar, cogió la gran manta doblada sobre el arcón junto a la cama. En silencio, la colocó sobre su cuerpo tumbado y la desplegó, tirando de ella hacia sus pies descalzos, envolviéndolos con la manta, antes de estirar la otra mitad hacia su pecho, alisándola sobre él sin hacer contacto visual.

Fue cuidadosa, asegurándose de no causarle ninguna incomodidad o vergüenza.

Simon podía estudiarla de cerca sin que ella lo mirara. Era un momento increíblemente íntimo, pero carente de toda sensualidad. Le gustaba mirar su rostro tranquilo y encantador, le gustaba ver su pelo un poco despeinado al haber dejado que se agarrara a ella para apoyarse.

Con un gran bostezo, Simon cerró los ojos, y luego sintió que ella le metía la manta bajo la barbilla. Volvió a sonreír y sintió los músculos de la cara tensos por la falta de uso.

Jenny lo estaba atendiendo como si en realidad se preocupara por él.

Ese fue su último pensamiento mientras se sumía en un profundo sueño.

Sin saber qué hacer después de que su señoría se durmiera, Jenny se limitó a contemplar su rostro, ahora sereno.

Naturalmente, parecía más joven sin las arrugas del ceño y los labios apretados. Se parecía más al muchacho de las fiestas navideñas de su juventud. Su pecho se alzaba uniformemente y estaba tranquilo por completo. Lord Devere era muy atractivo en todos los sentidos. Mejor dicho, lord Lindsey. Ahora era conde.

Recordó cómo le habían brillado los ojos cuando la había mirado de arriba abajo, con bastante insolencia, aunque quizá un conde no podía considerarse insolente. Jenny pensó que su señoría parecía un poco sorprendido por su propia reacción, pero ella no se sintió insultada, solo sintió curiosidad.

Ese extraño hombre la había encontrado atractiva, estaba segura, y eso la complacía hasta la médula.

Además, por fin podía mirarlo sin vergüenza. Era muy guapo, incluso más de lo que había creído al hablarle a Maggie de la silueta sombría que había encontrado. Alto, aunque de momento demasiado delgado para su estatura, tenía los hombros anchos y, cuando ganara algo de peso, estaba segura de que tendría una espléndida figura. Su pelo no era pardo, sino de un intenso color castaño, y ella misma había sentido su sedosa suavidad cuando lo había estrechado contra su pecho. Sus ojos eran de un color azul grisáceo oscuro que parecía infinitamente profundo, y le entristecía pensar qué recuerdos dolorosos se escondían en ellos.

Después de otro minuto en el que se limitó a observarlo respirar apaciblemente, Jenny se alejó poco a poco en silencio hasta situarse junto a la puerta. No podía imaginarse que él apreciara que ella se inclinase sobre él o incluso que estuviera sentada en su presencia, una auténtica extraña, cuando se despertara. Con eso en mente, salió de su habitación de puntillas.

A pesar de lo que él había declarado sobre sus pesadillas, parecía un hombre que necesitaba desesperadamente un sueño largo e ininterrumpido.

Por fin, estuvo al otro lado de la puerta cerrada, y apoyó la espalda contra ella, cerrando los ojos para considerar el emotivo encuentro con su señoría. Lord Desesperado, en efecto. Esa misma noche examinaría sus propios sentimientos al abrazar a un desconocido que lloraba, y que además era un hombre. En ese momento, quiso volver a la biblioteca por si el señor Binkley volvía a buscarla.

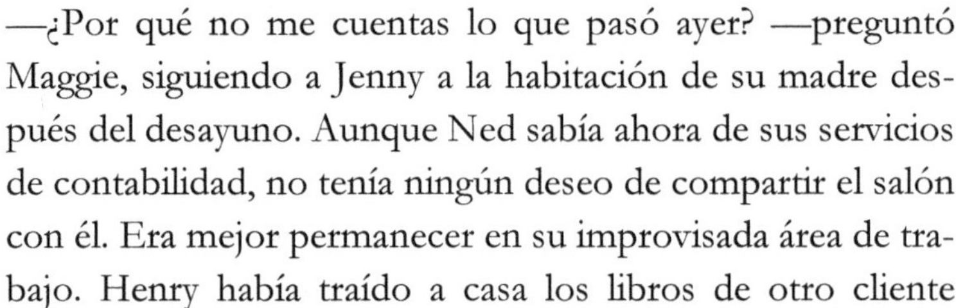

—¿Por qué no me cuentas lo que pasó ayer? —preguntó Maggie, siguiendo a Jenny a la habitación de su madre después del desayuno. Aunque Ned sabía ahora de sus servicios de contabilidad, no tenía ningún deseo de compartir el salón con él. Era mejor permanecer en su improvisada área de trabajo. Henry había traído a casa los libros de otro cliente mientras ella estuvo fuera el día anterior.

Jenny supuso que debía decirle que dejara de solicitar otros clientes hasta que ella terminara con las cuentas del conde.

—Ya te lo he dicho. No deseo cotillear sobre su señoría. Te he hablado de *lady* Devere. ¿No te parece lo bastante extraña e interesante?

—No me importa *lady* Devere. Hablo con ella casi siempre que voy a la mansión. Se siente sola y aburrida, y por eso acude a mí para que conversemos en francés.

—Menos mal que no ha hecho eso conmigo —dijo Jenny. La sola idea de hablar con alguien cuya lengua materna era el francés la aterrorizaba.

Maggie se sentó en el borde de la cama y se cruzó de brazos.

—Deja de cambiar de tema.

—El tema está oficialmente zanjado. ¿Tienes idea de cuándo se va Ned? Quiero decir, ¿qué demonios está haciendo aquí?

Maggie la miró fijamente.

—¿No lo sabes?

Jenny temía saberlo, pero le daba miedo pensar en ello.

Su hermana se echó de nuevo sobre la cama de su madre, con las piernas colgando y los pies casi en el suelo.

—Podrías tener una vida bastante fácil.

—¿A qué te refieres? —preguntó Jenny.

—Como la señora de Ned Darrow, dueña de una propiedad en Dumfries.

Jenny gimió y oyó la suave risa de Maggie.

—Podrías, ya sabes. La familia Darrow también tiene una pequeña casa en Londres.

—Ni se te ocurra decir eso —le dijo Jenny.

Maggie guardó silencio durante unos minutos mientras Jenny trabajaba.

—Me siento terriblemente culpable —dijo Maggie al fin.

Jenny frunció el ceño.

—¿Por qué?

Su hermana no respondió de inmediato.

—Cuando papá murió, me enfadé con él.

—Yo también lo hice, un poco —confesó Jenny—. Debería haber puesto sus asuntos en orden antes de morir. Debería haber tenido en cuenta a mamá y a nosotras tres. No te sientas culpable por tu enfado.

—No es solo eso. Pensé en mí misma más que nada. Había empezado mi primera temporada y luego me di cuenta de que no habría más. Sin embargo, puede que Eleanor no llegue a ir ni siquiera un baile. Y asistir aunque solo sea a uno es glorioso.

—Yo diría que uno es el número perfecto —consideró Jenny—. Después de llegar a los cuarenta bailes en una temporada, sobre todo, además de los tés en los salones, los paseos tempranos y los desayunos con otros pretendientes, los picnics y las fiestas en barca y los partidos de cricket en Lord's. Dios mío, todo parecía más una obligación que otra cosa.

—Sea como fuere, tú y yo lo experimentamos. Puede que Eleanor nunca lo haga. Sin embargo, no pensé en vosotras, solo en mí. Y debería haberme preocupado por ti, especialmente, ya que no solo superaste tu primera temporada sino que conseguiste un marido durante la segunda. Y luego lo perdiste sin tener culpa alguna. Ni siquiera consideré que tu corazón pudiera estar herido.

Jenny se encogió de hombros.

—Querida hermana, no te preocupes ni por un momento por mi corazón. No en lo que respecta a lord Alder. Tampoco me arrepiento de no haber terminado mi segunda temporada. Me estremece la idea de una tercera.

—Pero un marido...

—Siempre está Ned —bromeó Jenny, y ambas rieron.

Cuando Maggie la dejó para que terminara su trabajo en paz, Jenny reflexionó sobre las palabras malhumoradas de su hermana. Puede que Maggie nunca llegue a terminar una temporada entera. Puede que Eleanor nunca tenga una. ¡No! Era impensable que sus encantadoras hermanas languidecieran en el campo y no encontraran maridos adecuados.

Enterrándose en los números, Jenny resolvió con decisión que ganaría lo suficiente para que sus dos hermanas fueran a Londres. A toda costa.

Un terrible clamor la sacó de los libros de contabilidad minutos después.

Aunque supo de inmediato que se trataba de Eleanor o Maisie, sus pensamientos se dirigieron a Simon Devere. Su corazón se afligió por el hombre. Según todos los informes, antes de partir a la batalla, era muy querido, amable, inteligente y servicial con todos los que lo rodeaban. Nadie había dudado de que se haría cargo de la hacienda de su padre con una mano capaz.

¿Y ahora?

Frotándose la nuca, Jenny bajó corriendo las escaleras y encontró la casa vacía. Al oír ruido en la parte trasera, corrió a la terraza y vio que su familia estaba reunida en el prado.

¡Trueno!

Efectivamente, el caballo había mordido el brazo de Maisie cuando esta no había hecho caso de las advertencias sobre el actual temperamento imprevisible y arisco de Trueno.

Maggie sujetó un paño sobre el antebrazo de Maisie, mientras Anne indicaba a George, el mozo de cuadra, que buscara al médico local. Ned iba de un lado a otro hablando de disparar a Trueno entre los ojos, lo que hizo que Eleanor sollozara incontroladamente, ya que amaba a todas las criaturas, excepto a los erizos.

Jenny puso los ojos en blanco ante el drama que se estaba desarrollando.

—Vayamos todos adentro y hagamos que la cocinera ponga la tetera. Maisie, creo que la mujer dijo anoche que hoy tendríamos un bizcocho de nata y fresa en la comida.

Jenny se acordaba de eso, pues pensó en el gasto de un postre extra.

La mención del dulce obró el milagro. Eleanor y Maisie se animaron y dejaron de llorar. Al poco tiempo, todos estaban tomando té en el salón y esperando al médico. A su llegada, este proclamó que la joven no tendría ninguna cicatriz, ya que Trueno apenas le había hecho un rasguño. Aunque había un poco de sangre, era solo un moretón que Maisie tendría que soportar durante una semana o más.

Ned, sin embargo, no estaba satisfecho. Mirando fijamente a George, el rostro de su primo estaba rojo de ira. El resto esperó en silencio mientras Ned le daba una severa charla al muchacho, como si este fuera responsable de la actitud del caballo. Aunque ninguna de las damas estaba de acuerdo, no podían rebatirle delante de los criados.

En cuanto el médico se marchó, la cocinera puso una fina capa de infusión de árnica en el brazo de Maisie y dijo que solo tendría un pequeño hematoma.

—¡Durante una semana! —murmuró ella.

—Sigo pensando que deberíamos sacrificar a ese animal —dijo Ned. Desde el primer día de su visita, en cuanto se había dado el primer problema con Trueno, su primo había expresado esta opinión.

—En absoluto —dijo Anne, y Jenny se alegró de ello. No quería usurpar la autoridad de su madre, pero nadie iba a disparar a su caballo.

—A mi hermano le aterrorizan los caballos —soltó Maisie en la espesa atmósfera de malestar que había nublado la habitación.

—Maisie —le espetó Ned a su hermana—. ¡No es cierto! Cualquiera debería tener cuidado con semejante bruto, y más vale que esta vez hagas caso a *lady* Blackwood y te mantengas alejada de él. ¡Que me aterrorizan los caballos…! —-repitió como si fuera absurdo. Luego se sentó y bebió tranquilamente su té.

—No te preocupes —le dijo Jenny a George, que parecía un poco enfermo después de la reprimenda de Ned—. No ocurre nada. ¿Por qué no vas a ver cómo están los caballos? Estoy segura de que necesitan un poco de alivio.

Anne miró a Maisie.

—Puedes montar a Lucy, y puedes acariciar e incluso alimentar al viejo Bay, pero debes mantenerte alejada de Trueno.

—Sí, tía —aceptó Maisie, a pesar de que todos sabían que no era la primera vez que se lo advertían.

—Me pregunto si podemos conseguir que alguien le mire la pata a Trueno —reflexionó Jenny—. Deberíamos haber preguntado al médico mientras estuvo aquí.

Maggie se rio.

—Parecía bastante engreído para ser un médico rural. De alguna manera, no creo que le hubiera gustado que lo convirtieran en veterinario.

Todos se rieron.

Jenny miró el reloj de la chimenea. ¿Las manecillas se movían hoy deliberadamente más despacio? Inquieta, se levantó y fue a la cocina para ver cuánto faltaba para que les sirvieran la comida del mediodía. Quería llegar a la mansión. Tenía que mirar algunas cifras más en los libros de contabilidad. Sin embargo, era lo bastante honesta como para reconocer que no eran solo las cuentas de Belton lo que la fascinaba. Esperaba fervientemente que hubiera una oportunidad para otro encuentro con el conde.

Capítulo 7

Jenny estaba de nuevo secuestrada en la biblioteca, en el que probablemente sería su último día, tomando notas, registrando irregularidades y escribiendo un resumen para el mayordomo, ¡la única persona que iba a recibir el informe principal de las cuentas de la finca!

Cuando oyó unos pasos que pasaban por delante de la puerta, la cual había dejado entreabierta a propósito, supo que debía de ser él y se apresuró a alcanzarlo.

Al ver la silueta apresurada del hombre, lo llamó.

—Señor Binkley, hablemos, si tiene un momento.

Él se detuvo y se volvió.

—¿Podría hablar con usted en la biblioteca? —le preguntó Jenny.

Él dudó, luego asintió, y le hizo un gesto para que lo acompañara a la sala.

—¿En qué puedo ayudarla, señorita Blackwood? ¿Más té?

—No, gracias. Sé que he sido una pesada con esto, pero solo pienso en el bien de la hacienda Belton y de las muchas personas que viven aquí y trabajan para el conde. Deseo saber si hay alguien que pueda actuar como supervisor hasta... hasta que lord Lindsey pueda hacerlo.

El mayordomo entrecerró los ojos.

—¿Por qué lo pregunta?

—Es inusual que no haya nadie al mando —comenzó Jenny.

—¿Tiene usted mucha experiencia en la gestión de grandes fincas?

—Entiendo su punto de vista, señor Binkley. Aunque mi padre era solo un barón, creo que poseo el conocimiento común de que la nobleza terrateniente no suele llevar su propia contabilidad.

—Se refiere a *sir* Tobías.

—Sí —confirmó Jenny—. Además, cuando usted me dijo quién hacía anotaciones en los libros de contabilidad, no mencionó al otro lord Devere.

El mayordomo pareció sobresaltado.

—¿Cómo supo de él?

—Lady Devere me hizo una visita y me explicó que su suegro se quedó aquí mientras su marido y el heredero estaban fuera.

—Ya veo.

Cuando el señor Binkley no dijo nada más, Jenny quiso suspirar de exasperación. ¿Qué estaba pasando?

—¿El hermano menor del antiguo conde vino a Belton a su muerte para ayudar a dirigir la finca? ¿Estoy en lo cierto?

—No, eso sería incorrecto. Lord James Devere, el

hermano del conde, lo visitó antes de que su hermano muriera. Pasaban juntos mucho tiempo. Sin embargo, el conde no hizo ningún cambio en su testamento ni modificó las asignaciones, ni siquiera nombró a su hermano como apoderado. No hay nada de descrédito que usted pueda encontrar, si es a eso a lo que se refiere.

El hecho de que él dijera eso le hizo pensar que ciertamente había algo que ella podía descubrir, tal vez no algo deshonesto, pero tampoco una práctica habitual.

—Si Simon Devere hubiera muerto junto a su primo —insistió Jenny—, ¿habría tomado el relevo el hermano del viejo conde?

—No veo qué tiene que ver eso aquí. —La expresión del señor Binkley era agria—. Por suerte, el heredero está vivo.

—Es inconcebible que al ama de llaves se le haga pensar en los libros de contabilidad de la finca, ¿no es así? ¿Se llamó también a su novio para que dejara su huella en los libros?

El señor Binkley no apreció su sarcasmo. Su rostro se nubló y ella se preguntó si iba a echarla. Sin pagarle.

—Discúlpeme —dijo Jenny con rapidez. Después de todo, no era culpa de él—. Me temo que debido a mi propia situación, con mi padre muerto y la terrible situación financiera en que dejó a mi madre, tengo poca tolerancia para el mal juicio, sobre todo, cuando de este depende todo un condado, con el sustento de innumerables personas en juego. Incluido el suyo —añadió.

Blinkey miró a su alrededor, como si estuviera pensando en ello.

Respiró hondo y volvió a intentarlo.

—Hay una caligrafía muy clara de otra persona —dijo Jenny—, que comenzó no mucho después de que *lady* Devere se mudara. ¿Ella misma también hizo anotaciones?

—Por supuesto que no —respondió el señor Binkley.

—¿Entonces quién?

—El señorito Dolbert —dijo entre dientes.

Jenny frunció el ceño. ¿Dolbert? ¿Dolbert? ¿Dónde había oído ese nombre? Entonces recordó a los niños. ¡El profesor Cara de Queso!

—¿El tutor de matemáticas?

El señor Binkley asintió.

Bueno, supuso, al menos eso era mejor que el novio del ama de llaves.

Por casualidad, ella había llegado a la misma hora que el tutor esa mañana, y se habían encontrado en la puerta lateral. Incapaz de recordar su verdadero nombre, asintió y le sonrió. El hombre no tenía nada de especial, salvo una cara marcada por alguna enfermedad de la infancia. Además, no sonreía en absoluto.

Fue ese último rasgo, sus miserables perspectivas, lo que hizo que Jenny lo descartara de inmediato como pretendiente para Maggie. Lástima. Haber encontrado un marido para su hermana allí mismo, en Sheffield, habría sido muy útil y le habría quitado un peso de encima. En cualquier caso, lo más probable es que Maggie no hubiera visto con buenos ojos casarse con un tutor.

—¿Le entregaba usted al profesor Dolbert las cantidades para ingresar?

—Se le daban los recibos directamente para que él los ingresara y luego se enviaban los depósitos a Londres.

Jenny no dijo nada. De hecho, se mordió la lengua. Qué sencillo le resultaría a ese hombre registrar cantidades incorrectas y quedarse así con una parte. Sobre todo, siendo un hombre bueno con los números.

—La mayoría de los ingresos van a la cuenta bancaria de los Devere en Londres —señaló ella—. ¿Por qué no ocurre lo mismo con el resto de los recibos?

—Esos ingresos los traen los agricultores locales, y con ellos pagamos los pequeños gastos diarios de la casa.

Preguntó por última vez al mayordomo sobre lo que la alarmaba.

—Si los dos jóvenes Deveres no hubieran regresado, ¿quién estaría al cargo?

—El conde regresó, señorita, así que no hay razón para…

—Para preocuparse. Sí, lo sé. Ya lo ha dicho. —Esto no la llevaba a ninguna parte—. Muy bien, señor Binkley. Supongo que sería útil que el conde pudiera salir de su habitación y revisar sus fincas como solía hacerlo.

—Con el tiempo, sí. —Fue su respuesta a regañadientes.

—Con el tiempo, pero no mucho, ya que pronto las arcas del conde estarán vacías, pues los ingresos, de hecho, están disminuyendo.

El señor Binkley asintió.

—Sí, soy consciente de ello. De ahí que se la haya contratado.

—Poco más puedo hacer aquí —admitió Jenny—. No puedo conseguir que el dinero reaparezca, pero puedo decirle… puedo mostrarle cuándo empezaron a torcerse las cosas. Incluso puedo señalar qué explotaciones no le rentan al conde lo que deberían. ¿Es a usted a quien debo enseñarle estas cifras?

Ahora el almirante parecía fuera de su elemento, con un rostro bastante sombrío.

—Si puede resumir sus últimos descubrimientos, será suficiente. Por ahora, al menos. Tengo otros deberes que atender en este momento.

Él se apresuró a salir de la habitación como si tuviera miedo de mirar los números. Eso no la sorprendió. Mucha gente se sentía así cuando se enfrentaba a una contabilidad detallada.

¿Debería ir a ver al conde? En su estado actual, ¿podría manejar la información sobre sus asuntos financieros? Recordó que el señor Binkley dijo que lord Lindsey no tenía cabeza para los números. Por desgracia, en la actualidad, no parecía tener cabeza para casi nada. ¿Podría ella ayudarlo? Estaba decidida a intentarlo.

Si su punto fuerte era relacionarse con la gente a su servicio y en el pueblo y en otras propiedades, entonces eso era lo que debía hacer. Como mínimo.

<hr>

Jenny borró la última página de sus notas y se puso en pie. No había excusa para ir a vagar por la mansión ni para ver a Maggie, que probablemente ya se había marchado, y tampoco podía visitar a los niños, a los que solo había visto una vez. No necesitaba ningún refresco, pues ya había tomado suficiente té como para hacer flotar la barcaza real.

De hecho, debería volver a casa. En lugar de eso, pronto pasó de un ala a otra y caminó por el pasillo hacia la cámara de Simon Devere, sin ninguna razón lógica que pudiera dar si alguien la descubría. Tendría que admitir que iba a ver a lord Lindsey, aunque esta vez él no la había invitado.

Para su sorpresa, la puerta del conde estaba entreabierta. Aun así, Jenny dio un ligero toque sobre ella. Al instante, escuchó una respuesta.

—Adelante.

¿Por qué el timbre de la voz de este hombre hacía que algo en su interior se agitara?

Al entrar, Jenny se sorprendió al verlo de pie y con aspecto de haber estado dando vueltas por la habitación. Una de las cortinas estaba parcialmente abierta y entraba suficiente luz como para que ella pudiera verlo con facilidad. Estaba bien afeitado, con el pelo peinado hacia atrás, y llevaba un atuendo más formal que el que le había visto antes. Vestía un chaleco elegante sobre una camisa blanca almidonada con el cuello sujeto con un alfiler.

—Buenos días, Guinevere —dijo—. ¿Se ha parado en medio de alguna calle últimamente?

Sorprendida por su humor, se rio.

—No, milord. Tampoco ningún caballo ha intentado atropellarme. —Eso le hizo recordar a Trueno. ¿No le había dicho Binkley que el conde era bastante hábil con los caballos y sus costumbres?

—Milord, tengo un problema con un caballo.

—¿De verdad? Cuéntemelo todo.

Su tono indicaba que la estaba tomando muy en serio.

—Si estabais paseando, milord, me permito sugerir que

sigamos haciéndolo, ya que hoy he estado sentada en vuestra biblioteca durante varias horas.

—Desde luego. —Simon miró por la ventana—. Parece que hace buen tiempo.

¿Quería salir con ella? ¿Estaba sugiriendo tal cosa?

—Sí, hace buen tiempo, milord.

Sin embargo, él solo dio un gran suspiro, haciendo que a Jenny le doliera el corazón. Después, él señaló la recámara al fondo de la alcoba.

—Si abrimos esas dos puertas —dijo—, podemos pasear entre las dos habitaciones.

—Hagámoslo —aceptó ella, preguntándose si él saldría de sus aposentos para ir al mundo exterior, o al menos a las habitaciones más allá de su cámara.

Al principio caminaron de una habitación a otra en silencio. Ella se fijó en el espacio que no había visto antes. Un vestidor y un despacho privado. Parecía sin usar. No se veía un solo papel en el amplio escritorio. Sin embargo, era una zona preciosa, con una gruesa alfombra bajo los pies y un hermoso papel pintado.

—Prefiero mi alcoba —dijo él, observándola.

—Eso parece algo extraño, milord, viviendo de un hombre que no desea dormir.

Él asintió.

—Es cierto. Es por el olor.

Jenny no pudo evitarlo, olfateó y volvió a olfatear. El tenue aroma a madera encerada fue lo único que pudo detectar. El conde se hizo a un lado y la dejó pasar primero, de vuelta a su dormitorio. Allí tampoco había ningún olor detectable.

Lo miró con gesto interrogativo.

—Creo que es la cera de abeja —explicó Simon—. El aroma aparece en la antesala.

—¿No hacemos el circuito, milord?

—Está bien, aunque no me gusta quedarme ahí dentro mucho tiempo.

Jenny dejó de lado cualquier pensamiento desagradable sobre su extraño comportamiento y continuó caminando con él.

—Primero, cuénteme qué le ocurre a su caballo, y luego, si quiere, me gustaría que me hablase sobre los libros de contabilidad de la finca.

Ella tuvo un destello momentáneo de culpabilidad. ¿Estaba traicionando al señor Binkley? Luego se dio cuenta de que eso no tenía sentido, ya que, en última instancia, cada suma o resta se hacía en nombre del conde.

—Cuando mi familia se trasladó desde Londres —comenzó a decir Jenny—, uno de nuestros caballos se lesionó. La pata parece haberse curado, pero Trueno está más asustadizo y malhumorado que nunca.

El conde frunció el ceño.

—¿Han hecho que un veterinario le vea la pata?

—Me temo que en aquel momento me pareció un gasto demasiado costoso.

—¿Y ahora?

—Ahora, creo que tengo los fondos, pero, como dije, la pata parece haberse curado bien, según nuestro mozo de cuadra.

—¿Su mozo de cuadra?

—Sí, George. Su madre es nuestra cocinera. Los

trajimos a ambos de Londres con nosotros.

—¿Y está cualificado para cuidar caballos?

Jenny lo consideró.

—No le importa recoger los excrementos, milord.

Él soltó una rápida carcajada ante su comentario, un sonido que pareció sorprenderle tanto como a ella.

Luego, con una leve sonrisa, él continuó.

—Los caballos merecen un cuidador experto. Son seres complicados e inteligentes.

—¿Como las personas, milord?

—No voy a ir tan lejos como para afirmarlo, pero si los caballos desarrollan una psique dañada, entonces necesitan ayuda. Lo he visto antes. Es más, se les puede ayudar a volver a su estado normal, ya fuese este dulce o malhumorado.

—Entonces, son como las personas.

Él la miró fijamente.

—Dios, eso espero, Guinevere.

Y sin más, Jenny supo que ahora estaban hablando de él y de su vulnerable estado mental. Estuvo a punto de tocarle el brazo para expresarle su simpatía, pero se contuvo de hacer un gesto tan atrevido.

En su lugar, se centró en el error que él había cometido dos veces.

—¿Por qué me llama Guinevere?

—Porque es su nombre.

Ella sonrió, recordando su conversación del día anterior.

—No, no lo es.

—Tengo entendido que prefiere que la llamen Jenny. Por su miedo a ser atropellada y todo eso…

A ella le gustaba bastante su sentido del humor.

—Esté o no en el centro de una calle, milord, Guinevere no es mi nombre.

Él dejó de caminar y la miró con el ceño fruncido.

—Usted dijo que lo era.

—No, fue usted quien dijo que era mejor que me llamase Guinevere y no Jenny. Por algo relacionado con los salones de baile, creo. Como si ningún caballero fuera a escribir su nombre en mi tarjeta de baile si yo fuera Jenny, ¿o era Betsy? Pues debe saber que nada menos que un vizconde no solo bailó conmigo la temporada pasada, sino que me propuso matrimonio.

Simon alzó las cejas.

—¿Por qué parece sorprendido? —le preguntó ella.

De repente, Jenny sintió que sus mejillas se enrojecieron. Tal vez al conde no le gustaba su aspecto, el cual siempre le habían dicho que era bastante regular y simétrico, y por tanto, atractivo. Desde luego, nadie la había llamado nunca belleza fantasmal, pero aun así, ella esperaba...

—No me sorprende que haya recibido una propuesta de matrimonio —dijo él—, sino que su vizconde le permita estar a solas con otro hombre soltero, es decir, conmigo. Por no hablar de la amplitud de miras que debe de tener al dejarla ejercer la profesión de contable.

Una brisa de alivio pareció soplar sobre ella. A lord Lindsey no le parecía descabellado que ella estuviese comprometida. Él solo había cuestionado sus acciones justamente por serlo.

Sin embargo, ella tuvo que corregirlo.

—No tengo que responder ante nadie. Y lord Alder ya

no es mi vizconde.

—Entonces, lo rechazó… —dijo él—. Me parece que hizo lo correcto. Una chica inteligente y encantadora como usted debería comprometerse con un duque o un príncipe.

Ahora le tocaba a ella reírse a carcajadas, y lo hizo.

—Oh, milord. Tal vez haya que abrir del todo las cortinas. No creo que yo sea un buen partido para un duque ni un príncipe. De hecho, agradezco el interés de lord Alder. Incluso un barón o un baronet servirían.

—¡Tonterías! —murmuró Simon—. ¡Un baronet!

Y ella se encontró de nuevo bajo su mirada escrutadora.

—Pelo grueso y brillante, de un hermoso color castaño oscuro. ¿No tiene calvas?

—No, milord. —Jenny casi se atragantó ante la idea mientras se llevaba una mano a la cabeza.

—Ojos que pueden retener a un hombre en sus brillantes profundidades. Supongo que no bizquea de vez en cuando…

Jenny comenzó a sonreír.

—No, milord.

—Una boca dulce, con dientes rectos y labios de aspecto suave de un saludable tono rosado. ¿Escupe a menudo, babea o tartamudea?

—No, milord.

—Un cuello delgado y de piel clara. ¿Propenso a las verrugas?

—No, milord, no tengo verrugas.

Él la miró de arriba abajo, y el aliento de Jenny se quedó atrapado en su garganta. Como antes, él estudió su figura con franqueza, y ella sintió el calor subir a sus mejillas.

—Un físico agradable, con la cantidad adecuada de curvas. ¿Hay algún bulto antiestético de grasa oculto bajo su vestido?

Ella tosió, y cuando respondió, su voz era un susurro.

—No, milord.

—¿Tobillos gruesos, entonces?

Ella negó con un gesto, sin hablar, a la espera de que él terminase su inspección.

—¿Sus pies son del tamaño de las ramas de un árbol? Adelante, muéstreme los tobillos y los pies.

Sin dudarlo, ella levantó sus faldas unos centímetros.

Simon Devere agachó la cabeza para examinarlos, y su pelo castaño cayó hacia delante. La total impropiedad de que Jenny estuviera de pie en la cámara del conde mientras alzaba el vestido y las enaguas, la asaltó de golpe y los dejó caer en el acto.

Él la miró un instante y luego comenzó a caminar de nuevo.

—Bueno, entonces, como dije, usted es demasiado buena para el vizconde. Con o sin luz, creo que veo bastante bien sus activos. No le falta ninguno.

¡Dios mío! Jenny se apresuró a alcanzarlo y a continuar su paseo.

Qué situación tan incómoda... Es más, ella sintió que debía corresponderle y decirle lo buen hombre que era, pero eso estaba totalmente fuera de lugar. Lo único que podía hacer era agradecerle su escandalosa enumeración de sus atributos, ya que había terminado con un cumplido.

—Gracias, milord —dijo ella en medio del silencio.

—No hace falta que me lo agradezca. Por lo visto, no

tiene un espejo —le dijo él en tono alegre.

Tras dar otra vuelta por las habitaciones, Simon le preguntó:

—Entonces, ¿cómo se llama?

—¿Promete no reírse? —Ella le miró, y él le devolvió la mirada con un brillo en los ojos.

—No lo prometo. Si encuentro algo de lo que reírme, le aseguro que lo haré.

—Muy bien. —Hizo una pausa—. Me llamo Genevieve.

—Eso no me hace reír. —Él parpadeó—. ¿Por qué habría de hacerlo?

Ella suspiró.

—Es pretencioso, largo y extraño. Además, nadie puede deletrearlo.

—De ahí lo de Jenny —sentenció Simon. Su mirada recorrió su rostro y ella se preguntó qué era lo que creía estar viendo. Apartándose de él, continuó su paseo.

El intenso aroma de la cera de abejas parecía impregnar el aire, ahora que ella era consciente de ello. No volvieron a hablar hasta que estuvieron de vuelta en el dormitorio.

—Jenny es un nombre apropiado para su mente lógica y matemática, supongo. —Simon se detuvo—. Ya estoy harto de dar vueltas por aquí como un jamelgo en una rueda de molino.

Se pararon en medio de la alcoba, y Jenny volvió a considerar lo impactante que era en realidad esta situación. Todos los miembros de la alta sociedad levantarían las cejas y los mirarían con los ojos desorbitados mientras cotilleaban sobre lo impropio de la escena, seguros de que supondría la ruina de Jenny. Ella sonrió, y Simon inclinó la cabeza.

—¿Está pensando en algo divertido, mi bello diablo?

—Si no hubiera perdido al vizconde a causa de la situación económica de mi familia, mi presencia aquí... con usted... habría sido un buen motivo, sin duda.

El conde levantó de repente la mano y le acarició la mejilla, luego le sujetó la barbilla con la punta de los dedos.

—Tal vez el nombre de Genevieve tiene otras cualidades que son perfectas para usted —afirmó él—. A mí, por ejemplo, me gusta cómo suena cuando sale de mi boca.

Capítulo 8

—Genevieve.

Mientras repetía su nombre, Jenny se encontró mirando fijamente sus labios, que ahora la fascinaban más que cualquier otra cosa.

—Tal vez —murmuró ella, insegura de lo que decía, ya que se le había cortado la respiración de repente.

Por un momento, se quedaron muy quietos, sin que Simon la soltara mientras el corazón de Jenny palpitaba dolorosamente.

Ella pensó que tal vez había interés detrás de los ojos grises y azules de él. Si había un demonio en la habitación, podría estar acechando dentro del conde.

Sin embargo, Jenny no podía negar que definitivamente había un espíritu en su interior que le correspondía.

¿Se estaba acercando?

Por fin, ella negó con la cabeza y se apartó dando un paso atrás.

—He tenido mi última temporada —insistió, como si su verdadero nombre fuese el de una mujer que había engalanado los salones de baile de Londres—. Me he resignado a ser solo Jenny.

Caminó hacia la ventana y volvió la cara hacia el cálido sol. Necesitaba calmar sus emociones y recuperar la cordura. No solía ser propensa a dejarse llevar por la fantasía, pero al estar a solas con un hombre, con este hombre…, que a veces tenía un carácter salvaje, que no parecía recordar los límites de la sociedad educada, estaba dejando volar su imaginación.

Desde luego, él no había tenido la intención de besarla.

—De hecho, estoy orgullosa de ser solo Jenny si este nombre representa, como usted dice, mi naturaleza práctica. Estoy pagando poco a poco las deudas de mi padre y evitando que mi familia pierda más de lo que ya ha perdido.

—Admirable. —El conde sonó como si lo dijera en serio—. Si le va bien, entonces ¿qué le preocupa?

Sorprendida por sus palabras, Jenny se giró para mirarlo fijamente.

—¿Cómo sabe que hay algo que me preocupa, milord?

—Lo he notado en su voz. Y ahora puedo verlo en sus ojos. Estoy seguro de que tiene que ver con algo más que un caballo irritable. ¿Es por su compromiso roto? ¿Tenía un contrato por escrito? Yo podría hacer que mi abogado se encargase de que el vizconde hiciera honor a su propuesta.

—Oh. —A Jenny se le secó la boca. Qué peculiar la hacía sentir. Desequilibrada de un momento a otro. Es más, inexplicablemente, ella creía que podía decirle cualquier cosa y él lo entendería.

—No, milord. No es culpa de lord Alder. Además, él

solo rompió un acuerdo verbal, y no me importa ni un ápice. En realidad, se trata de mis hermanas. Me preocupa su futuro. No podemos tener tres Blackwood solteronas.

Para su asombro, Simon Devere se rio, encendiendo una llama de indignación en su interior.

—No veo nada divertido —dijo Jenny—. Odio hablar mal de los muertos, pero mi padre fue bastante irresponsable por cómo dejó sus asuntos.

—Déjeme decirle algo entonces —dijo el conde, serio—. Sus preocupaciones son inútiles. He visto a una de sus hermanas, con todos esos rizos de aspecto complicado y con un vestido muy elegante. Vaya, se contonea incluso delante del viejo Binkley, y creo que él también lo nota.

Jenny no pudo evitar una ligera sonrisa ante su descripción.

—Esa sería Margaret. ¿Cuándo ha visto a mi hermana?

Simon se encogió de hombros.

—Desde esta ventana la he visto llegar muchas veces, aunque no sé por qué viene aquí. También la he visto a usted, por cierto.

Jenny se estremeció al imaginar su mirada sobre ella, una desconocida.

—Es más, he visto a su hermana pasearse por este pasillo, siguiendo a Binkley.

—Ya veo. —Jenny estaba a punto de decirle que Margaret venía a dar clases particulares de francés cuando de repente tuvo una idea descarada.

—¿Desea postularse como pretendiente de Margaret? Eso eliminaría al menos una de mis preocupaciones, encontrarle un marido adecuado. Habla francés como una nativa, toca el clavicordio y sería una esposa maravillosa para cualquier hombre, incluso para un conde.

Siempre y cuando a Simon no le importara su lengua a veces afilada y una tendencia al egoísmo.

El rostro de él se volvió inexpresivo, y ella temió haber sobrepasado los límites con su broma a medias. Además, podía haberlo insultado. Después de todo, él era un conde, y Maggie, la hija de un simple barón.

—No —dijo él con firmeza, pero sin ningún indicio de molestia—. No me gustaría ser el marido de su hermana. Ni de nadie.

Jenny abrió la boca para protestar, cuando él añadió:

—Sin embargo, podría ver la manera de contribuir a que su hermana tenga una temporada.

Ella parpadeó, abrió la boca, la volvió a cerrar y luego sacudió la cabeza con asombro.

—Eso es... No podría...

Jenny quería decir que no podía aceptar una generosidad tan impensable, pero ¿cómo no iba a hacerlo? Por el bien de Maggie. Tal vez Dios estaba respondiendo a sus oraciones con un milagro a través de Simon Devere.

Ante su momentáneo silencio, el conde se mostró divertido.

—¿Por qué haría usted algo así? —preguntó Jenny al fin.

—No es exactamente la declaración de gratitud que había imaginado. —Simon se sentó en su silla y cruzó las piernas, parecía totalmente relajado, como si no acabara de cambiar el curso de la vida de Margaret.

Esto podría significar un marido para su hermana y una

existencia diferente por completo a la que Jenny había aceptado como su propio destino, el de una solterona del campo.

—Lo haría porque puedo —dijo el conde—, y porque usted me resulta bastante agradable. Ciertamente ha sido muy amable conmigo. Parece que su familia ha pasado por momentos difíciles sin que sea culpa suya. Además, están intentando ayudarse, no revolcándose en su situación.

Todo eso era verdad. Es más, a pesar de que no fuese muy apropiado dejar que un extraño financiara la temporada de su hermana, Jenny no sería una ingrata.

—Acepto su oferta en nombre de la familia Blackwood. —Después de todo, no era inaudito que el patrocinador de una familia hiciera algo así por esta. ¿Eso era ahora el conde?

—Y usted tiene una hermana menor, ¿no? —preguntó él.

—Sí, Eleanor.

—Una belleza por derecho propio, estoy seguro.

Jenny reflexionó.

—Todavía no había pensado en ella de esa manera, milord, ya que aún no tiene quince años. Sin embargo, sí, supongo que lo será. —Ella contuvo la respiración, sin atreverse a creer que su generosidad iba a ser el doble.

—Según recuerdo, muchas damas son presentadas en la corte a los quince años. En cualquier caso, cuando su familia lo considere oportuno, proveeré a Eleanor de la misma manera que a Margaret, aunque sea en la misma temporada. A menos que haya alguna regla que prohíba que dos hermanas se presenten a la vez. De eso, soy felizmente ignorante.

De nuevo, Jenny no tenía palabras. Sabía que estaba abriendo la boca de forma poco atractiva. Sin embargo,

¿cómo podía expresar su gratitud? ¿Cómo podría él entender lo que esto significaba para ella? Así de fácil, sus peores temores se habían aliviado. Se había quitado un terrible peso de encima.

Quería reír y llorar al mismo tiempo. Además, sintió unas ganas locas de abrazarlo.

—¿Y qué hay de usted, señorita Genevieve Blackwood? ¿Le gustaría pasar otra temporada en los salones de baile de Londres? ¿Tal vez para encontrar un reemplazo de su inconstante vizconde?

Al igual que la Cenicienta de Perrault, la más improbable de las hadas madrinas le estaba ofreciendo una maravillosa oportunidad. Sin embargo, ella solo tenía un mínimo de interés. Recordaba los bailes, las poses estudiadas de los asistentes y las salas abarrotadas, la interminable preocupación por los vestidos, por quién bailaría con quién, y por si la tarjeta de baile de una dama se llenaba por completo mientras que otra se quedaba de pie junto a la pared o las cortinas. Por no hablar del temor generalizado a quedarse para siempre en el escaparate.

¡Mucho mejor colocarse allí ella misma y no moverse jamás!

—Dios no —dijo ella con énfasis, y luego, ante la expresión de sorpresa de él, añadió:

—Gracias, milord. Ya he pasado la edad en la que una temporada es apropiada, sobre todo, con una hermana menor lista para que sea su turno.

—¿Cuántos años tiene usted? —preguntó él sin rodeos—. ¿Treinta y cuatro?

—No exactamente —admitió ella, antes de reírse de su

pequeña broma—. Supongo aún tengo una edad apropiada para volver a Londres. Conozco a señoras que estuvieron cinco temporadas y, para ser sincera, no sentí nada más que lástima por ellas. Desde luego, no tengo intención de ponerme en esa situación.

Luego, para aligerar el momento, Jenny hizo otra pequeña broma.

—Si me siento desesperada, siempre están los anuncios matrimoniales.

Sin embargo, Simon no se rio. Se limitó a fruncir el ceño con perplejidad.

—Nunca he oído hablar de esos anuncios.

Al darse cuenta de que los anuncios matrimoniales probablemente habían alcanzado su máxima popularidad en Londres mientras Simon Devere estaba en Birmania, se miró los pies. No solo eso, sino que eran bastante vulgares para que ella los leyera, aunque las columnas de consejos no le habían parecido tan escandalosas. Uno podía leerlas para divertirse y, a veces, incluso observar una pizca de sentido común, mientras que los anuncios eran en realidad viles.

—En lugares como *The London Journal*, milord, uno puede poner un anuncio solicitando un marido, o una esposa, para el caso, aunque debe abandonar todo sentido de la modestia o la humildad y enumerar sus atributos tanto de apariencia como de sus habilidades.

Simon parecía bastante sorprendido.

—Más bien se parece a un regateo antes de comprar una buena carne de caballo, ¿no es así?

—Supongo que sí, milord.

—¿Y lo haría?

Oh, Dios. ¿Qué debía pensar él de ella?

—No, ciertamente no. Estaba bromeando, milord. Creo que los anuncios están llenos de falsedades y exageraciones. Además, hace que la naturaleza de un apego sea más bien... ordinaria.

Él reflexionó un momento.

—Sin embargo, como mujer práctica llamada Jenny, ¿no debería pensar que poner un anuncio es una forma práctica de encontrar pareja, por no mencionar que ofrece un rendimiento mucho mayor del tiempo invertido, que dar vueltas por un salón de baile para hacerse notar? Piense en los números y en cuántos ojos en Londres podrían ver su anuncio, frente a los pocos cientos en un salón de baile.

Sonaba como si la estuviera empujando a anunciarse, y la idea la irritó.

—Solo estaba bromeando, milord. Prefiero ayudar a mi madre a llevar nuestra casa y, francamente, me gusta el reto de ser contable. En todos los sentidos, prefiero Sheffield a Londres.

—Es usted una dama extraña —dijo el conde sin una pizca de rudeza—. ¿Quién acompañará a sus hermanas en sus temporadas si no es usted?

—Pues mi madre, por supuesto. —Lady Anne Blackwood disfrutaba vistiendo a sus hijas y presentándose con ellas en sociedad.

—¿Y la dejaría sola en casa?

Oh. Eso podría ser un problema.

—Hay una criada y una cocinera.

—Y el desventurado mozo de cuadra —le recordó Simon.

Ella asintió.

—Y Henry.

—¿Henry? ¿Es el hombre que vi acompañarla el otro día?

¿La había visto llegar con Ned? Jenny prefirió no ahondar en su fallida treta.

—No, Henry es el criado personal de mi difunto padre. Mi madre se sintió mal con la idea de despedirlo y por tanto, no lo hizo. Tenerlo deambulando por ahí es como si mi padre también estuviese presente de alguna manera. Henry se gana el sustento siendo mis oídos y mis ojos en lo que respecta a los clientes de mis servicios contables.

Él cerró la boca ante eso. Por Dios, estaba charlando como una cotorra.

Simon la miró fijamente.

—Sabe tan bien como yo que ninguno de los criados cuenta como acompañante ni como compañero adecuado o seguro mientras está sola en el campo durante un período prolongado. Ciertamente, no durante toda una temporada. Sobre todo, si se trata de un sirviente masculino.

El conde estaba bastante serio y, por desgracia, tenía razón. Además, la miraba como si ella fuera un bocado delicioso que cualquier hombre querría hacerse con él si tuviera la mínima oportunidad. Eso la confundía y emocionaba al mismo tiempo.

—Tiene razón, por supuesto. —A los sirvientes se les podía ordenar que permanecieran a solas con un miembro del sexo opuesto, por lo que nadie en la sociedad educada los consideraba asistentes de confianza. ¿Y si Ned se dejaba caer en otra visita mientras su familia estaba fuera?—. Algunos podrían decir que tener a la viuda aquí sin una carabina adecuada es igualmente impropio. Más si cabe.

Obviamente, Maude estaba de luto, pero ¿qué pasaba cuando este terminase? Jenny no podía imaginarse vivir de cerca con Simon y verlo todos los días sin anhelar acercarse a él. Era, con mucho, el hombre más interesante que había conocido.

Sin embargo, la mirada de absoluta confusión en el rostro del conde le hizo desear recordar sus palabras.

—¿Maude? —preguntó él, con la voz un poco vacilante—. ¿La viuda de Tobías vive aquí?

Jenny se dio cuenta de su error.

—Lo siento mucho, milord. Hablé más de la cuenta.

—No, no pasa nada. Cuénteme. Por lo visto, si no lo hace usted, nadie lo hará.

—Ha estado indispuesto mucho tiempo —le recordó ella en defensa del señor Binkley y su personal.

Simon hizo caso omiso de esa excusa.

—Cuénteme —ordenó de nuevo, sonando cada vez más como un conde al mando.

—Lady Tobías Devere reside aquí, en Belton, en un ala privada. Con sus hijos.

Los ojos de Simon se abrieron de par en par ante la información.

—Eso explica los ruidos fuertes, los gritos que a veces oigo... —Se pasó una mano por la cara, asintiendo ligeramente—. De hecho, pensé que me estaba volviendo loco.

—Sí, milord. Peter y Alice pueden ser bastante ruidosos. Mi hermana les da clases de francés.

—Ya entiendo. —Frunció el ceño—. No, en realidad,

no lo entiendo en absoluto. ¿Por qué no están todos en Jonling Hall?

¿En realidad iba a recaer en ella dar la noticia?

—Tal vez debería llamar al señor Binkley. —Miró alrededor de la habitación como si el mayordomo fuera a salir de detrás de la cama.

—Jenny —dijo Simon Devere, con un tono suplicante.

Ella no podía negarse.

—Lady Devere renunció a la propiedad de Jonling Hall mientras usted estaba fuera.

—¿Renunció a Jonling Hall? ¿Vendió la mansión? ¿A alguien que no es de mi familia?

Jenny se encogió de hombros.

—Antes de que me lo pregunte, milord, nadie parece saber quién la compró, y nadie ha ocupado hasta ahora la residencia.

Con agitación, él se levantó, cruzó la habitación hasta la ventana y luego volvió a la silla, repitiendo el corto trayecto tres veces. Hizo que la gran cámara pareciera muy pequeña.

—Estoy muy confundido —dijo al fin.

¿Y si esto provocaba otro incidente?

—¿Debo llamar al señor Binkley, o a su ayuda de cámara?

Pero él se aferró a su brazo como lo había hecho antes.

—¿Hay otras sorpresas desagradables?

Solo estaba la posibilidad muy real de que su primo hubiera estado robando a la familia. O quizá el tutor de matemáticas lo había hecho.

—Debo irme, milord. Mi familia empezará a preguntarse por mi retraso en la cena.

—No hemos hablado de los libros de contabilidad.

Cualquiera sería tonto si pensara que este hombre no estaba en posesión de sus facultades mentales.

—¿Volverá pronto? —preguntó él, y entonces recordó lo que ella le había dicho antes—. Por favor.

—Sí. —Jenny miró la gran mano de Simon, que seguía agarrando su brazo.

La soltó con rapidez y su tono fue más ligero cuando volvió a hablar.

—¿Y le hará saber a su madre que sus hijas no se pudrirán en el campo la próxima temporada?

El corazón de Jenny se aceleró una vez más y asintió.

—¿Y aceptará ir con ellas a Londres en lugar de quedarse sola en el campo?

Sería una humillación para ella asistir a una tercera temporada solo como acompañante.

—Mi madre y yo cruzaremos ese puente cuando lleguemos a él. Sin embargo, no puedo dejar que la amenaza de tener que acompañar a mis hermanas a Londres empañe mi alivio por lo que tan generosamente nos ha brindado. —Jenny notó que le había dedicado una gran sonrisa. Sin duda, debía de parecer una idiota—. Sinceramente, no sé qué decir ni cómo podré pagarle.

Sus palabras se encontraron con el silencio, el cual se alargó hasta que se hizo incómodo mientras él la miraba fijamente con una expresión neutral. Sus pensamientos eran un misterio. La mirada del conde se desvió al fin de los ojos de Jenny hacia sus labios, provocando un inesperado escalofrío de excitación en ella.

Luego, su mirada bajó a su pecho.

Inesperadamente, sus pezones empezaron a cosquillear, haciéndola muy consciente del lugar exacto en el que su vestido los rozaba. Al mismo tiempo, para extrema vergüenza de Jenny, supo que sus mejillas debían de estar muy rojas.

El aire que la rodeaba crepitaba de tensión. ¿Lord Lindsey también la sentía?

Cuando los ojos de Simon volvieron a captar su mirada, algo parpadeó en sus profundidades. No era un demonio, después de todo, pero sí algo bastante incivilizado, como ella había visto antes. Tragando la sequedad de su garganta, Jenny se preparó para su beso.

En cambio, él apartó la mirada.

—No es necesaria ninguna retribución. —La voz del conde sonó áspera y se aclaró la garganta—. Es hora de que se vaya.

Ella dio un paso atrás, dándose cuenta de que se había inclinado hacia él. Se estaba comportando como una idiota. Él esperaba que ella le diera las gracias y se fuera y, en lugar de eso, ella se había limitado a mirarlo sin decir una palabra.

—Discúlpeme por no haberme marchado aún, milord.

Él asintió con la cabeza, con el aspecto de un noble digno y no como un alma rota que una vez sollozó sobre su hombro.

—No se preocupe —dijo Simon—. Solo quería decir que usted ya ha desperdiciado conmigo demasiado tiempo.

Ella retrocedió hacia la puerta, ansiosa por escapar de la escena que la mortificaba.

—Jenny.

Se detuvo.

—Aprecio mucho su compañía.

El hombre era un enigma.

—Gracias de nuevo, milord. —Ella se escabulló antes de que pudiera arruinar el momento. Antes de que hiciera o dijera algo totalmente inapropiado.

Sin embargo, tan pronto como Jenny salió de la cámara, quiso gritar de pura alegría. ¡Una temporada para sus dos hermanas! ¡Oh, Dios! ¡Era un milagro!

Como solía hacer Eleanor, Jenny corrió por el pasillo sin ver al almirante. Casi se tropezó con él al reducir bruscamente su velocidad.

El señor Binkley estaba de pie en lo alto de la escalera y había visto con toda claridad de dónde venía ella.

Jenny volvió a darse cuenta de lo inapropiado de la situación. A solas con el conde en su dormitorio, de nuevo. Solo que esta vez, ¡llevaba una sonrisa de placer!

Ella permaneció en silencio, reprimiendo el impulso de defenderse. Intentando inútilmente recuperar su dignidad y parecer respetable, se limitó a asentir con cortesía al mayordomo cuando pasó junto a él y bajó las escaleras sin prisa.

Estaba casi en la puerta lateral cuando se dio cuenta de que había dejado su sombrero, su abrigo y sus guantes en la biblioteca del segundo piso. Jenny volvió sobre sus pasos, teniendo incluso la valentía de pasar por delante de la puerta de su señoría, que aún estaba entreabierta.

—Sí, milord, como usted dice, es mucho más que una molestia. —Las palabras del señor Binkley llegaron nítidas a través de la abertura—. No creo que ella deba estar aquí.

—¡Claro que no debe estar aquí! ¿Pero de quién es la culpa?

El silencio acogió la escueta pregunta del conde hasta

que él habló una vez más.

—¿Cuándo se irá? —La voz de Simon sonaba irritada.

—Tengo entendido, milord, que será muy pronto.

—No, no será lo bastante pronto. Puede resultar en un grave daño mientras tanto. —Su tono era de pura exasperación—. Su presencia es muy irregular.

—Sí, milord, y algunos pueden pensar que debería ofrecerle su mano.

Jenny jadeó y se tapó la boca con una mano, esperando que no la hubieran oído. ¿En qué estaba pensando el mayordomo? ¿Por qué lord Lindsey tenía que ofrecerle a ella su mano?

Dios mío, era porque había estado sola en su alcoba en más de una ocasión. Sin duda, el personal estaba empezando a cotillear. Una mujer contable era anormal, y ¿quién iba a creer que en realidad estaba allí para ordenar los libros de contabilidad si salía alegremente del dormitorio de su señoría?

Mientras se alejaba de puntillas, las palabras del conde la persiguieron por el pasillo:

—¿Casarse con ella? ¿Está usted loco? Ni aunque fuera la última mujer de la tierra.

Jenny trató de ignorar la punzada de dolor. Por supuesto, su sentimiento era bastante natural, dada la diferencia de rango. Tal vez si ella hubiera sido una belleza de renombre o tuviera una fortuna…

Sin embargo, ella era solo Jenny Blackwood, la hija de un barón. La última mujer en la tierra con la que él se casaría.

Capítulo 9

—¿Qué quieres decir con que no vas a volver? Mamá, ¿qué puede querer decir?

Maggie era persistente, pero Jenny no podía enfrentarse a ella. No podía enfrentarse a la mansión o al señor Binkley, y definitivamente no al conde. Hoy no. Tal vez mañana o al día siguiente. Sus emociones estaban revueltas, y sus sentimientos habían sido burlados y pisoteados, y un mayordomo, ¡un mayordomo!, la había menospreciado.

Además, un par del reino había parecido que podía besarla en un momento y segundos después la había insultado. ¿O había interpretado mal la expresión de su rostro?

—¿Y si el conde retira su oferta? —Maggie sonaba preocupada.

No, Jenny no quería volver. Nunca. De hecho, probablemente no era necesario. Ella había completado su trabajo. Alguien en la mansión tenía que hacer un recorrido por toda la finca y arreglar el desorden.

Tal vez el conde debería escribir a su tío, James Devere, y pedirle que se encargara de ello si él no podía.

—Después de lo que ese hombre está haciendo por nosotros —dijo su madre, dirigiéndose a ella con severidad—, creo que deberías terminar de hacer su contabilidad cuanto antes. Y cuadrar bien los números para que el conde no cambie de opinión sobre su generoso regalo.

Jenny suspiró. Como si las matemáticas pudieran ser manipuladas para mostrar algo distinto a la verdad.

—Mami, he completado la tarea que el señor Binkley me encomendó. —Cogiendo una tostada del estante de plata del centro de la mesa, la untó con mantequilla con ferocidad hasta que esta se desmenuzó sobre su plato.

—Anoche dijiste que el conde te invitó a volver —señaló Maggie—. Si no es para terminar la contabilidad, ¿por qué podría ser?

Todas las cabezas de la mesa se volvieron hacia ella. Ned tenía el ceño fruncido, lo que le hacía parecer un hurón irritado.

—Desea que le explique mis hallazgos. —Jenny mantuvo su atención en la comida que tenía delante y se la metió en la boca de forma poco femenina.

—Y así lo harás —decretó Anne Blackwood.

Jenny miró a su madre, sabiendo que tendría que obedecer. Arrancando una esquina de la tostada, se la metió entre los labios. Al crujir con fuerza, las migas salieron volando por el mantel de encaje.

Al ver que su madre levantaba una ceja desaprobadora, Jenny volvió a bajar la mirada.

¿Qué le ocurría? Se comportaba como la mujer

inadecuada que tanto el mayordomo como el conde parecían haber juzgado ya.

—He dejado un resumen por escrito. No puedo hacer nada más hasta que ellos —señaló en dirección a Belton Park—, hagan algo.

—¿Cómo puede lord Desesperado hacer algo si permanece en su habitación? —preguntó Maggie.

Jenny miró a su hermana mediana con especial dureza. Después de todo, el hombre era ahora su benefactor.

—Lo siento —murmuró Maggie—. Quiero decir, lord Devere.

—Ahora lord Lindsey —corrigió su madre.

—Estoy segura de que un hombre fuerte como su señoría mejorará con el tiempo. Tal vez necesite un poco de las gachas de nuestra cocinera.

Jenny pensó en él sollozando y temiendo la luz más que la oscuridad.

—Creo que necesita algo más que un estómago lleno.

—Pero es una buena idea —dijo Maggie—. ¡No gachas, por supuesto! Sin embargo, le llevaré a su señoría una de las tartas de fresa de la cocinera para agradecerle su amabilidad.

—Manzanas —dijo Jenny, mirando el cuenco de fruta en el centro de la mesa.

—Al conde le gusta la tarta de manzana.

Todos se volvieron para mirarla.

Ella sintió que sus mejillas se encendían.

—Eso es lo que le he oído decir al señor Binkley a una de las criadas.

—La cocinera no puede prepararla a tiempo para que se la lleves hoy, pero sí mañana.

Ahora, ¿por qué había mentido? Jenny no había hecho nada malo al visitar al conde. Sin embargo, no quería que su madre y Ned discutieran lo indecoroso de que estuviera a solas con Simon Devere y, por lo tanto, no iba a decírselo.

Mirando a Maggie para indicarle que apreciaría mucho el silencio de su hermana sobre ese asunto, se zampó el resto del desayuno e ignoró las palabras de su madre sobre llevar algo a la mansión ese día.

—No puedo creer que vayamos a estar juntas en Londres después de todo —dijo Maisie, agarrando la mano de Eleanor y haciendo que se le cayera el bollo, que rodó hacia el centro de la mesa. Las dos chicas soltaron una risita.

—Si lord Lindsey no fuera un conde y, por lo tanto, estuviera por encima de todo reproche —dijo Ned—, le aconsejaría que rechazara su oferta. —Todos los presentes se quedaron en silencio, aunque él se dirigió directamente a *lady* Blackwood.

Por su sonrisa, él disfrutaba acaparando toda su atención.

—Después de todo, parece algo demasiado atrevido para el conde —continuó Ned—, sin ningún vínculo con la familia.

Anne dejó su taza de té.

—Yo haría exactamente lo que dice, primo Ned —convino, provocando que Maggie y Eleanor soltaran un grito de consternación.

—Es decir, si algún miembro de nuestra familia quiere intervenir y pagar para que cada una de mis hijas asista a una temporada...

Lo miró fijamente hasta que Ned bajó la vista a su huevo

pasado por agua, con una expresión de disgusto en el rostro.

Evitada la crisis, Jenny dejó caer el tenedor sobre su plato y se excusó para levantarse de la mesa. Al haber terminado la contabilidad de sus otros clientes, ya no tenía nada que hacer. Sin la presión de la temporada de Maggie y con suficientes ganancias para pasar unas semanas, no necesitaba pedirle a Henry que buscase clientes nuevos.

¿Qué haría con un día libre? Para empezar, se mantendría alejada de Eleanor y Maisie para no verse arrastrada a otro juego del escondite.

Como el tiempo era bueno, Jenny salió a dar un tranquilo paseo, que terminó en los alrededores de Jonling Hall, donde nunca había entrado, ni siquiera de niña. El conde se había sorprendido por su pérdida, y Jenny deseó al menos poder darle la buena noticia de que una agradable familia se había mudado allí. Tal vez viera muestras de que estaba habitada o se encontrara con un jardinero al pasar por allí.

—Podría detenerse a respirar. —Al oír la voz de su primo, el corazón de Jenny se desplomó. Prefería estar sola. Y si tenía que estar acompañada, el nombre de Ned estaba casi al final de su lista de personas con las que deseaba pasar su tiempo. Se sentía incómoda mientras él seguía soltando indirectas sobre su interés, que era decididamente inoportuno. Él no parecía darse cuenta.

¿Por qué el hombre no entendía su total desprecio por él, en lo que respecta a una relación romántica? Tener que decirlo con claridad, palabra por palabra, lo humillaría y heriría sus sentimientos. Y ella no tenía ningún interés en herirlo. No tenía ningún interés en él. Ese era el problema.

—¿Es seguro para que vague por el campo sin escolta?

—Supongo que sí —respondió ella—. Nadie me ha molestado excepto usted.

Él se rio.

—Es divertida, prima.

¿Lo era?

—Entonces debo esforzarme más en ser desagradable.

Ahora él frunció el ceño, inseguro de si ella estaba bromeando.

Su mirada de perplejidad la irritó. Sintiéndose como una arpía, añadió:

—Gracias por preocuparse por mi seguridad. Puede acompañarme. —Si al menos no hablara…

Sin embargo, él empezó a hablar en cuanto se puso a su lado.

—Quería explicarle por qué no recogí el guante que su madre lanzó en el desayuno.

Jenny trató de recordar el guante al que se refería.

Ned se encogió de hombros.

—Si estuviera en condiciones de pagar las temporadas de sus hermanas, lo haría con mucho gusto. Aunque solo sea por complacerla —añadió, mirándola de reojo.

Ella intentó ofrecerle una sonrisa, pero temió que pareciera más bien una mueca enfermiza.

Él continuó.

—Sin embargo, no puedo ponerme en ningún tipo de peligro financiero solo porque su padre decidió no preparar adecuadamente el futuro de sus hijas.

Jenny estaba cansada de pensar lo mismo y, por lo tanto, no dijo nada. Sin embargo, Ned no debía hablar mal de los muertos. No le correspondía hacerlo, y tampoco a ella. Tal vez si no le respondía, él se desvanecería en el silencio.

No le tocó esa suerte.

—Supongo que su madre podría apelar a mis padres, que creo que están en disposición de ayudar a sus hermanas, pero dado que el conde ya se ha ofrecido, y puesto que eso no perjudica en nada mi futura herencia, de la que podría tener interés, creo que lo mejor es que las cosas se queden como están. —A pesar de pueda parecer extraño que el conde se encargue de conceder tal cosa a su familia. Sin recompensa. Sin pedir nada a cambio.

Hizo una pausa y luego la miró, aunque ella no había disminuido su ritmo.

—Su señoría no pidió nada a cambio, ¿verdad?

Jenny dejó que las palabras de Ned resonaran en su cerebro, hasta que la pregunta oculta se hizo evidente para ella. Se detuvo en seco, molesta por la grave insinuación.

Su primo siguió caminando unos pasos hasta que se dio cuenta de que ya no estaba a su lado y se volvió hacia ella.

—¡El muy sinvergüenza! —soltó—. ¿Cuál es el precio de su ayuda?

—Ned, ¿de qué demonios está hablando? El conde no ha pedido nada. —No dejaría que la reputación de Simon se manchara más que la suya.

—¿Y qué quiere decir con que tengo un interés en su herencia, primo?

—Ah, eso le llamó la atención, ¿verdad, Jenny?

La mirada de suficiencia en el rostro de Ned le provocó una reacción física en la boca del estómago. No era agradable. Cómo deseó poder retractarse de su pregunta.

—Creo que he sido demasiado discreto en mi relación

con usted. Tal vez demasiado discreto si aún no sabe lo que siento. Déjeme decirle ahora mismo que yo...

—Mire ahí —dijo Jenny en voz alta, solo para evitar que él hiciera una declaración de amor. Porque si lo hacía, tendría que decirle que nunca podría haber nada entre ellos y que, por lo que a ella respectaba, podía gastarse su herencia en el juego y en mujeres. Y eso no sería bueno.

Por un lado, ya no podría hacer el papel de primo cariñoso y permanecer en su casa.

Lo más probable era que, con su orgullo insoportablemente herido, recogiera sus cosas y se marchara, llevándose a Maisie. Eso le causaría a Eleanor una gran angustia.

Y la angustia de Eleanor se convertiría en la de todos.

—¿Qué pasa, Jenny? —Ned miró a un lado y a otro.

—El vestíbulo —dijo ella con dificultad, señalando la residencia menor de los Deveres. O mejor dicho, su antigua residencia menor.

—¿Sabía que ha sido vendida, y nadie sabe a quién?

La expresión exasperada de Ned fue sustituida por una de interés.

—¿De verdad? Me pregunto por qué el conde tuvo que venderla.

Jenny no se molestó en decirle que se había vendido mientras el actual conde estaba fuera del país. Le dio a Ned algo que masticar, como un perro con un hueso. Con un poco de suerte, se olvidaría de su casi declaración.

—Por el bien de sus hermanas —añadió Ned mientras Jenny reanudaba la marcha—, esperemos que esto no sea un indicio de que la familia Devere ha caído en desgracia. Tal vez debería conseguir esa promesa de mecenazgo por escrito, o mejor aún, hacer que el conde transfiera los fondos de inmediato a su banco de Londres, prima.

¡Qué descortés! Como si ella fuera a hacer cualquiera de las dos cosas.

—Venga. —De repente, Ned la agarró del brazo y se volvió hacia Jonling Hall.

—Llamemos y veamos si hay alguien en casa. Incluso un criado puede decirnos quién es el nuevo propietario.

Ella no se movió, pero él siguió tirando de ella en dirección al largo camino.

—De verdad, Ned, así no se hacen las cosas. Si le interesa averiguarlo, estoy segura de que usted tiene contactos en Londres que pueden decírselo.

—Tal vez —dijo él—, pero ya que estamos aquí, ¿por qué no presentarnos como vecinos? Incluso más que eso, usted es la contable del conde.

El hombre no tenía sentido común.

—Nunca debe hablar de eso con nadie. ¿Me oye?

Él no parecía prestarle atención en absoluto.

—¡Ned! —Ella tiró de su brazo y por fin se volvió hacia ella.

—Escúcheme. Me he esforzado mucho en esta comunidad para mantener el disfraz del señor Cavendish. Solo usted, el señor Binkley y el conde saben la verdad.

Ned puso los ojos en blanco como si desestimara sus preocupaciones.

—¡Por favor! —Oh, cómo odiaba suplicar a su primo—. Solo piense en cómo podría dañar a mi familia que todo saliera a la luz, por no hablar de las perspectivas de mis hermanas. Aunque están agradecidas por todo lo que les proporciono, se sentirían humilladas si alguien descubriera que ejerzo una profesión. Y así debería ser. Y al formar parte de la familia, eso podría dañar también las posibilidades de Maisie.

Ned alzó las cejas ligeramente.

—Muy bien. Pero si hay ocupantes y nos miran con recelo, al menos podemos decir que el conde es el patrón de su familia.

Jenny dejó que la arrastrara el resto del camino hasta la puerta principal, un bonito arco con grandes plantas dentro de unas macetas a ambos lados. A diferencia de la mansión, no había un enorme tramo de escalones de piedra para subir, por lo que supuso que las habitaciones de la servidumbre estaban en la parte trasera de la casa y no en el sótano. Sin embargo, la casa tenía un aire aristocrático, que transmitía comodidad y elegancia.

—Presentarse sin avisar y sin invitación… —susurró ella—. No deberíamos hacer esto. —

—Tengo curiosidad por saber quién vive aquí. Estoy seguro de que los Deveres agradecerán cualquier información que descubramos. —Ned levantó la mano y golpeó la gran puerta con los nudillos—. Ojalá tuviera mi bastón —murmuró.

Después de unos minutos, Jenny dijo:

—No hay nadie aquí. ¿No es evidente?

—Ya veremos. —Ned volvió a golpear con más fuerza.

Jenny se había alejado unos pasos de la puerta, retrocediendo tal y como deseaba desesperadamente, cuando por fin la puerta se abrió.

—¿Qué desean? —dijo una voz desde el sombrío

interior. Una voz de mujer con un fuerte acento *cockney*.

—¿Está su señor o señora en casa? —preguntó Ned.

—No. —La respuesta llegó con rapidez.

Ned no se iba a rendir con tanta facilidad.

—¿Tal vez una taza de té para unos vecinos sedientos?

Jenny puso los ojos en blanco ante la atrevida petición de su primo.

—Si son vecinos, ¿por qué no toman el té en casa?

Jenny casi se rio ante estas palabras tan contundentes desde detrás de la puerta.

—Pues claro que tomamos el té en casa —dijo Ned, balbuceando de indignación—. Esa no es la cuestión.

—No se recibe a nadie. Órdenes estrictas.

—Exijo saber quién es tu amo —dijo Ned, dejando de lado toda pretensión de solo pasar.

—¿Quién lo pregunta? —replicó el criado.

Jenny trató de impedir que Ned respondiera, corriendo hacia él para agarrarle del brazo. No quería que su nombre se asociara a un fisgoneo tan maleducado.

Demasiado tarde.

—Soy Edward Darrow, y ella es la señorita Blackwood. El conde de Lindsey es su benefactor. ¡Muéstrate, mujer!

Jenny sintió que sus mejillas le ardían.

—¡El conde! —Parecía que el criado estaba murmurando con otra persona.

—Cierra. —Le pareció escuchar a Jenny, esta vez era la voz de un hombre.

—Órdenes estrictas —repitió la mujer y cerró la puerta con firmeza, a menos de cinco centímetros de la nariz de Ned. Ambos oyeron cómo el pestillo se deslizaba en su sitio y el cerrojo giraba.

—¡Inaudito! Nunca me habían… —El rostro de Ned se enrojeció de fastidio.

Jenny dejó de sujetar el brazo de su primo y se alejó.

¿Por qué? ¿Por qué le había dado su nombre? Si le preguntaban en el futuro, podía fingir que era Eleanor, que quizá no sabía nada mejor que intentar irrumpir en la residencia de alguien. ¡Qué humillante!

Esto era mucho peor que el hecho de que su antiguo vizconde le comunicara a través de un lacayo que, después de todo, no iba a anunciar oficialmente su compromiso. Jenny recordaba haber sentido una momentánea molestia e incluso lástima por la carga adicional que suponía para su madre, y luego no había vuelto a pensar en lord Alder.

Sin embargo, la terrible escena de hoy se repetía en su cabeza mientras regresaba a casa, consciente de que Ned iba detrás de ella.

La llamó un par de veces y ella lo ignoró. ¡Qué bufón! Además, ¿y si lord Lindsey se enteraba de que estaba husmeando? ¿Y por qué le preocupaba eso? Ella no lo sabía. Solo sabía que Ned había actuado de forma insufrible y que, con todo su corazón, deseaba estar lejos de él.

Sin aminorar el paso, Jenny cerró de golpe la puerta del jardín después de atravesarla. Habría hecho lo mismo con la puerta principal, justo en la cara de Ned y le habría permitido experimentar la humillación dos veces en un mismo día, salvo que su madre estaba en el pasillo delantero.

—El señor Binkley estuvo aquí mientras tú estabas fuera —le dijo Anne sin preámbulos.

—¿Qué quería? —Jenny se dio cuenta de que su tono

era inapropiado cuando su madre dio un paso atrás.

—No pareces estar bien —dijo Anne—. ¿Has tomado demasiado aire?

A veces su madre tenía las ideas más extrañas.

—No, no creo que eso sea posible, mamá. No se puede tomar demasiado aire. Creo que se puede tomar demasiado sol, pero hoy no ha sido el caso, ya que llevaba mi sombrero y no paraba de moverme. Salvo cuando me he visto obligada a quedarme quieta en el umbral de una puerta. —En contra de mi voluntad, casi añadió.

—¿De verdad? ¿Dónde has ido?

Jenny se volvió hacia Ned.

—¿Por qué no pone a mi madre al corriente, ya que fue idea suya?

Él tuvo la delicadeza de parecer un poco avergonzado.

—Alcancé a la señorita Jenny cerca de Jonling Hall y pensé que era una buena idea preguntar por el nuevo propietario.

Una miríada de expresiones cruzó el rostro de Anne. Sin duda, consideraba que su expedición era atrevida, si no francamente grosera. Pero quizá también interesante.

—Antes de que preguntes —explicó Jenny—, no hemos averiguado la identidad del nuevo propietario. Solo que tiene mal gusto para los sirvientes, aunque uno excepcional para los porteros.

Quitándose el sombrero y los guantes, Jenny enlazó su brazo con el de su madre y caminó hacia el comedor, esperando que Ned no la siguiera.

—Dime, ¿qué quería el señor Binkley? Pero antes de que me lo digas, ¿ha dejado algún pago?

En los ojos de Anne brilló un destello de excitación.

—Sí dejó un sobre dirigido a ti, el cual dijo que eran tus honorarios. Lo dejé sobre tu cama.

¡Gracias a Dios! Su presencia en Belton podría haber causado cierta consternación por parte del mayordomo y su amo. Sin embargo, ella les había hecho un buen servicio. Eso no podían negarlo.

—El otro asunto, sin embargo —añadió su madre, mirando por detrás a Ned, que los seguía como un sabueso decidido—. El señor Binkley dijo que el conde ha solicitado tu compañía esta tarde, y también dijo que deseaba mucho hablar contigo en persona.

—¿Más libros de contabilidad? —preguntó Jenny.

Anne negó con la cabeza.

—Umm, no, no lo ha dicho así. Quiere que avises al servicio cuando llegues para que pueda hablar contigo.

Ned hizo un ruido de desaprobación y Jenny puso los ojos en blanco. Si su primo decía una palabra sobre la falta de decoro, podría verse obligada a perpetrar la violencia sobre él.

—¿Ha especificado el señor Binkley alguna hora?

—A cualquier hora de esta tarde —dijo su madre—, y fíjate que fue bastante agradable al preguntar.

Ned se aclaró la garganta.

—¿La acompaño, prima?

¿Cómo se atrevía Ned a hacer semejante pregunta?

—Creo que no —espetó ella, y entonces vio la expresión de incredulidad en el rostro de su madre.

Mirando a Ned, que parecía bastante cabizbajo, el corazón de Jenny se ablandó. Supuso que no había querido montar una escena en el salón. Además, no podía culpar al hombre por haber perdido su afecto.

—Gracias, primo, pero no será necesario. El conde es un hombre discreto. Estoy segura de que si hubiera querido que yo llevase a alguien más, lo habría dicho.

Ned asintió y pasó junto a ella hacia el salón. El salón de su familia. Sin embargo, ella apartó de sus pensamientos de todas las cosas molestas.

La habían convocado a la mansión. Como si fuera una orden real. Y ella no podía negarse diciendo que estaba ausente.

¿Iría? Por supuesto. Sus sentimientos habían sido heridos por lo que oyó, pero no era una niña. Sin embargo, le resultaba extraño que lord Lindsey quisiera que volviera después de lo que había escuchado.

Además, ¿por qué el mayordomo quería hablar con ella?

Un terrible temor la invadió. Tal vez, después de la conversación de los dos hombres de la noche anterior, reflexionando sobre el daño que podía causar al conde con su presencia, con la posibilidad muy clara de que las malas lenguas destrozaran la reputación de ella… ¿Y si lord Lindsey decidía que ayudar a sus hermanas era un gesto demasiado íntimo, como había sugerido Ned?

¿Y si, como Maggie había temido durante el desayuno, el conde había cambiado de opinión o el almirante lo había hecho por él, y le había correspondido al señor Binkley decírselo?

Ciertamente, eso tenía sentido. Si alguien en realidad podía pensar que su señoría debía ofrecerle su mano, solo porque había pasado un tiempo a solas en la mansión, ¿qué podría pensar la gente si se enteraba de que el conde había pagado el viaje de sus hermanas a Londres?

Eso prácticamente la señalaría como la amante de Simon Devere.

Capítulo 10

Como si hubiera sido invitada a cenar con el conde, Jenny se vistió con su mejor vestido de día. Después de todo, hoy no iba a trabajar en la biblioteca como contable. Decidió parecer una visita y no una comerciante.

—Ooh —arrulló Eleanor cuando entró en el comedor donde su familia se sentaba siempre desde que Ned se había instalado en su salón.

Maisie levantó la vista de su asiento junto a Eleanor y sonrió.

—Parece que vas a un cortejo.

¿Un cortejo? ¿Debería ponerse algo más recatado? Tal vez se veía demasiado atractiva, como si tuviera planes con lord Lindsey. O como si disfrutara de sus largas evaluaciones sobre su persona.

¡Eso era demasiado escandaloso para considerarlo siquiera por un momento!

En el aparador, levantó la tapa de cada plato para ver lo

que la cocinera había preparado para la comida del mediodía.

Ned entró un momento después y Jenny pudo sentir la desaprobación que se desprendía de él en oleadas. Sin embargo, como era de esperar, Ned no dijo nada, se sirvió un café y se sentó.

—Hermano, ¿no vas a comer pastel de cordero? —preguntó Maisie, untando con mantequilla un trozo de pan.

Ned la ignoró, manteniendo los ojos fijos en Jenny, que se sentía más incómoda cuanto más tiempo permanecía allí. Rápidamente, colocó un trozo de tarta en su plato antes de regarlo con salsa y sentarse. Cuando ella cogió el pan, Ned hizo lo mismo.

—Después de usted —dijo, retirando la mano.

Jenny le ofreció una apretada sonrisa, que él no devolvió, y cogió con delicadeza el último trozo del plato.

—Eleanor, ve a decirle a la cocinera que necesitaremos más pan.

—No se moleste por mí —dijo Ned.

¡Qué extraño! Como si pedirle más pan a la cocinera fuera una molestia. Sí, sería estupendo que tuvieran una campanilla para el servicio, pero su padre nunca había visto la necesidad de instalarla. Gracias al reducido tamaño de la casa, llamar al servicio no era un problema si se tenía un buen par de pulmones.

—Maggie y mi madre llegarán pronto, y estoy segura de que querrán un poco de pan.

Ned asintió y dio un sorbo a su café, y entonces pareció tomar una decisión. Jenny lo vio en el momento en que ocurrió, ya que su expresión era clara.

—¿Cuándo se va? —le preguntó Ned.

—Poco después de que termine de comer. ¿Por qué?

—Me gustaría hablar con usted en privado antes de que se marche.

Ella había desalentado a su primo desde el día en que llegó, pero parecía que estaba decidido a hacerle una declaración. Jenny estaba igualmente decidida a no permitírselo. Necesitaba una distracción. Eleanor y Maisie estaban discutiendo sobre cintas, los méritos de los vestidos de raso frente a los de seda y otras tonterías por el estilo. No serían de ninguna ayuda.

La cocinera entró en ese momento, dándole a Jenny tiempo para pensar.

—Más pan, por favor.

La mujer asintió y se dio la vuelta para marcharse. Al demorarse, Jenny la detuvo con una pregunta:

—¿Cómo está George?

La cocinera parecía perpleja.

—Está bien, señorita. Gracias por preguntar.

—¿Y Trueno? ¿Ha hecho George algún progreso en ese sentido? ¿Con el caballo, quiero decir?

La cocinera se encogió de hombros.

—No lo sé, señorita. ¿Quiere que lo llame?

Eleanor soltó una risita, sin duda ante la idea de que su mozo de cuadra entrara en el comedor durante la comida.

Jenny negó con la cabeza.

—No, está bien. Lo comprobaré más tarde. —La mujer debía de pensar que estaba loca.

En ese momento entraron su madre y Maggie, y cada una cogió un plato de comida antes de sentarse.

—Vaya, qué guapa estás —dijo Anne—. Como si

estuvieras en una cena durante la temporada.

Maggie la miró con una sonrisa cómplice, y Jenny deseó haberse quedado en su habitación hasta la hora de irse.

—He pedido más pan. —Fue su único comentario, antes de comerse su pastel en silencio.

Al ver que su madre levantaba una ceja interrogativa, Jenny bajó la mirada y la mantuvo firme en su plato. Incluso mientras su madre abría el *London Times*, que la criada había puesto junto a su mesa y Maggie leía el *Journal*, Jenny era muy consciente de que los ojos de Ned seguían puestos en ella, a la espera de una respuesta.

Mientras sorbía su café, Jenny por fin le devolvió la mirada. Quería decirle lo grosero que era mirar de ese modo. En cambio, le dedicó la segunda sonrisa.

—Tal vez cuando regrese, primo, porque no tengo ningún deseo de hacer esperar al conde, no cuando él es, como usted mismo ha dicho, nuestro benefactor.

Pareciendo resignado, Ned asintió.

—Como quiera. Estaré aquí a su regreso.

Cuando Jenny llegó a Belton, sintiéndose extraña por la ausencia de su ábaco y su mochila, evitó la entrada de la servidumbre y se dirigió a la imponente puerta principal. El señor Binkley respondió al timbre y la invitó a entrar.

—¿Quiere pasar un momento al salón, señorita Blackwood?

Sin mediar palabra, ella lo siguió hasta una sala enorme, la gran sala que recordaba de su infancia. El salón, lo llamó él. Más bien un salón de baile. Ciertamente, en él podrían caber con facilidad cien invitados.

Mirando hacia uno de los extremos, recordó el lugar exacto donde solía colocarse el imponente árbol de Navidad cada año. De hecho, podía recordar a Simon, saludando a la gente con humor infantil y una cálida sonrisa.

A excepción de los dos sofás junto a la colosal chimenea de mármol y los dos sillones de orejas a su lado, la sala estaba vacía por completo, no se parecía en nada a sus recuerdos de velas y músicos, decoraciones navideñas y golosinas. Estaba claro que no se había utilizado en mucho tiempo.

—Tengo entendido que habló de *lady* Devere con su señoría.

Jenny parpadeó. No había esperado una pregunta así, sino que pensaba que oiría de inmediato algo sobre la retirada de la oferta del conde de pagar los vestidos de Maggie y las entradas al evento.

—Sí. —¿Debía disculparse? ¿Con el mayordomo?

—No me di cuenta de que no sabía que la familia de su primo vivía aquí. Hasta que se lo dije, claro.

—Sí, así es. Hay una serie de cosas que su señoría no sabe respecto a los cambios que han ocurrido mientras él estaba fuera. El conde ha estado en un estado introspectivo de casi insensibilidad desde su regreso. No había forma de que usted lo supiera, por supuesto.

Jenny miró fijamente al almirante. No era normal que un sirviente, de hecho, todo el servicio, le escondiera secretos a su señor. Sin embargo, podía entender que fuera difícil comunicar algo de gran importancia a un hombre sentado en la oscuridad.

—Ya veo.

El señor Binkley asintió.

—Bien.

Ella esperó. ¿Qué deseaba decirle?

—Su señoría lo entendió con claridad cuando le hablé de la venta de Jonling Hall —añadió Jenny en la incómoda pausa. Se preguntó si el mayordomo había pensado que el conde era poco inteligente—. ¿Sabe usted que quiere que le hable de los libros de contabilidad y de las finanzas?

—Sí, lo sé. Creo que es muy importante que lo sepa todo, y me alegro de que se lo explique.

¿Por qué, entonces, la vacilación en la voz del mayordomo?

—¿Hay algún problema, señor Binkley? —¿Mencionaría ahora el destino de sus hermanas?

Muy lenta y cuidadosamente, él le respondió.

—Lord Lindsey cree que todavía es lord Devere.

Jenny frunció el ceño, meditando las palabras un momento. Entonces se dio cuenta de su importancia.

—¡Dios mío! —exclamó antes de sentarse pesadamente en el sillón de respaldo cubierto de brocado más cercano—. ¿No sabe que es el actual conde?

El señor Binkley, con las manos unidas a la espalda, negó con la cabeza.

—Quiere decir que no sabe que su padre ha fallecido.

—Correcto.

—¿Y desea que sea discreta y no se lo mencione? —Al fin y al cabo, no era necesario que saliera el tema. Ya habían tenido numerosas conversaciones sin nombrar a su padre en absoluto.

—En eso, no tiene del todo la razón.

Ella frunció el ceño, no le gustaba su forma de expresarse, y era la segunda vez que el mayordomo la corregía de la misma manera.

—Su señoría reacciona bien ante usted. Cuando lord Lindsey regresó de su cautiverio, habló poco y dio muy pocas órdenes. Sin embargo, se empeñó en que ninguno de sus amigos o conocidos pudiera entrar en la mansión. Es más, nos ordenó a mí y a todo el servicio que lo dejáramos en paz. Me he extralimitado y he desobedecido sus órdenes en la medida de lo posible, pero usted, señorita Blackwood, le ha hecho hablar más de lo que yo he podido conseguir en todas estas semanas. Es más, de hecho ha solicitado su presencia.

Jenny tragó saliva.

—Creo que no le ayuda en nada el aislamiento y especialmente la oscuridad. ¿No está de acuerdo?

El mayordomo pareció mover su peso de un pie a otro.

—No me corresponde a mí contradecir al conde, pero creo que una convalecencia que incluyera paseos diarios por el jardín, si el tiempo lo permite, y la compañía de otras personas, le haría bien. De nuevo, no me corresponde a mí decirlo.

—¿Entonces a quién? No le queda familia aquí.

—A usted —dijo el señor Binkley—. Creo que puede lograr que él salga de su habitación. Y también debe explicarle que su padre ha fallecido y que ahora es el conde de Lindsey.

—¿Yo debo hacerlo? —Jenny se puso de pie, agitada—. No tengo ninguna obligación al respecto. Deberíamos mandar llamar a su tío. Seguramente James Devere debe ser quien explique las circunstancias a su sobrino.

El rostro del señor Binkley se torció en una expresión agria.

—Envié un mensaje a lord Devere justo a la vuelta de mi amo. Volví a avisarlo cuando comprendí el alcance de los problemas de lord Lindsey. Sin embargo, su tío no respondió.

Jenny se dio cuenta de que se estaba mordiendo el labio inferior. Sus dedos jugueteaban con la tela de su vestido, y deseó con todas sus fuerzas tener su ábaco en las manos para poder deslizar las suaves cuentas de un lado a otro.

El señor Binkley no dijo nada más, pero la miró fijamente con una mirada digna del apodo que Maggie le había puesto. Solo un almirante que supiera cómo mandar sus tropas podía tener una mirada medio impertinente, medio exigente. Ella nunca había experimentado nada parecido.

—Me esforzaré por llevarlo afuera —concedió ella.

El mayordomo seguía sin moverse.

—Encontraré la forma adecuada de comunicarle el fallecimiento de su padre —añadió Jenny, resentida por haber sido presionada para ocuparse de este deber, que en realidad no tenía nada que ver con ella. Estaba acostumbrada a hacer lo que fuera necesario por su propia familia, pero ¿cómo, por Dios, se había metido en este lío?

El rostro del señor Binkley permaneció pasivo, pero sus ojos se arrugaron en las esquinas y asintió con la cabeza antes de hacer una reverencia bastante acusada, que ella interpretó como una expresión de su gratitud.

—El conde está esperando —dijo, dándole la espalda como si ella se hubiera entretenido. Luego salió de la habitación y le indicó que lo siguiera.

Mientras él la guiaba hacia la cámara del conde, ella deseó tener más tiempo para ordenar sus pensamientos o incluso para planear cómo le diría todo lo que tenía que decirle.

El señor Binkley llamó a la puerta de la habitación y, ante la respuesta de su señor, giró el pomo de latón, empujó la hoja y le pidió a Jenny que entrara.

Después de que ella cruzara el umbral, en lugar de dejar la puerta abierta como dictaban los modales, el mayordomo la cerró tras ella.

Ese pequeño gesto hizo que su corazón se acelerara. Simon Devere la esperaba junto a la ventana. Cuando se giró al verla entrar y vio la puerta cerrada, sus cejas parecieron alzarse.

Sin duda, creía que ella la había cerrado. Ella dejó caer su mirada hacia la hermosa alfombra. ¿Cómo debía empezar?

Jenny tosió ligeramente al darse cuenta de que se le había cerrado la garganta, y se preguntó si podría pedir agua y utilizar el vaso del conde. ¿Habría otro vaso en la habitación? Debería haberlo. ¿Qué clase de alcoba tenía solo un vaso? Obviamente, al conde no le preocupaba eso, pero aun así...

«Cálmate», se dijo a sí misma, separando las manos para no hacerlas sonar, y luego las cerró a su espalda al estilo del almirante.

—¿Deseaba verme? —preguntó al fin.

—Sí. —Simon vaciló, volviendo a mirar hacia la ventana, con la mirada fija en el horizonte.

—Quiero dar un paseo con usted.

—¿Desea dar un paseo conmigo? —repitió Jenny—. ¿Me ha mandado llamar para pasear?

«¿A mí, a la última mujer de la tierra con la que usted se casaría?». ¡Cómo deseaba ser lo bastante valiente como para añadir esas palabras!

—¿Yo la he mandado llamar? —Parecía desconcertado—. No era una orden, usted tenía la opción de negarse a visitarme.

Ella sonrió.

—Es cierto, milord. Aun así, no todos los días se recibe una invitación del señor de la mansión.

Asintiendo con la cabeza, todavía parecía inseguro. Un aire de inquietud lo rodeaba.

—¿Quiere acompañarme afuera? —añadió.

Oh, así que esto era más que un paseo por sus aposentos. Él deseaba salir al exterior.

Cumplir la primera de las peticiones del mayordomo iba a ser fácil, si el conde estaba dispuesto. Sin embargo, no le parecía bien que le hubiese pedido que volviera por ese motivo, no cuando ella aún sentía el escozor de las palabras que había escuchado.

—¿Por qué? —preguntó ella.

Él inclinó la cabeza, pensativo.

—Porque me temo que estoy dificultando mi recuperación al recrear el ambiente de mi cautiverio. Es decir, nada de sol, aire puro ni largos paseos.

—Me malinterpreta, milord. Entendí lo que quería decir sobre salir al exterior, y estoy totalmente de acuerdo en que debería hacerlo. Me refería a que…, ¿por qué yo en particular? ¿Por qué no pasea con su valet? ¿O con el señor Binkley?

—No deseo pasear con mi ayuda de cámara ni con mi mayordomo. —Su expresión se suavizó—. Quiero pasear con un amigo.

Un amigo. Ella no había esperado eso. De repente, su corazón se contrajo, pensando en que ella tenía a sus hermanas y a su madre si necesitaba compañía o consuelo, mientras que su señoría no tenía a nadie.

Ante su silencio, el conde frunció el ceño.

—Tengo amigos, Jenny. No siempre he sido así. —Extendió las manos indicando su situación—. Sin embargo, ninguno de ellos vive cerca. Están en Londres o en el extranjero. He recibido cartas —admitió—, de quienes desean visitarme desde mi regreso. Las he ignorado todas.

—Tal vez le haría bien escribirles, incluso compartir sus experiencias con los más cercanos. Y luego, si tiene ánimos, dejar que lo visiten.

Jenny esperaba no haberse extralimitado con sus consejos.

—No creo que el aislamiento sea bueno para usted. De hecho, estoy segura de que no lo es.

Contra todo pronóstico, él sonrió, muy levemente.

—Por eso deseo que me acompañe. Binkley habría guardado silencio sobre el tema de las cartas y los amigos, o habría dicho que estoy haciendo lo correcto, sea lo que sea que esté haciendo, ya que es un sirviente.

—Entonces, usted desea pasear conmigo porque no le doy la razón en todo y le llevo la contraria. ¿Es eso?

—Exactamente —dijo él—. Porque así es como se comportan los amigos.

Por lo visto, aunque él nunca podría tener una amistad con su sirviente, sí podía menospreciarla en una discusión íntima con el señor Binkley. Sin embargo, para ayudar al conde, de hecho para ayudar a toda la hacienda, ella apartaría ese insignificante pensamiento de su mente.

—Muy bien. —Jenny se alegró de llevar unos robustos botines y no sus elegantes zapatos de piel.

—¿Está listo?

Simon parecía sorprendido.

—¿Cómo? ¿Ahora?

—No hay momento como el presente.

—¿Le apetece un té primero? ¿O un jerez?

Ella no respondió de inmediato. ¿Iba a necesitar el conde que ella lo empujara literalmente por la puerta?

—Milord, lo esperaré en el vestíbulo delantero. Estaré cinco minutos junto a ese espléndido reloj de carrillón que observé junto a la escalera principal. —Se dirigió a su puerta antes de volver a mirarlo.

Todavía no se había movido.

—Si no llega antes de que el minutero se haya movido cinco veces, entonces me iré.

Él parpadeó y asintió.

—¿Tiene usted un ayudante de cámara? —Jenny le preguntó con retraso, pues no había visto ninguno, aunque suponía que eso no era inusual. Muchas de esas grandes casas tenían pasillos ocultos para los sirvientes.

De nuevo, él asintió.

Jenny cerró la puerta tras de sí y se dirigió al vestíbulo, donde su ligero chal y su sombrero yacían sobre el pequeño diván justo como los había dejado. Lentamente, mientras miraba el péndulo del reloj de pie, se cubrió con el chal. Luego, esperó.

¿Debería haberse quedado con él y haberle instado a

seguir adelante? Que el conde quisiera salir, no significaba que pudiera hacerlo. Tal vez...

Sus pasos en el rellano captaron su atención. Seguía vistiendo lo mismo que cuando ella llegó, pero había añadido un abrigo, y las botas cubrían ahora sus pies. Ella nunca lo había visto con botas ni con zapatos. De hecho, al verlo en su escalera, completamente vestido y mirándola con recelo, le pareció mucho más imponente. Tenía todo el aspecto del conde de la mansión que en realidad era.

Y por alguna razón, quería pasear con ella.

Jenny tragó saliva.

—Me alegro de que haya llegado a tiempo —dijo.

—Tiene usted una lengua afilada.

—No, esa es mi hermana, Maggie. Yo tengo un cerebro afilado.

—Creo que tiene las dos cosas —declaró él, tomándola del brazo justo cuando el señor Binkley apareció como por arte de magia y les abrió la puerta principal.

Ella observó la expresión esperanzada y a la vez recelosa del almirante. Reflejaba lo que ella sentía en su interior.

Llegaron hasta el borde del último escalón cuando el conde se detuvo. Luego giró sobre sí mismo, llevándola con él.

La puerta que ya se había cerrado tras ellos volvió a abrirse. El señor Binkley tenía ahora una mirada resignada de derrota.

—¿Milord? —preguntó Jenny.

—Todo esto está mal —murmuró el conde.

—No entiendo lo que quiere decir. Como puede ver, esta es su casa, y está en Sheffield, Inglaterra, ¿verdad?

Él la miró, frunciendo el ceño ante su pregunta.

—Sí, por supuesto. No estoy en un estado de delirio en este momento, se lo aseguro. Simplemente no quiero salir. La última vez que bajé esas escaleras, me subí a un carruaje y no volví en tres años.

Él siguió caminando, todavía agarrado a su brazo, atravesando directamente el vestíbulo, girando con rapidez a la derecha por el primer pasillo hasta que llegaron a su puerta lateral habitual y siguieron adelante. Al fin llegaron a la parte trasera de la casa.

Para su total asombro, el señor Binkley estaba allí para abrir la puerta a su amo. Notó que respiraba con dificultad. Debía de haber corrido como si los sabuesos del infierno lo persiguieran, por una ruta diferente, para aparecer allí justo cuando llegaban a la puerta.

Bravo. Jenny le aplaudió en silencio por su devoción al deber.

El conde parecía no darse cuenta, pero solo porque estaba concentrado en esta difícil aventura. Su agarre en el brazo de ella se había intensificado y, al mirar su perfil, Jenny pudo ver que un músculo saltaba en su mandíbula.

Dieron unos pasos hacia el amplio porche. Él se detuvo y respiró hondo, luego dieron unos pasos más.

—¿Paramos aquí? —preguntó él, cauteloso.

Había una mesa con una gran sombrilla.

—Sigamos caminando —sugirió Jenny—. ¿No le parece?

Él asintió.

—De eso se trata, supongo.

—Sí.

Volvieron a sumirse en el silencio mientras descendían por una amplia escalera de granito hasta un gran patio de ladrillos. Éste estaba rodeado de pérgolas, cada una de ellas arqueada sobre un camino diferente que conducía a un jardín distinto cerrado por setos de tejo.

—Es precioso —le dijo ella, esperando hacerle ver en realidad el lugar que ahora habitaba.

—Lo sé —dijo él—. Pasé muchas, muchas horas aquí cuando era niño, fingiendo que era un mundo diferente al de Sheffield. Aquel sendero de la derecha, imaginaba que llevaba a Europa, y aquel de enfrente, conducía a las selvas del continente africano.

—¿Y este? —preguntó ella, mientras se dirigían bajo un cenador cubierto de clemátides y bajaban por un camino a la izquierda del patio.

—Este iba a un mundo totalmente mágico de luchas de espadas y bucaneros, y nada real. Duendecillos, hadas, brujas.

—Hadas —repitió ella.

Él se encogió de hombros tímidamente.

—Supongo que siempre he tenido una gran imaginación. Ahora no me sirve de mucho, pero de niño me entretenía con eso.

—Yo me habría pasado la infancia contando el número de ladrillos de estos caminos y esperando que fueran todos iguales —dijo Jenny.

Él se rio, pero no con la risa histérica de otros días. Esta vez, el sonido era rico y lleno de verdadera alegría. Fue una risa momentánea, bastante normal, y el corazón de Jenny, que había saltado de inquietud, se calmó.

—¿Una Jenny práctica, incluso de niña? —preguntó él.

—Supongo. Eleanor, mi hermana menor, adoraría esto.

—En efecto, era un jardín de fantasía, con exuberantes y fragantes rosas amarillas, macizos de claveles y altísimas dedaleras—. Ella dibuja y encuentra mucho placer en sentarse al aire libre en la naturaleza para plasmar lo que ve.

—Invítela a venir con usted la próxima vez. Las plantas más exóticas están en mi África imaginaria. Estoy seguro de que allí encontrara algunas que nunca ha visto.

—Lo haré. Gracias. —Que estuvieran planeando una próxima vez, parecía un poco prematuro, ya que Jenny aún tenía el desagradable deber de contarle la muerte de su padre.

Habían llegado a una zona central con un pequeño estanque de peces, bancos de piedra y un baño para pájaros. Con cómoda afinidad, se dirigieron a un banco y se sentaron.

—Debería haberle dicho a Binkley a dónde la llevaba. Si lo hubiera sabido, claro. Entonces, sin duda, ya estaría aquí con los refrescos.

Jenny imaginó al mayordomo corriendo entre las altas plantas y arrastrándose bajo los setos para llegar antes que ellos, y la visión la hizo reír.

—Ese es un sonido encantador —dijo el conde.

Jenny dejó de reír y al instante y el calor floreció en sus mejillas.

Si estuviera cortejándola, su situación actual sería totalmente inaudita, al haber entrado en este jardín aislado y estar sentados juntos a solas. Solo podía imaginar lo que dirían los miembros de la alta sociedad. ¿Y qué diría su madre?

—Habría que instalar un cordón muy largo en el centro de cada jardín —sugirió Jenny—. Así se podría llamar a un sirviente cuando se quisiera. Me sorprende que nadie haya pensado en eso.

Las cejas de Simon Devere se alzaron.

—Es una idea bastante inusual y brillante, señorita Blackwood. Sin embargo, elimina la sensación de lejanía y soledad que uno suele buscar en las profundidades de un jardín campestre, por no hablar de que la tranquilidad se ve perturbada por los sirvientes corriendo de aquí para allá con los refrescos.

—Piense también en el trabajo añadido para el servicio —señaló ella.

—Puede que les guste salir al exterior —consideró él—. Estudiaré su propuesta. Tal vez se puedan tender cuerdas largas o colgarlas de los árboles.

Ella estaba segura de que su cara expresaba su sorpresa.

—Solo hablaba en broma, milord.

El conde sonrió.

—Como yo.

Jenny se quedó sin aliento. ¿Quién podría creer que el hombre sentado en la oscuridad hacía una semana, podría ahora estar haciendo bromas?

—Me ha engañado.

Él asintió ligeramente con la cabeza.

—Me gusta mucho pasar tiempo con usted.

Antes de que ella pudiera decir algo, él añadió:

—No puedo creer que esté sentado aquí, en este jardín. Y con usted.

Él tomó la mano enguantada de Jenny, que descansaba en su regazo, y sus dedos le rozaron brevemente el interior de su muslo. Ella sintió que un temblor de sorpresa la recorría. El conde no pareció darse cuenta.

—Este es uno de los lugares que imaginaba mientras estaba cautivo. Con todo detalle, con los ojos cerrados. —Él cerró los ojos mientras ella levantaba la mirada hacia su rostro, sintiéndose desequilibrada por su drástico cambio de tema e interés.

Además, estaba lidiando con la extraña sensación de un hombre que le sujetaba la mano con fuerza. Desde luego, el vizconde nunca había hecho más que llevarla de su brazo y pasearse por la veranda del salón de baile al que asistían. En su limitada experiencia, Jenny nunca había sentido nada tan íntimo como el contacto del conde.

—Reconstruiría este lugar en mi mente —continuó él— de una forma exacta. El tacto de este banco de piedra fría, que se filtra en mis pantalones por muy caluroso que sea el día. El aroma de las rosas y cómo la fragancia del jardín cambia con las estaciones. La madreselva a nuestra derecha y el peral que se arquea en lo alto.

Tenía razón en todos los casos.

—Cierre los ojos —le dijo a Jenny—, y huela los distintos tipos de flora, y vea si puede imaginar las plantas en su mente.

Ella dudó, pero él seguía con sus ojos cerrados, así que hizo lo que él le pedía. Enseguida, Jenny fue demasiado consciente de sus manos unidas. El pulgar de él acarició la palma de su guante, enviando sensaciones de cosquilleo a su brazo. Ella se retorció un poco, pero se calmó cuando él le apretó la mano para animarla.

—¿Tiene los ojos cerrados? —le preguntó él.

—Sí.

—¿Puede oler todo con más fuerza ahora?

—Sí.

—Cuando estaba en la celda, juro que podía aspirar el aroma de las flores si me esforzaba lo suficiente. Y lo intentaba. Todos los días. Esperaba que si recordaba cada detalle de mi casa, eventualmente, sería capaz de levantarme del banco imaginario y no solo caminar por el jardín, sino llegar hasta la casa.

—Esa es una esperanza comprensible —dijo ella, con el corazón dolido por la idea de que estuviera encerrado.

—Si la hubiera conocido por aquel entonces, Genevieve, me habría imaginado sentado con usted, exactamente como estamos ahora.

Escuchar al conde decir su nombre con los ojos cerrados, con su mano entrelazada con la suya, provocó otro temblor en ella. Cuando él dijo su nombre, no sonó tonto, sonó romántico, incluso sensual.

Abriendo los ojos, se apartó de él. ¿Qué estaba haciendo? Incluso alguien tan excéntrico como ella, que a menudo se salía de los límites convencionales, sabía que esto era ir demasiado lejos. Apartó su mano, esperando que él abriera los ojos, pero no lo hizo.

El conde jadeó, y luego, con un aullido de angustia, se cubrió la cara con las manos.

Dios mío, ¿qué le pasaba? Levantándose de un salto, Jenny se puso delante de él, con las rodillas casi tocando las suyas.

—¿Milord?

—No, no, no —gimió—. Usted no es real. Nada de esto es real.

—Por favor —suplicó ella, agachándose—. Abra los

ojos. Todo es real. Estoy aquí.

Gimió con fuerza.

—No quiero volver. —Simon retiró las manos de su cara, con los ojos aún cerrados—. Demonio, ¿todavía estás aquí? ¿Alguna vez estuviste aquí? —Su respiración era errática y sacudía la cabeza.

Al darse cuenta de que había vuelto a caer en su antigua histeria, solo después de que ella hubiera interrumpido su contacto, Jenny le agarró con rapidez las manos con las suyas.

Él se calmó y casi de inmediato su respiración se volvió más regular.

—Tengo miedo —susurró él, y el corazón de Jenny se encogió.

—Simon. —Jenny dijo su nombre de pila por primera vez en voz alta—. Soy real. —Apretó sus grandes manos—. Está en casa. Se lo prometo. Por favor, abra los ojos.

El conde no dijo nada más, pero se tranquilizó visiblemente. Su rostro se relajó y por fin, respondiendo a su silenciosa plegaria, abrió los ojos.

«Qué ojos azules tan hermosos, pero tan preocupados», pensó ella.

Al mirarla, la tristeza emanaba de él como las ricas fragancias de las flores que había recordado vívidamente mientras estaba cautivo.

De repente, el conde la empujó hacia delante, haciéndola caer sobre su regazo. Le soltó las manos solo para enterrar las suyas en su pelo, enredando los dedos a ambos lados de su cabeza y deshaciendo sus perfectos tirabuzones.

—¡Eres real! —Él bajó la cabeza y reclamó sus labios.

Jenny trató de protestar, pero sus palabras se apagaron contra la boca de él. Luego, cuando Simon se movió contra ella, inclinando su boca para que encajara más perfectamente con la suya, decidió que no había nada de qué quejarse.

Su beso era divino. Su efecto la recorrió desde la cabeza hasta los dedos de los pies, que ahora se enroscaban dentro de las botas mientras él continuaba su sensual asalto. Además, el calor de los muslos de él penetraba en su vestido de día, calentando las zonas que se habían enfriado por el duro banco de mármol.

—Sabes a sol —murmuró Simon en su boca antes de reclamarla de nuevo.

Le tocó a ella mantener los ojos firmemente cerrados, pues Jenny se dio cuenta de que no podía abrir los párpados mientras el conde la besaba.

Cuando él bajó las manos para rodear su cintura y sostenerla con firmeza, a ella le pareció natural deslizar los brazos por la parte delantera de su abrigo y rodearle el cuello con sus manos, sintiendo la sedosidad de su cabello oscuro. Su beso continuó, y ella no podía pensar en ninguna razón por la que tuviera que terminar.

Y entonces oyó el sonido de las risas de los niños, que se acercaban.

Capítulo 11

El desconcertado cerebro de Jenny no parecía saber qué decirle a su cuerpo. Fue Simon quien la levantó de su regazo para llevarla hasta el banco y alejarse de ella. En segundos, aparecieron Alice y Peter.

Era la primera vez que Jenny veía a su señoría en presencia de los niños. Esperaba que no los asustara. Por su parte, resistió el impulso de llevarse una mano al pelo y llamar la atención sobre su aspecto desaliñado.

Los hijos de Maude Devere se detuvo bruscamente cuando entró en el centro circular del jardín y lo vio ya ocupado.

—¡Oh! —chilló Alice.

Peter no dijo nada, sino que miró fijamente a Jenny, a la que reconoció, y al conde, de espaldas a los tres.

—Esta flor es a la que me refería, señorita Blackwood —dijo Simon en voz alta, arrancando una malvarrosa antes de volverse hacia ella, que parecía asustada por la aparición de los niños.

«No es un mal actor», pensó Jenny. Aunque tendría que ser bastante duro de oído para sorprenderse de verlos cuando se dio la vuelta.

Su fingimiento dio paso a un genuino asombro. Ella pudo verlo en su rostro. Parecía, de hecho, fascinado por ellos.

—¡Cómo habéis crecido! Vaya, solo llegabas hasta aquí —le dijo a Peter, llevándose la mano a la altura de la cintura.

—Y tú —dijo mirando a Alice—, todavía usabas cuerdas para ayudarte a caminar.

—¿Yo? —preguntó ella—. ¿Quién es usted?

—Soy Simon Devere.

—Yo soy Peter Devere —dijo el niño, antes de hacer una reverencia de adulto.

—Eso no es necesario. Somos familia —insistió Simon—. Tu padre... —Miró inseguro a Jenny, y ella asintió animada—. Tu padre era mi primo, y un gran amigo.

—No me acuerdo de ti ni de él —afirmó Alice y se acercó a sentarse con Jenny.

Peter, sin embargo, se quedó mirando al conde.

—¿Estabas con nuestro padre cuando murió?

—Lo estaba.

Jenny pudo ver cómo un juego de emociones cruzaba el rostro del conde. Sin duda, los recuerdos le asaltaron sin querer. ¿El mero hecho de pensar en Tobías Devere, haría que el conde tuviera otro episodio? Elevó una silenciosa plegaria por su bien para que no ocurriera.

Peter seguía observando a ese hombre desconocido. Simon se acercó al muchacho y lo miró fijamente.

—Eres la viva imagen de tu padre.

Al oír esto, el niño sonrió.

—Hablaba de ti a menudo y con gran orgullo —añadió Simon.

—¿Y qué hay de mí? —preguntó Alice desde donde se apoyaba en el costado de Jenny.

El conde se volvió hacia ella.

—Eras su angelito. Siento que no recuerdes a tu padre, pero él pensaba en vosotros dos todo el tiempo.

A Jenny le dolió el corazón por ellos. Y entonces recordó de golpe que aún no le había hablado a lord Lindsey de su propio padre. Por suerte, los niños no habían dicho nada inapropiado con respecto al viejo conde.

—¿No ha venido mi hermana hoy? —preguntó a los niños, deseando cambiar de tema.

—El profesor Cara de Queso acaba de salir —dijo Alicia.

Jenny oyó que el conde repetía con suavidad

—¿Cara de Queso?

Peter tomó la palabra.

—La señorita Margaret estuvo aquí esta mañana.

—Oh, sí —Jenny debería haber recordado eso, pero había perdido toda la noción del tiempo estando con Simon. Hablando con él, tocándolo, ¡siendo besada por él!

—Aun así, no deberías llamar al hombre de esa forma, Alice.

La niña solo soltó una risita.

—¿Cómo llamas a mi hermana cuando no estás con ella?

Alice sonrió:

—Señorita Bonita.

Jenny miró a Simon, preguntándose qué pensaría él de eso. Después de todo, él había estado besándola minutos antes, y ella era la más sencilla de los Blackwood. ¿No sería Maggie más apropiada para un hombre tan guapo y poderoso? Sin embargo, la idea de que su hermana se asociara con lord Lindsey le causaba una clara inquietud. Más que eso.

Jenny se puso de pie y le dio la mano a Alice.

—Supongo que deberíamos volver a la casa —le dijo a Simon—. Tengo que despedirme. —No podía quedarse en el jardín y esperar a que los niños se fueran y abalanzarse luego sobre él para soltarle la noticia de la muerte de su padre. Tal vez podría volver a visitarlo con el pretexto de hablarle de sus cuentas.

Incapaz de ofrecerle a Jenny su brazo mientras sostenía la mano de Alice, Simon solo pudo acercarse a ella.

—¿Puedo mostrarte el resto de los jardines otro día? —le preguntó.

—Sí. Me gustaría. Para ver África y Europa. Y le pondré al corriente de todo lo que he descubierto sobre los libros de la finca.

Ella le ofreció una sonrisa. La verdad es que le gustaría que la besara de nuevo, pero eso era buscarse problemas. Además, no había ocurrido por una auténtica pasión entre ellos, sino por su estado mental. El pobre hombre solo había necesitado asegurarse de que estaba en realidad en este mundo y no en otro.

Con Peter y el conde siguiendo sus pasos, Jenny y Alice volvían hacia la casa. Casi habían llegado a la veranda cuando ella vio a Ned aparecer por la esquina. Iba medio caminando, medio trotando hacia ellos.

—Jenny —la llamó—. La he estado buscando.

Ella sintió que se le calentaban las mejillas al ver que usaba su nombre de pila, un hombre que los niños y el conde no conocían. Qué atrevimiento el de su primo. ¡Qué vergüenza! Sin embargo, por su tono, algo andaba mal.

—¿Qué ha pasado?

Ned hizo una pausa para saludar al conde y luego la miró directamente.

—Es Trueno. Ese miserable animal. Se asustó y prácticamente mató a George.

La pequeña Alice jadeó, y Jenny soltó la mano de la niña, dando un paso adelante mientras el conde hacía lo mismo.

—¿Quién es ese George? —preguntó Simon.

Ella lo miró.

—Nuestro mozo de cuadra.

Al darse cuenta de que aún no había presentado al conde a su primo, comenzó a hacerlo, pero antes de que pudiera decir algo más, Ned añadió:

—Su madre quiere que vuelva a casa enseguida. He traído mi carruaje para llevarla.

—¿Han enviado al médico?

—Henry fue a buscarlo de inmediato.

—Nuestro criado —le dijo a Simon antes de que preguntara. Luego, dirigiéndose a Ned, le dijo:

—Solo tengo que recoger mi ridículo en el vestíbulo delantero cuando salgamos.

—Si hay algo que pueda hacer… —ofreció Simon.

—Es muy amable, milord —respondió Ned—. Estoy seguro de que podemos arreglarlo.

Ned le tendió el brazo y ella lo aceptó.

—Además, el maldito caballo ha desaparecido —añadió Ned.

Pobre Trueno. Si en realidad había herido a George y luego había huido, ¿qué sería de él? Y la cocinera debía estar en estado de pánico como cualquier madre por su hijo.

—Vamos, Ned, démonos prisa. —Con un movimiento de cabeza por encima del hombro hacia Simon y los niños, Jenny se apresuró, dirigiendo a su primo hacia la entrada trasera en lugar de rodear toda la casa.

En cuanto el cochero la ayudó a subir al coche y aseguró la puerta detrás de Ned, que subió después, el hombre impulsó a los caballos a un trote rápido. Para consternación de Jenny, su primo permaneció cerca de ella, demasiado cerca, con su muslo y su hombro huesudos tocando los suyos.

Suspirando para sus adentros, no lo reprendió, demasiado agradecida de que entre Ned y Henry, la situación que de otro modo habría recaído directamente sobre sus hombros, ya estaba bien controlada.

—Cuando el mayordomo dijo que usted estaba en los jardines con el conde, debo confesar que me preocupé —dijo Ned, sacándola de sus pensamientos privados—. Me sentí muy aliviado al ver que iba escoltada por dos niños. Inadecuados como acompañantes, pero efectivos, sin duda.

¡Efectivos, sin duda! Como si sin los niños, ella y Simon no fueran de fiar. Como si solos pudieran enredarse de repente el uno con el otro, solo porque eran un hombre y una mujer.

Jenny estuvo a punto de arremeter contra Ned cuando recordó precisamente la facilidad con que ella y el conde habían pasado de charlar como amigos a besarse como amantes. Al instante, la llama de la vergüenza saltó a sus mejillas. Apartándose de Ned, volvió la cara hacia la ventana del carruaje.

—Sinceramente, Ned, no veo por qué mi paradero o el de mis acompañantes son de su incumbencia.

—Eso es solo porque aún no hemos tenido la conversación que solicité esta mañana. Creo que la feliz conclusión de la misma hará que sus actividades sean de mi incumbencia.

Jenny chasqueó la lengua. Por suerte, ya casi estaban en casa.

—Este no es el momento, con el joven George herido y mi caballo perdido. Apenas es el momento —repitió, esperando que él captara la indirecta y se diera cuenta de que nunca sería un buen momento—. Le agradezco que me haya traído.

Ned se adelantó.

—Ayudaré aún más cuando nuestras casas estén unidas.

Jenny ya podía ver su dulce hogar, pero saltar del carruaje en movimiento no era el mejor curso de acción.

—Nuestras casas ya están unidas, en cierto modo —le dijo, todavía mirando por la ventana—. Después de todo, somos primos segundos.

—Solo por matrimonio —le recordó él—. Si las circunstancias van como se espera, puede dejar de ser el sostén de su madre, siempre a su disposición.

—Me gusta ayudar a mi madre —insistió Jenny. Y su estado actual era mucho más deseable que estar a disposición de Ned.

Ya casi está. Agarró con los dedos la pequeña manilla

de latón de la puerta.

—Su madre debería volver a casarse. Es el curso natural de las cosas. Una mujer casándose con un hombre. ¿No está de acuerdo?

Jenny no estaba de acuerdo. De hecho, le pareció muy grosero.

—En el caso de mi madre, creo que es demasiado pronto después del fallecimiento de mi padre.

—¿Y en su caso? —Ned insistió—. Guinevere, ¿quiere...?

Jenny casi se rio al descubrir que Ned no sabía su verdadero nombre. Pero no se trataba de un asunto de risa.

El carruaje se había detenido, pero todavía se balanceaba cuando ella giró la manilla y abrió la puerta de golpe antes de saltar al suelo, sorprendiendo al lacayo de Ned, que aún estaba bajando del peto.

—Tengo que ir a ver a George. Gracias de nuevo. —Con eso, Jenny se apresuró a entrar, dejando a su primo en su carruaje.

Por suerte, George tenía, como mucho, una costilla rota donde había sido pateado por la pata trasera del caballo. Magullado y descansado, George se disculpó efusivamente.

Jenny intentó no pensar en el coste del médico. Había sido un gasto necesario. Dejó que el chico contara su historia.

—En un momento, Trueno estaba de frente a mí, con aspecto tranquilo, y al siguiente, debió de oír un ruido. Giró y me dio una patada.

—Tienes suerte de que no haya sido en la cara —dijo la cocinera. Se sentó en el borde de la cama junto a su hijo—. Podrías haber perdido un ojo, mi pobre Georgie.

—Estoy bien, mamá. Me repondré enseguida. Ya has oído al médico.

—Estará bien —dijo Jenny a nadie en particular, porque las palabras sonaban tranquilizadoras—. Pero debemos encontrar a Trueno antes de que se haga más daño.

Volviéndose hacia su madre, que la miraba expectante, Jenny se dio cuenta de que le correspondería hacer justo eso, encontrar al maldito caballo. Henry no montaba, y George no estaba en condiciones de hacer otra cosa que reposar y curarse. Luego estaba Ned, que ni siquiera se había ofrecido a ir, quejándose en voz alta de que era una tontería y de que el maldito caballo probablemente había caído en una zanja.

—¡Buen viaje! —había añadido, haciéndose el desentendido.

Jenny no pudo encontrar en su corazón el modo de molestarse. Resultó que a Ned le aterrorizaban los caballos, tal y como Maisie había proclamado días antes, debido a que uno lo había derribado cuando era un niño. Después de todo, a Jenny no le gustaban las arañas, pero no tenía esa excusa.

Después de ponerse un vestido de montar bien usado, Jenny ensilló a Lucy, poniendo una cuerda enrollada y una brida en una alforja y un manojo de zanahorias en la otra. Segura de que su mozo de cuadra estaba en buenas manos, salió sola a recorrer los alrededores en busca de Trueno.

Maggie, Eleanor y Maisie se plantearon acompañarla, pero Jenny les dijo que se quedaran. La primera era demasiado femenina, en opinión de Jenny, y a menos que necesitara a alguien que coqueteara con Trueno o le hablara en francés, Maggie era inútil. En cuanto a las segundas, más jóvenes, eran demasiado ruidosas, siempre hablando y riendo. Asustarían a Trueno antes de que pudiera acercarse a menos de cincuenta metros.

Por suerte, George había visto la dirección en la que había corrido su caballo, y ella y Lucy la siguieron obedientemente. No fue muy difícil seguir el rastro del animal. Con su gran tamaño y su carácter irascible, había roto arbustos y aplastado muchas plantas a su paso. Aun así, tardó lo suficiente en encontrar a la bestia como para que Jenny se sintiera irritada y sudorosa cuando por fin vio a Trueno.

El alivio de ver a su caballo, erguido y al parecer, ileso, dio paso con rapidez al miedo cuando se dio cuenta de su situación. Trueno había cruzado un estrecho arroyo, probablemente corriendo a ciegas, y luego se había topado con un afloramiento rocoso y un árbol bajo que le impedía seguir avanzando. Por desgracia, el caballo estaba poco dispuesto a volver a cruzar el arroyo, ahora que tenía tiempo para pensarlo.

No parecía tener sentido obligar a la dócil Lucy a atravesar el arroyo solo para reunirse con el irritable e imprevisible Trueno en un pequeño trozo de hierba.

Al desmontar, Jenny ató a Lucy a un olmo de poca altura. Luego sacó una zanahoria de la alforja y la acercó a Trueno. El caballo ladeó la cabeza, mirándola a ella y a la ofrenda como si le pidiera mucho a cambio de muy poco.

Silbando y llamándole durante unos minutos, al fin se declaró derrotada para mantener sus pies secos. Tendría que enfrentarse a su propio miedo a atravesar el arroyo y a mirar a un caballo que se alzaba sobre ella. Sintiéndose inadecuada para la tarea y vencida, sabía que la única persona a la que quería pedir ayuda no estaba en condiciones de proporcionársela.

Así, Jenny se encontró al borde del arroyo, frente a un caballo agitado. Sosteniendo la zanahoria delante de ella como un talismán de seguridad, Jenny se levantó las faldas con la otra mano y se metió en el arroyo. El agua inundó sus botas de montar.

—¡Trueno! —exclamó, en lugar de soltar los juramentos poco femeninos que deseaba pronunciar. Era terriblemente incómodo, y se movió con rapidez hacia el otro lado.

Al acercarse, el caballo retrocedió un paso y se topó con una rama espinosa, que le hizo tamborilear los cascos en la tierra húmeda y agitar la cabeza.

Dudando y sintiéndose tonta al estar allí con una zanahoria en la mano, extendió la mano hacia el animal. Obviamente, debería haber cogido la brida y la cuerda en su lugar, pero solo había pensado en calmar a Trueno con una golosina.

Cuando se acercó, el caballo se encabritó. Desde su lugar en la orilla inclinada, Jenny descubrió que Trueno parecía más grande. Aterrador. Temía haber cometido un error de cálculo. Tal vez uno muy costoso.

Retrocediendo apresuradamente hacia el agua, consideró su posición. ¿Estaban en un callejón sin salida?

—¡Jenny! —De un modo imposible, sonó la inconfundible voz de Simon Devere. Sin embargo, ella no podía imaginar cómo el conde de Lindsey estaba allí.

—Sal de ese arroyo —le ordenó—, y aléjate de ese

caballo.

Si Ned hubiera subido a un caballo y le hubiera dicho tal cosa, ella habría sentido un destello de mal genio al ser mandada como si fuera una niña, y entonces, muy probablemente, habría hecho lo contrario a lo que él hubiera dicho. Sin embargo, con Simon, obedeció al instante.

En un momento, estaba de vuelta en su lado del arroyo, viendo a lord Lindsey desmontar de un encantador castrado gris moteado.

Simon miró a la joven de arriba abajo. Jenny parecía ilesa, aunque evidentemente estaba mojada y en cierto peligro. Si se hubiera acercado más a ese aterrorizado animal, podría haber sido golpeada. Justo en su hermosa cabeza.

—No puedo creer que haya venido aquí sola a recuperar un caballo que puede estar herido y seguramente angustiado.

—Si no lo hago yo, ¿entonces quién? —preguntó ella, mirándolo como si fuera un espíritu del más allá.

—Su amigo —dijo el conde—. El que la agarró del brazo y la arrastró.

—Oh, Ned —dijo ella con desprecio—. Es mi primo.

Escuchar que el hombre que le había arrebatado a Jenny era su primo, no hizo nada para erradicar el sentimiento de molestia de Simon. El hombre había sido implacable con Jenny en la mansión Belton, y luego había tenido el descaro de dejarla intentar un peligroso rescate sola.

Evidentemente, el tal Ned carecía de toda virtud estimable, incluida la caballerosidad.

—Primo o novio —dijo Simon—, él debería estar aquí en su lugar.

Ella se encogió de hombros.

—La pregunta es, milord, ¿cómo es posible que lo esté usted?

—Sinceramente, apenas me conozco. —Ató su caballo cerca de Lucy—. Para ser franco, lo que siento cuando estoy con usted… Cuando se marchó para ocuparse de su mozo de cuadra herido y de su caballo…, no estaba preparado para la ira que me invadió.

—¿Ira?

Él asintió con la cabeza.

—Sí, contra mí mismo. Todo en mí quería ayudarla, pero la idea de aventurarme a salir me parecía una tarea imposible. Qué ridículo.

—No, milord. No es ridículo. No después de lo que ha pasado.

—Sin embargo, la profundidad momentánea de mi propio miedo me enfureció y luego me impactó. Cuando me dejó allí con los niños, me di cuenta de lo cansado que estoy de tener miedo, especialmente cuando no puedo determinar con precisión de qué tengo miedo. Perdí un tiempo precioso de pie en mi habitación, deseando seguirla.

—Ahora está aquí —dijo ella con suavidad—. Y le estoy muy agradecida.

Él desechó sus palabras apaciguadoras.

—No soy un poltrón cobarde, un bobo que deja que otros hagan lo que yo puedo hacer hábilmente. Soy bueno con los caballos, o solía serlo.

Simon siempre tuvo afinidad con los caballos. La

equitación era algo natural para él y había domado muchos de ellos para incluirlos en los establos de su padre. Esperaba seguir teniendo esa destreza. No hacía falta contarle a Jenny cómo había sudado a mares y apretado los dientes hasta casi rompérselos mientras esperaba que le ensillaran su propio caballo. Estuvo a punto de huir a su habitación media docena de veces.

Una vez montado en Luster, su caballo favorito, que pareció conocerlo a primera vista incluso después de tres años, Simon se sintió aliviado al comprobar que se sentía perfectamente a gusto. Luego había cabalgado a toda prisa hasta la casa de campo de su familia, donde descubrió que Jenny había partido sola.

—Estoy en realidad agradecida, milord. Trueno parece más grande de alguna manera, aquí al aire libre. —Ella agitó las manos, con una triste zanahoria flácida todavía en su mano.

Ignorando su razonable afirmación y su encantadora y entrañable sonrisa, Simon se dirigió a la yegua que Jenny tenía bien atada y comenzó a rebuscar en la alforja.

¡Más malditas zanahorias! ¿En qué demonios estaba pensando?

—Sé que tiene una brida y una cuerda en alguna parte.

—La otra bolsa, milord. Todavía no puedo creer que esté aquí. ¿Cómo diablos me ha encontrado?

Él la observó. Tenía un aspecto especialmente atractivo bajo el sol del último día, con un poco de suciedad en la nariz y el vestido pegado a los tobillos mostrando el contorno de sus piernas. De hecho, parecía digna de ser besada, y él contaba con otra oportunidad en un futuro próximo para probar sus dulces labios.

—Por favor, llámeme Simon. Parece que nos hemos hecho lo bastante buenos amigos para eso, ¿no cree?

Las mejillas de ella se tiñeron de rosa. No había querido avergonzarla. Si alguien debería sentirse avergonzado, debería ser él, especialmente después de su última demostración emocional en el jardín.

—¿Cómo sabía que tenía una brida y una cuerda? —preguntó ella.

—Porque usted es una joven práctica.

—Sí, por supuesto.

Casi sonó como si la hubiera insultado.

—¿Cómo me ha encontrado?

De su otra alforja, Simon sacó una cuerda bastante vieja y corta, lo que le hizo poner los ojos en blanco, y luego una brida gastada, pero utilizable.

—No soy un experto en rastreo militar, pero esta fue una expedición bastante sencilla, y su madre me indicó la dirección correcta. Ahora quédese quieta y déjeme echar un vistazo a este animal.

Asegurándose de que ella asintiera, pues no quería encontrarla de repente en su codo y de nuevo en peligro, entró en el agua helada. Al instante, había vadeado la corriente y se encontró cara a cara con el desafortunado Trueno.

—No pareces muy feliz —murmuró Simon en tono suave—. Mira el blanco de tus ojos. Y esas fosas nasales están muy abiertas. Vamos, viejo amigo. Nadie quiere hacerte daño. Solo quiero que vuelvas a la otra orilla.

Cuanto más hablaba, más se calmaba el caballo. Finalmente, Trueno bajó la cabeza, arrancó un poco de hierba verde y la masticó.

Simon aún no había tocado a Trueno, pero muy lentamente, levantó la mano ante la nariz del caballo, asegurándose de que lo viera antes de acariciarlo desde la frente hasta el hocico. Luego se inclinó para acariciar su cuello.

Hasta aquí, todo bien.

Levantando la otra mano, dejó que el caballo la viera con claridad, Simon acercó la brida y la deslizó sobre la cabeza del caballo. Tan fácil como comer natillas. Sin embargo, en cuanto se movió hacia el lado izquierdo e intentó cerrar la hebilla, Trueno se apartó. Volvió a intentarlo, y el caballo sacudió la cabeza hacia un lado, dando patadas en el suelo.

Un callejón sin salida.

Capítulo 12

—¿Cómo le va, mi... um, Simon? —preguntó.

Jenny podía ver perfectamente cómo le iba. Él no respondió. En cambio, le hizo una pregunta.

—Cuénteme otra vez qué le pasó a este caballo.

—Algo lo asustó y pateó a nuestro mozo de cuadra.

Simon sacudió la cabeza con impaciencia.

—No, antes de eso. ¿Qué hizo que se comportara de forma diferente a como lo ha hecho siempre?

Ella inclinó la cabeza hacia un lado. Su pelo castaño, que se había deshecho durante la cabalgada, caía sobre uno de sus delgados hombros. Con los últimos rayos de sol sobre ella, Jenny era cálida y atractiva, con esos grandes ojos marrones y los labios suaves y separados. Unos labios que habían sido deliciosos junto a los de él. Simon se dio cuenta de que ella estaba hablando.

—Primero fue la herida de su pata, en la parte delantera derecha, según recuerdo.

Simon miró hacia abajo. La pata de Trueno por debajo de la rodilla parecía curada y soportaba correctamente el peso del caballo, aunque podía ver por su pelo estropeado dónde se había producido la lesión.

—Luego metió la cabeza en un arbusto de frambuesas. Después de eso, no ha sido el mismo. George y yo dedujimos, por la forma en que se comporta Trueno, que podría haberse arañado el ojo izquierdo.

Simon miró al caballo. En efecto, el ojo izquierdo lloraba profusamente, pero no vio nada que pareciera una infección. Acercó su mano hacia él, y el animal no se movió. Sin embargo, cuando la palma de Simon se acercó bastante, Trueno se apartó como si estuviera muy sorprendido.

—¿Qué te tranquilizaría, bestia?

—¿Qué ha dicho? —gritó Jenny.

Simon reflexionó.

—¿Supongo que no tiene un trapo o una tela ligera?

—Hay una manta sobre Lucy, bajo mi silla de montar. Ella tiene caderas huesudas y...

—Demasiado pesada.

Se miraron por encima del arroyo.

—No hay nada más, entonces. —Con eso, Simon se despojó de su chaqueta, que colgó sobre una rama cercana, y luego se quitó el cuello y los puños, que metió en los bolsillos de la chaqueta.

—¿Milord? —preguntó Jenny.

—Se supone que debe llamarme Simon —le recordó él, desabrochando la parte delantera de su camisa.

—Se supone que no debe desvestirse —señaló ella.

—Mi camisa tiene el peso de tela perfecto para cubrir

los ojos de Trueno. La única otra prenda que podría funcionar sería su chemise de algodón. Supongo que no querrá despojarse de esa prenda.

—En absoluto —dijo ella, con un tono estrangulado, mientras él terminaba de quitarse la camisa y se ponía ante ella con el pecho desnudo.

Simon no pudo evitar mirarla. Tenía el adorable sonrojo que inundaba sus mejillas cada vez que ciertas emociones fluían a través de ella. En su mente, podía imaginársela de pie ante él, con solo una camisa de algodón pegada a sus curvas.

¿Cómo se sonrojaría ella si supiera lo que él estaba pensando?

—De todos modos —dijo, devolviendo sus pensamientos a la tarea que tenía entre manos—, lo que Trueno no puede ver no le asustará.

Si Simon pudiera decir lo mismo de sí mismo… Sin embargo, era una cuestión similar. Si sus ojos estaban abiertos, necesitaba ver con claridad dónde estaba y aferrarse a esa realidad con cada fibra de su ser. Cuando cerraba los ojos, si los mantenía así, permanecía a salvo, ni en la infernal prisión de Birmania, ni en la celestial campiña inglesa, la cual podía ser irreal. Con los ojos cerrados, estaba en un lugar donde nada existía y nada podía serle arrebatado.

Evidentemente, Trueno también necesitaba ese respiro.

—Aguanta, chico —murmuró—. Esto te va a gustar, y es una promesa. Al igual que esa encantadora joven de allí me hizo promesas y las cumplió. Dijo que volvería, y lo hizo. Dijo que era real, y lo es.

Manteniendo una conversación calmada con el caballo, Simon consiguió atarle su camisa alrededor de la cabeza, cubriendo sus ojos y asegurándola con las mangas. True no protestó ni intentó sacudirse la prenda.

Y cuando Simon terminó, abrochó las correas de la brida que aún colgaban, ató la cuerda y se metió en el arroyo.

—¡Su abrigo! —gritó Jenny.

Ah, sí. Todavía estaba sin ropa de cintura para arriba. Al mirarla, se dio cuenta de que ella lo contemplaba. ¿Le gustaba lo que veía? Deseó tener el físico que había tenido tres años antes. Entonces había sido mucho más musculoso, gracias a la equitación, el boxeo con Toby y la práctica de la esgrima.

Ahora estaba demasiado delgado, aunque gracias a las atenciones de su cocinera y a la insistencia de su mayordomo en que comiera, al menos Simon no era el hombre demacrado que había sido cuando volvió a Inglaterra. Al menos, ya no se le marcaban con claridad las costillas.

Sin embargo, no era un premio para que Jenny lo adorara. Él podía cambiar eso. Lo cambiaría.

Simon se volvió y cogió su abrigo de la rama cercana con la mano libre. Era el momento de probar su premisa. Caminando de nuevo hacia el arroyo, tiró de la cuerda para que Trueno lo siguiera. El caballo lo hizo, apenas vacilando con el menor de los sobresaltos cuando sus pezuñas delanteras tocaron el agua. En unos instantes, habían cruzado el arroyo y estaban a salvo en la otra orilla.

Jenny dio unas suaves palmadas, como si temiera asustar a Trueno, pero obviamente estaba demasiado emocionada para quedarse quieta.

—¿Cómo lo ha hecho? —preguntó, mirándolo como si fuera Dios.

Simon tenía que admitir que su admiración, por muy

fugaz que fuera, le sentó muy bien. Después de perder una batalla, ser capturado y fracasar estrepitosamente en la protección de Toby, ayudar a Jenny parecía un paso en la dirección correcta, sin importar la insignificancia de su éxito. Además, había traspasado los límites de Belton. Era libre.

—Los caballos son básicamente animales de carga confiados —le dijo mientras acompañaba a Trueno hasta un árbol a unos metros de los otros caballos. Lo ató firmemente y acarició el suave cuello del animal.

Al girarse, Simon encontró la mirada apreciativa de Jenny todavía fija en su persona. Comprensiblemente, quería acercarla a él y sentir sus abundantes curvas contra su pecho desnudo en lugar de limitarse a mirar de reojo sus magníficos pechos como un colegial. Es más, quería volver a reclamar su boca. Esta vez, con los ojos abiertos.

Dios, ¡si ella supiera lo que estaba pensando! Ese delicioso rubor sería una mancha permanente en sus mejillas.

Encogiéndose de hombros dentro de su chaqueta, así como guardando para sí sus pensamientos impropios, Simon añadió:

—La mayoría de los caballos seguirán a un líder casi en cualquier lugar. Creo que tiene razón en que el ojo de Trueno está herido. Se sobresalta cada vez que se acerca algo que no espera, y le lagrimea mucho, arruinando su visión. Mantengamos la venda sobre él hasta que lo llevemos a casa. Dejémosle descansar en la oscuridad.

Jenny lo miró con curiosidad, y él supo lo que estaba pensando: Comparándolo con el miserable caballo, y teniendo mucha razón.

¡Maldita sea!

—Mi carruaje todavía está en Belton —señaló Jenny, después de que Simon hubiera conseguido llevar a Trueno detrás de su caballo todo el camino de vuelta a la casa de campo de su madre.

Por su parte, Jenny había cabalgado al frente de su comitiva sobre la dulce Lucy. Aunque era muy consciente del hombre sin camisa que la seguía por detrás, había intentado mantener una conversación normal.

Sin embargo, incluso mientras charlaba, sus pensamientos seguían derivando hacia el vívido recuerdo de su torso desnudo, algo que nunca había visto antes. En ningún hombre.

El conde era más delgado de lo que debería, observó Jenny, pero tenía una buena figura. Además, le habían fascinado sus pezones planos de color rosa parduzco y la capa de pelo leonado que se enroscaba en el centro del pecho y se dirigía hacia la cintura de los pantalones, dejándola pensando en lo que había debajo.

Cuando llegaron a su casa, su familia, especialmente Eleanor, se alegró de ver a Trueno. Todos menos su primo.

—Deberían dispararle —dijo Ned al salir de la casa y ver el caballo. Luego echó una segunda mirada exagerada al ver la camisa de Simon alrededor de los ojos del caballo.

Al girarse hacia el conde y notar que su señoría no llevaba nada debajo del abrigo, un ceño fruncido se instaló en la frente de Ned.

—Esto es bastante irregular, me atrevería a decir —

confesó este, con un tono casi de queja.

—Su señoría ayudó muchísimo —dijo Jenny, dirigiéndose a su madre e ignorando por completo a Ned.

Sin embargo, Eleanor parecía preocupada.

—Por favor, no diga que hay que sacrificar a Trueno.

Antes de que Jenny pudiera hacer algo más que mirar a Ned, Simon respondió por ella.

—Por supuesto que no. —El conde se acercó a su madre—. Si me permite aconsejarle, *lady* Blackwood, este animal necesita que un veterinario le mire el ojo. Puede haber algo incrustado, aunque es de esperar que sea solo un rasguño que se curará bien. Mientras tanto, a menos que tenga un par de anteojeras adecuadas, un saco de pienso ligero debería servir para mantenerlo tranquilo. Mucho mejor que mi camisa. Debería tener la cabeza cubierta en todo momento.

—No veo cómo puede ayudar eso —dijo Ned.

Jenny no estaba de humor para discutir. Simon tenía razón. Ned debería haberla ayudado en lugar de ponerse a hacer pucheros en su habitación. ¡En su salón!

Aunque, pensándolo bien, no habría querido recibir una mirada de su primo sin camisa.

Esta vez, Simon sí respondió a Ned.

—La mala visión del ojo izquierdo de Trueno está haciendo que el animal se vuelva cada vez más asustadizo. —Entonces el conde clavó la mirada en Ned—. Francamente, era peligroso que la señorita Blackwood saliera para recuperar al animal. Me sorprende que se le permitiera hacerlo, es más, que se la obligara a hacerlo.

Jenny observó a Ned tragar saliva. Debidamente reprendido, no tenía nada más que añadir.

Simon se dirigió de nuevo a su madre.

—Ya que ahora le falta un mozo de cuadra y, evidentemente, le falta ayuda —lanzó a Ned otra mirada despectiva—, atenderé al animal y lo llevaré a su establo. Después, puedo enviarle a alguien desde Belton para ayudar hasta que George, es George, ¿no?, hasta que se levante y se recupere. Mientras tanto, mandaré llamar al veterinario que mi familia ha utilizado durante años. Es un excelente médico de animales.

Así fue como lord Lindsey terminó actuando como su mozo de cuadra. Una vez que Trueno estuvo de vuelta en su establo con una bolsa de pienso en la cabeza, y a Lucy se le había proporcionado avena fresca y agua, entonces Jenny le recordó a Simon que su calesa aún permanecía en Belton.

—Se la haré llegar a primera hora de la mañana —le dijo él.

—Oh, no, milord —protestó ella—. Puedo ir andando a la mansión y recogerla yo misma.

La sonrisa que le ofreció parecía un baño caliente. Es más, la hizo callar al contemplar su apuesto rostro.

—Señorita Blackwood, no hay necesidad de que se preocupe. Ya ha hecho bastante. Deje que me encargue de esta pequeña tarea por usted. —Él le sostuvo la mirada durante un largo momento, hasta que ella asintió, emocionada hasta los dedos de los pies por su oferta.

Luego, Simon se dirigió a la madre de Jenny.

—Tiene usted una hija extraordinaria, y estoy encantado de haberla conocido. Y a todos los presentes, por supuesto.

—Gracias, milord. ¿Se quedará para cenar?

—Es muy amable, pero no me impondré de forma tan

inesperada. —Y con una reverencia a la madre de Jenny y asintiendo al resto de su familia, se despidió. Solo su mirada a Jenny indicaba su deseo de que le siguiera mientras conducía su gris moteado hacia el camino.

—Mandaré llamar al veterinario de inmediato. Odio pensar que su caballo sufre innecesariamente. Si tiene algo bajo el párpado o incluso, Dios no lo quiera, en su ojo, este hombre se lo sacará. Incluso si hay alguna pérdida de visión, la naturaleza de Trueno debería volver a la normalidad después de eso.

Con la única mancha en su felicidad por el coste del veterinario, Jenny se sintió en realidad bendecida.

—Le confieso, milord, que aunque no le deseo el mal a Trueno ni a George, por lo demás, veo el beneficio de lo que ha sucedido hoy.

Él ladeó la cabeza de forma entrañable.

—¿Cuál? —preguntó.

—Que esté aquí, donde unas horas antes habría apostado mi alma a que no podría estar. Si me permite decirlo, milord, estoy muy orgullosa de usted.

Para su deleite, el conde de Lindsey se sonrojó antes de desearle buenas noches y marcharse.

Si podía hacer una tarea imposible, podía hacer otra, razonó él. Había dejado la mansión, los terrenos de Belton y había hecho que Jenny se sintiera orgullosa. Ahora, estaba de pie junto a su cama, mirándola fijamente.

Luego miró hacia su silla favorita, que en cierto modo

se había convertido también en su silla más despreciada, y soltó un gran suspiro.

Genevieve Blackwood lo había hecho. Había conseguido que saliera al exterior, y no solo a su propio jardín, sino que saliera a rescatar a ese maldito y desafortunado caballo. La idea de que ella le necesitara le había obligado a superar la parálisis de su propio miedo y a salir corriendo tras ella. Todavía no podía creer que hubiera montado a Luster.

Gracias a Dios que la había encontrado a ella y al caballo. Incluso ahora, sin embargo, la ansiedad le recorría el espinazo por lo que había hecho, pero lo había hecho. Además, estaba decidido a no volver a encerrarse en su habitación, ya que era preferible estar al aire libre que dentro de casa. Sabía que no se encontraría encerrado en su celda de nuevo. No temía quedarse dormido mientras montaba a caballo y acabar cubierto de ratas. Era un milagro. Todo gracias a Jenny.

¡Pero la maldita cama! Y el sueño. Eso era otra cosa. Casi aseguraban un rápido regreso a su celda y, sinceramente, no estaba seguro de ser lo bastante fuerte como para sobrevivir a ello. No después de volver a experimentar el calor de su hogar y la alegría que había sentido con una mujer en particular.

Al fin, sintiéndose como un cobarde, cogió el mismo libro de poesía de Burns, encendió tres velas y se sentó en su silla para leer durante toda la noche. Horas más tarde, cuando se despertó en el suelo de tierra de su celda, casi lloró. La vuelta a casa había sido un sueño cruel. Montar en su caballo no había sucedido en realidad.

Con amargura, esperó a que el ruido de las ratas asaltara sus oídos igual que sus garras y dientes lo harían con su piel si no estaba atento. Sin embargo, no oyó nada. Todo estaba en silencio. ¿Dónde estaba Toby? Levantando la cabeza lo suficiente como para echar un vistazo a la celda poco iluminada, vio a su primo apoyado contra la pared del fondo, inmóvil. Creció la sospecha de que a Toby le pasaba algo, algo que Simon ya sabía y no quería afrontar.

—Habla —intentó gritar a su primo, pero no pudo emitir ningún sonido. Como no quería enfrentarse a lo que fuera que estaba saliendo a la superficie desde lo más profundo de sus recuerdos, Simon volvió a apoyar la mejilla en el suelo.

Entonces oyó llegar al guardia y todos sus sentidos se agudizaron. Si podía matarlo, podría evitar que algo malo sucediera. Podría salvar a Toby. ¿O era demasiado tarde?

Jenny estuvo en vilo toda la mañana. ¿Cuándo regresaría su pequeña calesa? ¿Vendría Simon en persona? Lo más probable es que no. Enviaría a un lacayo para que devolviera el carruaje.

Después de mirar por centésima vez por la ventana del piso superior, se sentó de nuevo en la cama.

—¡Maldición! —Agotada por su propia impaciencia y de sus fútiles pensamientos, cogió el libro que no había podido leer en la última hora. Si al menos pudiera dar un paseo. Sin embargo, estaba prácticamente encerrada en su habitación. Si se aventuraba a bajar las escaleras, Ned de seguro la asaltaría con una invitación para hablar en privado. Incluso si se escapaba de la casa, sabía con certeza que él la seguiría.

Por suerte, Maggie le había traído un bollo y una taza de

té antes de partir a pie hacia sus clases en la mansión. Jenny sabía que estaba mal, pero no podía negar que sentía una oleada de envidia por la posición de su hermana. Intentó no imaginarse al conde, al que casi consideraba su conde, encontrándose con Maggie en su casa. Con la nueva fuerza de voluntad de Simon, tal vez decidiera comprobar cómo estaban los niños con los que había parecido encantado el día anterior.

¡Qué fácil sería para él enamorarse de la hija más hermosa de los Blackwood!

Jenny juró que la espera había merecido la pena cuando, en lugar de un lacayo, Simon la sorprendió llegando en su propio carruaje.

—Pensé que podríamos ir juntos en busca de su calesa —le dijo él de pie, con el sombrero en la mano, en el umbral de la casa.

Ella le sonrió mientras recogía su sombrero y sus guantes, sintiéndose casi sin aliento por la alegría. El conde de Lindsey había venido a recogerla y estaba claro que se había desvivido por ella. Después de todo, podría haber enviado a un criado.

En un abrir y cerrar de ojos, Simon la había ayudado a sentarse en el asiento de cuero afelpado y pulido de su deportivo Tilbury. Se demoraron solo lo suficiente para que la cocinera saliera a toda prisa por la puerta tras ellos, sujetando una cesta con un paño encima. Después de que se lo pusiera en su brazo, Jenny se encontró alejándose de su casa, con las cintas de su sombrero ondeando en la brisa.

El viaje de vuelta a Belton con el conde fue mucho más agradable de lo que había sido venir desde la mansión con su primo el día anterior. Aunque a Jenny no le hubiera importado sentir el muslo o el hombro de Simon contra el suyo, como un caballero, él se quedó en su lado del asiento del carruaje.

Por su parte, preocupada por su proximidad, no dejaba de imaginar que volvía la cara hacia él. Él solo tendría que inclinarse ligeramente para poder besarla de nuevo.

Suspiró hondo, ya que, si era sincera, otro beso era lo que más deseaba en ese momento.

—No desespere —dijo él, confundiendo su suspiro—. Estoy seguro de que su caballo puede ser rehabilitado y devuelto a su antigua naturaleza. Solo necesita una mano suave y un alma bondadosa y comprensiva que supervise su recuperación.

Ante sus palabras, Jenny volvió el rostro hacia el hombre sentado a su lado. La intensa expresión del conde la hizo considerar lo que había dicho. No le cabía duda de que estaba hablando tanto de sí mismo como de Trueno.

—Estoy segura de que se pondrá bien —dijo ella—. Ya ha hecho un progreso increíble.

Simon apoyó los antebrazos en los muslos, sujetando las riendas con soltura. Una sonrisa se dibujó en su boca.

Claramente, él sabía que ella se refería a él, y con la misma claridad, no le molestaba.

—Como he dicho, un alma comprensiva.

Jenny aceptó el cumplido. Ayudar le resultaba fácil, y había algo en este hombre que llamaba a su corazón de mujer, atrayendo su simpatía sin sentir compasión.

No, era un hombre demasiado formidable para compadecerse de él.

—No sé cómo se curará el arañazo en el ojo de Trueno —irrumpió Simon en sus cavilaciones—, pero aunque nunca recupere la visión, si se acostumbra a las anteojeras, será mucho más feliz.

—Me temo que todavía estaría atrapado en el arroyo si usted no hubiera venido a rescatarme.

Dios mío, ahora estaba coqueteando descaradamente. Por supuesto que ella no estaría todavía dentro del agua a menos que fuera una absoluta tonta.

—Tengo fe en que habría encontrado una solución, con sus tentadoras zanahorias y su cuerda deshilachada —respondió Simon.

Ambos se rieron, y cualquier incomodidad se disipó.

—Me he tomado la libertad de mandar a buscar al veterinario hoy, y será un honor si me permite pagar la factura.

Jenny negó con la cabeza.

—Ya ha hecho demasiado. Y le agradezco sinceramente todo lo que hizo ayer. Pagaremos los cuidados de nuestro caballo.

Oyó a Simon suspirar.

—Es testaruda. Y no necesita agradecérmelo. Estamos muy lejos de las buenas acciones realizadas.

Levantando una mano, le rozó con suavidad la mejilla con los nudillos, y luego a lo largo de su mandíbula.

—Oh, Dios —murmuró Jenny mientras el calor inundaba sus mejillas y todo su cuerpo parecía calentarse.

Simon abrió los ojos de par en par.

—¿Qué pasa?

—Estoy segura de que mi cara ya está roja como una remolacha, y es de lo más impropio.

Apartándose, ella rompió el inquietante contacto, mirando hacia el barranco junto al rudo camino rural.

—Jenny —dijo él en voz baja.

Ella no le miró y, en efecto, se sintió tan testaruda como él la había acusado de ser. Mientras Maggie solo habría tenido un leve rubor en sus altos pómulos, Jenny temía tener dos grandes manzanas rojas por mejillas.

—Genevieve —imploró él, con su voz baja y ronca a sus oídos.

Ella estuvo a punto de sonreír, dándose cuenta de que se estaba burlando de ella. Sin embargo, cuando Simon le agarró con suavidad la barbilla y le hizo girar la cabeza para mirarlo, se puso completamente serio. Su expresión intensa y escrutadora le robó el aliento.

El caballo se había detenido a su orden. Allí estaba ella, sentada en un carruaje al aire libre en medio del camino, casi sin poder respirar y totalmente incapaz de moverse.

—No —dijo él, sacudiendo la cabeza despacio, pero sin romper el contacto visual.

—¿No? —repitió ella, sintiéndose como si tuviera algodón entre las orejas en lugar de cerebro. Lo único que podía hacer era mirar sus penetrantes ojos azul grisáceo, cautivada por su mirada.

—No es en absoluto indecorosa, ni su cara se parece en nada a una remolacha. Tiene un color delicioso en sus mejillas que compite con el dulce tono rosado de las rosas más bellas de Inglaterra.

El pulgar y los dedos de él la mantuvieron quieta.

Ella vio el resplandor en sus profundidades azules y sintió una oleada de deseo en su interior.

Sin duda, estaba preparada, incluso ansiosa, cuando él se inclinó hacia ella y la besó.

Capítulo 13

Al saborear la firmeza de su boca sobre la suya, Jenny casi empezó a temblar de placer. Aunque no era el beso desesperado de su encuentro en el jardín, a pesar de toda su delicadeza, este beso era totalmente emocionante.

—*Mmm...* —murmuró ella contra su boca, antes de sentir la punta de su lengua rastrear la unión de sus labios. Simon era como un asedio sensual y ella, el castillo cuyas defensas deseaban desesperadamente abrirle las puertas.

Sin dudarlo, separó los labios. Él deslizó su lengua dentro de su boca y la saboreó.

Sus manos se levantaron del regazo y de la cesta que aún sostenía. Agarrándolo por la nuca, Jenny experimentó todo lo que él le ofrecía. ¡Qué placer!

Sensaciones insoportables de deseo —pues había leído suficientes novelas para saber lo que era— fluyeron por ella, como miel dorada sobre pan caliente.

Él le soltó la barbilla, intentando reclamar su cuerpo,

pero la cesta se interpuso entre ellos.

—¿Qué hay en esa cesta infernal? —exigió él, recogiéndola y colocándola a sus pies. Sin embargo, cuando él presionó su gran y cálida palma contra las costillas de ella, justo debajo de su pecho, no pudo formar un pensamiento ni pronunciar una palabra. Mientras barría el pulgar hacia su seno izquierdo, sus dedos se clavaron con suavidad en sus múltiples capas de algodón y seda.

Por su parte, Jenny deseó que el conde no llevara nada puesto debajo de su abrigo como el día anterior. Con qué facilidad podría pasar su mano enguantada por detrás de su cuello, por la clavícula, y deslizarla por el pecho desnudo que había vislumbrado ayer. En su fantasía, sin embargo, no llevaba guantes y lo acariciaba con las manos desnudas. Si pudiera sentir si los rizos que había visto esparcidos por su pecho eran suaves o ásperos. Si tan solo...

Cuando su beso terminó, Simon apoyó su frente contra la de ella por un momento, y ella pudo sentir que él respiraba tan fuerte como ella. Cuando se apartó, soltándola, rompió todo contacto, excepto la mirada íntima que aún compartían.

—¿Se siente muy ofendida? —le preguntó.

Al principio, ella no podía razonar más allá del rugido de su sangre, segura de que él podía oír el fuerte golpeteo de su corazón. Aun así, esperó una respuesta.

—No creo que lo esté. —Era cierto. Jenny sabía que debería abofetear su atractivo rostro por tomarse libertades. Además, el decoro le dictaba saltar del carruaje y correr hacia la casa más cercana para exigir refugio.

En lugar de eso, sonrió ligeramente.

—¿Debería hacerlo?

Simon echó la cabeza hacia atrás y se rio. Luego cogió las riendas, que descansaban sobre sus fuertes y delgados muslos y, con un rápido movimiento, hizo que el caballo volviera a moverse.

—No, no debería. No pretendía faltarle al respeto en absoluto. Precisamente lo contrario. La tengo en la más alta estima y solo pretendía rendirle homenaje. Es solo gracias a usted, y a Trueno, que pude salir esta mañana. Piense en eso.

Su pequeña mueca se convirtió en una gran sonrisa, y volvió a mirar hacia delante.

—Fue un tributo bastante agradable —permitió Jenny.

Después, permanecieron en un agradable silencio.

De vuelta a la mansión, su carruaje estaba precisamente donde lo había dejado, aunque sin caballo.

Cuando Simon le dio la mano y la ayudó a bajar, los mozos de cuadra acudieron enseguida a desenganchar la yegua alazana. Otros dos guiaron el ligero *tilbury* hacia las cocheras. Ayer, los mismos muchachos se habían quedado mirando a su señor en su extraño estado de desnudez, pero estaban demasiado bien entrenados para decir algo.

Simon se dirigió a uno de los muchachos.

—Cuando mi caballo sea frotado, ve a la casa de la señorita Blackwood. Debes ayudar con sus caballos hasta que te despidan. Puedes montar a Luster.

Por los ojos brillantes del mozo de cuadra, estaba claro que montar a Luster era un placer para él.

—Es la pequeña casa de piedra justo después de Norman's Corner —le dijo Jenny.

—Sí, señorita. Conozco el lugar. George es su mozo de cuadra.

Ella asintió.

—Sí. Ha sufrido una herida, pero debería estar bien pronto.

—Sí, señorita —dijo de nuevo, y se apresuró a terminar sus tareas para poder marcharse.

—Ha sido muy amable.

—¿Quiere tomar un refresco conmigo en la terraza? —Cuando él se rio de sus propias palabras, ella ladeó la cabeza.

—¿Qué es tan gracioso, milord?

—Simplemente, la extrema cortesía de mi invitación, después de haber pasado horas en mi alcoba. Me parece casi absurda.

Ella se encogió de hombros y enlazó su brazo con el de él.

—Somos amigos, como ha dicho.

En lugar de entrar en la casa, tomaron el camino largo, por el jardín lateral frente a los establos.

—Su primo es un sapo inútil —dijo Simon de forma inesperada y con la suficiente ira como para sorprenderla, aunque no pudo discutir con él.

Como le habían enseñado a no hablar mal de la gente, sobre todo de la familia, Jenny guardó silencio.

—No puedo soportar a un hombre así —continuó el conde—. Podría haberle causado un gran daño.

—Ned solo está de visita, y lo más probable es que no pensara que le correspondía interferir. —Se abstuvo de mencionar el miedo de su primo a los caballos. ¿Por qué humillarlo más?

Aun así, la boca del conde casi se le cayó al pecho.

—¿Interferir? ¿Está diciendo que eso es lo que yo hice?

Jenny se apresuró a responder.

—Oh, no, milord. Su ayuda fue inestimable. Y estoy más que agradecida.

¿Apareció un brillo en sus ojos azules?

—¿Cómo de agradecida? Y deje de llamarme milord. Le he dado permiso para usar mi nombre, así que úselo.

—Muy agradecida. Gracias, Simon. —Esa sola palabra, su nombre, le pareció intensamente íntima.

Él le sonrió.

—Sus mejillas están de nuevo bastante rosadas. ¿En qué está pensando?

Maldita fuera su tez blanca y su tendencia a sonrojarse. Sin embargo, Jenny no tuvo que decirle nada sobre sus pensamientos. Por suerte, él no la presionó para que respondiera. En su lugar, en la terraza, arrastró una silla de hierro forjado con un suave cojín y le indicó que se sentara. Una vez que hubo tomado asiento, apareció Binkley.

—Limonada —pidió Simon—. Y bizcocho.

—Por supuesto, milord. —Sin embargo, el mayordomo no se apresuró a cumplir la orden de su señor. En su lugar, se quedó un momento hasta que Jenny lo miró, sombreando sus ojos al sol para ver la cara del hombre.

¿Estaba abriendo los ojos? ¿Y luego fruncía el ceño? ¿Qué demonios…?

Simon se dio cuenta de que el hombre se demoraba.

—Eso será todo, Binkley.

—Sí, milord.

Esta vez, no había duda de la intensa y suplicante mirada que el mayordomo dirigió a Jenny, incluso haciendo un gesto con la cabeza hacia Simon antes de retirarse.

Ella no se iba a librar de tener que hacer lo que Blinkley le pidió. Sin embargo, ¿era este en realidad el momento y el lugar adecuados?

«¡Cobarde!», se amonestó a sí misma. ¿Qué momento era bueno?

—Creo que le gustas —dijo Simon.

—Un sirviente muy devoto, ¿no? —ofreció Jenny. ¿Cómo empezar?

—Ha estado con nosotros desde que tengo uso de razón. Mi padre contrató a Binkley después de salir del servicio del rey. —Haciendo una pausa, reflexionando, miró hacia los jardines—. Mi padre siempre ha sido muy bueno eligiendo a la servidumbre.

Y ahí estaba el comienzo que ella necesitaba.

—Su padre... es... era... Es decir, ¿estaban muy unidos?

Él le dirigió una expresión de desconcierto. Después de un momento, apartó la mirada.

—Sí. Como muchos padres e hijos, supongo. ¿Y usted?

No, ella no quería hablar de su padre, sino del de él.

—Bueno, le quería. Y parecía un buen padre, hasta el final. Como mencioné, resultó que tenía algunos problemas financieros. —Esto no estaba ayudando. Se estaban desviando del tema.

Simon asintió.

—Aun así, las cuantías de las cuentas bancarias de un hombre no es todo lo que tiene de valor. —Extendió la mano y la acarició como si la consolara—. El barón Blackwood tuvo tres hijas que parecen ser inteligentes y encantadoras, y ese es su legado.

Jenny estaba en paz con su padre, aunque hubiese sido

bastante descuidado. Esa no era la cuestión.

—Sí, pero, Simon, respecto a su tu padre, el conde. El viejo conde. Es decir, lord Lindsey. O más bien, el anterior...

—¿Está tratando de decirme que mi padre está muerto? —Su tono era plano, sin emoción, inesperado. Resignado.

Rápidamente, ella cubrió su mano con la suya. Él las miró juntas sobre la mesa y luego levantó la mirada hacia los ojos de ella.

—¿Lo sabía? —preguntó Jenny con voz baja y suave.

Él asintió.

—Habría acudido a mí en cuanto hubiera puesto un pie en la propiedad, sin importar mi estado. Lo sospechaba. Sin embargo, no quise preguntar. Casi podía creer que solo se había ido. Fui a sus habitaciones una noche, muy tarde, y encontré todo envuelto en sábanas.

—Lo siento.

Justo en ese momento llegó el señor Binkley con una criada que llevaba una bandeja de plata con refrescos. La preocupación estaba grabada en el rostro del hombre mayor, pero en sus manos llevaba una cesta.

—Otra razón para permanecer aislado —añadió Simon—. No quería oír que nadie del exterior me llamara lord Lindsey.

El mayordomo se estremeció, pero no habló hasta que Simon lo hizo.

—Binkley, anciano, le agradezco su cuidadosa atención a mis sentimientos junto con todo lo demás.

—Sí, milord —dijo el mayordomo, como si Simon hubiera comentado el tiempo. Sin embargo, Jenny notó que la mandíbula del hombre se tensaba y supo que no le era indiferente—. ¿Habrá algo más, milord?

Y la única demostración externa de sentimiento fue que el señor Binkley dejó su pequeña carga y se apresuró a marcharse incluso antes de que Simon pudiera responder.

—¿Le ha pedido que me lo diga?

—Sí.

—Muy amable —murmuró. Luego se fijó en la cesta—. Otra vez eso, no. ¿Qué, en nombre de Dios, hay ahí dentro?

Riendo, Jenny se liberó de sus manos y empujó la ofrenda hacia él. Uno de los mozos de cuadra debió de encontrarla en el suelo del carruaje.

—Es para usted.

Él frunció el ceño y la miró con un poco de desconfianza. Luego, levantando la tapa de tela, se asomó al interior. Metiendo la mano, sacó un plato cubierto de porcelana y lo colocó en la mesa ante él. Echó otro vistazo y se fijó en una única cuchara de plata. Parecía de repente un niño pequeño en Navidad, y Jenny estuvo a punto de revelar la sorpresa.

Simon levantó la tapa y su expresión se convirtió en una de absoluto asombro. Lentamente, sin apartar la vista del plato, cerró la tapa.

—¿Eso es...?

—Lo es.

Sin decir nada más, Simon cogió la cuchara. Luego, con la velocidad del rayo, la clavó en el centro de la tarta de manzana y se zampó un enorme bocado. Y luego otro. Simon cerró los ojos, haciendo que Jenny temiera momentáneamente que cayera en un estado de terror. Masticó, saboreó y tragó. Luego abrió los párpados y la miró.

—Es una maravilla. ¿Quiere un poco?

Ella negó con la cabeza, incapaz de concebir la idea de privarle de un solo trozo.

Pero él insistió y, sirviéndole un poco más con una cuchara, se lo tendió.

—Pruebe —le ordenó.

Como Jenny veía que le agradaba compartirla con ella, se inclinó hacia él y obedeció. Era uno de los postres más celestiales de su cocinera. Tragó y suspiró.

—Gracias, pero insisto en que se coma el resto.

Simon le clavó sus ojos, y luego su mirada se dirigió a su boca. Levantó la mano, le limpió la comisura de los labios y se llevó una gota de crema pastelera en el pulgar. La llevó a su propia boca y la lamió.

A Jenny se le secó la garganta. Dios mío, era un hombre tan atractivo… Ella quería ser esa gota de crema pastelera sobre su lengua. Al mismo tiempo, le fascinaba la idea de lamerle ella misma el pulgar.

Él pareció darse cuenta de su efecto sobre ella, porque le ofreció una sonrisa malvada antes de concentrarse en terminar el resto del postre.

«Dios bendiga su estómago», pensó ella, después de que él terminara unas cuatro porciones. Con suerte, alguien en la mansión sabría lo suficiente como para darle un poco de té de menta más tarde si se sentía indigesto. Cuando terminó, Simon se sentó de nuevo en su silla.

—Se acordó de que la tarta de manzana es mi favorita. Gracias.

Sus palabras le calentaron desde los dedos de los pies hasta el corazón. Era bastante fácil hacerle feliz, y la complacía hacerlo.

—De nada. Le diré a la cocinera que le ha gustado.

Durante unos instantes permanecieron en silencio, contemplando los jardines en plena floración.

—Anoche me recosté en la cama —la voz de Simon se dirigió hacia ella con suavidad—. Para dormir.

La importancia de sus palabras no pasó desapercibida para ella. ¿Podría hacerle una pregunta personal? ¿Le importaría? Pensó que no.

—¿Cómo le fue? ¿Ha dormido bien?

Simon no dudó en responder.

—No, no muy bien. La verdad es que acabé hecho polvo en el suelo.

Jadeando, Jenny se llevó una mano a la boca.

—Estará dolorido…

—Solo en mi orgullo. Agradecí la ayuda del suelo para despertarme.

Jenny tuvo que reprimir una carcajada, solo porque él se sentía cómodo contándoselo, incluso haciendo una broma de todo el asunto.

—¿Va a volver a intentarlo? —preguntó ella, tomando un sorbo de la limonada olvidada.

Él le lanzó una mirada por debajo de las pestañas.

—¿Me está imaginando en la cama, Genevieve?

Ella tosió, atragantándose con la bebida ácida y fría.

—No, milord —dijo ella cuando por fin pudo hablar.

—Lástima.

Dos horas más tarde, después de haber hablado de todo y de

nada, ella se puso en pie.

—Tengo que volver a casa antes de que la próxima crisis afecte a mi familia. Además, llevaré a Maggie en la calesa, ya que odia la larga caminata.

—¿Una caminata? —preguntó Simon—. ¿Desde aquí hasta su casa? ¿Cómo? Yo podría llegar en cinco minutos. O antes podía hacerlo...

¡Antes! Sin duda, una parte de él siempre dividiría la vida entre los años anteriores a su cautiverio y los posteriores. Estaba un poco delgado. Sin embargo, si la forma en que engullía el postre de la cocinera era un indicio, Jenny no dudaba de que volvería a llenar su ropa en poco tiempo.

No es que eso fuera de su incumbencia.

¿De qué estaban hablando? Maggie...

—Aunque es diferente cuando uno lleva un calzado poco práctico, como nuestra Maggie. Le gustan los zapatos poco cómodos, más adecuados para un salón de baile de parqué que para un camino rural.

—Vamos a buscarla, entonces. Estoy seguro de que se alegrará de que la lleve a casa.

De hecho, la hermana mediana de Jenny estaba encantada de ser rescatada de la última media hora de tutoría, sin importarle siquiera que el mismísimo lord Desesperado estuviera allí en la puerta.

Después de hacer una profunda reverencia al conde, Maggie lo miró directamente a los ojos.

—Tengo entendido que ha salvado nuestro caballo y lo ha hecho a pecho descubierto, milord. Bravo.

Jenny quiso darse una bofetada en la frente y luego en la de Maggie. Uno no le decía «bravo» a un par del reino.

Sin embargo, Simon solo se rio.

—Eso fue una consecuencia involuntaria, se lo aseguro.

Jenny trató de captar la atención de su hermana y hacer que se moviera hacia la calesa antes de que dijera algo más embarazoso. Sin embargo, Maggie la sorprendió con una expresión de gravedad.

—Deseo ofrecerle mi sincera gratitud, milord, por su generoso patrocinio a mi hermana, Eleanor, y a mí también. Esto significa mucho para nosotras y para nuestra madre.

Hizo una maravillosa y profunda reverencia que eliminó el matiz de caridad de su regalo y lo convirtió en una muestra de respeto. Jenny observó cómo el conde y su hermana se sonreían mutuamente.

Oh, vaya. El monstruo de ojos verdes volvía a agitar las faldas de Jenny. Maggie parecía la perfección en sí misma, incluso con un vulgar vestido de día de color azul pálido y su espeso pelo color caramelo trenzado sin esfuerzo sobre un hombro. Y, por supuesto, Simon estaba a su altura, con sus pantalones grises y su chaleco, su camisa blanca y su corbata perfectamente anudada.

De repente, Jenny se sintió como la hermana sencilla que había sido rechazada con facilidad por un vizconde. Sus sentimientos, es más, sus fuertes reacciones a las caricias de Simon, deberían advertirle de que se estaba adentrando en aguas profundas en las que no debía nadar. Después de todo, él era el conde de Lindsey.

—Su hermana es mi nueva y muy buena amiga —le dijo Simon a Maggie.

Sus palabras impregnaron los pensamientos de Jenny, que habían entrado en una espiral de dudas. Cuando la mirada de Simon captó la suya, compartieron una sonrisa y ella dejó de lado sus recelos. Su amistad era un gran regalo que ella no había esperado al verse obligada a mudarse al campo.

Sin importarle que se sonrojara delante de su hermana, Jenny se sintió instantáneamente animada. Más aún cuando le dijo:

—Espero que vuelva pronto. Todavía tenemos que repasar los libros de contabilidad.

—Sí, milord —aceptó ella—. Por supuesto.

En cuanto los tres aparecieron en el patio, con un gesto de Simon, uno de los mozos de cuadra sacó el viejo bayo de los Blackwood y lo enganchó rápida y eficazmente a su carruaje. Era difícil no notar cómo brillaba el pelaje del caballo. Incluso le habían encerrado los cascos.

—El caballo ha tenido una noche de mimos —comentó Maggie—. Su crin está casi tan brillante como la mía.

Jenny puso los ojos en blanco ante su incontenible hermana.

Mientras el viejo animal esperaba, dócil, Simon ayudó primero a Maggie y luego a Jenny a subir al coche. Ella se dio cuenta de que él también se las arregló para tocarle el brazo y luego la cintura en su esfuerzo. Era muy consciente de cada lugar donde las manos del conde la marcaban. De hecho, su cuerpo parecía chisporrotear bajo la ropa.

¿Qué le pasaba?

—Jenny. —Su nombre en los labios de él sonaba igual de íntimo.

—¿Sí?

—Es usted increíblemente útil en una crisis. Estaría

encantado de tenerla a mi lado cuando ocurra un desastre.

¡Dios mío! ¿Qué podía querer decir con eso? En Londres, durante la temporada, eso sería prácticamente una propuesta.

—Gracias —consiguió decir ella, y sacudió las riendas para ponerse en marcha mientras su hermana le daba un codazo en las costillas.

A mitad de camino, Jenny, como la esposa de Lot, no pudo resistirse a mirar hacia atrás. Simon Devere seguía observándola, con los brazos a los lados y la cabeza ligeramente inclinada. Ella no podía asegurarlo, pero tenía la sensación de que llevaba una de sus encantadoras sonrisas de niño.

Al verla marchar, una sensación de hundimiento lo invadió. Una energía nerviosa asaltó su cuerpo cuando ella desapareció por completo de su vista. Esta joven se había convertido en algo importante para él. No podía negarlo.

La inteligente y capaz Jenny le hacía sentir seguro. ¡Qué escandaloso! Un desliz. Sin embargo, era descaradamente cierto. Sus encantadores ojos lo mantenían cautivo en este mundo con más fuerza de la que podrían tener los barrotes de bambú. Su ansiedad se esfumó al oír su voz y al tocar su mano. Sí, disfrutó mucho del tacto de su mano.

—¡Milord!

Simon se giró para ver a su mayordomo corriendo hacia él.

—Menos mal que lo he encontrado.

—No estaba perdido, Binkley. Te lo aseguro.

El mayordomo se detuvo en seco y luego se dio cuenta de que estaba haciendo una broma.

—Por supuesto, milord, es solo que...

—Que normalmente estoy justo debajo de tus pies, precisamente donde puedes encontrarme.

Binkley permaneció en silencio.

Simon supuso que debía agradecer que su sirviente se preocupara por él hasta tal punto. Binkley había estado manteniendo todo en orden por encima de sus obligaciones.

—Querías hablar conmigo de algo importante, ¿verdad? Y lo postergué el otro día.

—Sí, milord.

—Entonces, hagámoslo ahora.

—Sí, milord. Me reuniré con usted en su cámara.

Simon se resistía a entrar, pero no podía acampar afuera. Sin duda, su mayordomo sentiría la necesidad de internarlo en un manicomio si lo hacía. Sin embargo, podía evitar su habitación hasta la hora de acostarse.

—No. En la biblioteca, donde suele trabajar la señorita Blackwood.

Binkley se limitó a enarcar una ceja.

—En ese caso, milord, todo lo que quiero mostrarle ya está allí.

Media hora más tarde, Simon casi deseó haberle dicho a Binkley que esperaría a conocer las cuentas cuando Jenny volviera. Por supuesto, comprendía el problema más amplio: un claro desvío de su capital. Pero le llevaría más tiempo entender los detalles que Jenny había descubierto. Y aunque ahora conocía lo esencial, estaba deseando que ella le explicara lo que creía que significaba todo aquello.

Mientras tanto, sentía la boca del estómago como si un cuervo le estuviera arañando las entrañas.

Todos los indicios fácticos apuntaban a que Toby estaba malversando dinero y enviándolo... ¿a dónde? Obviamente, no podía preguntar a su primo muerto, el hombre al que llamaba gran amigo. Sin embargo, podía preguntarle a su viuda.

Maude Devere estaba en su casa. Sin invitación. Tal vez ella pagaría su mantenimiento explicándole algunas cosas. Además, ya era hora de que hablara con ella sobre la venta no autorizada de Jonling Hall.

Capítulo 14

—Ahí está, prima —la voz de Ned sonó demasiado cerca—. Estaba empezando a pensar que se escondía de mí.

—No sea ridículo —dijo Jenny desde su escondite en las ramas de su árbol preferido—. A menudo subo aquí para... leer.

Por desgracia, no llevaba ningún libro, y hasta Ned se dio cuenta de ello.

—Y a veces solo para vigilar a Trueno. Puedo ver si va a molestar a Lucy o al viejo bayo.

—¿Puedo ayudarla a bajar? —preguntó Ned, como si el hecho de que ella estuviera en un árbol fuera perfectamente razonable.

Al darse cuenta, después del desayuno, de que Ned la estaba buscando, y temiendo que la siguiera, Jenny había decidido trepar. Necesitaba desesperadamente un descanso de las cuentas que le había traído Henry, que la mantendrían ocupada durante al menos un día. Sin embargo, había pasado media hora y le empezaba a doler el trasero.

—Sí, por favor —dijo ella.

Él levantó sus manos hacia las suyas, y ella no vio cómo eso la ayudaría. ¿Iba a atraparla en su caída?

Medio deslizándose, medio saltando, Jenny acabó pegada a Ned, cuyos brazos se cerraron alrededor de ella instantáneamente. Empujándose contra su estrecho pecho con ambas manos, Jenny no se atrevió a mirarle a la cara para que no aprovechara la oportunidad de besarla. Esa posibilidad le provocó una oleada de repulsión.

—Gracias —murmuró, mirando hacia abajo, donde sus cuerpos se tocaban, y esperando que su gratitud fuera todo lo que él quería. En realidad, ella no sentía ninguna. Simplemente quería que la dejara en paz.

En cambio, él la aferró.

—Jenny, me gustaría mucho hablar en privado con usted sobre un asunto de gran importancia para ambos.

¡Cristo! Era un alma decidida, sin duda. Ella luchó un momento más. Ned era más fuerte de lo que parecía.

—No hablaré de nada —le aseguró Jenny, aún sin levantar la cabeza—, no mientras me tenga presa.

Estaba a punto de darle un pisotón cuando él la soltó. Intentó dar un paso atrás, pero se topó con el tronco del árbol. Si fuera Simon quien la retuviera entre su cuerpo y un árbol, no habría tenido ningún problema. De hecho, no habría exigido que la soltara, en primer lugar.

Ese inesperado pensamiento le hizo subir el calor familiar a sus mejillas.

—Querida prima, considero que su rubor es un bonito indicador de su mente femenina, pero no tiene nada de qué avergonzarse. Es cierto que he visto su tobillo mientras estaba en ese árbol, pero espero ver mucho más de usted en el futuro.

No si ella tenía algo que decir al respecto. Por suerte, ella tenía mucho que decir al respecto.

—La forma en que me abrazó no fue muy caballerosa —le amonestó Jenny. Tal vez si ella se volvía más desagradable, él dirigiría sus atenciones hacia otra parte. Tal vez hacia Maggie, aunque difícilmente podría desearle eso a su hermana—. No quiero tener una discusión ni pensar en asuntos de gran importancia. Tengo trabajo que hacer. Henry trajo los libros de contabilidad del boticario ayer por la tarde.

Ella trató de marcharse, pero Ned se mantuvo firme, obligándola a quedarse quieta y sin moverse.

—Por eso, en parte, estoy seguro de que lee alegrará lo que tengo que decir. En cuanto nos pongamos de acuerdo, no tendrá que volver a mirar los números, a menos que sean las cuentas de nuestra casa.

Ella tragó saliva.

—¿Qué quiere decir con «nuestra casa»?

Por supuesto que ella sabía lo que él quería decir, y también sabía que la disconformidad no era la forma de navegar por estas aguas turbias. Ni por su naturaleza, ni por su sentido común. Si se humillaba, Ned podría ciertamente hacer la vida incómoda a sus hermanas cuando llegaran a Londres. La alta sociedad olfatearía el aire como perros en una cacería tan pronto como alguna de las empobrecidas Blackwood regresara para la temporada.

Tal vez podría hacer que Ned se fuera en términos cordiales.

—Nuestras cuentas maritales —dijo Ned, con una pequeña sonrisa cruzando sus labios—. En nuestra casa de Falkirk. Guinevere, le pido su mano. —Aprovechó esa oportunidad para agarrar la derecha de ella con las dos suyas.

Al instante, ella trató de soltarse, pero él se mantuvo firme, con un agarre tan fuerte como el de un cepo.

—Como no tiene padre —continuó—, no puedo pedírsela a él. Puedo hablar con su madre, si insiste, pero no estoy seguro de que su permiso sea necesario ni de que su opinión sobre el asunto sea relevante.

¡Qué imbécil! Jenny cerró los ojos y miró al cielo. Demasiado tarde para rezar, se temía. Cuando los abrió, él seguía de pie y con su mano cautiva. ¿Qué podía hacer?

—Sabe que no tengo dote.

—¿Ninguna? —preguntó Ned, con su ardor ligeramente enfriado. Al menos ella esperaba que así fuera.

—Absolutamente ninguna. Ni un céntimo. —Ella casi sonrió.

Él dudó, y luego, para asombro de ella, dijo:

—No creí que la tuviera, pero esperaba alguna pequeña cantidad. Está bien.

La boca de ella se abrió ligeramente. Tal vez Ned no era tan mercenario y grosero como ella pensaba. Después de todo, si la quería a pesar de su estado de penuria, entonces debía de sentir verdadero afecto por ella. Era una lástima que no pudiera corresponderle.

Luego, él añadió:

—Imagino que habrá ganado un buen dinero con su contabilidad, por no hablar de lo que le pagó el conde. Como su nuevo benefactor, lord Lindsey probablemente también le dará algo más como dote. Lo que tenga, será suficiente para llevarlo a nuestro matrimonio y entregármelo cuando sea su marido, lord Darrow.

Una sacudida de ira subió por la columna vertebral de Jenny dando lugar a un torrente de palabras que no podría haber detenido aunque hubiera querido.

—He ganado ese dinero, hasta el último céntimo, como usted dice, para mi familia. Es más, vivimos de ese dinero. La comida que se ha estado comiendo ha sido pagada con ese dinero. Nuestros sirvientes son pagados con ese dinero. El médico ha sido pagado, al igual que el veterinario, con ese dinero. No lo estoy ahorrando en un cofre de la esperanza en absoluto.

Finalmente, mientras él se quedaba sorprendido por su vehemencia, ella fue capaz de soltar la mano.

—Y aun de ser así, ciertamente no esperaría que un hombre como usted fuera mi marido. Tendrá que encontrar otra forma de convertirse en barón. ¡No robará el título de mi padre a través de mí! Por cierto, me llamo Genevieve.

Con eso, ella lo empujó y corrió hacia la casa, sin detenerse hasta que estuvo arriba, a salvo en su alcoba.

Casi de inmediato se produjo todo tipo de alboroto, seguido, como era de esperar, por la fuerte voz de Ned y luego los chillidos de Maisie y Eleanor. Tras los ruidos de golpes en la habitación de al lado, sin duda porque la hermana de Ned —o más bien la criada de los Blackwood—, empaquetaba las cosas de Maisie, se oyeron más golpes mientras alguien arrastraba el baúl por las escaleras. Aunque Jenny no oyó que se abriera la puerta principal, sí oyó cómo se cerró de golpe.

Unos instantes después, Maggie y Eleanor entraron corriendo en su dormitorio.

—¿Qué le dijiste al querido primo Neddy? —El tono descarado de Maggie estaba impregnado de alegría mientras se cruzaba de brazos y se apoyaba en el armario de roble.

Eleanor lloraba abiertamente, de forma dramática, como solo una niña de catorce años puede hacerlo y se hundió en el extremo de la cama como si se derritiera.

Jenny no levantó la cabeza de la almohada. Unos pasos más ligeros anunciaron a su madre, que se sentó en la cama a su lado, en la abarrotada habitación.

—Los Darrow se han marchado —dijo Anne sin una pizca de sarcasmo, aunque debía saber que todos en la casa, incluidos la cocinera y el mozo de cuadra, habían oído su marcha—. Ned parecía bastante enfurecido contigo, por lo que pude ver.

Jenny quería disculparse por la incómoda escena que se había producido por su culpa. Pero no podía. Siempre había hecho lo mejor para cada miembro de su familia, y lamentaba que Eleanor perdiera a su amiga. Lamentaba la angustia que la abrupta y desagradable despedida había causado a su madre, pero no diría que lamentaba la partida de Ned.

—Me pidió que me casara con él —comenzó. Hizo una pausa cuando Maggie soltó una carcajada, Eleanor jadeó y su madre se limitó a asentir.

—Temía que lo hiciera —admitió Jenny—, y traté de mantenerme alejada de él para que no pudiera pronunciar las palabras. Sin embargo, me acorraló como un animal. Fue grosero e insufrible.

Anne le dio unas palmaditas en la mano y Eleanor se

secó las lágrimas con la manga.

—No pareció que te esforzaras mucho por rechazarlo con suavidad —dijo Maggie, con los ojos brillando de alegría.

—No —les dijo Jenny a todas—. Al final, perdí los nervios y fue mucho más fácil de lo que pensaba decirle que no. De todos modos, él solo quería pasar de ser un simple «señor» escocés a la baronía de mi padre y esperaba poder llamarse lord Darrow.

—Eso hace que nuestro compromiso para ir a cenar sea mucho más fácil de atender, entonces —dijo Anne—. Podemos caber todas en un solo carruaje.

Jenny se sentó por fin.

—¿Qué compromiso, mamá?

—Mientras estabas en el jardín dándole calabazas a Ned, como diría mi madre, recibí esto de Belton Manor. —Sacó un trozo de papel de color crema de su cintura.

—Mañana por la noche, vamos a cenar con el conde.

Eleanor se animó en el acto.

—¡Qué emocionante! Voy a elegir mi vestido ahora, por si hay que arreglarlo. —Con eso, ya superada al parecer la pérdida de Maisie, salió corriendo de la habitación.

Maggie levantó una ceja.

—¿Las cuatro vamos a cenar con lord Desesperado?

Su madre no corrigió a su hija mediana.

—La invitación es para nosotras seis, por lo que habría dos solteros para dos doncellas —señaló con la cabeza a Jenny y Maggie a su vez—. Luego las dos chicas más jóvenes y yo, como viuda. Será una fiesta bastante alegre.

—¿Viuda? —murmuró Jenny, arrugando la nariz ante el uso de la palabra por parte de su madre.

—Bueno, lo soy —dijo Anne con indiferencia por su condición.

—Eres una viuda joven —dijo Maggie—. Una viuda debería de tener al menos sesenta años, con pelo en la barbilla.

Anne se rio.

—En cualquier caso, ahora hay dos doncellas por cada soltero. Será una cena muy extraña.

—¿Debemos decírselo? —se preguntó Maggie.

Jenny lo consideró.

—No creo que lord Lindsey sea capaz de encontrar otro soltero de la nada. Dijo que sus amigos no viven cerca. —Frunció el ceño—. ¿Crees que deberíamos rechazar la invitación?

—Absolutamente no —dijo su madre—. Eleanor disfrutará mucho de esta distracción, y estoy segura de que vosotras dos podréis compartir las atenciones de su señoría. —De nuevo, asintió a cada una de sus hijas antes de ponerse en pie—. Debo comunicarle el cambio para que el servicio modifique la disposición de los asientos. Escribiré una nota de inmediato. Maggie puede llevársela cuando se vaya.

Maggie se sentó en el espacio que su madre había dejado libre.

—No suelo ver al conde —dijo en voz baja, quizá con ansiedad.

Anne palmeó la mano de su hija.

—Le darás mi nota a ese señor Binkley, no al conde.

Cuando se marchó, las dos hermanas mayores se miraron fijamente. Una cosa era dar clases particulares a los hijos de *lady* Devere o incluso estudiar los libros de contabilidad en la biblioteca. Otra cosa era tener a toda su familia sentada en el comedor como invitados del conde.

—Prácticamente te está cortejando —dijo su hermana, con cara de desconcierto.

—¡No seas ridícula! —Pero a Jenny le latía el corazón con fuerza. Hablar con Simon Devere era fácil, y ella lo tenía en tan alta estima por la forma en que estaba saliendo de la oscuridad de su propio encierro mental.

—¿Por qué me llamas ridícula? El conde es bastante guapo, si te gustan los hombres altos y morenos. —Maggie sonrió—. Desde luego, más que tu voluble vizconde, con sus labios finos y su pelo aún más fino.

Jenny no pudo evitar reírse.

—Es cierto que nunca pensé mucho en el aspecto de lord Alder, más allá de que no me repugnaba. Sin embargo, estoy segura de que tenía unos labios perfectamente adecuados y un grueso cabello castaño. De hecho, estoy segura de que muchos lo consideran guapo. —Jenny se encogió de hombros—. Es solo que no sabía lo diferente que me sentiría al admirar de verdad el aspecto de un hombre y, por supuesto, su carácter.

—¿Y lo haces? ¿Con lord Des... Devere, quiero decir?

—Es bastante encantador —admitió Jenny, y luego sintió el temido calor en las mejillas. Puso una palma de la mano fría en cada una de ellas.

De repente, Maggie chilló.

—¿Te ha besado?

—*Ssh...* —la amonestó Jenny—. Dios, ¿por qué demonios me preguntas eso?

Maggie se rio con gusto.

—¿No es así? Cuéntamelo todo. —Se retorció en la

cama, prácticamente dando palmas—. Cómo ha sido? ¿Te ha besado más de una vez? ¿Te ha tocado en alguna otra parte de tu persona?

—¡Basta! —Jenny intentó sonar firme, pero no lo consiguió. En cambio, no pudo evitar sonreír. Recordando cuando los labios de Simon tocaron los suyos, se sintió como una tonta—. He tenido el honor de que me besara, sí, pero lo hizo solo por gratitud por haberlo ayudado a sentirse mejor.

—¿Gratitud? —dijo Maggie, sonando horrorizada, y luego soltó una carcajada poco femenina—. ¡Idiota! Los hombres no besan por gratitud. Te besan porque te admiran. Te besan porque quieren acostarse contigo.

—¡¿Qué?! —Jenny le lanzó a Maggie una mirada de preocupación—. ¿Cómo lo sabes? ¿Exactamente cuántas veces te han besado?

Maggie esbozó una pequeña sonrisa, haciendo que su rostro en forma de corazón adoptara una expresión felina.

—Puede que haya disfrutado de *une petite bise*[1] durante mi breve estancia en Londres.

Jenny se quedó con la boca abierta.

—No tenía ni idea. ¿Estás diciendo, por tu vasta experiencia entonces, que algún hombre, un miembro de la alta sociedad, supongo, quería acostarse contigo?

Maggie se sonrojó de una manera que Jenny nunca había visto en las mejillas de su hermana, habitualmente tan dueña de sí misma. ¡Qué interesante!

Maggie se quitó una pelusa invisible de la manga.

---

[1] Un pequeño beso.

—En última instancia, no tuvo importancia, ya que mi temporada no fue lo bastante larga como para que se desarrollara algo serio.

—Ya veo. —Jenny frunció el ceño, esperando que a su hermana no le hubieran despojado de una unión perfecta.

Maggie se puso en pie.

—Bueno, has conseguido desviar la atención de tus propios besos a los míos, así que sigamos con el día, ¿vale? Tú tienes libros de contabilidad, sin duda, y yo tengo que prepararme para la tutoría.

Se detuvo en la puerta.

—Si veo a lord Desesperado, ¿le doy un mensaje de tu parte sobre cómo te honró con su gratitud?

Maggie desapareció justo a tiempo para evitar la almohada que Jenny lanzó a la cabeza de su hermana.

La familia Blackwood había estado muy excitada durante las últimas veinticuatro horas hasta que llegó el momento de partir hacia la mansión Belton. Por suerte, Jenny tenía más de un vestido bueno de su temporada y media, y nadie sabría si su vestido era anticuado o había sido usado más de una vez. Maggie también tenía vestidos de su temporada, incluyendo un par que aún no había estrenado. Los había guardado, como un triste recuerdo de lo que le había sucedido a su familia. Ahora, sin embargo, los sacó para una alegre cena con el conde.

Por fin, todas las mujeres Blackwood estaban adecuadamente ataviadas para asistir al compromiso del conde de

Lindsey sin desmerecer. Incluso Eleanor, que no había crecido mucho en un año, todavía podía entrar en su vestido de fiesta de satén favorito.

Henry las condujo hasta la mansión para que no parecieran unas pueblerinas sin sirvientes, pero habían tenido que sacar su carruaje de viaje del almacén y aprovechar tanto a Lucy como al bayo, un conjunto de tiro muy desajustado.

—Deberíamos haber ido a pie, o yo debería haber conducido —se quejó Jenny cuando el carruaje dio un bandazo, ya que el viejo bayo tiró más rápido que Lucy, haciendo que Maggie se deslizara hacia delante de su asiento y pisara a su hermana por enésima vez en el brevísimo viaje. Henry no era el conductor más hábil. Sin embargo, cuando uno de los lacayos de lord Lindsey los saludó en cuanto se detuvieron frente a la mansión, Jenny se alegró de no estar encaramada en el peto con el pelo al viento.

Además, de forma bastante inesperada, Simon apareció en lo alto de los escalones de piedra, como si las hubiera estado esperando, quizá mirando por la ventana. Ese pensamiento le hizo esbozar una sonrisa a Jenny, que se amplió aún más cuando él dejó a un lado el decoro y bajó las escaleras con brío.

Comenzando con una respetuosa reverencia a su madre, Simon saludó a cada una de las hermanas, y luego le dirigió un guiño a Jenny, que ella esperaba que las otras no hubiesen visto. Cuando él agarró la mano de Maggie, llevándosela a los labios, volvió a ser el elegante conde, formal y educado, como si no le hubiera dicho ni una sola vez a Jenny que su hermana se pavoneaba delante de Blinkey.

Entonces llegó a Eleanor.

—¿Cómo está su caballo, señorita Eleanor?

—Bien, milord. Gracias a usted. Es bueno verlo en camisa.

Las tres damas mayores jadearon hasta que, despúes de una pausa aturdida, Simon se echó a reír.

—Me esforzaré por tenerla puesta durante toda la velada.

Luego tomó del brazo a *lady* Lucien Blackwood y condujo al pequeño grupo hacia las escaleras.

No tardaron en sentarse a cenar. Al ser un grupo tan reducido, no hubo demora en las bebidas ni en las conversaciones triviales en la antesala. Tomaron sus sillas asignadas en un extremo de la larga mesa, con Simon a la cabeza, la baronesa a su derecha y Eleanor a la suya. Jenny y Maggie se sentaron enfrente, a la izquierda de Simon.

La tercera vez que Jenny estuvo en el comedor fue definitivamente la más agradable, decidió. Por fin, estaba lleno de velas parpadeantes y largas, aromas deliciosos y gente feliz.

—Muy desafortunado lo de la precipitada salida de sus visitantes. —Simon abordó el tema de la marcha de Ned y Maisie mientras les servían el vino—. Deben haber tenido asuntos urgentes.

Aunque era imposible que Simon pudiera saber lo que había ocurrido entre ella y Ned, Jenny percibió un matiz de satisfacción por el hecho de que sus primos hubieran abandonado Sheffield.

Su madre habló primero.

—Si hubieran sabido de su invitación, milord, estoy segura de que habrían retrasado su partida.

—Entonces, qué suerte para nosotros que no lo supieran —dijo él.

Por un momento, todos guardaron silencio, digiriendo sus palabras, y luego Eleanor soltó una risita.

Simon parecía inocentemente desconcertado.

—Solo quise decir que no hubiera querido incomodarlos o que cambiaran sus planes por mí.

Jenny ocultó una sonrisa mirando hacia su regazo y acomodando su servilleta. Sabía exactamente lo que Simon sentía por Ned y estaba bastante segura de que no le preocupaba incomodarlo.

—Mientras no te hayan insultado —añadió Anne—, entonces no nos molesta su marcha.

—Entonces tengan la seguridad de que no les molestará en absoluto.

Maggie tomó la palabra.

—Milord, me gustaría mucho aprovechar esta oportunidad para ofrecer una vez más mi más sincera gratitud con respecto a una Temporada para mí y para Eleanor.

Él asintió y se encogió de hombros al mismo tiempo.

—Por favor, no piense en ello, Miss Margaret. Usted ya lo ha dicho. Estoy feliz de hacerlo. Yo extendería la oferta a la señorita Blackwood —dijo, mirando a Jenny—. Sin embargo, ella ya ha expresado su desinterés por tal empresa.

¡Ella estaba aún más desinteresada desde que comenzó su floreciente amistad con él! Si Simon en realidad quería que se fuera en enero a buscar un marido, se sentiría muy desanimada.

Levantando una ceja hacia su hija mayor, tal vez preguntándose por qué Jenny y el conde habían hablado de ese tema, Anne dijo:

—Sin embargo, lord Lindsey, estamos, como familia, inmensamente agradecidos. ¿No es así, Eleanor?

Atrapada sorbiendo vino y mirando a una de las enormes lámparas de araña, Eleanor se atragantó, tosiendo profusamente mientras su familia la miraba con disgusto.

—Un poco de agua para nuestra invitada más joven —ordenó Simon a una de las sirvientas que estaban junto al aparador. Inmediatamente, la mujer se adelantó y llenó de agua el vaso que le quedaba a Eleanor.

Mientras ella recuperaba la compostura, Jenny llenó el silencio.

—Si Margaret va a asistir a la próxima temporada, tendremos que empezar los preparativos en breve. Tenemos que encontrar una modista local experta o ir a Manchester o Nottingham.

Simon la miró con ojos pensativos.

—Planificación práctica, señorita Blackwood. Lamentablemente, no puedo ayudarla a averiguar dónde obtienen los vestidos las damas locales. Debo confesar que nunca he considerado el asunto.

—Tal vez *lady* Devere podría ayudarnos. Solo la he visto una vez, pero iba muy bien vestida.

—Yo la he visto varias veces —añadió Maggie—, y siempre va vestida a la moda.

Simon frunció ligeramente el ceño.

—La invité a nuestra cena de esta noche, pero se negó. Algo sobre un dolor de cabeza. Quizá la señorita Margaret pueda hablar con ella directamente la próxima vez que se reúnan en una sesión de tutoría.

Su madre tomó la palabra.

—Por favor, dígale a *lady* Devere que esperamos que se sienta mejor. Es una pena perderse esta encantadora velada.

Simon asintió.

—Para ser franco, ella y yo nunca hemos cenado juntos cuando no es en compañía de su difunto marido. No la he visto desde mi regreso.

Todas las damas murmuraron un tópico de condolencia por la muerte de su primo. Sin embargo, a ninguna de ellas le pareció extraño que Maude Devere decidiera no cenar a solas con lord Lindsey. De hecho, Jenny sabía que el mismo pensamiento corría por la cabeza de cada uno de los miembros de su familia: qué escandaloso hubiera sido lo contrario.

También se dio cuenta de que Maude debía sentirse desesperadamente sola. No era de extrañar que la mujer quisiera volver con su familia en Francia.

—¿No tenían *sir* Tobías y su esposa una casa en Londres? —preguntó Jenny—. Solo me lo pregunto, ya que estoy segura de que ella estaría más a gusto rodeada de los compromisos sociales abiertos a una viuda en la ciudad, en contraposición al intenso aislamiento que debe sentir aquí en el campo.

Miró a su madre.

—Sin ánimo de faltar al respeto a mi querida madre, por supuesto.

Lady Lucien Blackwood se irguió.

—No quiero faltar al respeto en absoluto, querida. Si no os tuviera a vosotras tres conmigo, no puedo imaginar cómo habría soportado este último año.

Las mujeres Blackwood compartieron un momento de

admiración mutua hasta que Simon tosió y habló.

—Estoy seguro de que fue difícil, no obstante, dejar atrás su hogar en Londres para siempre.

Anne asintió.

—Sí, milord, lo fue. Tengo muchos recuerdos felices allí, pero también estoy muy agradecida de haber tenido un lugar al que venir aquí. Y estoy aún más agradecida de que vayamos a volver a Londres gracias a su munificencia. Espero que no le importe que acompañe a mis hijas.

—Por supuesto que no. En mi casa de Londres hay espacio de sobra para todas ustedes, incluidas la señorita Eleanor y la señorita Blackwood si deciden acompañarlas.

Jenny recordó su conversación con él sobre este mismo tema. ¿Intentaba deshacerse de ella durante los muchos meses de una temporada?

¿Cómo iba a ganar algo de dinero para su familia si estaba en Londres? Además, si no participaba en la Temporada, ¿qué haría con sus días? No, la idea de ir a Londres no era nada agradable. Definitivamente sería vista como algo seguro en la estantería y, además, totalmente irrelevante para toda la sociedad.

Se estremeció.

—¿Siente una corriente de aire, señorita Blackwood?

Su pregunta indicaba que Simon la había estado escudriñando cuidadosamente.

—No, milord.

Antes de que pudieran seguir conversando, se sirvió el primer plato.

Horas más tarde, estaban llenos de pescado y aves de corral y dulce pudín de melaza caliente. No había ningún hombre que se retirara con Simon a su sala de fumadores para tomar oporto y cigarros, y las damas se sentirían tontas sentadas bebiendo té mientras esperaban que volviera solo. En su lugar, la velada fue declarada un gran éxito, y los Blackwood se pusieron sus capas en el vestíbulo principal.

Después de expresar su alegría por su compañía, Simon se dirigió a Jenny.

—Señorita Blackwood, en relación con los problemas de contabilidad que ha descubierto recientemente, ¿vendrá mañana para que podamos discutirlos en profundidad?

A Jenny le pilló desprevenida su petición de que volviera con rapidez.

Cuando ella dudó, él añadió:

—Binkley me informó de manera general de algunas discrepancias que usted descubrió, y pasé bastante tiempo revisando su resumen. Lo he apreciado enormemente. Sin embargo, necesito tu habilidad matemática para que me expliques en persona lo que estoy viendo en los libros de contabilidad.

Respiró hondo y trató de evitar que el rubor apareciera en sus mejillas. Cuanto antes se fueran ella y su familia, mejor.

De lo contrario, temía que su madre adivinara que la última vez que lord Lindsey la citó en su mansión había terminado en una situación bastante comprometida en su jardín.

—Por supuesto, milord. Estaré aquí a la hora que le convenga.

Simon agitó la mano con indiferencia.

—Cuando quiera, señorita Blackwood. Estaré aquí esperando su llegada con anticipación.

No con mayor anticipación de la que ella sentiría, de eso Jenny estaba segura.

Capítulo 15

Simon sabía que había sido bastante malvado al pedirle a Jenny que volviera al día siguiente delante de su familia, cuando ella apenas podía protestar por una posible incorrección sin insultarlo. La práctica señorita Blackwood no podría o no querría hacerlo después de que él había invitado a sus hermanas y a su madre.

Por un lado, sabía que lo correcto era que una de sus hermanas la acompañase para poder cenar con él. Sin embargo, si Jenny quería triunfar en el mundo profesional, tendría que tragarse los remilgos de reunirse con caballeros en sus casas. Al fin y al cabo, la mayoría de ellos estarían demasiado ocupados preocupándose por sus finanzas como para tener pensamientos inapropiados.

Por otro parte, Simon sabía que era una idea absurda y muy peligrosa. La única casa de un caballero en la que podía tolerar que la seductora Jenny no estuviera acompañada era la suya. Y, ciertamente, por su cabeza pasaban pensamientos muy impropios, lo que le provocaba sensaciones aún más escandalosas.

Con un suspiro, se sirvió una gran copa de oporto y se retiró al salón. Empezaba a sentirse muy a gusto... estando en casa. Tener a la allí a la familia Blackwood, encantadora en todos los aspectos, había sido fácil. En ningún momento había sentido el impulso de gritar, cerrar los ojos o huir.

Tal vez ya casi había vuelto a ser el mismo de antes.

¡Gracias a Genevieve Blackwood!

—Aquí está. Por fin. —Simon se puso en pie y se inclinó ligeramente en señal de saludo.

Jenny frunció el ceño ante sus palabras. Simon le había dicho con claridad que no le importaba la hora en que ella vendría. Por lo tanto, había estado decidida a no parecer tan ansiosa como para llegar a su puerta antes del mediodía.

—Sí —dijo—, aquí estoy. No esperaba que estuviera esperando en la biblioteca.

—No importa —dijo él—. Me gusta estar aquí. Siempre fui un ávido lector. Casi había olvidado cuánto echaba de menos el lujo de abrir un libro y hojear sus páginas.

Con la mirada fija en el volumen que tenía en la mano, pareció adentrarse en el pasado.

—Pasé mucho tiempo recordando historias mientras estaba preso, tratando de recordar sus detalles. A veces, tenía que repasar un libro muchas veces antes de poder acordarme del nombre de un personaje. Al final, eso me daba algo que hacer y evitaba que me volviera completamente loco.

—No está ni un poco loco —le aseguró ella. Iba a preguntarle si había dormido mejor. Sin embargo, por el aspecto despeinado de su cabello y las ojeras, supo que no lo había hecho. En su lugar, señaló el libro con la cabeza—. ¿Qué está leyendo ahora?

Con un aspecto algo avergonzado, Simon se encogió de hombros.

—Me temo que no hay ninguna obra literaria importante para mejorar mi mente. —Levantó el libro y le mostró la tapa, donde figuraba el título: *Capitán Singleton*—. Es solo una historia de aventuras.

—Es muy bueno —dijo ella.

—¿Ha leído a Defoe? —Él pareció sorprendido—. Pensé que Arquímedes sería más de su agrado.

Jenny puso cara de disgusto.

—¿Me cree tan aburrida, milord, que no me gustaría una historia de aventuras?

Él no respondió, sino que se limitó a levantar una ceja de desaprobación.

—¿Me cree tan aburrida, Simon? —repitió ella—. Y sabe que es totalmente impropio que lo llame así. He conocido a matrimonios que nunca usan los nombres de pila de sus cónyuges.

Él se rio.

—Yo también he conocido algunos, pero no puedo decir que me gusten.

Ella sonrió.

—Es cierto. —Qué bueno oírle participar en bromas ligeras.

Ella quería el tipo de relación en la que se sintiera

cómoda llamando a su marido por su nombre de pila no solo en privado, sino también en público. La intimidad era el derecho de una esposa.

Sin embargo, ella y lord Lindsey no tenían esa relación ni ese derecho.

Jenny miró a su alrededor y vio los libros de contabilidad, ya abiertos y extendidos sobre la gran mesa ovalada.

—Supongo que deberíamos empezar.

Él dejó el libro sobre el brazo de la silla de grueso acolchado que tenía a su lado.

—Supongo.

Una hora más tarde, ella sintió que él tenía un buen conocimiento de los temas. Por su parte, ella tuvo que esforzarse por mantener la concentración en los números, algo que nunca le había costado hacer. Todo por culpa de la cercanía de Simon, la forma en que él rozaba su brazo con el suyo cuando se acercaba a ella para pasar una página, la manera en que se inclinaba para examinar una cuenta, y su delicioso e inconfundible aroma a jabón Pears. Perfectamente fresco, no dulce, no almizclado, solo limpio.

—Jenny. —Él repitió su nombre, y ella se dio cuenta de que había estado inclinada sobre él, olfateándolo. Oh, Dios.

—Sí, milord... Simon.

Él sonrió.

—*Milady* Jenny —se burló—. Le pregunté si creía que algunos de estos eran solo errores desafortunados, quizá debidos a los apuntes de personas no cualificadas.

Ella odiaba decirle que sí, sobre todo, si se trataba de un hombre muerto, que no podía defenderse.

—No. No lo creo. Por lo que tengo entendido, su primo

era experto en contabilidad, como ya sabe. O al menos, su padre creía que lo era, y la disminución de los ingresos registrados comenzó entonces.

Jenny lo miró a sus ojos azules. Quería ser muy sincera.

—Desde que su primo partió a la batalla, ciertamente ha habido entradas descuidadas, pero la bajada constante de los fondos empezó mientras él supervisaba los libros de contabilidad. Lo siento.

Simon sacudió la cabeza.

—No hay nada que deba lamentar. Le agradezco que intente solucionar este lío, independientemente de cómo haya llegado a este punto. Intenté hablar con Maude el otro día. Me temo que me ha estado evitando. Es extraño, sin embargo.

—¿Qué?

Simon se sentó y se cruzó de brazos.

—Ella no se ha beneficiado de nada de lo que hizo Tobías, si es que, efectivamente, él estaba desviando los ingresos de la familia. ¿Dónde está el dinero que falta? ¿Por qué tuvo que vender su casa, de hecho una propiedad de los Devere, de la que no debería haberse deshecho sin permiso de mi padre o mío?

—Usted no estaba aquí —señaló Jenny—. Después de la muerte de su padre, ¿a quién debería haber pedido permiso si estaba en apuros?

—A mi tío, supongo, su suegro.

—Tal vez él le dio permiso para vender Jonling Hall.

—Le he enviado una carta para preguntarle eso. Es más, todavía no sé quién va a ser mi vecino.

Jenny sintió que el calor le invadía el rostro ante la

vergonzosa escena que había tenido lugar cuando ella fue allí con Ned.

—¿Qué pasa? —Simon entrecerró los ojos—. ¿Sabe algo del nuevo propietario que yo no sepa?

—No. —Ella se detuvo. ¿Qué podía decir?—. Estuve allí, paseando con mi primo.

La expresión de Simon se ensombreció.

—No pudimos averiguar nada —se apresuró a decir—. Sin embargo, debo decir que los sirvientes eran bastante groseros y protectores de la residencia.

—Lo eran, ¿verdad? —Simon se levantó y estiró los brazos por encima de la cabeza.

Ella se quedó boquiabierta ante la exhibición despreocupada de su físico, recordándole de nuevo cómo esperaba que se comportaran los cónyuges frente a los demás. Él siguió girando el torso de un lado a otro, sin darse cuenta de que ella lo observaba.

Hasta que se giró de repente y captó su mirada.

—Creo que debería hacer una visita a Jonling Hall —dijo—. ¿Le gustaría acompañarme?

Jenny recordó lo que pasó cuando fue allí, y se negó, pensando en lo que podría decir el sirviente.

—Debería volver a casa.

—Tonterías —dijo Simon—. ¿Un paseo rápido en carruaje? —Él alzó las cejas, y Jenny recordó su último viaje con él en el *tilbury*.

—Quizá uno breve —sugirió Jenny.

A su lado, una vez más, Simon le ofreció su mano. Ella la cogió y dejó que la pusiera en pie. Él continuó aferrado a ella, mirando fijamente su rostro.

—En respuesta a la pregunta que dejé pendiente antes, no, no la considero aburrida en absoluto. Todo lo contrario. Creo que es aventurera y valiente, e incluso poco convencional. Todo ello sin dejar de ser pragmática. ¿Cómo lo hace?

Sin palabras, Jenny negó con la cabeza. ¿Qué podía decir?

Simon parecía que iba a añadir algo más. Sin embargo, al instante siguiente, pensó que solo se inclinaría y la besaría.

En cambio, tras unos largos segundos, el conde le soltó la mano, dio un paso atrás y le indicó que lo precediera fuera de la habitación.

La muy honesta y absolutamente femenina Jenny admitió que estaba decepcionada. La Jenny práctica sabía que se trataba de una pobre escapatoria. ¿Dónde acabarían todos estos encuentros íntimos?

Simon pensó que había maniobrado bien la situación para acabar dando un largo paseo a solas con Genevieve Blackwood, aunque un carruaje cubierto les habría proporcionado la intimidad que ambos podrían haber disfrutado.

Estaba decidido a encontrar una oportunidad para otro de sus asombrosos y cálidos besos. Estuvo a punto de hacerlo en la biblioteca, pero pensó que podría asustarla y no saldría a pasear con él, y no estaba dispuesto a separarse de ella aún. Sin embargo, ahora, mientras él se ponía el abrigo y ella recogía su ridículo, besarla era de nuevo lo más importante. Cada vez que la había besado, había sentido un golpe de sorpresa por la excitación que había sentido.

A decir verdad, no lo esperaba. Después de todo, ya había hecho el amor con otras mujeres, y no siempre había progresado lentamente de los besos a las caricias y a la copulación carnal. Dependiendo de la mujer, por supuesto, cada una sabía lo que quería del encuentro y hasta dónde estaba dispuesta a dejarlo llegar. A pesar de la reputación de las chicas del campo, había comprobado que las londinenses eran mucho más propensas a levantarse las faldas en una habitación vacía tras una simple puerta cerrada junto a un salón de baile repleto.

Durante más de una temporada social en la ciudad, había tenido su cuota de encuentros furtivos con señoritas de ojos saltones, hartas de bailar, cansadas de juguetear y ser objeto de juegos. Querían ser besadas y tocadas. Un par de ellas expresaron su deseo de sentir a un hombre en su interior, y Simon había estado más que dispuesto a cumplir sus deseos.

Mirando hacia atrás, sus acciones fueron muy peligrosas. Podría haber sido atrapado por cualquiera de ellas si hubieran querido cazarlo como marido.

Puso la mano de Jenny en su brazo. Esta mujer había captado su atención y su afecto de una forma mucho más sublime, y se había ganado ambos.

El único sonido durante unos minutos fue el de sus pasos crujiendo sobre la grava, que luego quedó casi en silencio en el camino de tierra más allá de su finca. Ella había dejado que él tomara su brazo y lo pusiera contra su costado. Simon sintió que era algo del todo correcto. Podía imaginarla junto a él de esta manera en cualquier lugar, tal vez paseando en Bath desde su casa hasta el balneario de aguas minerales, o disfrutando de las vistas de París y Praga, o entrando en la magnífica casa de Blessington en Londres para mostrar a su nueva esposa.

¿Su esposa? Sí, eso también le parecía correcto y le hacía

sentir bien.

—¿Cómo es que no se puede saber por un contrato de compraventa quién ha adquirido comprado Jonling Hall?

Simon casi se rio. Mientras su mente flotaba cada vez más románticamente hacia la felicidad conyugal, la de ella se centraba en el asunto práctico que tenía entre manos.

—Estoy segura de que si alguien investigara bien, el nombre se sabría. Sin embargo, Binkley no estaba en condiciones de interrogar a *lady* Devere.

El breve silencio indicó la desaprobación de Jenny ante un manejo tan displicente de los asuntos importantes.

—Confieso que no he tenido demasiado interés en lo que ocurría más allá de las cuatro paredes de mi cámara, como usted sabe —dijo Simon—. Hasta hace poco.

Al mirarla, se vio recompensado con su rostro iluminado por una dulce sonrisa. Ella lo entendía. Es más, Jenny parecía tenerlo en cuenta a pesar de sus defectos. Su amabilidad y su confianza en él reforzaban en Simon su decisión de recuperarse de todo corazón y de mejorar. Todos los días. Si pudiera dormir sin esa malditas pesadillas...

En pocos minutos, llegaron a Jonling Hall.

Sintiendo su vacilación en la forma en que su brazo tiraba del suyo, él se burló de ella.

—Venga, señorita Blackwood. Está acompañando a un conde. No puede quedarse atrás.

Ella parpadeó.

—Soy consciente de las sutilezas sociales. Por desgracia, creo que ni mi primo ni los habitantes de Jonling Hall mostraron el decoro adecuado la última vez que estuve aquí. Dado que Ned debería haberlo sabido, no puedo culpar a los sirvientes por su misterioso patrón. Sin embargo, parece que al mencionar su nombre los puso nerviosos y aumentó su resistencia a hablar con nosotros.

—Por lo tanto, ¿volver con el temido conde en persona no le parece una buena idea? —preguntó Simon.

—Precisamente.

Él se encogió de hombros.

—Nunca me he sentido amenazado aquí. Pero si lo fuera, tenga por seguro que soy bastante bueno con los puños. —Volviendo a ponerla firmemente a su lado, se acercaron a la puerta. En el último momento, tras levantar la aldaba, se inclinó hacia Jenny.

—Además —susurró—. Tengo un cuchillo en la bota.

Ella jadeó justo cuando la puerta se abrió. Una bonita doncella con un delantal a rayas hizo una reverencia.

—¿Puedo ayudarle?

Simon compartió una mirada con Jenny, que parecía perpleja. Obviamente, esta sirvienta no era la misma del otro día, y su recibimiento también era diferente.

—Soy Simon Devere, lord Lindsey. ¿Está tu señor en casa?

—No, milord.

—¿Y su señora?

Ella dudó.

—No, milord.

—¿Hay algún mayordomo o ama de llaves en este momento?

—No, milord.

Esto se estaba volviendo tedioso.

—¿Solo vive aquí la servidumbre?

Sin dudarlo, la doncella le contestó.

—Sí, milord.

Al parecer, Jenny tampoco podía aguantar más, e intervino.

—¿Cuándo va a venir tu señor y dónde está ahora?

«¡Buena chica!», pensó Simon. Una pregunta doble y que no admitía una simple respuesta de «sí» o »no».

Esta vez la criada frunció el ceño.

—No podría decirlo.

—¿No podrías decir qué? —preguntó Simon.

—No sé cuándo vendrá mi amo ni dónde está. —Él la creyó en ambas cosas.

—Muy bien. Pero sí debes de saber su nombre. ¿Cómo se llama?

El rostro de la doncella palideció.

—Yo... no lo sé, milord.

—Esta vez, creo que me estás mintiendo. Tienes que saberlo, pero no quieres decírmelo. ¿Por qué?

Ella dio un paso atrás.

—Todos hemos recibido instrucciones estrictas de no hablar con nadie sobre nuestro patrón.

—¿Por qué?

—No podría decirlo, milord.

—¿Hace mucho que trabajas para él?

—No, milord.

—¿Te gustaría trabajar para mí en su lugar?

Simon vio que Jenny lo miraba. ¿Hasta dónde llegaría para conocer los secretos de Jonling Hall? Robarle los sirvientes a otro hombre estaba mal visto.

El rostro de la criada se volvió aún más pálido. Sus ojos

parecían llorosos. Él la había puesto en una situación terrible. ¿Mostrar deslealtad a su señor o arriesgarse a insultar a un par del reino, que estaba justo frente a ella? Jenny tuvo que admitir que tenía curiosidad por saber qué respondería la muchacha.

Con el aspecto más miserable que se puede tener sin derramar una lágrima, la chica habló al fin.

—No, milord. —Su voz apenas fue un susurro. Luego, como si recordara algo, continuó en voz alta y antinatural—. No, milord. No quiero dejar de trabajar para milord.

La doncella tenía agallas. Él se lo reconocía.

—Muy bien. Te dejaremos que sigas con tus tareas. —Simon sacó una tarjeta del bolsillo de su abrigo y se la entregó—. Por favor, hazle saber a tu amo que he venido.

La muchacha miró la tarjeta de visita en relieve, de color crema.

—Sí, milord. —Hizo otra reverencia y se dispuso a cerrar la puerta.

—Un momento —dijo Jenny con un tono rápido y cortante—. ¿Quién te dijo que no hablaras de tu señor?

—Lady Devere —dijo la muchacha, y luego se calló, como preguntándose si no debería haber dicho el nombre. Al parecer, al darse cuenta de que no debió hacerlo, sus ojos volvieron a lagrimear. Acto seguido, la criada cerró la puerta con firmeza.

Simon tomó el brazo de Jenny una vez más y regresaron por donde habían venido.

Cuando volvieron al camino, Simon preguntó:

—¿Cómo sabía que su amo no era quien le había ordenado no hablar de él?

Jenny se encogió ligeramente de hombros.

—Parecía una chica bastante precisa. Dijo que le habían dicho que no lo hiciera, no que él le hubiera dicho que no lo hiciera. Supuse que había alguien más involucrado.

—Supuso correctamente. Bien hecho. Sin embargo, qué extraño desarrollo.

—¡Sí, *lady* Devere! Pensé que ella no sabía quién había comprado la casa.

—Eso dijo ella. —Simon caminó con ella hacia el prado contiguo, y vio el gran roble al que solía subirse cuando era un muchacho.

—¿Qué va a hacer ahora? —preguntó Jenny—. Me temo que será bastante incómodo enfrentarse a la señora bajo su propio techo. Le aconsejo que no diga ni haga nada cuando los niños estén cerca. No solo podría asustarlos si su madre se enfada, sino que es más probable que ella se ponga a la defensiva, como una gallina clueca, y entonces quién sabe a dónde llevará la discusión.

Jenny hizo una pausa, miró a su alrededor y luego a él.

—¿Qué demonios estamos haciendo aquí?

Simon se rio, pues había disfrutado escuchando su parloteo mientras ella parecía no darse cuenta de adónde la llevaba.

—He pensado en enseñarle mi árbol favorito para trepar cuando era niño.

Rodearon el roble, cuyo tronco medía con facilidad metro y medio.

—Nada me gustaba más que subir tan alto como pudiera y desaparecer entre la copa del árbol. Nadie podría encontrarme.

Jenny sonrió.

—Lo llamábamos el «árbol de los cuatrocientos», porque mi padre decía que debía de tener cuatrocientos años.

Simon se detuvo y la miró fijamente.

—¿Ha estado aquí antes, en mi árbol?

—¿Su árbol? —Ella levantó las cejas hacia él—. Bueno, no sabíamos que era suyo, por supuesto. Olvida que no siempre estuvimos en Londres. Pasamos muchos veranos aquí, sobre todo, antes de que naciera Eleanor. De hecho, tengo que confesarle algo.

—¿De verdad? —Simon se apoyó en el árbol y se cruzó de brazos—. Cuéntemelo.

Él vio que ella pasaba su mano enguantada y delgada por el tronco profundamente acanalado del árbol, y la imaginó acariciando su pecho o su muslo —o partes intermedias—, lo que le provocó una inmediata conmoción.

—Me acuerdo de usted —dijo ella, volviéndose para mirarlo a los ojos—, por las reuniones navideñas que celebraba su padre. Era mayor que yo y probablemente no recuerde a una chica que era casi demasiado tímida para hablar. Me saludaba con amabilidad todos los años.

Simon la observó, escudriñando el rostro ahora familiar y preguntándose si podría recordarla de niña. A las fiestas de su padre y a las reuniones más informales asistían cientos de personas en el transcurso de las festividades de Navidad y Año Nuevo. Siempre le había gustado el alboroto. El domingo previo al Adviento, con todos los sirvientes de un lado para otro, y los preparativos del budín de Navidad, era un contraste muy animado con la austeridad de vivir a solas con su padre.

Para el día de San Nicolás, celebraban la primera gran fiesta. Después de eso, parecía que había gente en su casa todos los fines de semana hasta la Noche de Reyes y su baile culminante con cientos de personas.

—Había muchos invitados —se disculpó él.

—Normalmente sostenía un ábaco.

Simon soltó una carcajada.

—No es cierto, ¿verdad?

—No. —Jenny le sonrió, y su rostro era más que hermoso—. Estoy bromeando. No veo ninguna razón para que recuerde a una chica sencilla, de pelo castaño y con un…

—¡Un vestido de tartán azul y verde!

Los ojos de Jenny se abrieron de par en par.

—¡Dios mío! Sí que me recuerda.

—¡En efecto! Acabo de acordarme. Solo podía ser usted. Lo llevaba todos los años. Por eso destacaba.

Ella se sonrojó.

—Así es. Al principio me quedaba demasiado grande, luego crecí y se me quedó pequeño. Me encantaba ese vestido. Perfectamente abrigado para la época más fría del año.

—El segundo año que la vi con él, pensé que era la niña del llamativo vestido del año pasado. Y al año siguiente, la busqué. Y desde luego, volvió con su vestido de cuadros y una hermanita a cuestas.

Jenny se cubrió la cara con ambas manos.

—Nunca se me ocurrió que alguien lo notara.

—¿Y qué importa? Usted, señorita Práctica, estaba calentita y feliz. —Le cogió las muñecas y le bajó los brazos—. ¿No lo estaba?

—Así es. Mi infancia fue muy feliz. ¿Y la suya?

Los pensamientos de Simon saltaron a su madre, y pudo ver el instante en que Jenny se dio cuenta de ello. Su madre no estaba ni siquiera en sus primeros recuerdos, ya que había fallecido antes de su tercer cumpleaños.

—Lo siento. No debería haberle preguntado eso. Sé que perdió a *lady* Devere cuando era muy joven. Nunca la vi cuando visité su casa.

—Tenía tres años. Y puede preguntarme cualquier cosa. No estoy alimentando ninguna tristeza profunda por mi madre. Salvo desear inútilmente haberla conocido. Más triste fue para mi padre, que la amaba sobre todas las cosas.

Esta charla no iba en la dirección que él quería. Apretando a Jenny contra el árbol de repente, la aprisionó con una mano a cada lado.

—Y no, antes de que pregunte, tampoco estoy traumatizado por la muerte de mi padre. Sí, ojalá hubiera estado aquí, pero sé que no fue culpa mía no estar a su lado. Además, hablé con Binkley sobre ello después de que usted y yo lo hiciéramos. Dijo que mi padre se marchó tan rápido como para no sufrir. No podemos pedir más que eso, ninguno de nosotros.

—Es cierto —murmuró ella, pareciendo deliciosamente distraída por la posición en que él la sujetaba.

—Usted y yo estamos aquí ahora. Eso es todo lo que podemos controlar en este momento.

—No puedo decir que sienta que puedo controlar nada ya que me ha enjaulado contra un árbol de cuatrocientos años. ¿Por qué?

—¿No lo adivina?

Capítulo 16

Jenny sintió que sus mejillas se enrojecían al instante, y luego vio su sonrisa diabólica como respuesta.

Simon bajó la cabeza, manteniendo el contacto visual hasta el último momento, cuando sus párpados se cerraron con precisión mientras sus labios reclamaban los de ella.

—*Mmm* —murmuró ella contra sus labios. ¡Cómo le gustaba besar a este hombre! Las deliciosas sensaciones que recorrieron todo su cuerpo cuando su boca entró en contacto con la suya era maravillosas. Podía ser feliz durante horas solo estando abrazada a él y besándolo. Siempre y cuando ninguna araña u otro bicho raro bajara del árbol a investigar.

Ella se estremeció, haciendo que él levantara la cabeza.

—¿Tiene frío?

—No. —Ella se lamió los labios, viendo cómo su mirada se dirigía a su boca, siguiendo sus movimientos.

—Estaba pensando en bichos.

Los encantadores ojos azules de Simon se abrieron de

par en par.

—¿Perdón?

Ella soltó una risita ante su mirada de desconcierto.

—Oh, no, milord, el beso fue más que delicioso. Es solo que puedo imaginar con facilidad las criaturas que viven en este árbol.

Simon maldijo en voz baja.

—Entonces, estamos en el lugar equivocado. Porque me gustaría tener toda su atención.

Antes de que ella pudiera protestar, él la tomó de la mano y se dirigió a paso rápido hacia la puerta de Belton.

—Simon, ¿está enfadado conmigo?

Él la miró, pero no redujo el ritmo.

—No, ni mucho menos. Solo quiero que esté cómoda. Volvamos al jardín donde nos interrumpieron antes. Un rayo, como dicen, rara vez cae dos veces en el mismo sitio, y estoy seguro de que allí estaremos solos.

Casi tan pronto como atravesaron uno de los cenadores y terminaron bajo las ramas de un sauce, él la abrazó, bajó su boca hasta la de ella y la besó profundamente una vez más.

Jenny se estremeció ante sus cálidos labios y su firme lengua, por no hablar de sus hábiles manos que parecían recorrer su cuerpo, deteniéndose solo para agarrar su cintura… e incluso su trasero.

—¿Es por el frío, o los insectos? —bromeó él.

—Ninguna de las dos cosas.

—¿Cómoda? —preguntó él.

—Mucho. —Excepto que cada nervio de su cuerpo parecía estar chisporroteando. Tenía que calmar su mente y sus latidos. Qué mejor manera que con hechos—. No es por los insectos. No me molestan los insectos. Ya sabe, los saltamontes y las mariposas, y cosas así. Solo odio las arañas y otros arácnidos.

Simon la miraba fijamente a la boca, pero ella no creía que la estuviera escuchando.

—¿Puedo besarla de nuevo?

—Creo que es la primera vez que me pide permiso.

—Entonces he sido un pícaro de primer orden. —Su tono indicaba que no le importaba si lo había sido en realidad.

—Puede hacerlo.

Tras otro largo beso, en el que Jenny pensó que el mundo se había desvanecido por completo y los había dejado en una íntima isla de sensaciones, él volvió a levantar la cabeza. Ella se balanceó hacia él antes de detenerse, abrir los ojos y contemplar su rostro.

Una expresión que no pudo interpretar cruzó las facciones de Simon.

—¿Jenny?

Su tono sonaba serio y ella lo imitó.

—¿Sí?

—Me gustaría que me acompañara a supervisar mis fincas para llegar al fondo de por qué han disminuido los ingresos.

Ella no pudo evitar dar un paso atrás y salir de su abrazo. De hecho, sus inesperadas palabras hicieron que sus pies comenzaran a caminar de nuevo como si quisiera escapar de tal locura. Él se puso a su lado mientras recorrían el camino del jardín.

—Primero, eso es imposible —le dijo ella cuando pudo

encontrar las palabras—. En segundo lugar, ¿por qué me lo pide a mí, precisamente?

Él suspiró y, haciendo caso omiso del primer punto, preguntó:

—¿Quién mejor que usted?

—Obviamente, un contable cualificado, un hombre, o tal vez alguien del cuerpo de detectives de Londres.

Simon se rio.

—No creo que necesite un detective, ¿y por qué iba a necesitar otro contable? La tengo a usted, y es muy capaz de descubrir cualquier cosa que no funcione. Estaríamos de viaje una semana. Como mucho, diez días.

Jenny se detuvo en seco. El conde había ido demasiado lejos. ¿No le importaba en absoluto su reputación? ¿O la creía tan suelta por haberle dejado que la besara, que pensaba que ella le permitiría hacer aún más cuando estuvieran lejos de la civilización?

—No podría hacer tal cosa, y usted ha saltado los límites de la decencia al pedírmelo. Debería ir con el señor Binkley.

Simon soltó una breve carcajada.

—¿Para que me traiga el té y el oporto? Llevar a Binkley no tiene sentido. Él no puede hacer lo que usted sí puede hacer. Ni él ni nadie, ni siquiera yo. No habría notado ni entendido esos errores si no me los hubiera explicado.

Atónita, Jenny insistió en disuadirle.

—Ya que se los he explicado, puede ir a sus propiedades y decidir por usted mismo.

—Estoy de acuerdo en que debo ir, acompañado de mi capataz.

Jenny volvió a respirar. Estaba entrando en razón.

—Sí, precisamente.

—Está decidido, entonces. —Simon sonó de acuerdo—. Será mi supervisor.

—¿Qué? No. Me mirarán como a un bicho raro, como una hembra masculina. Una criatura aborrecible, en el mejor de los casos.

El conde le dirigió una rápida mirada de arriba abajo que se detuvo en su pecho y al fin se posó en sus labios.

—Puedo dar fe de que es una mujer muy femenina.

Jenny se dio cuenta de que se estaba burlando de ella. Tal vez toda esta idea suya era solo una broma.

—Sabe que no es posible. No sin una chaperona. —No debería haber dicho eso. Seguía siendo una idea escandalosa—. Incluso así...

—¿Podría Binkley ser tu chaperón? —preguntó Simon.

Jenny tuvo ganas de gritar.

—Por supuesto que no. Eso es aún peor, ¡que salga de viaje con dos hombres! Incluso con una chaperona, es absurdo ir deambulando por la campiña como su supervisor. Y usted lo sabe…

—¿Por qué? —preguntó él, aunque la sonrisa de su atractiva boca demostraba que sabía exactamente por qué. Estaba claro que quería que ella se sonrojara. Y se sonrojó.

—Es indecoroso por completo —murmuró Jenny. Echó a andar y él la siguió hasta que llegaron al centro del jardín de hadas. Había altos setos con flores azul y púrpura y geranios ricamente perfumados en grandes racimos, y por todas partes crecían macizos de phlox rosa de colores brillantes. El aroma de las glicinas, que se aferraban a los enrejados, perfumaba el aire. Todo era, en efecto, tan mágico como un jardín de hadas.

Simon se acercó. Por un momento, ambos guardaron silencio. Ella pudo ver que él estaba pensando, considerando, y tuvo la esperanza de que entrase en razón.

—No deseo avergonzarla a usted ni a su familia —dijo por fin.

—De acuerdo. —Jenny se relajó. Tal vez solo se trataba de una broma por su parte.

Sin embargo, contra todo pronóstico, el conde de Lindsey se arrodilló de repente ante ella.

Todo el aire escapó al instante de los pulmones de Jenny, dejándola sin capacidad para llenarlos de nuevo. Si Simon no empezaba en ese mismo instante a buscar en el suelo algún objeto perdido, tal vez su reloj de bolsillo, entonces ella sabría de qué se trataba.

No podía ser…

Simon tomó sus dos manos entre las suyas. Jenny jadeó.

—Soy rápido en decidir y rápido en actuar. Sé lo que es importante en la vida, y ahora más que nunca. He aprendido la lección más dura del mundo: que es muy poco lo que puedo controlar. Perdí mi libertad y, lo que es peor, perdí a las personas que amaba. —Con un sonido cargado de emoción, hizo una pausa antes de continuar—. No pude hacer nada. Ni por Tobías ni por mi padre. Ahora sé que las personas son lo único que importa en la vida. De verdad. —Le apretó las manos con suavidad—. Debemos vivir con quien nos haga feliz y podamos devolverle esa felicidad. Usted me hace muy feliz.

—Simon —susurró ella, sin poder decir más, sintiendo un nudo de emoción como un hueso de ciruela en la garganta.

—Genevieve —continuó él—, le pido su mano.

¡Dios mío! La frase más inesperada salida de la boca del conde, y era la mismísima imitación de la del primo Ned. Excepto que su propio nombre sonaba correcto en los labios de Simon.

—¡Dos propuestas en una semana! —exclamó antes de arrepentirse al instante de sus irreflexivas palabras, pero sin poder retractarse. Enseguida, sintió que le temblaban las piernas—. Necesito sentarme.

Jenny se dirigió medio a trompicones hacia un banco de hierro forjado con extravagantes volutas, y se sentó, con el peso del asombro y la incertidumbre sobre ella.

Simon se levantó y soltó un juramento, molesto.

En lugar de sentarse junto a ella como un caballero educado, rodeó el banco como un tigre a punto de abalanzarse.

—¡Dos propuestas! ¿De qué demonios está hablando?

—Lo siento —dijo Jenny de inmediato—. No estoy equiparando de ninguna manera la propuesta anterior con la suya. Simplemente estoy asombrada. En el momento en que una joven pone su propia en el escaparate, los hombres se vuelven más insistentes en sacarla de ahí. Debería preguntarme si no se convierte en otra táctica de la alta sociedad. Crean una sala en cada baile designada como *el escaparate* y ven si los pretendientes no acuden allí para conquistar a las damas.

—La mayoría de las mujeres están en ese escaparate debido a alguna percepción de que son indeseables —protestó él—, sea justa o injusta. Sin embargo, ése no es su caso. El suyo se debió a circunstancias financieras que escapaban a su control.

Simon volvió a maldecir en voz alta antes de detenerse frente a ella.

—¿Por qué estamos discutiendo sobre la maldita sociedad y sus costumbres? Exijo una explicación.

Umm. ¿Simon Devere le exigía?

La mente de Jenny giraba sin parar en todas las direcciones posibles, negándose a pensar en la única cuestión importante. Le había pedido que se casara con ella. Jenny intentó encontrar el sentido. Simon le había pedido que se casara con él.

—¿Y bien?

—La razón por la que mi primo se marchó de repente fue porque rechacé su propuesta. Sabía que él sentía algo por mí y llevaba días tratando de aplazarlo. Una vez que se declaró y me negué, supe que se iría muy enojado. Y lo hizo.

—¡Ja! —exclamó Simon—. Lo sabía. —Luego soltó una auténtica carcajada—. ¡Qué cabeza de chorlito! ¿Cómo podría ese gusano de cara hinchada y voluntad débil esperar ganarse su afecto si ni siquiera la ayudó a rescatar a Trueno?

Jenny se encogió de hombros.

—Habría dado igual, aunque me hubiera traído varios sementales para compensarme.

El conde se calmó y al fin se sentó en el banco junto a ella.

—No sentía nada por él —explicó Jenny.

Él no habló por unos minutos. Luego, en voz baja, ella lo oyó añadir:

—Eso es comprensible.

Jenny no pudo evitar que se le escapase una rápida risita.

Más allá de los nervios, Jenny deseaba desesperadamente examinar los sentimientos que se arremolinaban en su interior. Se sentía halagada, consternada, algo insultada e intrigada, todo a la vez.

Y curiosa.

—¿Se casaría conmigo solo para disponer de un contable? —Sonaba tan absurdo como ella pensaba.

Simon sonrió.

—Bueno, no me casaría con cualquier contable.

—No es el momento de bromear conmigo, milord.

—No, quizá no. Sin embargo, confesaré que creo que haremos, si se me permite decirlo, una buena pareja. Conversamos con facilidad, nos reímos a menudo y... —se interrumpió.

—¿Y? —preguntó ella.

—Y ya hemos descubierto que disfrutamos de una cierta respuesta apasionada el uno al otro. ¿No está de acuerdo?

Sin duda, estaba de acuerdo, pero no lo diría en voz alta. Además, estaba el delicado asunto de sus mezquinas y bastante definidas palabras a su mayordomo.

—Debo decirle que estoy totalmente confundida por su propuesta.

Simon frunció el ceño.

—¿De verdad? ¿No le he hecho el amor casi siempre que estamos solos?

Jenny se sonrojó. La verdad era que sí. Y ella se lo había permitido. Además, sus sentimientos por él habían pasado con rapidez de la preocupación que uno sentiría por cualquier ser que sufría, a un auténtico deseo de ayudarlo a sanar.

Incluso más que eso, su bienestar ahora le importaba. Disfrutaba cada momento con él, excepto cuando sufría, y entonces ella también sufría con él.

Sin embargo, estaba el asunto de su charla con Blinkey.

—Usted dijo que no se casaría conmigo aunque fuera la última mujer de la tierra. ¿Qué ha cambiado en dos semanas?

Fue el turno del conde de parecer confundido.

—Nunca dije tal cosa. ¿De dónde ha sacado esa idea?

—Le escuché con mis propios oídos. Estaba hablando con el señor Binkley, el mismo día que usted se ofreció a pagar una temporada para mis hermanas.

Frunciendo el ceño un momento, Simon miró al cielo, a su regazo y luego de nuevo a los ojos de ella. Entonces, las línea de su frente se suavizaron de pronto.

—Ahora lo recuerdo. Pero no estábamos hablando de usted, sino de Maude Devere. Fue después de que me enterase de que vivía allí. Tenía muchas preguntas para Binkley sobre sus motivos para haberse mudado a mi casa. Mi mayordomo opina que la viuda de Tobías no debería estar en Belton.

Simon hizo una pausa como siempre que hablaba de su primo, y su mirada se volvió distante y distraída. Jenny comprendió que su aguda mente lo llevaba al momento de la muerte de Tobías. En efecto, el conde se estremeció ligeramente antes de volver a centrarse en ella.

—Binkley piensa, a su manera burguesa, que con Maude y los niños viviendo aquí, y siendo todos ellos prácticamente mi familia, la gente empezará a sugerir que me case con ella. —Simon suspiró—. Supongo que el arreglo no sería demasiado indecoroso. Al menos se podría concluir eso, ya que ambos tenemos una edad y estamos solos.

Jenny asintió. Eso tenía sentido. Se quitó un peso de encima y de su corazón. Sus palabras habían sido hirientes, y ella había intentado que no la molestaran, pero lo habían hecho. Y mucho, por cierto.

—No era mi intención escuchar a escondidas. Pasaba por delante para recoger mi abrigo. Lo siento.

—No piense en ello. —Simon levantó su mano enguantada del regazo de Jenny y la colocó sobre la pierna de esta.

Ella se quedó mirando sus manos. La de ella estaba completamente oculta, presionada contra el pantalón de él, sintiendo el calor de él filtrándose. ¿Estaba en realidad sentada con un conde, hablando de relaciones? ¿Y de matrimonio? Tragó saliva.

—¿Puedo preguntar por qué Maude Devere sería la última persona en la tierra con la que se casaría?

—¿Es un truco? —preguntó Simon—. ¿Algún juego femenino que ha inventado para que yo compare sus atributos con los de ella? Porque con gusto le diré por qué la admiro a usted por encima de cualquier otra persona.

¡Qué ocurrencia! Jenny solo había sentido curiosidad. No era un chisme ocioso lo que la animaba, sino un genuino deseo de conocer la mente de Simon. Y, por supuesto, descubrir por qué la elegiría a ella en lugar de a la atractiva viuda.

—Lady Devere tiene un rostro hermoso —dijo Jenny—. Puede que no sea rica, pero yo tampoco lo soy. Además, ya es miembro de la familia Devere, lo que muchos pensarían que facilitaría su unión.

Simon hizo un ruido decididamente despectivo.

—Maude no es una mujer común y corriente, se lo

garantizo. Tampoco es una gran belleza. No me atrae en absoluto. Le explicaré algo. En Londres, hace unos siete años, puse mi nombre en su tarjeta de baile un par de veces. Sin embargo, fue un mero coqueteo. No creo que hayamos intercambiado más de veinte palabras. Ciertamente, nunca mantuvimos una conversación como la que mantenemos ahora usted y yo. Tobías también estaba allí, por supuesto, y se enamoró de ella. Dado que la dama eligió a mi primo, en lugar del heredero de un condado, debo suponer que lo amaba de verdad.

Simon se acercó a ella y le colocó un mechón de pelo suelto detrás de la oreja, lo que a Jenny le provocó un delicioso escalofrío.

—No quise ser otra opción a su alcance durante los años siguientes —concluyó Simon—. Si a ella le interesase, lo habría hecho la primera vez. Es más, si yo mismo hubiese estado interesado, habría luchado con Toby por su mano. Sin embargo, esa posibilidad era impensable para mí, entonces y ahora.

Jenny digirió el relato en silencio.

Simon le pasó la yema del pulgar por el labio inferior, robándole el aliento con su toque.

—¿Hemos terminado de hablar de su primo, del mío, y de su viuda?

Incapaz de hablar, con el pulgar aún en la boca de ella, Jenny asintió.

El conde sonrió, pero luego su expresión se volvió seria.

—¿No cree, señorita Blackwood, que somos muy adecuados en todos los aspectos que he mencionado?

Ella volvió a asentir.

—Usted es una persona práctica. Por lo tanto, debe estar de acuerdo en que si ambos hemos encontrado a alguien que se adapte al otro, no debemos desperdiciar una circunstancia tan afortunada. Usted entiende de números, señorita Blackwood. Hay una gran población en Inglaterra. ¿Sabe cuánta?

—Oh, Dios, no. Millones, creo.

—Unos trece millones. Al menos, ese fue el número del último censo antes de que me marchase. Además, ha tenido casi dos temporadas completas y ha conocido a muchos hombres casaderos. ¿No es así?

Jenny asintió por tercera vez, y empezaba a sentir como si alguien le hubiera robado la voz, ya que estaba absolutamente fascinada cuando él hablaba con tanta seriedad.

—Y de todas las personas que hemos conocido —continuó él—, apostaría a que no hay más que un puñado que fuera para nosotros una pareja adecuada. ¿Está de acuerdo?

Jenny movió un poco la cabeza para que él apartase su pulgar de su boca, y se aclaró la garganta.

—Estoy de acuerdo.

Por su parte, Jenny nunca había sentido algo mínimamente parecido al sentimiento que el conde despertaba en su corazón y en su persona. De hecho, fue la primera vez que se planteó desenterrar su escondido ejemplar de *La obra maestra de Aristóteles*, que compró en una librería de segunda mano de Londres al comienzo de su primera temporada. Envuelto en papel marrón, el libro era considerado como la mejor introducción a lo que ocurría en la intimidad entre hombres y mujeres. En el dormitorio.

Lo había metido en el fondo de su baúl y lo había dejado

allí desde entonces.

Mientras estuvo comprometida con el vizconde, no había sentido el menor interés en leer lo que los jóvenes de su edad susurraban. Incluso con las inminentes relaciones matrimoniales en su futuro, no había sentido ningún deseo de saber nada. Tal vez porque no había sentido ningún deseo en absoluto.

Ahora, sin embargo, con sus emociones —y otras cosas— agitadas por el hombre viril que tenía a su lado, Jenny pensó que ya era hora de devorar el libro del que se decía que divulgaba muchos secretos sensuales.

—¿Genevieve?

Él devolvió sus excitados pensamientos al presente con un susurro de su nombre.

—¿Sí? —preguntó ella.

—¿Quiere casarse conmigo?

Capítulo 17

Teniendo en cuenta lo que sentía por este impresionante hombre, a Jenny le resultó fácil responder.

—¡Sí, lo haré!

El rostro de Simon expresaba adecuadamente la misma felicidad que ella sentía en su interior. Qué extraño y maravilloso giro de los acontecimientos en este día, por lo demás, ordinario.

—Hablaré con su madre esta tarde. Naturalmente, debería haberle preguntado a ella primero. Sin embargo, debido a la edad de usted y a su carácter independiente, me dejé llevar. Espero que ella no se ofenda y me lo eche en cara.

—Estoy segura de que estará encantada.

Entonces, las manos enguantadas de Simon rodearon el cuello de Jenny y tiraron de su cabeza hacia abajo para besarla. Desde luego, ¡le gustaban los jardines de Belton y sus bancos!

Simon pensó que había sido un día estupendo. No podía sentir más que placer ante la idea de que Jenny se convirtiera en su esposa. Inteligente, de voz suave, hermosa, apasionada e incluso complaciente en sus brazos, era todo lo que él había esperado. Sí, lo había hecho bien. Y ahora que la había besado de nuevo y la había despedido en su carruaje con la promesa de hablar con su madre esa misma noche, le quedaba la tarea mucho menos agradable de buscar a Maude Devere.

Cuando no pudo encontrarla en ninguna de las salas comunes, le dijo a Binkley que lo anunciara en sus aposentos privados. Sintiéndose como David acechando al león en su guarida, Simon entró detrás de Binkley mientras Maude aún estaba decidiendo si ver al conde o no, o más bien, pensando en otra excusa para mantenerlo alejado. ¡Nadie podía darle tantos dolores de cabeza!

Tenía derecho a verla. Al fin y al cabo, ahora que él había regresado, ella vivía en su casa por voluntad de él. Concederle una audiencia o no, no era una opción que Simon tuviera ganas de darle. Quería algunas respuestas.

Ella estaba sentada en un pequeño sofá color salmón, con un periódico en el regazo. Los niños, observó, pensando en lo que le había dicho Jenny, no se veían por ninguna parte. Parecía un momento tan bueno como cualquier otro para hablar.

—Gracias, Binkley. Eso es todo. —Simon despidió al mayordomo. Si a Maude le daba reparo estar a solas con él, podía llamar a su criada.

—¿Qué significa esto? —preguntó Maude. No se puso

de pie, pero dio una muestra de gran indignación. Su acento francés se hizo más fuerte con su malestar.

—No pretendía alarmarla, *lady* Devere. Simplemente deseo hablar con usted sobre algunos asuntos de mi propiedad y, por supuesto, sobre la venta de Jonling Hall.

Ella palideció, y Simon supo que no iba a ser una discusión fácil.

—No sabía que no debía venderla, se lo juro. Creía que era mía y que podía hacer lo que quisiera.

—Sin embargo, no lo era.

Ella se echó hacia atrás como si él la hubiera abofeteado.

—Ya no se puede hacer nada. Tobías debería haberme dicho que teníamos Jonling Hall solo por voluntad de su padre, y ahora por la de usted.

—Sí, supongo que debería habérselo mencionado. Solo tengo su palabra de que no lo hizo.

Ahora, él había provocado su ira mientras su piel se sonrojaba. Era mucho mejor que la piel pálida y los ojos acobardados, pues no le gustaba pensar que estaba acosando a una mujer.

—¿Por qué iba a sugerir mi suegro que lo vendiera, si no tenía derecho?

Simon se quedó desconcertado. ¿En realidad su tío le había aconsejado hacer tal cosa? El hermano menor de su padre todavía no había contestado a su misiva, y empezaba a pensar que tendría que hacer un viaje a South Wingfield para hablar directamente con él. Mientras tanto, seguía necesitando respuestas.

—¿Dónde está el beneficio de la venta?

—¿Beneficio? —Ella parpadeó, y él percibió que estaba

ganando tiempo.

—Sí, las ganancias, los ingresos, la recaudación. Usted vendió una propiedad que no era suya ni por la que nunca había hecho ningún pago. La venta de Jonling Hall solo le produjo ganancias. ¿Dónde está ese dinero?

Ella miró su regazo.

—Ha desaparecido —dijo en voz baja—. Casi todo.

—¿Desaparecido?

—Sí, milord. Había deudas que pagar.

—¿Deudas? ¿De quién? Las suyas, ¿o vas a atribuírselas convenientemente a su marido ya que él no puede negar o verificar sus palabras?

—Eso no es culpa mía. Desearía que él estuviese aquí más que nada en la tierra. Ciertamente, desearía que hubiera vuelto, en lugar de... —Se tapó la boca con una mano.

Por suerte, Maude no completó la atroz declaración. Simon había pensado más de una vez lo mucho mejor que habría sido para todos si Toby hubiera sido, de hecho, el que regresara. Tenía una familia, un heredero, un padre vivo. La transferencia del condado de un lado de la familia al otro habría sido bastante simple.

En cambio, Simon había regresado para descubrir que no tenía un padre al que pudiera pedir consejo, sino solo la viuda y los hijos de otra persona. Y había estado mentalmente inestable durante meses. No podía echarle en cara las palabras de Maude. Si la situación fuera al revés, él sentiría lo mismo.

Pero no era así. Es más, estaba haciendo lo que podía para volver a ser la persona que había sido, y ahora, tenía a Genevieve Blackwood, quien le hacía desear vivir de nuevo.

Gracias a ella, la vida volvía a ser extremadamente hermosa.

Estuvo a punto de sonreír pensando en su Jenny, pero eso habría sido poco amable con Maude.

—Sabe que estoy apenado por la muerte de mi primo, y también por sus circunstancias actuales. —Dio unos pasos adelante. Luego, aunque eno lo invitó a hacerlo, se sentó en un sillón muy femenino frente a ella. Puede que perteneciera a Jonling Hall, o puede que fuera de su madre. No lo recordaba.

—No tiene dinero ni ingresos. ¿También Tobías la dejó sin ahorros?

Ella asintió.

—¿Por qué haría algo tan fuera de lugar? Siempre parecía responsable, incluso serio en el cuidado de su familia. Llevaba los libros de contabilidad de mi padre. —Al decir esto, Simon la observó con atención y, efectivamente, ella apretó los labios y volvió a apartar la mirada.

¿Toby en realidad había estado robando de las arcas de la finca? Si lo había hecho, ¿dónde estaba el dinero?

—No puedo sacarle ninguna información que usted no sepa. Sin embargo, aquí hay una pregunta fácil...

Ella levantó su mirada una vez más.

—¿Quién compró Jonling Hall?

—No lo sé, milord. Lo hizo mi abogado.

—Sin embargo, les dijo a los sirvientes del nuevo propietario que no hablaran de él con nadie, ni siquiera conmigo. ¿Por qué hizo eso, si no sabía quién era?

Ella abrió y cerró la boca como una carpa. La había sorprendido, gracias a Jenny.

—No sé por qué dice usted tal cosa —dijo Maude al fin.

—Porque es la verdad. Lo sé.

Silencio. Largo e ininterrumpido. Hasta que ella comenzó a llorar.

Simon puso los ojos en blanco. Estaba claro que era una experta en esto: negar, engañar y distraer.

¿Cuánto tiempo podría seguir así? Esperó. Ella lloró, luego sollozó, luego gimió. Simon supuso que toda esa actuación le provocaría a la viuda un gran dolor de cabeza.

—Dígame el nombre de su abogado —le dijo Simon cuando ella se calmó.

Los ojos muy abiertos de la dama y su cara, ahora manchada, indicaban que estaban de nuevo en el punto de partida.

—Lady Devere, no la echaré de mi casa por Peter y Alice, así como por un sentido del deber hacia mi primo. Sin embargo, mi paciencia tiene un límite. No quiero que me tomen el pelo. Me dirá ahora el nombre de su abogado y cómo localizarlo, o la llevaré a Jonling Hall y hablaremos juntos con el personal.

Después de un momento de vacilación, ella sacó el periódico de su regazo y se puso de pie.

—Muy bien.

Extrañamente, ya no parecía llorosa. Se dirigió a un escritorio contra la pared más lejana, abrió el cajón superior y sacó un papel. Había una pluma en un tintero sobre el escritorio. Cogiendo el papel, Maude lo llenó de tinta y tachó un nombre antes de doblar la nota.

Se volvió hacia Simon y se la tendió con poco entusiasmo.

—Milord.

Él tomó el papel, luchando contra la tentación de leerlo en su presencia. Esa muestra de desconfianza sería demasiado insultante para ambos.

—Y usted declara que no conoce al propietario de Jonling Hall y que no sabe nada de que Tobías haya hecho algo inapropiado en relación con el mantenimiento de las cuentas de Devere...

—No sé nada —declaró ella entre dientes.

—Muy bien. Le deseo un buen día. —Con eso, Simon le ofreció una pequeña inclinación de cabeza y se fue. Se abstuvo de desplegar la nota hasta que estuvo en su propio estudio, pero lo hizo en cuanto entró en la habitación.

—¡Diantres!

De forma casi ilegible, aparecía escrito:

Sir Agravain.

—¡Está aquí! —gritó Eleanor desde el piso de arriba, donde se había instalado como vigía en la cama de Jenny.

Por alguna razón, todos a su alrededor parecían agitados, mientras que Jenny se sentía sumamente tranquila. Todo había encajado en su sitio y parecía estar como debía. Su futuro y el de sus hermanas estaban asegurados, y todo porque ella no había corrido en dirección contraria por miedo a lo desconocido. Lord Desesperado no había resultado ser ni un loco ni uno de los ogros de Perrault, sino un hombre maravilloso.

Al recibirlo en la puerta, experimentó una abrumadora oleada de afecto. Mientras que antes había moderado sus emociones cuando se trataba de Simon Devere, ahora Jenny les daba rienda suelta y descubría que estas eran fuertes y profundas.

Esperando que él sintiera lo mismo, sonrió y le indicó que entrara.

—Me alegro de volver a verlo —le dijo y fue respondida con una amplia sonrisa.

—Sí —aceptó él—. Sé que solo han pasado unas horas, pero me encontré instando a mi caballo a un galope más rápido.

—Todos lo esperan en la terraza trasera. Confío en que no le importe sentarse fuera. Además, solo tenemos vino o jerez. Nada más fuerte.

Para cuando terminó su breve discurso de bienvenida, habían recorrido el fondo de la casa y estaban saliendo juntos al exterior. Su madre y Maggie estaban exactamente como las había dejado Jenny cuando había salido corriendo al oír el grito de Eleanor.

Las damas comenzaron a levantarse y Simon se apresuró a tomar la mano de *lady* Blackwood.

—Por favor, no se levante por mí.

Haciendo una breve reverencia sobre los nudillos de Anne, se dirigió a Maggie, que de inmediato extendió la mano y movió los dedos.

—Es un placer volver a verlo, lord Lindsey.

Jenny tuvo que contener una risa al ver a su hermana, como si el hecho de que los hombres le besaran la mano fuera algo habitual.

Sin embargo, pensó que era un detalle por parte de Simon.

—¿Y dónde está la tercera hermana Blackwood? —preguntó él—. Porque no puedo empezar hasta que toda la familia esté presente.

—Aquí estoy —dijo Eleanor, corriendo hacia la terraza y prácticamente derrapando hasta detenerse antes de hacer una reverencia frente al conde.

—¿Cómo está Trueno hoy, señorita Eleanor? —le preguntó él.

—Le mantenemos los ojos cubiertos, milord, como usted nos indicó. Y parece más tranquilo, creo. Su mozo de cuadra también es agradable.

Jenny se sobresaltó. Era la primera vez que oía que Eleanor se fijaba en el mozo. Intercambiando una mirada con su madre, Jenny se preguntó si debería enviarlo de vuelta por uno más arisco.

Sin embargo, su hermana menor añadió:

—Y su caballo, milord, es magnífico. Nunca he visto un animal tan hermoso. —Y como el tono de Eleanor fue mucho más entusiasta con Luster que con el muchacho, Jenny se relajó al instante.

Simon rio con suavidad.

—Me alegro de que lo apruebe. ¿Quiere sentarte con nosotros?

Una vez que las damas estuvieron sentadas, Simon tomó posición, situándose entre *lady* Blackwood y Jenny.

—Puede que ya sepan por qué he venido.

En efecto, las risitas de Eleanor delataron lo que todas sabían.

Simon continuó:

—Le he pedido a la señorita Blackwood su mano en

matrimonio, y ella ha aceptado amablemente ser mi esposa. La única mancha en nuestra felicidad es que no tuve el privilegio de hacer la petición al barón Blackwood, ni pude conocer al hombre que fundó una familia tan encantadora.

El corazón de Jenny se hinchó de afecto por el conde. Qué extraordinario detalle el de mencionar a su padre y elevar a Lucien Blackwood a su estatus de apreciado patriarca, en lugar de deudor deshonrado.

Un silencio se había apoderado de sus hermanas, y su madre se secaba los ojos con un pañuelo que había sacado delicadamente de la manga de su vestido.

El conde se dirigió a Anne.

—En ausencia de su marido, *lady* Blackwood, espero que vea el camino libre para permitirme el honor de casarme con su hija. Prometo cuidar de ella el resto de mi vida.

Jenny sintió que las lágrimas afloraban a sus ojos. Aunque nunca había considerado que necesitaba que la cuidaran, apreciaba el sentimiento de Simon. Además, era la declaración perfecta para hacer a su madre, que había temido por el futuro de sus hijas. Anne podía estar tranquila, al menos en lo que respectaba a la mayor.

—¿Dónde y cuándo? —preguntó Maggie, rompiendo el tono serio y volviendo a ser más directa.

Sin dudarlo, Simon respondió.

—En la capilla de Belton y en cuanto se lean las amonestaciones.

—¿Por qué tanta prisa? —De nuevo, ¡Maggie estaba siendo Maggie! Jenny trató de captar su mirada para lanzarle una advertencia, pero su hermana logró evitarla.

Simon se levantó de su posición inclinada junto a *lady*

Blackwood. Girándose, cogió la mano de Jenny y la atrajo hasta situarla a su lado.

—En primer lugar, porque todas las personas importantes están aquí. —Señaló alrededor de la mesa—. A menos que desee invitar a los parientes norteños del Barón Blackwood. ¿El primo Ned, quizá?

Jenny se rio.

—Creo que no.

Asintiendo con la cabeza, Simon continuó.

—No tenemos necesidad de hacer un gran evento, invadido por hordas de inquisidores entrometidos, todos ellos disfrazados de buenos deseos y cuyo único objetivo es hurgar en mi casa y mirar a lord Desesperado.

Todas guardaron silencio ante el uso del cruel apelativo.

—No importa, señoras. Sí, soy consciente de cómo me han llamado. Sin embargo, no soy el mismo hombre que era cuando la señorita Blackwood me oyó gemir en mi habitación. ¿No es así? —Él le sonrió, y ella le devolvió la sonrisa, articulando un «no» con sus labios—. ¿Dónde estaba? Sí, solo tengo un tío, al que estoy seguro de que no se sentirá insultado por perderse unos momentos en la capilla y un almuerzo de boda, sobre todo porque he decidido que lo visitaremos durante nuestro viaje de bodas. Lo que me lleva a la segunda razón para casarme más pronto que tarde, porque esta encantadora mujer tiene una mente muy dotada. En lugar de un frívolo viaje de luna de miel que no consigue nada, la señorita Blackwood, para entonces, *lady* Lindsey, y yo, recorreremos las posesiones de los Devere. Jenny va a echar un vistazo a todas las cuentas.

—Qué romántico —murmuró Maggie, y Eleanor

volvió a soltar una risita mientras Anne intentaba callar a ambas.

Sorprendido, Simon pareció dudar por primera vez.

—A no ser que eso le disguste —le dijo a Jenny—, en cuyo caso, primero haremos un viaje de novios a París.

—No —protestó ella—. No queremos irnos de viaje al continente mientras los asuntos de su finca estén desordenados, ¿verdad?

Jenny miró de reojo a Maggie por introducir el romanticismo en una propuesta de matrimonio y unos planes de boda perfectamente aceptables, y apretó la mano de Simon para animarlo. Después de todo, habría espacio suficiente para el romance y, esperaba, para el amor más adelante. Desde luego, ya había pasión. ¿Por qué no suponer que el amor vendría después?

Haciendo gala de su naturaleza práctica, no vio ninguna razón por la que no pudieran poner en orden las propiedades de los Devere.

—Nos llevaremos los libros de contabilidad y veremos si podemos enderezar algunas cosas —dijo Jenny.

Mientras tanto, ella disfrutaba de la sensación de los dedos de Simon entrelazados en su mano sin guantes. Su cálida piel contra ella solo le recordaba las delicias que estaban por venir. Si tuviera que confesar sus sentimientos más íntimos, cosa que no haría, tendría que decir que ya estaba enamorada de Simon Devere.

Sin embargo, con lo inexperta que era en los caminos del deseo, se preguntaba si lo amaba por las sensaciones que él creaba en su cuerpo o, más bien, si él la hacía sentir tanto cosquilleo porque ya lo amaba.

Mientras se casara con él y pudiera explorar todas esas nuevas y tentadoras sensaciones, no le importaba en absoluto.

—Un brindis —dijo *lady* Blackwood.

Todos tomaron una copa de vino, incluida Eleanor.

De pie, Anne levantó su copa.

—Por el nuevo miembro de nuestra familia. —Asintió hacia Simon y sonrió a su hija—. Y por un largo y feliz matrimonio para el conde y la futura condesa de Belton.

A Jenny le dio un vuelco el corazón. Qué extraño era oírse llamar condesa. ¡Qué día! Mirando a su querida familia, solo podía esperar una felicidad similar para sus hermanas.

Sin haber pasado ni una sola noche en su nuevo hogar, Jenny miró con nostalgia la mansión de Belton mientras desaparecía de su vista a través de la ventana trasera de su carruaje. Se había casado con Simon aquella mañana, dos semanas después de las amonestaciones, con la sola presencia de su familia, los hijos de Maude Devere y los sirvientes de ambas casas.

Se había cambiado su nuevo vestido de seda color melocotón, comprado y arreglado en Nottingham especialmente para su boda, y ahora llevaba un rico vestido de viaje de lana azul.

Jenny miró a su reciente esposo. Su marido.

Simon estaba tan elegante con su ropa de viaje como lo había estado en la capilla, con un traje de color gris pizarra y un pañuelo blanco.

El banquete de celebración temprano, con uno de los

enormes pasteles de almendras y frutas de la cocinera y el brandy, había dejado a Jenny llena y aletargada. Dentro del lujoso carruaje del conde, no se detendrían hasta llegar a la ciudad comercial de Wirksworth. Su primera noche como marido y mujer la pasarían en una pequeña casa de campo, que había pertenecido a la familia Devere durante generaciones.

Simon prometió que el inicio de su viaje, al menos, sería como un viaje de bodas tradicional. Además, cada noche sería como una luna de miel, tal y como le había susurrado al oído mientras dejaban atrás a sus invitados.

—¿Qué es lo que te hace sonreír tan deliciosamente? —le preguntó él mientras los caballos aceleraban el paso.

Jenny parpadeó. No podía confesar que era la idea de irse a la cama con él esa noche. Sin embargo, cuanto más había leído de la *Obra Maestra* de Aristóteles durante los días que transcurrieron entre su compromiso y la ceremonia de matrimonio, más curiosa y emocionada se había vuelto. Si se hacía correctamente, leyó, el acto de la cópula podía ser muy placentero. Además, tenía la sensación, solo por lo maravillosamente que la besaba Simon, de que su marido haría el amor con la suficiente habilidad como para que ambos lo disfrutaran.

—¿Cuándo vamos a parar?

Simon abrió los ojos de par en par, y ella supo al instante que él era consciente de adónde la habían llevado sus pensamientos. Segundos después, su hermosa boca se estiró en una sonrisa ligeramente ladeada. Él cruzó hasta su lado del carruaje y se sentó cerca de ella, pasándole el brazo por detrás.

Simon la envolvió en calor y afecto, y cuando su mano libre le tocó la mejilla, y ella giró su rostro hacia él, todo su cuerpo comenzó a sentir un cosquilleo.

—Tal vez no tengamos que esperar hasta que paremos por la noche para empezar nuestra luna de miel.

Su rostro se encendió.

—¿Aquí? —preguntó Jenny, echando una mirada nerviosa al interior.

Era cierto que el carruaje era lujoso y espacioso. Sin embargo, el libro había indicado que necesitaban algunos artículos para hacer el amor con éxito. Los huevos de gallina, las almendras y las chirivías harían que Simon estuviera a la altura de las circunstancias. Y seguramente, ella necesitaba espacio para reclinarse en la posición correcta para recibirlo.

Por otra parte, el manual indicaba que, solo realizando el acto que ocupaba sus pensamientos, ella y Simon se sentirían mejor en todos los sentidos, en la mente y en el cuerpo. Sonaba como una cura para todo.

¿Pero aquí, en su carruaje?

Capítulo 18

—Creo que preferiría que nuestra primera vez fuera más cómoda —admitió Simon, antes de que Jenny pudiera expresar sus propias dudas—. Sobre todo, por tu bien. Sin embargo, nada nos impide disfrutar durante las próximas horas.

Con eso, se inclinó y la besó. De inmediato, la mano de él se deslizó por su mejilla hasta la parte inferior de sus pechos, palmeando uno de ellos con su gran mano.

Jenny casi chilló contra su boca por su atrevido contacto.

Ante la insistencia de su lengua, ella abrió los labios y lo dejó entrar. Pasó mucho tiempo —no sabía cuánto— mientras él la besaba y la acariciaba con suavidad, y ella intentaba tocarlo a través de su ropa de viaje. El calor se acumulaba insoportablemente por debajo de su cintura.

Al darse cuenta de que se retorcía de frustración, Jenny rompió su beso, respiró hondo y preguntó:

—¿Cuánto tiempo crees que pasará antes de que lleguemos a Wirksworth?

Simon se rio.

—Yo también me estoy replanteando la idea de la comodidad, *milady*. Tal vez si se levantara las faldas y se sentara en mi regazo...

Su rostro enrojeció aún más.

—Todavía te sonrojas, dulce Genevieve, incluso siendo mi esposa. Eso me gusta.

—Es por la luz del día —murmuró Jenny.

Él suspiró y, pasando por delante de ella, corrió la cortinilla y luego hizo lo mismo con la de su lado y la frontal. Se sumergieron en una oscuridad casi completa.

—¿Qué piensas?

Ella pensaba que esta era la situación más extraña. Sí, lo deseaba y quería experimentar todo lo que había leído. Sin embargo, todavía estaba algo asustada. Por no hablar de la timidez. Y su cochero estaba a un metro de distancia en la parte delantera, y había un lacayo en la parte trasera. Sin duda, podían oír cada palabra y también todo lo demás, como un gemido o un grito. ¿Y qué pasaría si un caballo lanzara su herradura precisamente en el momento equivocado, haciendo que el carruaje se tambalease salvajemente y uno de ellos se lastimaba?

Se quitó su chal y dejó que la hermosa tela de brocado colgara hasta el suelo.

—Creo que soy demasiado práctica para mi propio bien.

Simon inclinó la cabeza, sin entender.

—Lo siento, milord. Mi mente está centrada en la situación que tenemos entre manos, en los hombres que están cerca, incluso en la posibilidad de que salgamos heridos.

Ante la expresión de Simon, ella añadió:

—No te rías de mí.

—Nunca —dijo él, aunque parecía estar conteniéndose para hacer exactamente eso—. Querida Jenny, me atrevo a decir que no hay nada raro en tu reticencia. También creo que después de alguna experiencia, llegarás a disfrutar de nuestros derechos maritales incluso aquí, en nuestro carruaje, tanto como en cualquier otro lugar. Por ahora, esperaremos hasta la noche que tenemos por delante.

Entonces, él la atrajo a su lado y apoyó su barbilla en la parte superior de su cabeza.

—Por mi parte, eso es lo que haré hasta el momento en que pueda estar a solas contigo.

Agradecida por su comprensión, Jenny se relajó contra él. Después de un momento, le preguntó sobre su infancia y pasaron horas agradables hablando antes de que ella se quedara dormida.

El carruaje se detuvo y la despertó. Encontró su cabeza sobre el hombro de Simon y sus manos agarrando sus solapas mientras él la rodeaba con sus brazos.

Sintiéndose aturdida, se incorporó.

—Debo de haberme quedado dormida.

—Lo hiciste. Al igual que yo, hasta que un gentil castor comenzó a roer madera cerca.

Ella lo miró, y entonces se dio cuenta. Jadeando, se cubrió la boca con la mano.

—¿Es que ronco?

—Sí. De hecho, de una forma encantadora.

¿Cómo podía él encontrar encantador un hábito tan

poco femenino?

—En cualquier caso —añadió Simon—, hemos llegado.

En ese momento, el lacayo abrió la puerta y la ayudó a bajar los escalones plegables revestidos de cuero bajo la tenue luz de una cálida tarde.

Oh, pero era agradable estar de pie y estirarse, aunque fuese sobre el camino de grava de Hopton House. Había sido una sencilla vivienda de piedra de campo antes de ser reformada como una elegante residencia de tres pabellones. En ese momento, a Jenny no le importaba cómo era la casa, siempre y cuando se sostuviera sobre tierra firme.

Al ver que Simon salía del carruaje y levantaba sus largos brazos por encima de la cabeza, ella esperaba que estuviera dispuesto a dar un refrescante paseo después de saludar al servicio.

Esa noche, cenaron carne picada con guarnición de huevos, zanahorias glaseadas y puré de coliflor. Los huevos, sabía Jenny, eran la forma que tenía el cocinero de estimular su fertilidad.

Al mirar a su nuevo marido mientras tragaba un delicioso bocado, su mirada se encontró con la de él, revelando todo el deseo reprimido que brillaba ferozmente en sus ojos.

—Me dejas sin aliento —le dijo Simon.

—Como tú —confesó ella.

Después, subieron las escaleras principales hacia su dormitorio. En cuanto cerró la puerta tras ellos, la tomó en sus brazos.

—Tenías mucha razón en el carruaje. Así es como quiero que disfrutemos el uno del otro, en un lugar donde puedo desnudarte por completo y tumbarte en ese colchón decadentemente grueso.

Los latidos de su corazón se aceleraron al oír sus palabras, y ella miró hacia la cama, que ya estaba abierta y parecía tener un tamaño seis veces superior al normal. Un pequeño fuego crepitaba en la chimenea para calentar la habitación, a pesar de ser finales de verano. Sin duda, el personal había tenido en cuenta que se desnudarían con rapidez. Había una jarra de clarete en la mesilla de noche y dos vasos. Todo estaba perfecto.

—¿Puedo ayudarte a desvestirte? —preguntó Simon, con las manos recorriendo su espalda y su costado.

—Sí, por favor. —¿Era su voz tan ronca? Tosió ligeramente para aclararse la garganta—. Si puedo hacer lo mismo contigo…

Como si estuvieran desenvolviendo los regalos de Navidad, se turnaron. La chaqueta de ella, el corbatín de él, el vestido de viaje de ella, el chaleco y los tirantes de él. Hicieron una pausa para quitarse el calzado, los zapatos de raso de ella, las botas de él.

De pie, en ropa interior, Jenny se sintió al borde de un gran cambio. En un momento, un hombre la vería desnuda por primera vez, y ella, a su vez, vería su primer hombre desnudo.

Nunca volvería a ser la misma después, ¿verdad?

Simon se desabrochó los pantalones y los dejó caer. En lugar de estar desnudo como ella esperaba, se enfrentó a ella con un par de calzoncillos cortos. Agachándose, se deslizó las medias hasta la rodilla.

Jenny observó con satisfacción que había engordado lo suficiente en las últimas semanas como para no parecer un cautivo desnutrido.

—Te toca a ti —le dijo él, cuando ella se quedó helada—. Quizá esto ayude —añadió, apagando la mitad de las muchas velas que había en su dormitorio—. Creo que los sirvientes se han dejado llevar por el romanticismo.

Jenny soltó una risa nerviosa mientras se desabrochaba el corsé con manos expertas y dejaba caer la prenda, seguida de la enagua, hasta sus tobillos. A continuación, metió la mano por debajo de la camisa y desató las cintas de las medias antes de desabrocharse el liguero.

—¿Puedo? —preguntó él.

Asintiendo con la cabeza, ella apuntó los dedos de su pie derecho hacia él, permitiéndole el acceso por debajo de su camisa interior. Mientras deslizaba las medias por su pierna, Simon la acarició suave y sensualmente desde el muslo hasta el tobillo. A Jenny le temblaron las rodillas y se agarró a uno de los postes de la cama antes de extender el pie izquierdo e invitarle a hacer lo mismo.

—Casi he terminado —murmuró Jenny.

—Déjame —dijo él, acercándose y tirando de ella con sus fuertes brazos. Sin embargo, en lugar de eliminar la última barrera de su cuerpo, Simon la besó a fondo hasta que Jenny sintió que los dedos de sus pies se enroscaban en la gruesa alfombra.

El calor palpitante regresó, haciendo vibrar todo su cuerpo, ahuyentando cualquier temor hasta que estuvo más que preparada para que él la reclamara como suya. Cuando él empezó a subir el dobladillo de su camisa, ella levantó los brazos para ayudarlo.

En un instante, Simon se la pasó por encima de la cabeza y la arrojó con el resto de la ropa sobre el diván bajo.

Tomando sus manos, la apartó de él y miró hacia abajo, pareciendo deleitarse con sus ojos.

—Eres magnífica, un diamante perfecto.

Sus palabras ahuyentaron el rubor que amenazaba sus mejillas y, por una vez en su vida, Jenny se limitó a aceptar su cumplido sin avergonzarse. Después de todo, bajo su mirada de adoración, ¿cómo podría hacerlo? Se sentía como una reina.

Claramente, a él le gustaba lo que veía. Y tal y como decía la *Obra Maestra* de Aristóteles, la virilidad de Simon se levantó como debía bajo la parte delantera de sus calzoncillos.

Con gesto atrevido, Jenny dio un paso adelante y tiró del pequeño lazo del cordón de satén, liberándolo de su última prenda interior, que se deslizó por las musculosas piernas de Simon.

—Oh, —dijo ella—. Tú sí que eres magnífico. De verdad.

Y esas fueron las últimas palabras que pronunció mientras él sonreía, la atraía hacia la cama y procedía a hacerle el amor.

Incluso sin chirivías, él estuvo a la altura. Más de una vez, de hecho.

Después de la segunda culminación, tumbada junto a su marido, todavía respirando con dificultad y sintiendo una saciada pesadez en sus miembros, Jenny supo que no podría permanecer despierta ni un momento más. Tenía que contarle lo que había descubierto después de que él tomase de su virginidad en medio de un grito de asombro de ella, seguido por el gemido gutural de él mientras bombeaba en su apretada interior.

—Simon.

Él pasó la yema de un dedo entre sus pechos.

—Sí, Genevieve.

Ella soltó una risita al oír su propio nombre, mareada de felicidad, todavía maravillada por el placer inimaginable.

—Te amo.

Oyó cómo a él se le cortaba la respiración.

Por un momento, Simon no dijo nada.

Y entonces oyó su dulce respuesta, con la voz ahogada por la emoción.

—Yo también te amo, esposa.

En su sueño, Jenny caminaba por un campo de flores silvestres, el sol brillaba con fuerza y ella estaba abrigada y feliz. Simon estaba al otro lado del pasto, haciéndole señas. Al cruzar por debajo de un bosquecillo de sauces caídos, para horror de Jenny, las serpenteantes ramas parecían enredarse alrededor de su delgado cuello y apretarlo. Cuanto más luchaba por escapar, más se apretaban.

—Simon —le gritó pidiendo ayuda—. ¡Simon!

Al oír su grito de respuesta, se despertó de inmediato. Sin embargo, el dolor en su garganta no disminuyó. Luchando por respirar, se levantó para sentir las manos de su marido en su garganta. Demasiado fuerte como para que ella rompiera su agarre, este no aflojaba, y Jenny no tuvo aliento para gritar de nuevo.

Agarrando el dorso de sus manos mientras la negrura se filtraba en los bordes de su visión, le golpeó con los puños y, finalmente, cuando sus últimas fuerzas la abandonaron, consiguió abofetear sus mejillas.

De repente, la tensión en sus manos cesó, aunque por un momento, Simon no la soltó.

—Jenny —dijo, con la voz aturdida y confusa—. ¿Qué está pasando?

Ella solo pudo gemir en respuesta. Al darse cuenta de su situación, apartó las manos de ella como si estuviera escaldado.

—¿Qué demonios? —maldijo él, incorporándose y cogiendo un pedernal para encender una vela de cabecera.

Ella no se movió, sino que se limitó a permanecer tumbada de espaldas, con las manos apretadas contra su dolorido cuello. El terror aún la hacía temblar.

Cuando Simon se dio cuenta de lo que él había hecho, se le escapó un gemido de angustia. Cuando la alcanzó, ella se estremeció sin quererlo y él volvió a maldecir. Sin embargo, cuando volvió a acercarse lentamente a ella, Jenny dejó que la tomara en sus brazos, alisándole el pelo por detrás de los hombros antes de ahuecar las almohadas para que se apoyara en ellas.

—Dios mío, no lo entiendo —dijo.

Jenny tragó saliva dolorosamente. Simon cogió un vaso y le sirvió un poco de vino. Agradecida, ella dio un sorbo, manteniendo una mano en su tierno cuello.

—No querías hacerlo —susurró Jenny por fin—. Lo sabía. Estabas completamente dormido.

Con cautela, Simon apoyó la mano en la colcha que cubría su regazo.

—¿Te he hecho daño?

—Sí. No —le aseguró ella—. Dejaste de hacerlo casi tan pronto como me desperté.

Silencio. Luego, él se levantó de la cama, sin reparar en su desnudez.

—Esto no es bueno.

—Seguro que estabas teniendo una pesadilla. No es culpa tuya.

—Sí lo es, maldita sea. ¿Qué importa que lo sea o no, si te hago daño?

—Estaré bien. Estoy bien. —Jenny esperaba que el intenso dolor desapareciera pronto.

Simon siguió paseando frente a la cama, sin tranquilizarse.

—Estaba teniendo el mismo sueño de Birmania. Me he despertado otras veces con toda la ropa de cama no solo desordenada, sino en el suelo, como si me hubiera agitado con violencia. Incluso me he llegado a despertar tumbado en el suelo, como ya te conté, pero sin recordar que me hubiese caído de la cama. Sin embargo, nunca pensé que podría hacer algo tan brutal como intentar estrangularte. Es una locura. Va en contra del orden natural de cómo debo protegerte.

Jenny dejó su copa de vino en la mesita de noche y se arrastró hasta el final de la cama.

—Simon, por favor. No te tortures. No estás ni loco, ni esto es antinatural. Simplemente estás atormentado. Estoy segura de que no volverá a ocurrir.

Ella extendió sus brazos hacia él, desnuda, esperando que él se calmara y volviera a la cama. La abrazó y la estrechó contra su cálido cuerpo.

—Todo está bien —le dijo ella—. Vuelve a la cama.

Él se puso rígido.

—No. Esta noche no, Jenny. No puedo.

—Por favor.

—Me sentaré en la silla junto al fuego. Puedo dormir allí con la misma facilidad, y así me aseguraré de que no te haré daño.

—No, no lo harás...

—¡Ya lo hice! —La soltó—. Déjame hacer lo que debo. Te vigilaré hasta que te duermas. Vamos. —Rodeó la cama y le dio unas palmaditas en la almohada—. Intenta volver a dormir.

Sintiéndose miserable ante el impensable giro de los acontecimientos, Jenny acomodó su cabeza en la almohada, deseando que el lado de la cama de su marido no estuviera vacío.

—Quita una manta de la cama —insistió ella mientras Simon la arropaba.

—Sí, esposa. —Le apartó el pelo de la cara y se inclinó para besarla—. Lo siento mucho —susurró.

—Lo sé.

Después, Simon apagó la vela y la habitación se sumió de nuevo en la oscuridad previa al amanecer.

Capítulo 19

Cuando Jenny se despertó a la mañana siguiente, tardó un momento en recordar. En efecto, Simon no estaba en la cama, pero tampoco estaba en la silla. Estaba sola. Se apresuró con su aseo, limitándose a lavarse la cara, usar sus polvos dentales y cepillarse el pelo antes de enroscarlo en un sencillo moño, y luego se vistió con la ropa de viaje, la más fácil de ponerse por sí sola.

Después de una rápida parada en el lavatorio, bajó a la planta principal y se dirigió al comedor en busca de su marido. Estaba vacío. Al igual que el salón, la sala de estar y el invernadero, y todas las demás habitaciones en que buscó. ¿Dónde estaba ese hombre?

Como no conocía lo suficiente los alrededores como para arriesgarse a salir sola, encontró la cocina siguiendo su nariz hacia el olor del café y las salchichas.

Simon no estaba allí, pero una mujer redonda, de rostro rubicundo, estaba sentada en un taburete tomando café.

Se levantó de un salto cuando entró Jenny.

—Usted es la condesa —dijo la cocinera antes de inclinarse en una reverencia baja de la que Jenny temía que la mujer no se enderezara con facilidad—. Debería haber llamado al timbre, *milady*.

—Siento molestarla —dijo Jenny, haciendo que los ojos de la cocinera se abrieran ante su disculpa—. Olí el café, y además, estoy buscando a lord Lindsey.

—Deja que le sirva una taza, querida. —La mujer la miraba ahora con un interés no fingido—. Vi a su señoría hace un par de horas. Tomó su café en el salón, y creo que salió a cabalgar, *milady*.

La cocinera puso la taza y el plato en una bandeja, con la mirada todavía fija en su nueva señora.

—No tenemos mucho personal aquí, *milady*, a menos que alguien de la familia se quede por un período prolongado, si usted me entiende. Me disculpo por no haber enviado una criada a su habitación.

Jenny se preguntó si podía quitar la taza de café de la bandeja, pero tuvo la sensación de que eso no haría feliz a la mujer.

—No importa. Agradezco la oportunidad de dormir hasta tarde. —¿Cómo iba a coger la bebida caliente antes de que se enfriara?

Se miraron fijamente. Al fin, la cocinera intervino.

—¿Tomará su café en el comedor o en el salón, *milady*?

Jenny suspiró.

—Supongo que en el comedor, si es tan amable. —Jenny se dio cuenta entonces de que estaba hambrienta después de la noche en que había sido convertida de doncella a esposa, por no mencionar el sorprendente acontecimiento posterior—. Y me gustaría comer unos tener huevos y salchichas. —Ya en la puerta, miró hacia atrás—. Quizá también un par de tostadas. Con mermelada, si tiene, o con miel.

En ese momento, la criada entró y se quedó inmóvil al ver a Jenny en la cocina.

—Oh, querida —dijo, haciendo una reverencia aún más baja y más ágil que la oronda cocinera—. *Milady.* —También miró a Jenny como si tuviera una ardilla en la cabeza—. Tilda, lleva el café de su señoría al comedor y vuelve a por su desayuno.

Así, Jenny se encontró con una sirvienta que llevaba una gran bandeja de plata con solo un plato y su taza de café. Una vez en el comedor, tomó asiento a un lado de una larga mesa de madera roja con incrustaciones de oro, y esperó mientras la muchacha depositaba su bebida ante ella.

—¿Azúcar, *milady*?

—Sí, por favor —dijo Jenny, y la doncella cogió un cuenco de cristal del aparador y lo puso ante ella con una cuchara—. Iré a buscar su desayuno, *milady*. —La muchacha salió de la habitación, manteniendo sus ojos fijos en Jenny todo el tiempo hasta que se dio la vuelta y corrió por el pasillo.

Sin embargo, en lugar de las ligeras pisadas de la chica, lo que oyó fueron los firmes pasos de Simon.

Sin poder evitar sonreír, Jenny se levantó y le tendió las manos.

Para su consternación, la expresión de él pasó de agradable a contrita al instante, y se acercó a ella.

—¡Maldita sea! —exclamó él al observar atentamente su

cuello—. Debería llamar a un médico.

Con las manos sobre su cuello, Jenny negó con la cabeza.

—¿Para qué?

—¿No lo sabes? ¿No puedes sentir tus propias heridas?

—¿Mis heridas? —Echando un vistazo a la habitación, vio un espejo artísticamente colocado detrás de unos decantadores de cristal en una esquina, lo que hizo que la luz brillara con fuerza e iluminara el espacio.

Se apresuró a acercarse a él y apenas se atrevió a mirarse. Cuando lo hizo, jadeó.

Al girar la cabeza a derecha e izquierda, se sorprendió de lo magullado que estaba su cuello, con manchas rojas y algunas ya de color morado intenso. Cualquiera podría ver que había sido casi estrangulada hasta la muerte. Incluso había huellas dactilares. ¡Oh, Dios! ¿Qué pensaría el servicio? No le extrañaba que se la quedaran mirando.

—Sinceramente, puedo sentirlas —admitió, volviéndose hacia Simon, cuyo rostro afligido le dolió en el corazón—, pero no necesito un médico. —¿Qué podría hacer él? Quizá la cocinera tuviese alguna infusión de árnica.

Justo en ese momento, la criada regresó, deteniéndose en seco al ver al conde. Un gesto de espanto cruzó su rostro, y Jenny deseó tener las palabras para proteger a Simon. ¿Qué podía decir? ¿Se había enredado con la ropa de cama?

Era mejor ignorar los moretones y las miradas.

—¿Mi desayuno? —incitó a la chica, que dio esquinazo a Simon y dejó la bandeja rebosante de comida.

—¿Quiere comer conmigo, milord? —le preguntó Jenny.

—No tengo apetito.

Jenny decidió que también lo ignoraría. Simplemente dejó que todo volviera a la normalidad.

—Eso será todo entonces —le dijo a la criada. ¿Cómo se llamaba?—. Tilda, ¿verdad?

—Sí, *milady.* —La muchacha volvió a hacer una reverencia y se marchó, con su mirada pasando del colorido cuello de su nueva ama a la temible expresión de su señor, hasta que dobló la esquina.

Jenny se sentó y dio un sorbo a su café. Estaba tibio, pero aun así era delicioso. Cogió los cubiertos y se zampó el abundante desayuno. Sin embargo, al masticar y tragar el primer bocado de jugosa salchicha, se detuvo. Masticar era fácil, pero tragar era un proceso doloroso, empeorado por su intento de ocultar lo difícil que era.

Por supuesto, Simon lo vio todo.

—Lo sabía. Estás herida. Ni siquiera puedes comer.

—Claro que puedo —dijo Jenny, demostrando que podía al dar otro bocado. Masticando todo lo que pudo, por fin, tuvo que tragar. Tosió y tomó otro sorbo de café. Por lo menos, eso bajó con bastante facilidad.

Simon tiró con tanta fuerza del timbre que Jenny temió que se le desprendiera en la mano. En un segundo, Tilda había regresado.

—Pregúntale a la cocinera si tiene árnica. Y solo necesitaremos sopa para el resto del día. —Volvió a mirar a Jenny mientras empujaba los huevos en su plato—. Probablemente también para el desayuno de mañana —murmuró después de que la criada hubiera desaparecido.

—¿Desayuno? —exclamó ella—. Creía que hoy íbamos

a ir a la primera de tus explotaciones.

Simon se sentó en la silla junto a ella.

—Deberíamos esperar a que te curaras.

—Tonterías —respondió ella—. Olvidemos este asunto y continuemos nuestro viaje. No tengo intención de esconderme aquí.

Él suspiró y cogió una tostada de su plato.

—Muy bien. Sin embargo, debes ponerte algo de cuello alto o envolver con un chal el desastre que he hecho en tu preciosa piel.

—Si pudiera llevar un corbatín... —Se rio ella.

Él ni siquiera sonrió.

—No tiene nada de gracioso.

—Tal vez no. Pero tampoco es el fin del mundo.

Decidiendo que sería mejor que se animara antes de que su nuevo marido decidiera ponerla en reposo, Jenny se obligó a pasar los esponjosos huevos por su dolorida garganta, tragó el último sorbo de café y se puso en pie.

—Comprobaré el árnica y luego me vestiré de tal manera que nadie más se dé cuenta, lo prometo.

Con la expresión de angustia de su marido persiguiéndola, Jenny se fue a preparar su primera prueba como supervisora.

Simon quería romper algo. Algo valioso, como si destruir algo caro absolviera sus pecados. Echando un vistazo al modesto mobiliario, observó que no había ningún jarrón que pareciera lo bs costoso como para molestarse en lanzarlo por la habitación. Sin embargo, el maldito espejo en el que Jenny había visto su cuello lesionado, podía tirarlo alegremente al suelo y aplastarlo bajo sus botas.

No hizo nada de eso, por supuesto. Nunca había sido un hombre violento. Por ello, despertarse con las manos ahogando la vida de su mujer —la persona más amable y servicial que había conocido—, lo había sacudido hasta el fondo.

Y apenas unas horas después de haber hecho el amor con ella, el encuentro sexual más intenso y satisfactorio que jamás había experimentado. Su Jenny, una joven práctica, era también ferozmente apasionada. La había desflorado y luego casi había apagado su vitalidad.

Con náuseas y el estómago revuelto, Simon sabía que iba a enfermar. Una reacción retardada, consideró, mientras salía corriendo por la puerta trasera hacia el jardín y vomitaba la tostada que acababa de ingerir.

Eso fue lo que le ocurrió al aplacar el terror de lo que casi había hecho. Además, había estado conteniendo ese miedo desde que su nueva esposa se había vuelto a dormir confiadamente mientras, lleno de horror, él se había sentado en la silla mirando a la oscuridad.

Había sido demasiado fácil creerse curado.

Pasando un pañuelo por la boca, Simon miró la ventana de su alcoba. Con Jenny a su lado, había conocido la satisfacción de que todo estaría bien. De hecho, había creído que había vencido a los demonios que llevaba dentro. Por fin. Volvería a ser completamente normal. Y, por supuesto, había esperado la noche de bodas con especial alegría después de un largo período de abstinencia.

¡Bah! ¡Qué estúpido era! Tal vez estaba maldito.

Inesperadamente, Jenny apareció en la ventana, mirando hacia el jardín, y se le cortó la respiración. Vio el momento en que ella advirtió su presencia. Una sonrisa iluminó su bello rostro y levantó una mano con un ligero saludo.

Él se lo devolvió. Haría cualquier cosa para protegerla, incluso de sí mismo.

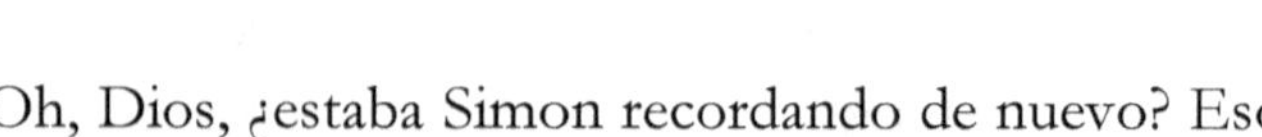

Oh, Dios, ¿estaba Simon recordando de nuevo? Eso definitivamente no era bueno para él. Jenny lo había visto en el jardín, pensativo, antes de salir. Ahora, inclinaba la cabeza hacia atrás en el carruaje, pero no parecía tranquilo.

Siendo siempre práctica, sabía que no había ninguna solución que su marido pudiera encontrar por sí mismo. Por lo tanto, pasar largos minutos repasando los acontecimientos de la noche anterior no haría más que alterarlo.

Le tocó la rodilla para llamar su atención.

—Cuéntame más sobre este molino.

Y ella lo sacó de sus pensamientos con una pregunta tras otra sobre el gerente del molino, George Marley, lo bien que lo conocía Simon, el tiempo que los Deveres habían sido propietarios, y más. Hasta que llegaron a Derbytown.

Era una finca impresionante, que molía todo tipo de grano para los municipios de los alrededores, así como una gran empresa de panadería que vendía en Wirksworth.

El capataz del molino no parecía ni nervioso ni culpable cuando Jenny y Simon entraron en su despacho.

—Lord Devere —dijo el señor Marley levantándose de su escritorio y haciendo una reverencia—. No tenía ni idea de que estuvieran de visita.

En realidad, no se lo habían dicho a nadie, por si necesitaban aprovechar el elemento sorpresa.

—Lord Lindsey ahora —aclaró Simon—. Le presento a mi esposa, *lady* Lindsey.

—¡No me diga! Maravilloso. Es un honor, *milady*. —Marley se inclinó de nuevo en su dirección—. Dudo que haya venido hasta aquí para mostrarme a su encantadora condesa, milord. ¿Hay algún problema?

—Tal vez —dijo Simon—. Sin embargo, mi esposa es más adecuada para la tarea de explicarle el asunto.

—¡No me diga! —repitió Marley, echando otra mirada apreciativa a Jenny, y notando el chal que le envolvía el cuello como si fuera el lazo de un hombre.

Simon señaló con un gesto de la mano a su lacayo, que esperaba junto a la puerta con el libro de contabilidad correspondiente. Lo acercó y lo depositó sobre el escritorio de Marley.

—Se me dan bien los números —soltó Jenny, y Simon, agradecido, asintió.

—Mi mujer ha encontrado algunas discrepancias. Confío en que usted podrá explicarlas. Mientras tanto, echaré un vistazo, si no le importa. Estoy seguro de que uno de sus hombres puede mostrarme todo.

Habían acordado de antemano que el lacayo se quedaría con ella y Simon haría una inspección como solía hacer. Las cejas alzadas de Marley no los disuadieron del plan y, en un momento, Jenny estaba sentada frente al director del molino.

Se puso manos a la obra, abriendo de un tirón un libro de contabilidad en una página marcada y señalando una fecha de hacía unos años, cuando los pagos dejaron de anotarse en las cuentas de la casa.

Marley frunció el ceño.

—¡Hace años de esto! ¿Por qué nadie ha preguntado antes?

—Sabe que su señoría estaba de viaje —dijo ella con delicadeza—. Al igual que su primo, *sir* Tobías.

Al mencionar a Tobías, la expresión de Marley se volvió grave.

—Es una pena lo de ese hombre. Es terrible dejar a una viuda y a sus hijos.

—Sí —estuvo de acuerdo ella.

—Bueno, *milady*, puedo mostrarle con precisión cuáles son las ganancias mensuales y cuánto hemos enviado a la hacienda trimestralmente, si entiende lo que quiero decir.

—Sí, le aseguro que lo entiendo perfectamente. —Increíble, pensó Jenny, que el hombre hubiera aceptado la situación con tanta facilidad.

Marley tenía una estantería llena de libros de contabilidad detrás de él. Se ajustó las gafas sobre la nariz, llegó hasta la estantería y cogió el libro encuadernado en cuero más cercano.

—El último apunte es este. —Golpeó con una uña algo sucia una bonita suma de dinero.

Jenny asintió.

—Eso es lo que esperaba, dada la cantidad de hace unos seis años.

—Dependiendo de la época del año, eso es más o menos lo que su señoría recibe siempre por los meses en que estamos moliendo. —Pasó al frente del libro de contabilidad y recorrió con el dedo una nota manuscrita metida dentro.

—El pago va dirigido a un tal H. Keeble en Londres, como se indica.

—¿Perdón?

—¿Hay algún problema, *milady*?

—Nunca he oído hablar de esta persona.

Marley frunció el ceño y luego se encogió de hombros.

—Ha estado recibiendo los pagos estos últimos seis años.

—Supongo que fue por orden de *sir* Tobías Devere…

—Sí, *milady*. Exactamente.

Pobre Simon. Qué angustia le causaría la noticia del engaño de su primo. No era solo la pérdida de los fondos, sino la traición de alguien a quien Simon había amado y en quien había confiado.

No pasaron ni diez minutos hasta que el señor Marley la acompañara a donde Simon discutía con un obrero sobre la finura del trigo molido.

—Has descubierto algo —dijo él enseguida.

—Por desgracia, sí, la confirmación del engaño.

Al decirle a dónde iban a parar sus ingresos, observó cómo el rostro de Simon se nublaba.

—¿Conseguiste la dirección de este Keeble?

Ella asintió.

—Quizá sea el misterioso *sir* Agravain.

Jenny frunció el ceño.

—¿Perdón? ¿Por qué el villano caballero del rey Arturo

iba a tener algo que ver con quien se estaba haciendo con la fortuna de los Devere?

—Maude no fue muy comunicativa con el nombre de su abogado. Sin embargo, supongo que será bastante fácil determinar si este hombre es el mismo.

—Estamos lejos de Londres —señaló ella.

—Por ahora.

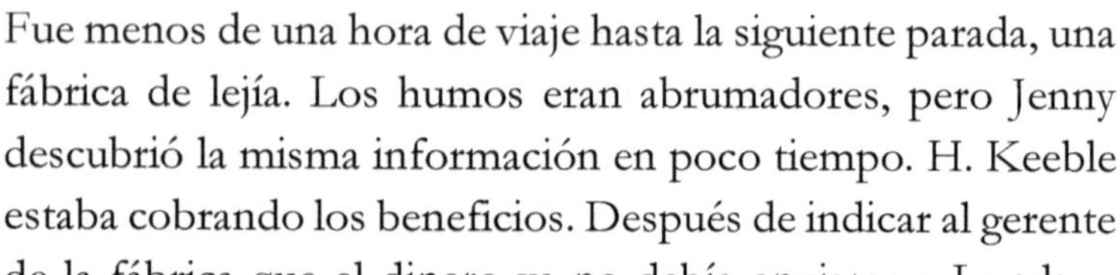

Fue menos de una hora de viaje hasta la siguiente parada, una fábrica de lejía. Los humos eran abrumadores, pero Jenny descubrió la misma información en poco tiempo. H. Keeble estaba cobrando los beneficios. Después de indicar al gerente de la fábrica que el dinero ya no debía enviarse a Londres, sino directamente a Belton Park, se apresuraron a seguir su camino.

—Una hora más hasta casa de mi tío —le dijo Simon después de que se detuvieran a estirar las piernas en una posada y a comer un almuerzo tardío.

—¿Le preguntarás si sabe lo del... desvío de fondos de su hijo?

Simon se encogió de hombros.

—Todavía no lo sé. Toby apreciaba a su padre, y me imagino que el hombre todavía está bastante afectado por el dolor. ¿Cómo se sentirá si empiezo a interrogarlo sobre las habilidades contables de mi primo?

—¿Pasaremos la noche allí?

Simon la observó pensativo, su mirada se dirigió a su cuello bien cubierto.

—Lo estaba pensando. Podríamos tomar mejor una habitación en una posada.

Ella lo consideró. De cualquier manera, Jenny tenía la sensación de que iban a tener una noche llena de conflictos a menos que fuera extremadamente cuidadosa.

—Alojarse en la casa de tu familia en South Wingfield es perfectamente aceptable para mí. Estoy segura de que tu tío querrá pasar tiempo contigo —dijo, esperando estar en lo cierto.

Por desgracia, no lo estaba. En el vestíbulo, en lugar del tío de Simon, los esperaba la segunda esposa del hombre, Lettie, envuelta en un vestido de bombardino negro, en señal de luto por el hijo de su marido.

El trabajo de la mujer, al parecer, era amonestarlos por no haber avisado con suficiente antelación de su llegada. Porque aunque Simon la había comunicado dos semanas atrás, al parecer, el marido de Lettie lo consideraba de mala educación.

—Milord está muy descontento de que encuentre esto en tal estado.

A decir verdad, Jenny pensó que habría tardado mucho más que una o dos semanas en poner el lugar en orden. Los tapices parecían sucios, las tablas del vestíbulo estaban sin encerar y todo tenía un aire general de abandono y escasez.

Incluso al uniforme del mayordomo le faltaba un botón, y ella podía ver su media a través de la punta gastada de su zapato. Si Jenny miraba con atención, no dudaba de que también podría ver su dedo a través de la media rota.

—Somos familia —insistió Simon, como si nada de lo que encontraran pudiera importar.

Sin embargo, pasaron la mayor parte de una hora intentando disfrutar de una copa de jerez aguado con la malhumorada señora de la casa mientras estaban sentados en una habitación tristemente amueblada, con el papel de la pared desconchado y un cristal de la ventana roto. Además, a Jenny se le había caído un trozo de la copa y algo muy incómodo le pinchaba el muslo desde un agujero del sofá.

—No queríamos que se tomaran ninguna molestia —añadió Jenny cuando Lettie sacó a relucir por enésima vez las molestias que les causaba la inesperada visita. El tío de Simon aún no había aparecido.

—De haberlo sabido —declaró *lady* Devere—, esta noche podríamos haber disfrutado de un corte de carne un poco mejor, y habría un gran budín de postre. Comemos con bastante sencillez cuando estamos solos.

A juzgar por la delgadez de la mujer, por no hablar de sus mejillas hundidas, parecía que casi siempre estaban solos. Y si dos semanas no eran suficientes para que tuvieran una cena adecuada, entonces Jenny dudaba de que esa mujer tuviera algo que hacer al frente de una casa.

—En cualquier caso, las criadas han preparado su habitación —continuó Lettie.

—Gracias por la bienvenida —insistió Jenny, a pesar de sentir todo lo contrario.

Simon estaba extrañamente callado, tal vez distraído por el crespón negro que cubría todos los espejos, ventanas y puertas.

Jenny trató de ver más allá de los adornos de luto. Con un poco de arreglo, aunque fuera menos de una quinta parte del tamaño de Belton, la casa podría hacerse bastante acogedora.

—Tiene usted una casa preciosa —mintió, con la esperanza de que la mujer se sintiera a gusto por su residencia tan poco alegre y tan deteriorada.

—Comparada con Belton, es un tugurio —oyó decir desde la puerta, cuando lord James Devere, llamado señor solo por cortesía, se dignó por fin a honrarlos con su presencia—. Por eso no entiendo por qué han venido hasta aquí.

Simon se levantó de inmediato y atravesó la distancia que los separaba, con el brazo extendido en señal de saludo.

A Jenny le dio un vuelco el corazón cuando por un momento pareció que el tío de su marido no iba a coger la mano que le ofrecía. Tras un momento de duda, lo hizo. Imaginó que un cálido abrazo habría sido más apropiado dadas las circunstancias, pero se dio cuenta al instante de que eso nunca ocurriría. Aquel hombre parecía tan rígido y frío como su marido era dócil y cálido.

Debía de estar profundamente afligido por su hijo, concluyó.

—He venido a presentarle a mi condesa, *lady* Genevieve —dijo Simon, y el uso del título y de su nombre formal la hizo reflexionar. Su marido se sintió ofendido, o herido, por el frío recibimiento y estaba claro que quería recordarle a su tío quiénes eran, y no unos parientes insignificantes a los que podía despreciar.

James Devere le lanzó a Jenny una mirada poco interesada mientras se ponía de pie y hacía una reverencia. Jenny se tragó su intenso sentimiento de desagrado. «Está sufriendo de melancolía», se recordó a sí misma.

—Es usted su esposa —dijo entre dientes—. La mujer

que ha cautivado a mi sobrino con tanta rapidez tras su regreso.

Frunciendo el ceño, Jenny no supo decir por qué, pero sus palabras le parecieron insultantes. Es más, su tono implicaba que no podía entender por qué Simon la había elegido. Sea como fuere, decidió reaccionar con el respeto que el hombre merecía como patriarca de la familia de su marido.

—Es un placer conocerlo, milord.

Su respuesta fue un murmullo bajo.

—*Umm.*

Oh, vaya. Esto no estaba saliendo como ella esperaba.

—Le doy el pésame por la pérdida de su hijo —añadió Jenny.

Él levantó la cabeza con expresión tensa.

Lettie soltó un grito ahogado y Jenny tuvo que armarse de valor. Seguramente el hombre estaba a punto de soltar una perorata.

Tal vez sintiendo lo mismo, Simon se acercó a su lado y la tomó del brazo bajo el suyo.

—Siento mucho, tío, ser yo quien traiga una triste noticia. Toby no solo era mi primo, sino también un querido amigo, como sabe.

«Bendito sea por centrar la atención en él» pensó Jenny, cuando aparentemente, ella había cometido un paso en falso por hablar de su hijo muerto.

James abrió la boca como si se esforzara por decir algo. Al final, se limitó a asentir a su sobrino antes de volverse hacia su mujer.

—¿Está lista nuestra comida?

Lettie fue junto a su marido.

—Estoy segura de que sí.

Acto seguido, abandonaron el salón para dirigirse al comedor y disfrutar de una cena poco elegante y muy poco alegre, en la que los largos tramos de silencio solo se rompían con el roce de los cubiertos sobre los platos y algún comentario ocasional de Lettie.

Por su parte, Simon intentó iniciar una conversación describiendo las explotaciones que habían visitado recientemente. Esto no provocó más que un gesto agrio de su tío, cuya mirada permanecía fija en su copa de vino, excepto cuando bebía de ella.

Jenny permaneció callada, incapaz de pensar qué podía añadir a esta infeliz escena.

Cuando, tras una copiosa cantidad de vino, James Devere habló por fin, Jenny no pudo evitar desear que él hubiera seguido en silencio.

—Ya que tuviste la suerte de volver de esa maldita e inútil guerra, al contrario que mi hijo, pensé que habrías tenido el buen sentido de casarte con su viuda.

Capítulo 20

Incluso mientras hacía esta declaración, la mirada del tío de Simon no se apartó de la mesa.

—Parece que habría sido conveniente, con una familia ya formada y todo eso.

Lettie cerró los ojos un momento, exactamente en el instante en que Jenny sintió que los suyos se abrían de par en par por la grosería del hombre.

Frente a ella, Simon se envaró, pareciendo agrandarse mientras respiraba hondo.

—Resultó, tío, que tuve la suerte de encontrar precisamente a la mujer adecuada para mí. —Simon le dirigió a ella una sonrisa que eliminó el escozor de las palabras de James Devere y la calentó hasta los pies.

—Bien —dijo su hosco anfitrión.

Simon estaba harto.

—Creo que ya es hora de que la condesa y yo vayamos a nuestros aposentos.

¡Dios, sí! No podía esperar a alejarse del taciturno y poco acogedor James Devere. La pena era una excusa solo hasta cierto punto.

«Pobre Simon», pensó, ¡que este hombre sea su último pariente vivo!

Ante el asentimiento de su marido, Jenny se puso en pie, esperando que James se levantara también. No lo hizo. Tal vez estaba demasiado borracho como para recordar sus modales.

—Buenas noches, *lady* Devere —dijo Jenny a Lettie antes de volverse hacia James Devere—. Buenas noches, milord.

—*Umm* —dijo él.

En respuesta, Simon se inclinó hacia Lettie, le dio las buenas noches e ignoró por completo a su tío.

Cuando llegaron a lo alto de la escalera, su marido le murmuró al oído:

—Ha ido bien.

Jenny no pudo evitar la risita que se le escapó. Su nerviosismo se había acumulado hasta el punto de estallar. Después, la risa se convirtió en una carcajada que le hizo llorar.

Al principio, Simon parecía sorprendido, pero cuando llegaron a su habitación, ya se reía con ella.

—Después de todo —dijo Jenny mientras se sentaban en la cama abrazados el uno al otro—, si podemos manejar a Ned en mi familia, podemos manejar a James en la tuya.

Él le acarició la mejilla.

—No me gustó que mi tío te insultara.

—No me sentí insultada. Ni siquiera me conoce. Simplemente quería mantener una conexión con su hijo y lo expresó mal.

El pulgar de Simon le rozó los labios, provocándole un delicioso cosquilleo.

—¿Cómo llegó a ser tan comprensiva, *lady* Lindsey?

Él movió la mano y ahuecó la parte posterior de su cabeza.

Ella respondió antes de que todos sus pensamientos se dispersaran por el beso que sabía que iba a llegar.

—Nací así, supongo.

Y entonces su boca descendió sobre la de ella.

Un rato después, ella admitió:

—Me alegro de que tu tío nos haya echado del comedor. Prefiero estar a solas contigo.

—Estoy de acuerdo, esposa. —Empujándola hacia atrás en su cama, el beso de Simon se hizo más profundo. Ella enroscó sus dedos en su pelo y abrió su boca a la de él.

Sin embargo, cuando él iba a seguir besando su mandíbula por el cuello, gruñó.

—¿Quieres quitarte el chal, por favor?

Sabiendo que esto arruinaría su encuentro romántico, ella suspiró.

—Me mantiene caliente. ¿Te has dado cuenta de que nuestra habitación está helada? Creo que hay un pequeño trozo de carbón en la chimenea.

—Yo te mantendré caliente.

Haciendo lentamente lo que él le pedía, Jenny no necesitó un espejo para saber su aspecto cuando vio la cara de dolor de su marido.

—¡Cristo! Deberían azotarme.

—Basta —ordenó ella—. Seguro que el árnica me

ayudará. Sin duda, mi cuello aparecerá magullado durante unos días.

—Tu piel está coloreada como un gorro de malabarista, morada, negra, incluso verde.

—Entonces vayamos a la cama y apaguemos la luz, así no tendrás que mirarlo.

Simon dudó.

—Te pido que vengas a la cama conmigo y me abraces.

Él hizo una mueca.

—Es injusto, esposa. Sabes que no puedo negarte tal petición cuando he querido tocarte durante todo el día.

Más lentamente que la noche anterior, hicieron el amor. Las manos de él sobre su piel, acariciándola y jugueteando con ella, llevaron a Jenny con rapidez a un deseo palpitante. Su boca dejó de besar la de ella para realizar actos perversamente deliciosos en su acalorado cuerpo. Para cuando él acomodó sus caderas entre sus muslos, ella casi le rogaba que la llenara.

Era perfecto, y Jenny no podía imaginar cómo había podido pasar sin esas sensaciones durante las dos primeras décadas de su vida. Ni cómo podría volver a prescindir de su fuerte y apasionado marido.

<hr>

Los latidos del corazón de Simon empezaron a ralentizarse mientras estaba tumbado junto a su deliciosa y suave esposa. Sin embargo, la sensación de saciedad se disipó tras unos minutos. Su forma de hacer el amor había sido intensa y dulce al mismo tiempo. Más bien como Jenny. Además, cada vez que tocaba su cuerpo desnudo, cada vez que se hundía en ella, la amaba más.

Ciertamente, este amor era la causa de su terror ante la idea de quedarse dormido y posiblemente volver a herirla.

Habiendo decidido que el mejor curso de acción era esperar a que ella se durmiera, y luego arrastrarse desde la cama hasta la silla, él pasaría esta y todas las noches lejos de su lado. Porque sabía exactamente lo que ocurriría si tenía cierta pesadilla. Y la tendría, como casi todas las noches desde su regreso.

Saber que podría herirla la próxima vez que la tocara le carcomía, manteniéndolo despierto. Cuando su respiración se volvió profunda y uniforme y los movimientos de su cuerpo se calmaron, la dejó a salvo en su sueño.

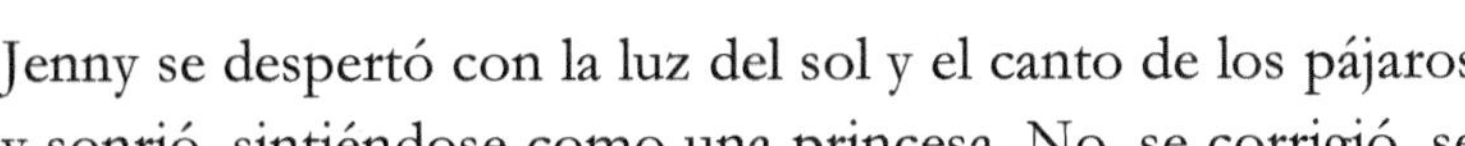

Jenny se despertó con la luz del sol y el canto de los pájaros y sonrió, sintiéndose como una princesa. No, se corrigió, se sentía como una condesa.

Mirando hacia donde su marido dormía a su lado, frunció el ceño. Se había marchado. Se movía muy silenciosamente para ser un hombre grande. No le había oído levantarse de la cama.

Recordando la noche anterior, había planeado permanecer despierta y alerta. Si Simon empezaba a agitarse, tal vez debido a un sueño perturbador, entonces ella se iría al sillón junto a la ventana.

Sin embargo, después de todo el viaje y la comida, así como el glorioso acto de amor, se había quedado dormida con rapidez. Y no había pasado nada malo. Así que había estado en lo cierto. Los acontecimientos de la noche anterior habían sido un hecho aislado. Habían dormido tranquilamente juntos.

Sonriendo para sí misma, se vistió con rapidez, asegurándose de aplicarse más árnica del bote que le había dado Tilda antes de envolverse el cuello con un bonito y ligero chal.

Jenny encontró a su marido en el comedor, rompiendo el ayuno con *lady* Devere. Su tío estaba ausente, quizá dormido aún.

—Espero que hayas dormido bien —dijo Lettie, mientras Simon le acercaba la silla a Jenny—. Estoy segura de que si nos hubieras avisado con más antelación, podríamos haber tenido las sábanas más aireadas y las alfombras limpias. Tal vez las ventanas necesitaban una compostura —se interrumpió y mordió un trozo de tostada reseca.

Jenny casi puso los ojos en blanco. Miró a su marido, pero su enigmática expresión no le dio ninguna pista sobre sus pensamientos. Tal vez estaba pensando en su relación amorosa. Porque, ciertamente, ése era el único recuerdo al que se aferraba al rememorar su estancia en casa de James Devere.

—Perfectamente bien —dijo Jenny de forma contundente, esperando que Simon se diera cuenta de que habían pasado una noche sin incidentes—. La cama era bastante cómoda. ¿No es así, milord?

—Bastante —estuvo él de acuerdo—. ¿Té?

Cuando salieron a media mañana hacia la mina de carbón de Devere, el tío de Simon no había aparecido. Dada la disposición del hombre, Simon no le habría preguntado en ningún caso sobre el posible robo de su hijo. Jenny podía ver que abordar el tema de Tobías y los libros de contabilidad no habría servido para nada, salvo para que James Devere tuviera una apoplejía.

—Aun así, si hubiera venido a despedirse, podrías haberle preguntado si le había dado permiso a Maude para vender Jonling Hall —señaló Jenny—. Supongo que ahora sabemos por qué le aconsejó que se mudara a la mansión Belton. Si tú hubieras muerto, Tobías sería el siguiente en la línea de sucesión y su familia se habría quedado con todo.

Simon se quedó mirando por la ventana.

—Pero Toby murió, y su padre parecía pensar que yo debía recoger los pedazos de su familia.

—Lamento que esta visita haya sido una decepción para ti.

Simon se encogió de hombros.

—Simplemente quería ver a mi tío después de todo este tiempo. Habían pasado años, como sabes. Está amargado, pero parece que su casa ha sido descuidada durante mucho tiempo. Si Toby estaba esquilmando los fondos, ¿por qué iba a dejar que su padre viviera en la miseria? Supongo que solo debería estar aliviado de que mi tío no me haya pedido ningún detalle sobre la muerte de Toby.

Jenny le dio una palmadita en la rodilla y él aprisionó su mano bajo la suya.

—Ojalá pudiera olvidar los malditos detalles.

—Lo sé. —Jenny levantó la mano y le acarició la mejilla

con la otra—. Con el tiempo.

La siguiente parada, en una mina de plomo, fue como las dos anteriores, y consiguieron una habitación en una posada a última hora de la tarde, con solo una cervecería a la que acudir al día siguiente.

Cuando el posadero les condujo a una espaciosa alcoba, Simon le dijo que cenarían allí.

—Siempre me he alojado aquí cuando he venido a comprobar las cuentas. Nunca soñé que estaría en esta habitación con mi encantadora esposa.

Teniendo en cuenta sus palabras, a Jenny no le importó especialmente el destello de celos que la recorrió.

—¿Has estado alguna vez en esta habitación con otra mujer?

Una expresión de sorpresa cruzó el rostro de Simon, y Jenny sintió que sus mejillas se enrojecían. A decir verdad, la pregunta atrevida la sorprendió incluso a ella. No era de su incumbencia, y nada bueno podría venir de saber la respuesta si él lo había hecho.

Sin embargo, en lugar de parecer incómodo o culpable, Simon le sonrió.

—No puedes saber lo mucho que me complace poder decir inequívocamente que, no, nunca he viajado con otra mujer. Eres la primera y la única que traeré a esta posada o a ningún lugar. Porque eres una joya rara, *lady* Genevieve Lindsey. Y aún no puedo creer que te haya arrancado de un jardín tan cercano a mi propia casa. Prueba de los petimetres de la alta sociedad, con sus tediosas rondas de la temporada, no tienen ni idea de cómo encontrar una pareja adecuada.

¿Estaba radiante? Si no, sería un crimen contra la

naturaleza, porque Jenny sentía la felicidad en cada fibra de su ser.

Cruzando la habitación con pasos ansiosos, rodeó a su marido con los brazos.

—Doy las gracias por haber sido bendecida con un don para las matemáticas.

Él se rio de su afirmación y la abrazó.

—Sin embargo —añadió ella, inclinándose hacia atrás y mirándolo a los ojos—, mis hermanas no pueden confiar en nuestra buena suerte. No puedo creer que el rayo vuelva a caer dos veces en el mismo sitio. Así, deben tener cada una su temporada.

—No he olvidado mi promesa, esposa.

Y luego no hablaron más durante mucho tiempo. De hecho, Simon tuvo que levantarse y ponerse el *banyan* apresuradamente, dejando que su condesa escondiera su desnudez bajo las sábanas, cuando un golpe en la puerta anunció su cena.

Sentados en la cama, sin ropa, comieron pollo frío, pan y cebollas en escabeche. Hablando y riendo juntos, Jenny no podía imaginar un banquete mejor si hubiera estado en la corte cenando con la mismísima reina Victoria.

Sin embargo, demasiado pronto, el conde se mostró dubitativo al acercarse la hora de acostarse.

—Te pediré cada noche que vengas a acostarte conmigo y me abraces —le dijo ella.

Él sonrió tímidamente.

—Y cada noche, no te rechazaré.

Simon vio acercarse al sucio carcelero. ¿Qué quería? Sorprendido de encontrarse de nuevo en su celda después de un sueño de felicidad tan largo, un sueño en el que no solo había vuelto a Belton, sino que incluso se había enamorado, Simon sabía que si podía poner sus manos en la garganta del bastardo, podría ahogar su vida y posiblemente escapar.

Tenía a alguien en casa esperándolo, y con quien ansiaba regresar.

No. Sacudió la cabeza, y supo que esa era una fantasía idiota. No tenía ninguna amante. Sin embargo, sabía que debía matar al guardia. Solo así podría salvar a Toby, que estaba sentado contra la pared de la celda, mirándolo fijamente.

Sin embargo, algo le preocupaba. Alguna razón por la que sentía una nuevo temor. No eran las ratas. Ni el frío. No el hambre. Si pudiera recordar lo que le preocupaba...

No importaba. Extrañamente, como si no entendiera el peligro que corría, el carcelero se acercó al recinto e incluso se puso donde Simon podía alcanzarlo. Idiota. ¡Ya era hombre muerto!

Simon lo agarró y sintió que su mano tocaba la carne caliente, pero entonces el carcelero lo esquivó y se puso fuera de su alcance. Una vez, dos veces, y luego estuvo demasiado lejos para tocarlo.

Decepcionado, Simon volvió a tumbarse en el suelo de la celda. Se sentía mucho más cómodo que antes, y se dio cuenta de que podría dormir con facilidad. Incluso las ratas habían desaparecido por el momento.

Jenny tenía el corazón en la boca. Eso era lo que sentía desde que Simon se acercó a ella, con sus dedos agarrando su cuello. Ella se escabulló con rapidez hacia el borde de la cama. Él lo había intentado dos veces más hasta que, lo más silenciosamente posible, ella se levantó para acurrucarse junto a la cama, tratando de verlo en la oscuridad.

Su semblante estaba tenso y alterado, no pacífico, como debería ser.

Menos mal que se había quedado despierta o se había vuelto a despertar, no estaba segura. Porque, ciertamente, si Simon volvía a herirla, se sentiría desolado.

Recogió la bata de su marido del suelo, se cubrió con ella y se sentó en la silla junto a las brasas de la chimenea. Se quedaría ahí la mañana y se metería de nuevo en la cama cuando él empezara a despertarse, sin que se diera cuenta.

—¿Qué significa esto?

Jenny se despertó de un tirón, con el cuello encogido de forma incómoda y, vaya, ¿había babeado mientras dormía sentada?

Limpiándose la mejilla en su propio hombro, trató de despejar las telarañas de su cerebro.

Simon estaba ante ella, totalmente desnudo y lívido.

Jenny recordó por qué estaba allí y se maldijo por no haberse despertado a tiempo para volver a acostarse.

Peor aún, se había olvidado de pensar en una excusa razón creíble para dormir en la silla.

—No te molestes —dijo él, como si leyera sus pensamientos—. Cualquier historia que me cuentes, sé que es una mentira. Sé exactamente lo que pasó porque tuve el sueño maldito.

Jenny agachó la cabeza, con la esperanza de que él le permitiera guardar silencio sobre los acontecimientos de la noche anterior.

Por desgracia, no iba a dejarla descansar, ni siquiera con el aire fresco de la mañana y estando él desnudo.

De hecho, mientras intentaba inventar algo menos grave que lo que había sucedido en realidad, se distrajo con la visión de él a la luz del día, su musculatura, sus largas extremidades, su impresionante...

—Dime —le pidió Simon, girando hacia el otro lado de la habitación, lo que le permitió a Jenny verle el magnífico trasero.

Él se dio la vuelta, ofreciéndole de nuevo la otra vista. La boca de ella se secó, pues parecía que con la ligera agitación, él se estaba excitando de otra manera.

—Yo... —se interrumpió y se quedó mirándolo.

—¿Sí? —le preguntó él. Luego miró hacia abajo—. ¡Cristo! ¿Dónde está mi bata?

Al darse cuenta de que Jenny la llevaba puesta, cogió sus calzoncillos y se los puso de un tirón.

Sintiéndose ligeramente decepcionada cuando todo lo interesante desapareció de su vista, suspiró. Entonces, para aliviar su mente, le mintió.

—Me pareció que parecías un poco inquieto, así que decidí dejarte la cama para ti solo.

—¿Inquieto? —preguntó Simon.

Su mirada se deslizó hasta un punto por encima de su hombro.

Esperó.

Cuando ella no dijo nada más, él se cruzó de brazos.

—¿Te he tocado?

—En realidad no.

—¡Maldita sea! Tenías miedo de mí, ¿no?

—No seas tonto —dijo ella con rapidez—. Pero sé que no debo ponerme delante de un carruaje desbocado, aunque el caballo no quiera hacerme daño.

—¡Otra vez el maldito caballo y el carruaje!

De un salto, Jenny corrió hacia su cálido cuerpo y le rodeó la cintura con los brazos.

—No te tengo miedo, y nunca lo tendré. Esto se solucionará solo. Tal vez si hablamos de...

En lugar de abrazarla, él se apartó.

—No hay nada que hablar. No puedo controlar lo que sucede en mis sueños.

—Pero tal vez si hablases de ellos... ¿Dijiste que era uno en particular?

—No.

—¿No?, ¿es más de uno?

—No, no quiero discutirlo. —La boca de Simon se tensó—. Sugiero que nos vistamos, bajemos a desayunar y vayamos a la última inspección.

—Muy bien. —¿Qué podía decir ella? Cada noche, y quizá también cada mañana, parecía que sería una nueva batalla. Mirando a su atribulado marido, Jenny juró luchar con él y por él para conservarlo.

—Me alegro de que estemos en casa mañana por la noche —dijo Jenny mientras Simon la ayudaba a subir al carruaje después de su última parada—. Aunque está claro que ha merecido la pena estos días de viaje.

—Ha sido un viaje esclarecedor, y al menos tenemos un nombre y una dirección.

Su marido debería haberse contentado con saber que podían encontrar con facilidad al señor H. Keeble en Londres, pero su ceño se frunció como lo había hecho durante todo el día.

No había que ser un intelectual para saber lo que le preocupaba.

—Estoy seguro de que tienes ganas de volver a ver a tu madre y a tus hermanas —añadió Simon.

—La verdad es que lo que más me apetece es empezar en mi papel de condesa y ayudarte a dirigir Belton. Quiero construir una vida contigo y, si me lo permites, hacer que nuestra casa sea también mi hogar.

Por fin, provocó una sonrisa de su conde.

—Por supuesto. Puedes redecorarla o renovar lo que creas conveniente. Confío en que, como sabes lo que hay en nuestras arcas mejor que nadie, no llevarás a la casa de Devere a la bancarrota.

Ella sonrió.

—No, milord. Eso no sería lo mejor para nosotros.

—Así es.

Después, Simon parecía estar de mejor humor. Volvieron a pasar otra noche en la casa de los Devere en

Wirksworth, con la vigilante Tilda y la cocinera de cara redonda.

Tal y como esperaba, Jenny se despertó sola con claros indicios de que Simon había dormido en la silla. ¿Qué pasaría cuando volvieran a Belton?

Al menos podrían celebrar el triunfo de haber redirigido con éxito los legítimos ingresos a las cuentas de Simon. Sin embargo, cuando el familiar muro de piedra y las negras puertas de la mansión Belton se hicieron visibles, los ojos de su marido adoptaron una expresión de incertidumbre.

Recogiendo los guantes de su regazo, Jenny se los puso, le mostró una sonrisa alentadora y se prometió a sí misma ayudar a Simon a estar seguro de su decisión de casarse con ella.

Sería la primera noche de Jenny en su nuevo hogar, su primera noche como condesa Lindsey, y los sirvientes se habían esforzado al máximo para hacerla sentir bienvenida. Estuvo a punto de señalarle a Simon el recibimiento tan diferente al que de la casa de su tío. Luego lo pensó mejor. No era necesario hurgar en la herida.

El almirante estaba delante y en el centro para recibirlos, con el resto del servicio alineado según su rango. El vestíbulo estaba decorado con flores frescas, se había preparado una deliciosa cena y, si Jenny no se equivocaba, se habían limpiado todas las ventanas. Seguro que se habían quedado sin vinagre, ya que había muchos cristales brillantes que reflejaban los últimos rayos del sol de la tarde.

Sintiendo un vínculo inmediato con estas personas con las que pasaría el resto de su vida, elevó una oración silenciosa de gratitud. Las cosas podrían ser muy distintas. Mientras el personal se afanaba en traer sus maletas, hacer que el señor y la señora se sentaran en el salón y llevarles un refrigerio, parecía que la ciega diosa Fortuna había hecho girar su rueda y había concedido a Jenny la mayor de las suertes.

De repente, en lugar de servir de manera feliz y eficiente a otra persona, ella era servida. Jenny añadió la carga con bastante alegría a su nuevo papel como señora de Belton.

Incluso Peter y Alice aparecieron, presentándose al mismo tiempo que llegaban las rodajas de naranja azucaradas y los bizcochos. Viendo como su nuevo marido hablaba animadamente con sus jóvenes primos, no era difícil imaginarlo con sus propios hijos.

—¿En qué está pensando, *lady* Lindsey?

Ella sintió que sus mejillas se encendían.

—Ah —dijo él.

—No entiendo —dijo Alice.

—¿En qué está pensando? —repitió Peter.

—En que sois unos niños encantadores y que me alegro de que viváis aquí —contestó Jenny con una sonrisa—. ¿Dónde está vuestra madre?

Peter se encogió de hombros y tomó un segundo bizcocho.

Alice, cogió un gajo de naranja y habló con la boca llena.

—En nuestro salón.

Lord Lindsey enarcó una ceja. La mujer se había escondido, según él, para que nadie pudiera hacerle más preguntas. ¡*Sir* Agravain, en efecto!

Pensando en su marido y en su servidumbre, que dependía de la solvencia de la hacienda, Jenny estaba decidida a llegar al fondo de cualquier asunto de dudosa reputación, incluso si eso significaba asaltar las habitaciones privadas de la viuda.

A la hora de acostarse, Simon la acompañó hasta la puerta de su alcoba, que ahora contenía todos sus efectos personales de la casa de Blackwood, junto con una cama muy grande.

Cuando se detuvo en el umbral, Jenny apretó los puños a los costados. ¿Tendría que convencer a su marido todas las noches? Porque aunque sabía que estaba de moda tener sus propias habitaciones, no tenía ningún deseo de pasar su vida de casada durmiendo sola en una cama de cuatro postes, con las visitas ocasionales de su marido.

—¿Qué habitación tomamos esta noche, la tuya o la mía? —le preguntó ella, sin darle opción a abandonarla.

—Bien jugado, esposa.

—¿Qué quieres decir? —Ella parpadeó.

—Ambas alternativas son, en última instancia, la misma.
Ella quiso dar un pisotón. ¿No quería abrazarla, acariciarla, hacerle el amor? Llevaban apenas una semana de casados.

—¿No quieres acostarte conmigo? —exigió ella.

—Francamente, no.

Capítulo 21

Jenny dio un paso atrás en su habitación, sintiendo como si él la hubiera golpeado.

Simon la siguió y le agarró sus dos manos.

—No me malinterpretes, Jenny. Quiero acostarme contigo. Ciertamente quiero darte placer y verte gozar en mis brazos. Y deseo abrazarte, cada noche y cada mañana si fuera posible. Sin embargo, la parte intermedia, la de dormir... No, te lo digo con franqueza, no quiero dormir contigo. De hecho, la idea me aterra.

—No ha pasado nada más —dijo ella, esperando no sonar tan desesperada como se sentía ante este giro de los acontecimientos, toda una vida de camas separadas.

—En realidad sí ha pasado. Las noches que dormías a salvo, me levantaba de la cama y me sentaba en una maldita silla.

—De la misma manera que te encontré cuando entré por primera vez en tu habitación. —Resultó que ella no le había ayudado en absoluto.

Dejó caer sus manos.

—Me quedé en una silla por una razón muy diferente entonces. Para no dormirme.

—Y cuando te quedaste dormido en la silla, ¿tuviste los mismos sueños violentos?

—No quiero hablar de eso —insistió él para su consternación—. Llegaremos a un acuerdo. Prepárate para ir a la cama aquí, y yo haré lo mismo allí —señaló hacia la puerta que separaba sus dormitorios—. Luego volveré y...

—¿Sí?

—Pasaré un rato contigo hasta que te duermas —terminó, con el brillo en los ojos que indicaba cómo pasarían su primera noche juntos en Belton.

Jenny supuso que ése era el único arreglo con el que él se sentiría cómodo, y ella no tuvo más remedio que aceptar. Por ahora.

Al día siguiente, cuando *lady* Tobías Devere seguía sin aparecer, Jenny decidió tomar cartas en el asunto. Caminó por su nueva casa hasta el apartamento del segundo piso del ala este que, de alguna manera, la viuda había reclamado para ella y sus hijos cuando se había mudado sin ser invitada.

Al tocar la puerta, Jenny esperó paciente una respuesta. Simon le había hablado de su incapacidad para obtener información de la viuda. En su único encuentro con Maude en la biblioteca, Jenny había visto con qué facilidad la mujer pasaba de hablar libremente a cerrarse como la bolsa de un avaro.

Sin embargo, era lógico que la viuda debía tener algunas respuestas. Volvió a tocar. Nada.

Se dio la vuelta y dio dos pasos por el pasillo antes de detenerse. Se giró y se acercó de nuevo a la puerta. La puerta de su casa. Entraría sin ser molestada, ya que le habían asegurado que no era el dormitorio de la mujer, sino una sala de estar.

Con un rápido giro del pomo de latón, abrió la hoja. Era evidente que la habitación estaba vacía. Además, Jenny pudo ver que este salón no era más que el primero de una serie de habitaciones, todas ellas unidas como los aposentos de Simon por dos juegos de puertas, lo que permitía pasear de una a otra si se deseaba.

En algún lugar, en una de las salas, los niños debían de estar jugando, pues sus voces resonaban en el parqué y en los altos techos.

Las conversaciones y las risas ocasionales eran bastante reconfortantes, y Jenny supuso que el apartamento parecería extremadamente solitario si estuviera en silencio. Avanzó hasta la siguiente habitación, que estaba acondicionada como un encantador comedor, donde sin duda comía la familia de Tobías. Qué triste era pensar que sus vidas continuaban sin él.

—*Non, ¡j'ai dit non!* —La voz de Maude llegó desde detrás de la puerta cerrada de la habitación contigua, hablando en francés quizá porque algo o alguien la había molestado. Luego dijo en inglés:

—Debes ir a decirle que se ha terminado. Que ha terminado. **Finis.**

Una voz de hombre, una que Jenny no reconoció, discutía con ella.

—No le gustará, *milady*. Si el nuevo conde la ve, puede reconocerla, y entonces habrá preguntas.

Todo el desconcertante intercambio había durado apenas unos instantes, y de repente, Jenny se dio cuenta de que sus pasos se acercaban a la puerta entre las habitaciones. Corriendo, con sus pies resbaladizos, llegó de nuevo al centro del salón cuando los oyó entrar en el comedor. Lo único que pudo hacer fue girarse y mirar hacia ellos, quedándose en el centro de la habitación como si acabara de llegar.

Lady Devere y el profesor Cara de Queso ya estaban en el salón cuando levantaron la vista y la vieron. Maude jadeó y ambas se detuvieron.

Jenny se mantuvo firme. No podía hacer una reverencia en primer lugar, pero podía hablar primero. De hecho, el protocolo lo exigía.

—Me alegro de ver que está bien, *lady* Devere, después de sus muchos dolores de cabeza.

La viuda se sonrojó y luego recordó a quién se dirigía ahora. Hizo una reverencia, lo bastante baja como para parecer respetuosa, pero sin mostrar una verdadera deferencia.

—Gracias, *milady*. No sabía que había regresado de su viaje de novios —dijo Maude, a pesar de que Jenny sabía que eso no podía ser cierto—. Este es el tutor de aritmética de mis hijos, el profesor Dolbert.

El hombre se inclinó, y Jenny dudaba de que recordara siquiera su breve encuentro en la entrada lateral. ¿Importaba? ¿Debía mencionar que ya lo conocía? Tenía la misma expresión de desinterés ahora que entonces, un hombre que prefería mirar a cualquier parte menos a los ojos.

—Felicidades por sus nupcias —añadió Maude, con el claro deseo de apartar la atención de Jenny del hombre que tenía a su lado.

Jenny le dio las gracias, preguntándose no por primera vez por qué la viuda no había acudido a la capilla para la boda ni había asistido al banquete, aunque tanto Peter como Alice habían estado allí. Sería descortés preguntar, por supuesto.

—Ni siquiera sabía que el conde la estuviera cortejando —dijo Maude.

—Ciertamente puedo entender que para algunos fue una sorpresa —respondió Jenny. Sin embargo, si Maude o cualquier otra persona dijera algo más, sería inapropiado. Cualquier insinuación de prisa indebida era más que grosera, excepto cuando lo decía su querida Maggie.

Maude se encogió de hombros y se produjo un incómodo silencio. La cortesía exigía que la mujer invitara a Jenny a sentarse y tomar el té. No lo hizo. En su lugar, se dirigió al tutor.

—Puede irse. Gracias por la información sobre el progreso de los niños.

El profesor Dolbert asintió, hizo una profunda reverencia a Jenny, una más superficial a Maude, y luego salió por la puerta abierta del pasillo tan rápido como un conejo perseguido por un zorro.

Las dos damas se miraron fijamente.

—Visitamos al tío de mi marido mientras estuvimos fuera. Su suegro —dijo Jenny.

Ah, eso consiguió una reacción, observó esta con curiosidad.

Maude palideció y se sentó, luego volvió a levantarse como si se hubiera sentado sobre algo caliente.

—Mis disculpas. ¿Quiere tomar asiento? —invitó por fin con poco entusiasmo.

—Gracias. —Jenny mantendría esta actitud educada, pero no se iba a ir sin saber más. Al ver un libro en la silla, preguntó:

—¿Qué está leyendo?

—Voltaire.

—Solo lo he leído traducido —declaró Jenny.

—No es lo mismo —señaló Maude, con cara de decepción.

Jenny sintió una pizca de inseguridad, sobre todo teniendo en cuenta el magnífico dominio que la mujer tenía tanto del inglés como del francés.

—Por desgracia, no tengo el conocimiento de su lengua materna como lo tiene mi hermana —explicó Jenny—, por eso es ella y no yo quien da clases particulares a Peter y Alice.

Habría sido grosero por su parte mencionar que tenía otros talentos. En cualquier caso, la mención de las clases particulares le recordó a Jenny una pregunta que la había molestado como una piedra en el zapato. ¿No era ella la condesa de Lindsey? Supuso que podía salirse con la suya y preguntarle a Maude lo que quisiera.

—Hablando de eso, ¿quién paga a mi hermana para que venga a dar clases particulares a sus hijos?

Maude se quedó mirando como si la pregunta, o quien la hacía, no tuviera sentido.

Jenny esperó. Si ponía palabras en la boca de la mujer, nunca sabría la verdad.

Al fin, la mirada de la viuda se deslizó hacia el suelo.

—¿Por qué quiere saberlo? ¿Por qué supone que no soy yo quien se encarga de eso?

Umm, dos preguntas como respuesta a la suya. Y en realidad no le había contestado. Ciertamente, no de forma directa.

—Perdóneme, *lady* Devere, pero tengo la impresión, tal vez errónea, de que usted no tiene ingresos propios. Sin embargo, ¿paga usted a mi hermana y al profesor Dolbert?

Maude vaciló con los labios fruncidos. Cuando esta se dio cuenta por fin de que Jenny no iba a llenar el silencio con una charla ociosa ni a retractarse de su pregunta, la viuda suspiró.

—Tiene toda la razón. Aunque tengo un poco de dinero procedente de la venta de mi casa. —Levantó la barbilla, con un aspecto bastante orgulloso—. Cuando se acabe, entonces...

Jenny comprendió el miedo a la ruina económica y quiso consolar a esta mujer tan espinosa.

—Lamento su situación. Estoy segura de que mi marido les mantendrá a usted y a sus hijos bajo su protección todo el tiempo que necesite. Puedo entender por qué vendió la Jonling Hall, pero ¿por qué no nos dice a quién se la vendió?

Maude negó con la cabeza.

—No lo sé.

Jenny insistió.

—La sirvienta de Jonling Hall dijo que sí.

—Ella mintió. ¿Cómo es que ella me conoce?

—La criada dijo que fue *lady* Devere quien le pidió que no le dijera a mi marido quién era su amo.

Frunciendo el ceño, Maude mantuvo la mirada en sus manos, que descansaban en su regazo. De repente, levantó la vista hacia Jenny y su expresión de desconcierto se aclaró.

—Hay más de una *lady* Devere en la actualidad.

A Jenny le tocó fruncir el ceño. Entonces se dio cuenta de que había conocido a la otra, Letitia, la irritante esposa de James Devere.

¿Por qué iba a tener ella algo que ver con Jonling Hall? El tío de Simon daba muestras de tacañería o de una extrema falta de fondos. Ciertamente, no parecía alguien que pudiera permitirse comprar la mansión, aunque Jenny podía creer que rechazara a su propia nuera. Sobre todo, cuando James había esperado empujar a esta a los brazos del nuevo conde.

—¿Hay algo más que pueda decirme?

Maude se limitó a fruncir los labios antes de murmurar.

—No sé nada.

Pero sí sabía algo, como demostraba la conversación que Jenny había escuchado.

—El tutor de matemáticas, ya lo conocía.

Con una sonrisa en los labios, Maude susurró:

—Dolbert.

Una extraña reacción ante un hombre aparentemente banal.

—¿Pasa algo?

La viuda sacudió su rubia cabeza.

—Yo... tengo migraña.

Ah, el dolor de cabeza siempre presente, que impedía a la viuda asistir a las cenas o a las nupcias y que ahora amenazaba con expulsar a Jenny de la habitación.

—Mi madre siempre usa aceite de menta en la nuca y

las sienes. ¿Pedimos un poco? ¿O quizá solo una taza de té fuerte?

Los ojos de Maude se abrieron de par en par, luego se levantó y se dirigió al timbre.

—Pediré el té —dijo.

—Muy bien.

Se sentaron en un tenso silencio, primero mientras esperaban la respuesta desde abajo de las escaleras.

—Hace un tiempo sublime —dijo por fin Jenny—. Vaya, había flores por todas partes a lo largo de nuestro viaje.

Maude asintió.

Jenny suspiró y decidió esperar a la otra mujer. Se dedicaría a recitar las tablas de multiplicar, como solía hacr para conciliar el sueño. Al llegar a la tabla del cinco, se alegró de que hubiera llegado el té, pues ya empezaba a sentirse un poco somnolienta.

Jenny se alegró aún más al ver que había galletas de mantequilla.

—Nada como una galleta para animarse por la tarde. —Le dio un mordisco a una mientras la criada les servía el té.

Maude asintió sin mucho interés.

«Dios mío», pensó Jenny. Empiezo a parecerme a mi madre.

—En fin, ¿dónde estábamos? Hablábamos del señor Dolbert, creo.

Los ojos de Maude se abrieron de par en par, pero Jenny no se dejó intimidar. Esto era demasiado importante para los Deveres, y ahora ella era una de ellos. Tomó un sorbo de la vigorizante bebida caliente y esperó.

Maude bebió su té, mordisqueó el pan de molde e

incluso se llevó los dedos a la sien, pero Jenny siguió esperando su respuesta.

—Mi suegro me sugirió que lo contratara.

A Jenny casi se le escapan las palabras de la mujer, pronunciadas en voz baja.

—Le ruego que me disculpe. ¿Quiere decir que James Devere le sugirió que contratara a un profesor de matemáticas, o al profesor Dolbert en particular?

—A Dolbert, en concreto.

Jenny trató de conciliar tanto interés por la educación de sus nietos, con el hombre cortante y avaro que parecía descuidar su hogar y que tal vez estaba matando de hambre a su propia esposa.

—Estoy... asombrada ...encantada de que su suegro se preocupe tanto por Peter y Alice.

Tal vez el comportamiento detestable de James durante su visita fue provocado por la pena, después de todo.

Jenny tenía una última pregunta, a propósito de la información que le habían dado los propietarios de las inversiones de los Deveres.

—¿Conoce usted al señor H. Keeble?

Con el rostro aún más pálido si cabe, Maude abrió la boca una, dos, tres veces, sorprendida. Por fin, rígida y con los ojos de par en par, negó con la cabeza.

—¿No? ¿Nunca ha oído hablar de él? —Jenny casi se rio de la evidente perfidia de la mujer.

Maude volvió a negar con la cabeza.

—¿Quién es? —Su voz era poco más que un susurro.

—No importa —dijo Jenny, descartando el tema. No iba a quedar en ridículo, explicando lo poco que sabía a esta mujer, que estaba claro que sabía más que ella.

Jenny se puso en pie. Había sido una visita interesante, pero en su corazón sentía que lo mejor sería que la viuda se fuera de Belton cuanto antes. Era más que desconcertante tener una mentirosa, y potencialmente una ladrona, entre ellos.

Decidida a vigilar de cerca a Maude, por el bien de la herencia de su marido, Jenny se volvió hacia la puerta.

La mujer había permanecido sentada, pero la miraba fijamente desde el otro lado de la amplia habitación.

—A mi marido le gustaría que usted y sus hijos cenen con nosotros en el futuro. Después de todo, somos una familia.

Sin esperar una respuesta, Jenny se marchó. Si Maude se atrevía a desobedecer tal petición, ¡se vería obligada a enviar al almirante!

—Si tu primo actuaba en nombre de tu tío, ¿por qué James no tendría una residencia palaciega en lugar de dejar que su casa se deteriorara tanto?

Llevaban casi una hora dándole vueltas al tema y sin llegar a ninguna parte. Simon estaba dispuesto a aparcar la conversación por el momento.

Tomó un sorbo de brandy y se recostó en el sofá. Su inteligente esposa era como un corredor de Bow Street, no iba a pasar por alto el asunto del dinero malversado hasta que hubiera descubierto al culpable.

—Por otro lado, crees firmemente que Tobías no haría

algo así para traicionar a tu padre y a ti sin ser alentado, o incluso obligado. ¿Correcto?

Simon asintió, dejó su vaso en la mesa y bostezó antes de alcanzar a Jenny y arrastrarla hacia él.

—Ya está —dijo, cuando la tuvo acurrucada contra su costado—. Así está mejor.

Animado por su suave risa, cuando ella levantó la vista hacia él, le robó un beso.

—Milord, debemos centrarnos en el tema que nos ocupa.

—*Milady*, no podemos saber nada más hasta que vayamos a Londres o enviemos a alguien en nuestro nombre para que investigue al tal señor Keeble. Mientras tanto, al menos hemos resuelto el misterio de la disminución de los ingresos.

Simon observó el labio inferior de Jenny. Le encantaba ver cosas nuevas en las que no había reparado antes.

—¿Qué es? —preguntó ella.

—¿Qué es qué?

—Estás mirándome fijamente. ¿Tengo restos de algo en la cara?

—No, mujer. Estás perfecta como siempre.

Esta vez su risa fue más bien un resoplido poco femenino que hizo que él también se riera.

—Estoy lejos de ser perfecta —protestó ella.

—Todo lo contrario, creo yo —señaló él.

Jenny suspiró y le dirigió esa mirada paciente que no sabía si a él le gustaba. Ella desestimó su violencia nocturna como si fuera algo intrascendente. Lo único en lo que podía pensar era en cómo se sentía al despertarse y darse cuenta de que sus manos estaban alrededor de su esbelto cuello. Y ella seguía llevando un vestido de cuello alto para ocultar los últimos moratones, ahora de color marrón amarillento.

—¿Cuándo iremos a Londres? —preguntó Jenny.

¿Cómo iba a llevarla sin conseguir habitaciones separadas en cada posada, además de mantener ese estatus en su casa de la ciudad? Ella se negaría, como había hecho la mayoría de las noches en Belton. Y cuando se viaja, las cosas pueden ser aún más impredecibles.

—En realidad, estoy pensando en ir por mi cuenta. —Simon ignoró su mirada de desconcierto—. Iré a caballo en lugar de tomar el carruaje. Puedo llegar más rápido, reunirme con Keeble, pasar solo una noche en Londres y regresar al día siguiente.

—¿Por qué no puedo ir contigo? Creía que yo era el administrador de tu finca.

—Lo eres. Pero podría haber peligro. No sabemos con qué clase de hombre estamos tratando, si es un matón o un caballero.

—Por eso no deberías ir solo.

Simon estuvo a punto de reírse, pero sintió que eso la ofendería.

—Querida esposa, puedo arreglármelas por mí mismo, y aunque estoy seguro de que cualquier villano estaría aterrorizado por tu estatura… —hizo una pausa cuando ella le golpeó en el hombro—, me sentiría mejor sabiendo que estás a salvo en casa.

Ella murmuró algo en voz baja sobre la seguridad, y él deseaba poder hacerle comprender que su bienestar era ahora de suma importancia para él. Protegerla era su deber. Y no le fallaría, como lo había hecho con Toby.

—Sin embargo, me gustaría mucho ver la casa de la ciudad —dijo Jenny—, sobre todo, porque mis hermanas y mi madre residirán allí en cuestión de meses. Permíteme acompañarte en el viaje, y me mantendré alejada del señor Keeble. ¿O es que soy tu administrador de fincas solo de nombre?

Le tocó a él suspirar. Porque ciertamente ella había hecho picadillo su argumento. ¿Cómo podía dejarla en casa? Si estuviera esperando un hijo, se quedaría en casa, pero esa era una esperanza bastante prematura.

—Simon, ¿qué estás pensando?

—¡Que deberíamos tener hijos de inmediato!

—¿Perdón? —Ella se apartó de él, quizá para comprobar si hablaba en serio.

—Deberíamos tener un hijo para que tengas preocupaciones e intereses apropiados. No libros de contabilidad mohosos. No deberías preocuparte por cosas aburridas, como...

—¿Ir a Londres? —dijo ella cuando él se quedó sin palabras—. ¿La ciudad más emocionante del mundo?

—También sucia, abarrotada y maloliente.

En realidad, a Simon le encantaría ir a Vauxhall y a la ópera con ella. Tal vez incluso a Astley's. Jenny solo tendría que aceptar sus reglas para dormir, tanto en el viaje como en la ciudad.

Así, Simon viajaba en su carruaje con su esposa unos días después, rumbo a Londres.

—¿Te molesta mucho que vaya contigo?

Simon pudo ver por su expresión que ella sabía que no le molestaba, y también vio que no le importaba si era así o no. Simplemente estaba intrigada, si sus ojos decían la verdad, por acompañarlo.

—Sí —mintió él, con una ligera sonrisa en los labios—. Estoy terriblemente furioso, ¿no se nota?

Simon se acercó y tomó su amado rostro entre sus manos.

—Oh —murmuró ella, obviamente esperando ser besada.

Él reclamó sus suaves labios bajo los suyos, y disfrutó de la forma en que ella apretó sus dedos detrás de su cuello. Inclinando la boca, deslizó la lengua suave, pero decidida, en su dulce calor.

—*Mmm* —gimió Jenny.

Cuando se separaron, ella tenía el aspecto ligeramente desaliñado y distraído que siempre lo incitaba a querer besarla de nuevo, además de muchas más cosas.

—Esa es mi parte favorita de viajar —confesó Jenny, mientras levantaba sus pesados párpados y le sonreía.

—La mía también.

Como él había temido, ella opuso resistencia cuando él le dijo que conseguiría dos habitaciones en la posada.

—No permitiré que la gente piense que somos ese tipo de pareja.

—¿Qué tipo de pareja? —Simon no pudo evitar la exasperación en su voz. Simplemente quería que ella pudiera dormir con seguridad.

—El tipo que no se tiene suficiente afecto como para dormir juntos. Como si no pudiéramos soportar la compañía del otro.

Simon miró al cielo.

—Creo que nadie piensa nada de eso. Es perfectamente normal tener dos cámaras. De hecho, es todo lo contrario, pensarán que somos como cabras en celo si solo necesitamos una habitación cuando viajamos.

Ante la expresión de sorpresa y dolor de ella, Simon deseó poder retractarse de sus palabras.

—No importa. Nos quedaremos en una sola habitación, así podré vigilarte mejor —replicó ella.

Debería sentirse halagado de que Jenny quisiera estar con él. En realidad, estaba conmovido por su profundo afecto y agradecido más allá de las palabras. Además, ante el aparente alivio y la felicidad de ella por compartir su habitación, se sintió, de hecho, muy feliz.

No le apetecía pasar una noche en el suelo o en una silla, pero por Jenny, haría cualquiera de las dos cosas.

Capítulo 22

Jenny se despertó con la familiar visión de una cama vacía. Qué caballeroso. Al menos habían disfrutado el uno del otro antes de que él la dejara dormida y luego la abandonara.

Su boca se torció. Era injusto. En realidad, no la había abandonado. Miró hacia el sillón acolchado y frunció el ceño. Simon no estaba. Tal vez había salido de la habitación después de todo. Se levantó de la cama, la rodeó y casi tropezó con el cuerpo de su marido.

Así las cosas, le dio una patada en la cabeza.

—¡Ay! —exclamó él, incorporándose de su lecho nido improvisado: una almohada sobre la alfombra y dos mantas encima.

—Esto es ridículo, marido. No eres un perro para tumbarte en el suelo a los pies de la cama.

Simon sonrió.

—He dormido en condiciones mucho peores, como ya sabes.

Con las manos en alto, Jenny trató de pasar por delante de él para alcanzar su ropa colgada en el armario, pero él la agarró por el codo y, con un rápido tirón, la atrajo hacia él.

Antes de que ella se diera cuenta, su camisa interior estaba alrededor de su cintura, y estaban representando la mejor *Obra maestra* de Aristóteles, como ella había llegado a llamar a su forma de hacer el amor. Después, con la cabeza apoyada en el hombro de Simon y el brazo de este rodeándola, no pudo evitar la risa que se le escapó.

—¿Qué pasa? —le preguntó él, que seguía dibujando tiernas caricias en su vientre plano.

—Estoy segura de que es la primera vez que un conde y su condesa hacen el amor en este suelo, junto a un colchón de plumas tan cómodo, como dos lunáticos.

Le dio un beso en la frente.

—Verdaderamente, estoy bastante loco por ti —admitió—, pero puede que tengas razón. Cuanto antes desayunemos y nos pongamos en camino, antes verás nuestra casa de la ciudad.

A Jenny le gustó la expresión.

—Nuestra casa… —Ella se vistió con rapidez y comió aún más rápido.

Tres días después, mientras supervisaba el desembalaje de sus baúles, Jenny no se sintió decepcionada. Cuando Simon le mostró la casa, ella trató de averiguar más cosas sobre el hombre con el que se había casado.

—Milord, me sorprende que tu familia haya dejado la ciudad por Belton.

Porque en lugar de la habitual casa londinense, sin apenas terreno, los Deveres tenían una mansión con jardines delanteros y traseros en Portman Square.

—Hemos tenido ofertas —admitió—, de más de un duque y de un miembro de la familia real. Sin embargo, al no necesitar el dinero, nos quedamos con nuestro lugar en la ciudad. No sé si mi padre vino aquí cuando yo estaba... fuera.

Según la criada de la planta baja, *lady* Maude, lord James y *lady* Letitia habían utilizado la casa de los Devere en los últimos años.

Ante esa noticia, Jenny levantó una ceja hacia su marido.

—La trama se complica.

—Qué mente para descubrir intrigas —dijo él, con admiración.

—Dígale al señor Keeble que Simon Devere, conde de Lindsey, está aquí para verlo.

Simon no era tonto. Había contratado a alguien para que siguiera a Keeble durante dos días para determinar qué clase de hombre era y para quién trabajaba. Las noticias no eran buenas. Un administrador legal de los bajos fondos, según lo que pudo saber.

Por ello, recurrió a uno de sus mejores amigos, John Angsley, el conde de Cambrey, que por suerte se encontraba en Londres. Después de una gran cantidad de «querido Dios del cielo» y de palmadas en la espalda y «me alegro de verte» y más palmadas en la espalda, seguidas de unos cuantos dedos de brandy, se pusieron en marcha juntos.

—No, yo tampoco había oído hablar de él —dijo Cam mientras iban a la oficina de Keeble—. Sin embargo, eso no nos dice nada. No me muevo en su círculo más que tú. Dudo que nos encontremos con alguien como Keeble en White's.

—¿White's? —repitió Simon, todavía mirando por la ventana del carruaje—. No se me ocurriría volver allí como si nunca hubiera pasado nada.

—Serás bienvenido allá donde vayas. Además, ninguno de nosotros puede imaginarse por lo que has pasado. Pero escucha, todos pensamos que eres un héroe.

Simon se estremeció.

—Si lo fuera, Toby también estaría aquí.

—Eso es una tontería. —Cambrey se cruzó de brazos y se sentó. Había conocido al primo de Simon, pero no habían estado en la misma clase en Eton—. Una auténtica tontería. Supongo que también deberías haber salvado al almirante Nelson.

Simon se encogió de hombros, no dispuesto a eximirse de cualquier culpa. Sin embargo, había tenido otros triunfos últimamente.

—Me he casado hace poco. —Volvió la cara hacia su amigo y no pudo evitar sonreír al pensar en Jenny. Su Jenny, que ahora esperaba su regreso en casa.

—¿Estás casado? ¿Por qué no lo he leído en los periódicos?

—Mal hecho, supongo. Quería hacerlo, y a la señora no le importaba tener una tranquila boda en el campo.

—Qué suerte tienes. ¿Su nombre?

—*Lady* Genevieve Blackwood.

Cambrey asintió.

—Ah, la hija mayor del Barón Blackwood.

—¿La conoces? —Simon se dio cuenta de que, por lo

que sabía, su amigo podría haber bailado con Jenny durante sus temporadas mientras él estuvo prisionero en Birmania.

—En realidad no. La he visto, por supuesto, en varios eventos. Una cara dulce, según recuerdo. —Le guiñó un ojo a Simon—. Sí, sé lo que pasó con su padre. Y con su vizconde —añadió Cambrey de forma contundente—. Era de dominio público que Alder la abandonó como una patata caliente y empezó a cortejar a la hija de un vizconde de Wembley.

—Gracias a Dios —murmuró Simon—. La pérdida de Alder es mi ganancia.

—¡Estás enamorado! —dedujo Cambrey por la mirada de su amigo y el tono de su voz.

—Sí. Sinceramente, no veo cómo estaría aquí si no fuera por ella. Estaba en un estado terrible cuando me encontró.

—Me alegro de que tengas un final feliz. Te lo mereces.

Simon apartó sus palabras con un movimiento de la mano.

—¿Qué? ¿No eres feliz?

Simon no estaba seguro de qué decirle a Cam.

—Es una larga historia. Pero en cuanto a mi esposa, ella me hace muy feliz. —El carruaje se había detenido—. ¿Vendrás a mi casa después de que concluyamos este negocio, para conocerla?

—Será un honor. Ahora, ocupémonos de ese tipo, ¿de acuerdo?

Así, entraron en el despacho de Keeble, que no era ni humilde ni suntuoso, solo dos habitaciones por encima de un exitoso corredor de bolsa y por debajo de un comerciante en Bayswater, justo al norte de Hyde Park. En la sala exterior, un delgado empleado de mediana edad estaba sentado ante un escritorio y, en contra de las expectativas de Simon, no había rufianes presentes para intimidar o intentar asustarlo.

Los ojos del empleado se abrieron de par en par a su llegada y se agrandaron al escuchar la identidad de los dos condes.

—Bueno, ¿está dentro? —preguntó Simon.

—Seguramente —señaló Cambrey—, o la puerta de su despacho estaría abierta, ¿no?

—Pues sí —dijo el empleado, saltando a trompicones. Sin dejar de mirar a los dos hombres, llamó a la puerta de su jefe.

—Adelante —dijo una voz desde el interior.

—Perfecto —afirmó Cambrey y luego hizo un gesto para que Simon lo siguiera.

Acercándose al empleado hasta que este no pudo hacer nada más que apartarse, Simon empujó la puerta y entró. Una oficina ordinaria para el que parecía ser un hombre ordinario. Sin embargo, este era el hombre que durante años había estado recibiendo los ingresos de la familia Devere, de cinco fuentes distintas.

—¿Usted es Keeble?

El hombre se puso de pie, al reconocer por sus ropas que tenía dos caballeros en su oficina.

—Lo soy.

Simon lo miró de arriba abajo. No parecía un matón que administraba las ganancias de los principales clubes de juego de Londres, pero ese era su trabajo, conseguir dinero de los deudores y pagar a los acreedores.

—Soy Simon Devere, séptimo conde de Lindsey.

—Milord. —El hombre se inclinó con respeto.

Al estudiarlo, Simon se sintió desconcertado. El hombre parecía vagamente sorprendido, pero no alarmado. Desde luego, no se comportaba como Simon esperaba que lo hiciera un malversador.

—Este es el conde de Cambrey. —Señaló a John, sin girarse.

—Milord. —Keeble se inclinó a su vez hacia el amigo de Simon. Luego, silencio.

—¿Sabe por qué estoy aquí?

Keeble respiró hondo y miró su escritorio, sembrado de papeles y libros de contabilidad, como si la respuesta estuviera allí.

—¿Quieren sentarse, caballeros?

—No. —Simon quería respuestas, no sutilezas.

—Lord Lindsey le ha hecho una pregunta —le recordó Cambrey.

—Supongo que está aquí para discutir sobre su cuenta.

—¿Mi cuenta?

El hombre casi sonrió.

—Bueno, no la suya exactamente, por supuesto, pero sí la cuenta de Devere.

—¿De qué está hablando?

Keeble frunció el ceño.

—Bueno, esto es un poco incómodo. ¿No es por eso por lo que ha venido?

—Estoy aquí porque se han desviado fondos de mi patrimonio a su oficina. Y quiero saber por qué.

—Ya veo. Eso puede explicarse con facilidad. Sin embargo, tengo gota en mi pierna derecha y me gustaría sentarme. No puedo hacerlo a menos que ustedes se sienten. Es una situación dolorosa en la que me encuentro, y que no me permite concentrarme y responderle con la rapidez y precisión que se merece.

Simon se quedó mirando al hombre.

—Bien —dijo al fin y tomó una de las sillas frente al escritorio. Mirando a Cambrey, que puso los ojos en blanco, le indicó con la cabeza que tomara el otro asiento. Cuando ambos condes se sentaron, Keeble también lo hizo.

—Ahh —suspiró—. Mucho mejor. Entonces, quiere hablar de las cuentas... Deje que coja el libro.

Era el ladrón más educado y organizado que Simon podía imaginar. El hombre abrió uno de los cajones de su escritorio y rebuscó entre varios objetos hasta que sacó un delgado volumen.

—Devere —dijo, mirando a Simon por encima del libro encuadernado en cuero.

Cuando el hombre abrió el libro, que contenía varias columnas y números, Simon, por primera vez desde que salió al encuentro de ese desconocido Keeble, deseó que Jenny estuviera a su lado. Dudaba que Keeble le permitiera llevarle a su contable el registro de las cuentas.

—Es muy sencillo —dijo Keeble, hojeando las páginas—, durante los últimos seis años, cinco de sus explotaciones me han enviado su dinero para que lo distribuya entre los deudores, y todos han cobrado, excepto a uno. Eso es lo que hago —añadió mirando de nuevo a los dos hombres—. No crean que los caballeros de su rango van a Boodle's o a White's, sombrero en mano, con una bolsa de monedas para pagar sus deudas.

—¿Seis años? —Eso era mucho tiempo—. ¿Cuánto dinero ha pagado?

Keeble estudió una de las páginas.

—No podría decirlo, milord, sin hacer antes los cálculos. Una cantidad sustancial, desde luego.

—¿Qué deuda podría ser tan grande? —preguntó Cambrey, rompiendo su silencio por primera vez.

Simon no pudo responder. En realidad no tenía ni idea, a menos que…

—¿Quién dio la orden?

—Su padre, por supuesto.

Simon y Cam se miraron.

—¿Está seguro? ¿No fue *sir* Tobías Devere? —Simon no podía creer que su padre hubiera hecho algo así a sus espaldas.

—No, milord. Estoy seguro. Yo mismo recibí la misiva con la firma del antiguo lord Lindsey y la de un testigo también. Y entonces comenzaron los pagos. Y sí, en ese momento, creo que *sir* Tobías se encargó de que todo llegara a buen puerto.

—¿Un flujo interminable de dinero? Se trata de las cinco explotaciones. ¿Sin fecha de finalización?

Keeble volvió a mirar la primera página una vez más. Sus ojos se abrieron un momento.

—Oh, finalizará cuando el deudor deje de acumular deudas.

—¿Es un acertijo? —preguntó Cambrey—. ¿Está jugando con nosotros?

—No, milord.

—De acuerdo, morderé el anzuelo —dijo Simon—.

¿Quién es el deudor?

—James Devere.

—¡Mi tío!

—¿Qué tipo de deuda? —preguntó Cambrey cuando Simon no dijo nada más.

Keeble se encogió de hombros.

—Del tipo habitual, supongo que se podría decir. Juegos de azar. Cartas. Caballos. Lo que sea.

—¿Cómo puede mi tío seguir apostando? Vive a horas de Londres.

El hombre dirigió a Simon una mirada casi compasiva desde el otro lado del escritorio.

—Alguien juega en su nombre.

—¿Qué? —preguntó Cambrey con asombro—. ¿Otro hombre hace malas apuestas o pierde a las cartas y la familia Devere paga por ello?

Keeble extendió las manos.

—Ese es el acuerdo. James Devere perdió mucho dinero cuando era joven. Supongo que aún busca recuperarlo en las mesas de juego.

—He visto el estado de su casa. No ha recuperado nada. —Simon se envaró en su silla—. Esto no tiene sentido. Tendría muchos más recursos para vivir si hubiera dejado de hacer esas ridículas apuestas y hubiera ordenado que el dinero de nuestras participaciones se le enviara directamente a él, en lugar de a Londres.

De nuevo, Keeble se encogió de hombros.

—Su padre intentaba ayudar a su hermano, supongo. Tal vez su tío no quería una limosna, sino, en última instancia, ganar. Así es un jugador.

—¿Y dice que este acuerdo continúa a perpetuidad hasta que mi tío muera?

Keeble asintió.

—O hasta que se acabe el juego y se haya pagado toda la deuda, incluidos los intereses. No se olvide de ellos.

—Excepto que los pagos no continuarán —le informó Simon—. Ya he puesto fin a todos.

El hombre detrás del escritorio palideció.

—Oh, eso es lamentable. Crocky no lo tomará a bien, milord. No, en absoluto.

—¡Crocky! —exclamó Cambrey.

Simon lo ignoró.

—¿A quién le importa si la deuda es con el viejo Crockford o con el más refinado propietario de White's?

Cambrey cruzó sus largas piernas.

—Crocky puede desprenderse de su barniz con bastante rapidez. Recuerda de dónde viene. He oído que el Pescadero no es del tipo que perdona.

—Y el apoderado que apueste en lugar de su tío se encontrará peligrosamente sin fondos.

La alarma de Keeble parecía genuina.

Simon negó con la cabeza.

—Hay, o había, una deuda que había que pagar. Sin embargo, no se ha saldado lo suficiente en seis años porque se está creando más deuda aún...

—Así es. Casi cada noche. —Keeble puso las manos sobre el libro de contabilidad—. Y no olvide...

—Los intereses, lo sé —dijo Simon, impaciente.

—¿Y quién se ha encargado de que los pagos lleguen a usted, desde que mi primo y yo nos fuimos?

Keeble frunció el ceño, dudando.

Simon se sentía dispuesto a hacerle hablar.

—Ya es demasiado tarde para ocultarme nada.

—Por supuesto, tiene razón, milord. —Keeble volvió a mirar el libro que tenía sobre su escritorio—. Un hombre llamado Dolbert, alguien que trabajaba para su tío, creo.

Simon se encogió de hombros. El nombre no significaba nada para él, pero lo más probable era que Binkley supiera quién andaba por Belton y manejaba las cuentas.

—Su posición no es terrible, lord Lindsey. —Keeble parecía intentar animarle—. Solo recuerde que el conde de Carlisle estaba pagando una sexta parte de sus propios ingresos para saldar la deuda de lord Fox, y ni siquiera era de la familia.

—Eso es absurdo —dijo Cambrey—. Lord Lindsey bien podría ser Sísifo empujando esa maldita roca hacia arriba si trata de pagar una deuda que no deja de crecer.

Simon aferró el reposabrazos de su silla.

—¿Cómo puedo conocer a ese supuesto apoderado que juega y pierde como si fuera la duquesa de Devonshire?

Keeble lo miró fijamente.

—Eso no suele hacerse.

—Entonces puede irse al infierno, y el dinero que apueste...

—Y pierda —interrumpió Cambrey.

—Será el suyo, no el de mi familia —concluyó Simon—. Quiero reunirme con este hombre esta noche, o puede decirle usted mismo que su pozo se ha secado.

—¿Qué hay de James Devere?

Simon estuvo a punto de decir que su tío también podía irse al infierno, pero se detuvo. La familia era la familia.

Trataría con su tío en privado. Estaba claro que el hombre tenía un problema, uno que el padre de Simon pensó que podría contener. En cambio, había terminado financiando ese problema. Y Toby lo sabía. Era evidente. Quizá también le dio dinero a su padre, lo que explicaría por qué su viuda no tenía nada.

No era de extrañar que el padre de Simon hubiera pedido a Toby que manejara los libros de contabilidad, en lugar de a su propio hijo. Simon nunca habría aceptado un acuerdo de este tipo, creado solo para que su tío pudiera salvar la cara.

Mientras tanto, Keeble había cogido una pluma y estaba escribiendo en un papel. Cuando terminó, lo secó y lo dobló antes de entregarle la información a Simon.

—El nombre del apoderado. No necesita que le anote la dirección de Crockford's, ¿verdad? Estoy seguro de que la conoce, como la mayoría de los caballeros.

De nuevo en el carruaje y de vuelta a su casa, Simon desdobló el papel.

—Jameson Carlyle —murmuró—. Nunca he oído hablar de él.

—Yo tampoco —murmuró Cambrey desde la otra esquina del carruaje—. ¿Vamos a Crocky's esta noche?

Simon gruñó. Su primera noche de regreso a Londres después de tres años, y tenía que pasarla en un elegante antro de juego. Y lejos de Jenny.

Cambrey apoyó los pies en el asiento de Simon.

—Tiene sentido. ¿A qué otro lugar iría alguien noche tras noche? Si vas a perder, más vale que sea con la mejor cocina francesa mientras tanto.

—Al diablo con la cocina francesa —dijo Simon.

—De verdad —insistió Cambrey, espera a probarla. —Se chupó los dedos y emitió un sonido de entusiasmo—. Crocky ha contratado a Eustache Ude, y sus huevas de caballa son... —Cambrey se interrumpió al ver la expresión de su amigo—. No importa, entraremos, encontraremos a ese canalla de Carlyle y le haremos hablar.

Simon solo pudo poner los ojos en blanco. ¡Huevas de caballa!

<hr>

—¿Qué voy a hacer toda la noche? ¿Seguro que no puedo ir?

Cuando el amigo de Simon, lord Cambrey, se rio de su pregunta, Jenny tuvo ganas de estrangularlo, aunque hacía poco que lo conocía. Era casi tan guapo como su marido, tenía un ingenio rápido, un aire de divertido hastío y unos ojos muy intensos que le hacían pensar que había más en él de lo que dejaba entrever.

Simon le cogió la mano a Jenny y le arrebató la atención de su amigo.

—No hay mujeres en los clubes, mi amor, como ya sabes. Al menos, no hay damas. Pero no tardaré mucho. Pienso encontrar a ese jugador y hacerle saber que se acabó la fiesta. Luego veré si puedo hablar con Crockford. Estoy seguro de que cuando se entere de que no se crearán más deudas de Devere en su establecimiento, accederá a hablar conmigo.

—Y lord Cambrey le atenderá. —Señaló con la cabeza al amigo de su marido.

Simon sonrió.

—Me cuidará como si fuera su propio hijo —aseguró

Simon.

Cambrey puso las manos sobre su corazón.

—Juro que lo haré.

Se estaban burlando de ella. Eso estaba bien, siempre y cuando su marido se mantuviera a salvo. Le esperaba una larga y aburrida velada. Pero había tenido la suerte de pasar dos días gloriosos con Simon en Londres. Habían hecho tonterías, como ir al circo en el Anfiteatro Real de Astley y asistir a la Feria de Bartholomew, bastante chillona y ruidosa, donde habían visto a los equilibristas, los acróbatas y los tragafuegos. Había sido muy emocionante.

Esta noche, había tenido el placer de entretenerse como una recién casada en el salón hasta la cena. Luego, durante una comida con urogallo asado y guisantes con una deliciosa salsa de vinagre a la menta, lord Cambrey les hizo reír a todos con historias sobre los años que pasó con Simon en la escuela.

Ahora los hombres volvían a salir, dejándola atrapada con un libro de la biblioteca. No tenía a nadie con quien ir a ningún sitio, aparte de su marido.

¡Qué mala planificación! Debería haber traído a Maggie como compañía, al menos.

—Muy bien. Te espero.

Capítulo 23

iel a su palabra, Simon regresó a las pocas horas. Jenny ya había decidido hacer uso de las lujosas instalaciones de la casa y había disfrutado de un profundo baño en su ausencia. Caliente y relajada, estaba bebiendo oporto cuando su marido entró en la casa, con mejor ánimo que al marcharse.

Simon se sirvió una copa y se unió a ella en el sofá.

—Me gusta este vestido —le dijo.

Ella sonrió.

—Lo sé. —Un terciopelo púrpura intenso, finamente tejido, se ceñía pecaminosamente a todas sus curvas.

Tocando con sus dedos la abertura, empezó a tirar de ella.

—Me gusta más cuando está en el suelo o colgado en una silla, sin cubrir tu cuerpo. —Él se inclinó hacia ella para acariciarle el cuello.

Ella soltó una risita.

—Me haces cosquillas.

—Estaré encantado de hacerte cosquillas en todas partes. ¿Subimos?

—En un minuto —insistió Jenny—. Cuéntame qué ha pasado. ¿Encontraste al hombre que buscabas?

—Sí, lo encontré. —Hizo una pausa y agitó el licor en su vaso.

—¿Vas a obligarme a sacarte cada dato?

—No, pero no estoy seguro de cómo te tomarás lo que tengo que contarte, así que creo que prefiero esperar hasta mañana.

La alarma la recorrió, haciéndola sentarse erguida y ofrecerle una dura mirada.

—Ahora debes decírmelo. Porque nunca podría dormir sin saberlo.

Él dejó su oporto en el suelo, cogió el vaso de ella y lo puso junto al suyo. Tomando las manos de ella entre las suyas, la miró a los ojos.

—No es ningún secreto que eres maravillosa y brillante.

—Simon...

—No te alarmes, solo quería decírtelo.

—Muy bien. Continúa.

—Cam y yo encontramos al hombre que juega en lugar de mi tío en una mesa de apuestas altas. Estaba jugando a fondo, como se suele decir.

Ella frunció el ceño.

—Apostando fuerte —aclaró.

—Con el dinero de Devere.

—¡Increíble!

—Sí. Pero, ¿cómo poner fin a esto? Se sorprendió al verme, pero insistió en que no había hecho nada malo. Le gusta jugar, y tiene una posición privilegiada haciéndolo.

—¿Qué clase de hombre es?

—Bastante inofensivo. Más o menos de mi edad, supongo. Me resultaba extrañamente familiar, pero juro que nunca lo había visto en mi vida. Cam cree que puede haber estado en la escuela con nosotros. Quienquiera que sea, cayó en el charco correcto.

—¿Y cómo vas a limpiar este charco y secar su interminable suministro de fondos para el juego?

—Le dije que iba a parar, y se rio. Dijo que no dependía de mí ni de él.

—¿Entonces de quién?

—Al hombre con el que mi tío se endeudó terriblemente por primera vez.

—¿Y quién es?

—El propio Pescadero.

—¿El Pescadero?

—Will Crockford era hijo de un pescadero y estaba destinado a serlo él también, pero no fue así. por el contrario, se ha convertido en uno de los hombres más poderosos de Londres. Por desgracia, también se le llama comúnmente el Tiburón, por un buen motivo. Aparentemente, nosotros los Deveres ayudamos a construir su establecimiento de juego, o al menos nuestro dinero lo hizo. Y es un lugar bastante agradable, también.

Simon le soltó las manos y volvió a coger su bebida.

—Crockford's es la fantasía de todo jugador. Lujoso, respetable, justo en St. James Square, con un sirviente vestido de librea a tu servicio. Y una sala llena de jóvenes aburridos y adinerados a los que no les importa ser palomas.

—¿Palomas?

—*Mmm*, objetivos fáciles para Crocky y su personal.

—Bueno, no me importa lo elegante que sea ese sitio. ¿Qué vas a hacer? ¿Reunirte con él?

—Oh, voy a ir allí —dijo fijándola con una mirada intensa—, contigo.

Ella asintió, y entonces las palabras de Simon se filtraron en su cerebro.

—¿Conmigo?

—Sí, querida, con el mejor cerebro que conozco para manejar los números. Eso es en realidad todo lo que se necesita para ganar en las cartas. Eso y algo de suerte.

Jenny abrió la boca y la volvió a cerrar. Luego cogió su vaso y bebió un sorbo de oporto antes de volver a intentarlo. No, todavía no tenía palabras para describir lo petrificada que se sentía ni para explicarle que no podía hacer algo así. Ni siquiera para salvar la fortuna de su familia. Por un lado, no podía entrar en un establecimiento de juego, por otro, le aterrorizaba cualquiera que se llamara Tiburón y, por último, lo más importante, qué pasaría si perdía y defraudaba a Simon.

—Sé que tu cabeza probablemente esté hecha un lío —dijo él—. También sé que puedes hacerlo. Y aquí mismo, en nuestra propia casa. He invitado a Crocky aquí y ha aceptado.

De repente, Jenny no pudo respirar. Eso, por lo general, solo ocurría cuando su corsé estaba demasiado apretado. También se encontró incapaz de hablar, no queriendo decepcionar a su marido, que había confiado en ella. ¿Por qué si no le había exigido ir con él a Londres para enfrentarse a cualquier enemigo que estuviera vaciando las arcas de los Devere? Al parecer, se enfrentaría a él.

—Por favor, di algo, Jenny. Empiezo a temer que te haya hecho entrar en un estado de estupor severo.

Ella sacudió la cabeza para despejarse.

—No sé nada sobre el juego, excepto que a mi padre se le daba muy mal. Si he heredado sus habilidades, estaremos perdidos.

—Tú tienes tus propias habilidades. Tú y Crocky jugaréis una mano de piquet, todo o nada.

—Eso suena siniestro. En cualquier caso, si tengo que contar las cartas, no habrá mucho que contar si solo jugamos una mano. En segundo lugar, ¿qué es todo y nada?

Simon se rio.

—Debes conseguir al menos cien puntos para ganar, y tienes seis manos para hacerlo. Y «todo» es que, si ganas, Crocky lo aceptará como deuda pagada y hecha en nombre de mi tío. Si pierdes, le pagaré el resto de la deuda, incluidos los intereses, vendiendo lo que haga falta. En cualquier caso, no habrá más apuestas en nombre de mi tío.

—¿Lo has invitado y el señor Crockford ha aceptado?

—Lo he hecho. —Cruzando los brazos, Simon parecía muy amenazador, dispuesto a defender con cada músculo su finca y sus inquilinos.

—De cualquier manera, ¿tus cuentas estarán a salvo? —preguntó Jenny.

—De cualquier manera, esta farsa terminará.

Eso la hizo sentir mejor. Sin embargo, lo que estaba en juego seguía siendo mucho. Las arcas de Devere sentirían el golpe de una suma tan grande pagada al Tiburón de una sola vez. Los sirvientes podrían perder sus puestos de trabajo, como había dicho Simon, y las propiedades podrían tener que ser vendidas. Ella tragó saliva.

—¿Cuándo viene?

—Mañana por la tarde —dijo Simon.

—¿Debo aprender a jugar a las cartas para entonces?

—Solo una parte. Yo te enseñaré. —Él se inclinó hacia delante y le quitó el vaso de la mano, dejándolo en el suelo—. Pero no esta noche. Hay otras cosas que preferiría enseñarte antes.

Jenny empezó a sacudir la cabeza, pensando que era imposible concentrarse en nada más que en su ansiedad, cuando la cálida mano de Simon se posó en su mejilla, girando su cara hacia él. Parpadeando, Jenny esperó a que su boca reclamara la suya. Mientras se besaban, su interior se derritió junto con sus preocupaciones. Este hombre había pasado por el infierno y había vuelto. Para su sorpresa, seguía siendo generoso, cálido y atento. Había pagado la temporada a sus hermanas. Ella se lo devolvería haciendo lo posible por ganarle al Tiburón. Sin embargo, ella no pensaría en nada de eso ahora.

Mientras abría la boca para dejar que su lengua diabólica se deslizara entre sus labios, juró que esta noche se concentraría solo en ser su alumna dispuesta.

Al despertarse en el extraño dormitorio de su casa, como de costumbre, se encontró con que su marido no estaba. Simon se había escabullido de su cama para dormir en otro lugar, como hacía en su casa. Sintiéndose incapaz de cambiar su situación, Jenny decidió concentrarse en aprender a jugar a las cartas.

Cuando el ayuda de cámara hizo pasar a Will Crockford al salón, Jenny deseó que hubieran traído al almirante con ellos en lugar de dejarlo cuidando de Belton. El Tiburón iba vestido para impresionar, y podía pasar con facilidad por un respetable hombre de negocios. Lo que la alarmó fue que trajera consigo a un individuo grande y de aspecto rudo, un hombre que empequeñecía a su joven y enjuto ayuda de cámara, con una nariz que parecía haber estado en el extremo equivocado del puño de un púgil más de una vez.

En lugar de anunciar a sus invitados, su ayuda de cámara iba detrás, y anunció su llegada con un tartamudeo.

Con buena previsión, Simon había invitado a su amigo lord Cambrey. Con su marido y él, Jenny se sintió perfectamente segura a pesar de la desagradable compañía que ahora se encontraba en su salón.

El conde de Lindsey hizo las presentaciones de su esposa y su amigo, a lo que el Tiburón dijo:

—Un placer, un placer.

—Este es Busby —dijo para presentar a su hombre.

En ese momento, Simon hizo saber que era Jenny quien jugaría contra Crocky.

El fino disfraz de cortesía se resquebrajó por un momento, cuando los ojos de Will Crockford se abrieron de par en par. Echó una segunda mirada a la joven esposa del conde, ladeando la cabeza.

—¿Es una broma? —preguntó.

—No —respondió Simon de inmediato.

—Mi esposa jugará contra usted. El primero que llegue a cien y más.

Jenny permaneció en silencio como le había aconsejado

su marido, conteniendo su lengua para ser una mujer misteriosa que podía o no ser experta en las cartas. Que el Tiburón se preguntara qué le esperaba...

El hombre suspiró.

—Se lo advierto, Lindsey. Puedo detectar a un tramposo a una milla de distancia, y la cara bonita de *lady* Lindsey no me distraerá mucho.

Jenny sintió que sus mejillas se coloreaban ante el halago, pero aun así no dijo nada, limitándose a dejar que Simon le retirara la silla mientras ella y Crocky tomaban asiento en la mesa. Los demás permanecieron de pie. Ni el tosco Busby ni su marido ni lord Cambrey iban a relajarse por miedo a perderse un solo movimiento del juego.

Si tan solo pudiera calmar las mariposas que revoloteaban contra su pecho… Miró a Simon, que le dedicó una sonrisa alentadora y luego alzó una ceja irónica. «Mira la situación en la que estamos». Al devolverle la sonrisa, Jenny se sintió más tranquila.

Will Crockford sacó una baraja que declaró ser de piquet, ya ordenada para tener solo treinta y dos cartas. Simon y Cambrey tardaron unos minutos más en examinar la baraja a su gusto. Parecía no estar marcada.

Actuando como un caballero, Crocky se ofreció a repartir la primera mano para mostrarle cómo hacerlo correctamente.

Antes de que pudiera aceptar, Simon tosió y ella recordó lo que le había dicho.

—Señor Crockford, como usted sabe, el crupier de la sexta mano está en desventaja, por lo tanto, me gustaría repartir primero. ¿Cortamos para decidir? La carta más alta elige.

Para su alegría, Jenny sacó la carta más alta y les repartió doce cartas a cada uno. Cuando sostuvo las cartas por primera vez, un golpe de incredulidad casi le hizo dejarlas caer sobre la mesa de madera pulida que tenía delante.

¿Qué demonios estaba haciendo?

Sin embargo, cuando el Tiburón emitió un cacareo de confianza, se puso rígida. La suerte contaba, pero también la habilidad, y estos eran solo números, que siempre habían sido sus fieles amigos.

Cuando, tras examinar sus manos, ninguno de los dos declaró tener carta blanca, y se dispusieron a jugar. Como crupier, Jenny era la mano, y a Crocky le tocó cambiar primero. Puso solo tres cartas boca abajo, sacó un número igual de su abanico de ocho cartas, y luego, como su derecho, le tocó ver dos más. Nerviosa, Jenny cambió las cinco que le quedaban, aun sabiendo que el Tiburón había visto dos de ellas.

Durante la primera ronda, apenas pudo pestañear por miedo a perderse algo, pero luego su cerebro tomó el control mientras contaba lo que veía y adivinaba lo que iba a venir y calculaba las probabilidades, y entonces... Crocky ganó, declarando sus puntos con una sonrisa triunfal.

Jenny tuvo que felicitarle, lo que significaba que no podía superarle en ninguna de las tres categorías.

Con qué rapidez su suerte había pasado de ganar a perder la ronda. Miró a Simon, temiendo ver la decepción en su cara, y vio en cambio una sonrisa alentadora.

Lo haría mejor. Tenía que hacerlo. Porque a este ritmo, Crocky llegaría a los treinta puntos antes de que ella anotara.

Si recibía el repique de sesenta puntos, los Deveres perderían seguro.

El Tiburón repartió la siguiente mano, y Jenny pasó más tiempo considerando qué carta cambiaría. Prestó más atención, y se dio cuenta de que conocía casi todas las cartas de Crocky gracias a las que ella tenía y lo que había visto en la mesa. Tenía un mejor baza, jugó sus trucos y ganó las cartas en la siguiente ronda para obtener diez puntos extra.

Crocky parecía impresionado, pero sin inmutarse.

—¿Ha jugado antes? —le preguntó, mientras ella barajaba el mazo.

—No —dijo ella con sinceridad.

—Ya veo. —Se volvió hacia Simon—. ¿Hay refrescos? No puedo decir mucho de su hospitalidad.

En lugar de ofenderse, su marido solo se rio.

—No creo que esté aquí tanto tiempo. Además, ya ha tenido mucho que comer y beber con el dinero de los Deveres, ¿no es así?

La boca de Crocky se curvó en una ligera sonrisa.

—Supongo que sí. Aun así, se agradecería un poco de brandy o incluso cerveza.

—Puedo proporcionarle algo por última vez —aceptó Simon y tocó la campanilla.

En pocos minutos, todos tenían una copa delante o en la mano. Jenny no tocó su bebida. La pausa en su juego ya le resultaba bastante desconcertante, no quería empañar sus claros pensamientos con brandy.

Tomando un largo trago de su copa, Crocky le sonrió y asintió para continuar. Si esperaba hacerla olvidar todo lo que había visto y contado, había fracasado. La siguiente mano ella la ganó con facilidad, superándole en dos de las tres categorías, y ganó las doce bazas con cuarenta puntos más. Su puntuación se acercaba con rapidez a los cien puntos.

Estaban dos a uno, y ella se sentía esperanzada. Y entonces él dejó su mano, las doce cartas, boca abajo, lanzándole una sonrisa que no llegó a sus ojos.

—¿Está servido? —preguntó ella.

—Tal vez.

—¿A qué juega? —preguntó Simon, dando un paso hacia la mesa, lo que provocó que el silencioso Busby hiciera lo mismo.

—Tranquilos, caballeros —dijo el Tiburón—. Simplemente he pensado en hacer esto más interesante. Lo más probable es que mi mano gane y estemos prácticamente empatados a puntos.

—O no —propuso Simon—, y haya perdido.

—¿Cree que he ganado? —Crocky preguntó directamente a Jenny.

Un atisbo de duda serpenteó por su cerebro. Era posible que hubiera recibido el seis y el ocho de corazones. También era posible que fuera un farol.

—Creo que si tuviera la mejor mano, la jugaría. No tiene nada que ganar cambiando las condiciones, si cree que tiene las cartas ganadoras.

Will Crockford parpadeó, y ella supuso que tenía razón. Pero entonces su expresión cambió.

—Al contrario, *lady* Lindsey. No quiero estar atado y tener que pasar por otras dos manos, ahora que veo que tiene algo de habilidad. Prefiero terminar esto con lo que está en juego en una sola carta. Podemos ignorar lo que tengo aquí—

ofreció, golpeando la parte superior de su pila—, y cada uno de nosotros puede robar una carta, la más alta gana.

—Ha aceptado las condiciones —señaló Simon.

Además, Jenny solo podía ejercer la poca habilidad que tenía si podía contar las cartas y jugar con astucia. No podía hacer nada si dependían de la veleidosa fortuna.

—No estoy de acuerdo con un cambio de condiciones —dijo ella—. Haga su apuesta, gane o pierda, y juguemos hasta el final.

—Muy bien, traté de darle una oportunidad.

Mostró su mano, declarando primero diez puntos extra y luego sus trucos. Para consternación de Jenny, Crocky había ganado efectivamente la ronda, aunque no todas las bazas. Aun así, escuchó un gemido de lord Cambrey, lo que no ayudó a su estado de ánimo.

¿Iba a fracasar en su intento de ayudar a su marido a salvar su patrimonio?

Una chispa de ira ardía en su interior. El juego había destruido a su padre y, por asociación, había perjudicado enormemente a su madre y a sus hermanas. Las consecuencias de lo que ocurriera aquí podrían afectar a muchas personas que dependían de la hacienda Devere.

De repente, Jenny se dio cuenta de que Crocky había hecho trampa. Había una carta sobre la mesa que no debería estar allí porque ya había salido antes. Estaba segura de ello.

Miró con recelo a Busby, un hombre grande con una cicatriz bajo el ojo derecho, y no dudó de que tuviera un arma oculta en su persona. Acusar al Tiburón de hacer trampas era probablemente una propuesta peligrosa, y alguien podría resultar herido.

Consideró sus opciones. Crocky sabía que había perdido la mano y, por tanto, había intentado evitar revelar sus cartas en caso de que ella descubriera la duplicada. Estaban, a todos los efectos, empatados. Ella podía ganar la siguiente mano limpiamente, lo que él también podía hacer, o él podía hacer trampa y ganar. En ese caso, ella tendría que apostar.

Entonces intervino lord Cambrey.

—¿Sabe, Crocky? Debería haber soltado la carta blanca antes. En realidad, es una mala apuesta. Algunos podrían decir que anuló la ronda.

El Tiburón se envaró.

—A ver —empezó—, llevo mucho tiempo jugando al piquet y nunca nadie me había dicho que no sabía cuándo apostar.

Jenny no quería que los hombres se pelearan por ese tecnicismo.

—Ya que soy yo quien se la juega —dijo—, aunque se lo agradezco, lord Cambrey, decido que el señor Crockford puede quedarse con sus diez extra.

Jenny se quitó un mechón suelto de la frente y repartió cuidadosamente la siguiente mano. Apenas miró sus propias cartas, sino que se fijó en las manos del Tiburón, asegurándose de que permanecían a la vista, sin ir a su regazo ni juguetear con sus mangas, pues sin duda tenía cartas ocultas en alguna parte.

Él fue el primero, luego le tocó a ella. La mano fue muy tranquila, seis bazas para cada uno y apenas unos pocos puntos de diferencia. Todavía podía ir a cualquier lado con solo una mano por delante.

Para Jenny, la habitación estaba en un silencio sepulcral,

excepto por el latido de su propio corazón. Otra jugada, luego otra, y se encontró mirando lo que esperaba que fuera una baza ganadora. Se detuvo a estudiarla y luego miró a Will Crockford por encima de las cartas. Sus ojos se cruzaron y él los abrió de par en par al darse cuenta de lo que estaba ocurriendo.

Tosió fuerte, se tapó la boca con una mano, y siguió tosiendo hasta que su hombre se adelantó y le dio un golpe en la espalda. Entonces Crocky hizo un gran espectáculo sacando un pañuelo y acercándoselo a la cara.

—Mis disculpas —dijo por fin, dando otro largo trago de su cerveza.

—Está bien —dijo Simon, pero antes de que ocurriera nada más, el Tiburón bajó la mano.

—Creo que he vuelto a ganar, no solo la última mano, sino el mayor número de puntos.

Jenny frunció los labios. Entre una reina y un diez había una jota que estaba segura que había estado en el bolsillo del hombre antes de la interrupción de la supuesta tos.

Miró a su marido, que observaba con rostro sombrío las cartas desplegadas sobre su mesa. Lord Cambrey dio un paso adelante y también observó la jugada.

El rostro de Crocky estalló en una genuina sonrisa y comenzó a apartar su silla de la mesa.

—Una buena *partie* —dijo.

—En efecto —dijo Jenny—. Y acataremos su resultado sin rechistar, ¿no es así?

—Sí, por supuesto —dijo Crocky, radiante ahora.

—Entonces debo informarles que han perdido. —Extendió su serie de cartas sobre la mesa, con los ases en alto—.

La familia Devere ha concluido su deuda con usted, señor Crockford.

Con eso, Jenny apartó su silla y se puso de pie mientras el Tiburón miraba fijamente, con los ojos desorbitados, sus cartas.

Simon dio un inusual grito de alegría y la atrajo hacia sí en un fuerte abrazo.

—Bueno, maldita sea —murmuró lord Cambrey—. Buen espectáculo.

—Gracias —le dijo ella desde los brazos de su marido.

Por fin, Crocky se levantó lentamente. Su rostro era ceniciento, y su hombre parecía estar esperando una orden.

Mientras los momentos de tensión erizada se alargaban, Simon la soltó y, de alguna manera, antes de que se diera cuenta, había colocado su cuerpo entre ella y Crocky. Lord Cambrey estaba a su lado. Jenny contuvo la respiración.

Will Crockford se enfrentó a ellos. No sonrió, su cuerpo se mantuvo tenso, pero metió las manos en los bolsillos.

—Muy bien —dijo al fin—. Ha sido un juego interesante. Me gustaría decir que agradable, pero nunca he encontrado que perder sea agradable. Por eso casi nunca ocurre.

—Tengo esto para que lo firme antes de irse. —Simon sacó una hoja del bolsillo interior de su abrigo—. Aquí hay una pluma. —La cogió del aparador y la puso ante el dueño de la casa de juegos.

En todo caso, Crocky parecía aún más molesto. Apenas miró las palabras, sabiendo que saldaban la deuda, y firmó con su nombre.

En otro momento, tras una breve inclinación de cabeza hacia lord Lindsey y lord Cambrey, clavó su mirada hacia

Jenny. A ella, le ofreció otra inclinación de cabeza más profunda, casi una reverencia. Y luego se dio la vuelta y salió, seguido por el hombre de la cicatriz, aún silencioso.

Cuando la puerta principal se cerró, los tres soltaron un suspiro.

—Creo que esto merece champán —dijo lord Cambrey, haciendo sonar la campanilla del tapiz con un tirón—. Espero que tengas en casa.

En lugar de responder, Simon tomó las dos manos de Jenny entre las suyas.

—Has estado maravillosa. Pensé que nos había engañado.

—Estaba haciendo trampas —explicó Jenny—. Incluso si no hubiera ganado la última mano, lo habría desenmascarado.

La cara de Simon se sonrojó.

—El muy desgraciado... Debería ir a su club de inmediato y denunciarlo.

—No —suplicó Jenny—. Se acabó. Hemos ganado. Dejémoslo así.

Simon miró a su amigo, que se encogió de hombros.

—Estoy de acuerdo con tu señora. Enfrentarse al Tiburón en su propio mar es buscarse problemas. Y no veo ninguna ganancia en ello, salvo enfurecer a un hombre que ya sabemos que no tiene ningún tipo de escrúpulos.

Simon dudó.

—Los dos tenéis razón. Al menos los tres sabremos siempre que el poderoso Tiburón perdió ante *lady* Genevieve Lindsey. —El sirviente entró y fue enviado a la cocina en busca de champán.

—No quiero volver a ir en carruaje en mucho tiempo —dijo Jenny cuando volvieron a Belton Park días después.

—Parece que hemos pasado más tiempo fuera de casa que en ella.

—Me alegro de que la llames así. —Simon la tomó en sus brazos—. Te estoy eternamente agradecido. Sin ti, habría habido que hacer algunos cambios drásticos.

Después de una breve visita a su madre y a sus hermanas antes de la cena, Jenny reconoció su cansancio.

—Entonces acostémonos temprano —sugirió Simon mientras los sirvientes retiraban los platos de la cena—. Te frotaré los hombros y los pies y tu... —Levantó una ceja, haciendo que el calor se extendiera a través de ella.

—De repente, siento que vuelvo a tener un poco de energía. —Jenny dejó que la llevara a su habitación.

Su habitación. La única mancha en su felicidad permanecía ahí. Sin embargo, Jenny había tenido tanto éxito en Londres, que se sentía esperanzada de poder marcar la diferencia en ese asunto también.

Simon despidió a la sirvienta para desvestir a su esposa él mismo. A ella le encantaba que lo hiciera, que sus dedos fuertes y capaces acariciaran su piel mientras la miraba amorosamente a los ojos. Cuando sus labios sustituyeron a sus dedos, suaves como un susurro contra su piel, la besó por todas partes, y ella se encontró temblando. Luego, su perversa lengua saboreó su piel, abrasándola.

Atrayéndola a la cama, Simon cumplió su promesa y le

amasó los hombros antes de frotarle las plantas de los pies. Sin embargo, Jenny lo encontró más frustrante que relajante. Había otras partes de ella que esperaban su toque con extrema anticipación.

—Simon, por favor. Sube aquí —le pidió.

Al sentir la sonrisa de él donde su boca se posaba sobre la delicada piel de su muslo interior, añadió:

—Enseguida.

En otro momento, él cubrió su cuerpo con el suyo. Su relación amorosa fue lenta y dulce, y totalmente satisfactoria.

—Simon —gritó ella cuando las sensaciones alcanzaron su punto máximo y sus músculos se tensaron de forma involuntaria. Su marido estaba muy dentro de ella cuando sintió que alcanzaba su propia liberación. Mientras estaba abrazada a él, fue incapaz de luchar contra el cansancio que la invadía. En cuanto su cuerpo empezó a calmarse por el intenso clímax, se quedó dormida.

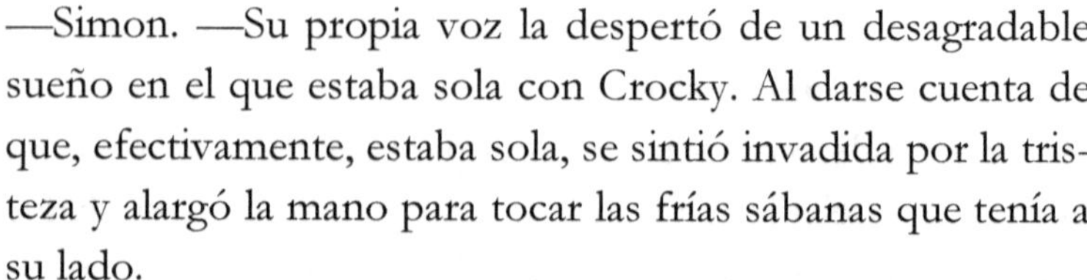

—Simon. —Su propia voz la despertó de un desagradable sueño en el que estaba sola con Crocky. Al darse cuenta de que, efectivamente, estaba sola, se sintió invadida por la tristeza y alargó la mano para tocar las frías sábanas que tenía a su lado.

¡Pobre hombre! ¿Qué demonios atormentaban a su marido cada noche, y cómo podría ella ayudarle a superarlos? Si un tonto sueño con Tiburón la hacía encender su lámpara y desear compañía, ¿qué debía experimentar Simon, sobre todo cuando se despertaba solo?

¿Y si ella intentaba de nuevo ser un consuelo para él? ¿Ser un ancla para su barco de viajes nocturnos?

Saltando de la cama, Jenny se puso el camisón y abrió con cuidado, en silencio, la puerta que separaba sus dormitorios.

Dejando que sus ojos se adaptaran a la oscuridad de su habitación, escuchó su respiración, constante y profunda. Parecía tranquilo en ese momento. Tal vez debería retirarse. Por otra parte, si él se despertaba y la encontraba a su lado, dándose cuenta de que habían pasado una noche perfectamente satisfactoria juntos, tal vez estaría dispuesto a volver a intentarlo la noche siguiente. Y la siguiente.

De puntillas por la gruesa alfombra, llegó a su cama para encontrar poco espacio. Él no estaba ni en un lado ni en el otro, sino en el centro, con la manta alrededor de la cintura.

Jenny rodeó la cama, se deslizó por debajo de la colcha y se instaló junto a él. Tardó varios minutos en jurar que no lo despertaría.

El olor familiar de su marido, el calor de su cama, su respiración rítmica, todo ello la tranquilizó hasta que se quedó dormida casi tan rápido como después de su encuentro.

Capítulo 24

Simon abrió los ojos y vio los barrotes de su celda. La angustia que esto le causaba era mayor que la habitual. ¿Por qué? Pensó en ello mientras empezaba a incorporarse. Recordó haberse sentido dichoso momentos antes. Entonces recordó a Jenny.

¡Jenny! Su esposa. Tenía una esposa encantadora y dulce. ¿Cómo pudo casarse con ella y dejarla después?

La confusión nubló su mente, pero sabía que tenía que escapar para volver con ella. Tal vez podría derribar la puerta. Al examinarla, la madera no parecía demasiado sólida después de todo. Entonces pensó en Toby. Debía liberar a su primo antes de que ocurriera lo impensable. Sí, tenía que proteger a Toby.

Al girar la cabeza para buscar a su primo, la visión que le recibió le hizo temblar. Toby estaba apoyado en la pared, vivo, pero rígido, con los ojos arrancados de la cabeza, su cuerpo en estado de descomposición, sin embargo, levantó una mano en señal de saludo.

Simon cerró los ojos. Cuando los abrió, Toby volvía a vivir e incluso le sonreía. Respirando aliviado, Simon supo que la única manera de mantener a su primo con vida era matar al guardia y conseguir las llaves que siempre tintineaban de un gran anillo de hierro enganchado al pantalón del hombre.

Al volverse cuando el guardia se acercaba, una rabia asesina lo sacudió. Si Simon pudiera mover sus miembros con más facilidad…, pero los sentía como plomizos. Aun así, por el bien de Toby, por el de Jenny, le daría una paliza a su captor.

Jenny sabía que había cometido un terrible error y que ahora estaba atrapada. La manta y la sábana la retenían mientras intentaba alejarse desesperadamente. Los ojos de su marido, que no veían nada, eran brillantes y despiadados, mientras sus letales manos la agarraban.

Gimiendo de miedo, se agitó contra sus brazos, tratando de liberarse.

Sin embargo, sus dedos encontraron con rapidez su objetivo en el cuello de ella.

Antes de perder la consciencia, gritó tan fuerte como pudo. Primero un grito de terror, pero luego gritó su nombre.

Él dudó, y ella pensó que tal vez se despertaría.

Sin embargo, con una fuerza renovada, Simon la agarró.

Odiando hacerle daño, pero sin ver otro recurso, Jenny metió la rodilla bajo la ropa de cama, apuntando abajo.

—*Uff*—dijo él, soltando su agarre sobre ella.

Jenny se giró y estuvo a punto de escapar de la cama, pero la mano de él la sujetó por el hombro y la empujó hacia él. Cuando sus manos volvieron a encontrar su cuello, esta vez por detrás, ella le golpeó las piernas con los talones.

—Simon —volvió a gritar.

De repente, oyó que llamaban a la puerta de su habitación.

—¡Milord! ¡*Milady*!

Era el almirante. Menos mal que no estaban todavía en Londres, donde estaba segura de que nadie habría acudido en su ayuda.

—¡Socorro! —gritó, solo para encontrarse con que la ponían de espaldas en la cama.

Al instante, la puerta se abrió de golpe, aunque no pudo ver a Binkley desde su posición. Lo único que podía ver era a Simon, que la sujetaba por la parte delantera del camisón con una mano y había retirado la mano derecha hacia atrás, cerrando el puño.

—Oh, Dios —gimió al oír los pasos de Binkley.

Demasiado tarde. Agachándose para evitar el puñetazo, o al menos para protegerse la cara, Jenny aún recibió un golpe de refilón contra la oreja y el cráneo que le hizo estallar de dolor la cabeza mientras un fuerte zumbido clamaba dentro de su cerebro.

Y entonces, por suerte, su ataque cesó.

Porque mientras Jenny se acobardaba con los brazos en alto, con el oído zumbando, el mayordomo fue contra todas las reglas de la servidumbre y atacó a su amo.

Cuando Binkley apartó a Simon de ella, hasta el borde

de la cama y el suelo, oyó que su marido se despertaba por fin.

—¿Qué demonios? —Su voz estaba espesa por el sueño, aturdida por la confusión.

Binkley se puso de pie junto a él, pero miraba fijamente a la condesa herida, con sus agudos ojos clavados en los de ella.

—No fue su intención —dijo ella, con la voz ronca—. De verdad. Estaba dormido.

Casi imperceptiblemente, el almirante asintió antes de empezar a ayudar al conde de Lindsey a ponerse en pie.

Si hubiera podido, se habría escabullido a su habitación para evitar la desagradable escena que sabía que seguiría.

Días más tarde, incluso con la hinchazón en el oído de su esposa parcialmente disminuida, su relación se redujo al más mínimo discurso tenso. Cada encuentro solía comenzar con él maldiciéndose al ver el estado de ella, y con ella absolviéndole de cualquier culpa como una maldita santa.

Simon había llegado al punto de ruptura.

—Ya no soporto mirarte.

Jenny se encogió ante sus palabras y sus preciosas mejillas rosadas palidecieron.

—Eso es algo terrible —replicó ella—. No puedes decirlo en serio.

—Lo digo en serio. Te he dicho que te vayas con tu familia. Sin embargo, aquí sigues, como un recuerdo maltrecho de mi mente enferma.

—No te hago responsable de lo que haces cuando duermes.

—Entonces eres tan tonta como fea actualmente.

Ella se estremeció, y él esperó que solo hicieran falta unas pocas palabras más desagradables para que se fuera. Porque pronto tendría que tomarla en sus brazos y besar sus dulces labios y confesarle cómo no podía soportar la idea de vivir sin ella.

—Sea como sea —dijo ella, con la voz temblorosa—. no te abandonaré a ti, ni a nuestro hogar, ni a nuestro matrimonio.

—Este no es el matrimonio que ninguno de nosotros pretendía.

Ella se puso de pie y, contra todo sentido, se acercó a él en lugar de alejarse.

—Puede que no sea así para siempre.

Involuntariamente, él dio un paso atrás.

—Y no lo será —estuvo de acuerdo Simon—. Te vas a ir. Hoy.

Ella negó con la cabeza.

—No puedes obligarme. He cometido un error. Lo admito. Es culpa mía. Nunca debería haber entrado...

—Tienes razón —le espetó—. No deberías haberlo hecho. Si no nos hubiéramos retirado antes, si Binkley hubiera estado ya durmiendo en las dependencias de la servidumbre en lugar de dar su último paseo por la casa, entonces podrías estar muerta.

Simon se cruzó de brazos, con un aspecto formidable y absolutamente inflexible.

—Entiendo que no deseas volver a tu casa, aquí en

Sheffield. La gente hablará. Tu familia se sentirá decepcionada.

Miró por la ventana considerando qué hacer. Cuando se le ocurrió una idea, se volvió hacia ella.

—Acompañarás a tu familia a Londres. Podéis ir todos antes de la temporada y encargar los vestidos de Margaret.

Ella se mordió el labio inferior, pareciendo muy infeliz.

—¿Por cuánto tiempo? ¿Cuándo te unirás a nosotros? ¿Por Navidad?

Su voz se quebró con la palabra Navidad. ¿Cómo podía enviarla lejos? Cada partícula de él la necesitaba cerca, la quería a su lado. Ella lo era todo ahora, la única razón por la que no estaba encerrado en su habitación. Pero necesitaba curarse de alguna manera, detener esta locura. Desesperadamente, quería ser el hombre que era antes de su cautiverio. ¿Era posible?

Lo único que sabía con certeza era que hacerle daño era demasiado doloroso. Si alguna vez se quedaba dormido por error en su cama después de hacer el amor... ¡no!

—No sé cuánto tiempo. —Intentó decirlo con calma y amabilidad. Después de todo, nada de esto era culpa suya.

—Por favor, Simon, no quiero dejarte. —Agarró la parte delantera de su abrigo, y ella levantó su mirada hacia la de él—. Nos amamos. No me iré.

Ella se preparó. Uno de los dos tenía que ser lo bastante fuerte.

—Te quedarás en nuestra casa o no pagaré la temporada de Margaret.

Jadeando, Jenny lo soltó.

—No te rebajarías a semejante chantaje.

Él entrecerró los ojos. ¿No podía ella ver que lo que decía iba en serio?

—Lo haría. Si te enfrentas a mí en esto, habrá más en juego que el mero hecho de pagar una temporada.

—¿Qué estás insinuando, Simon?

—Una condesa divorciada es infinitamente mejor que una muerta.

Jenny se tambaleó, con la cara tan blanca como la cera. Ahora él tenía su atención.

—¿Me dejarías ir?

Simon odiaba lo pequeña que sonaba su voz. ¿Dónde estaba su dama fuerte y práctica?

Cerró las manos en puños a los lados. Cualquier debilidad en este momento podría poner en peligro su vida.

—Te salvaría de mí. Ya sea viviendo separados o, si no te vas de buena gana, divorciándote.

Ella se puso las manos sobre los oídos, aparentemente incapaz de escuchar sus terribles palabras.

—Deberíamos llamar a un médico —dijo ella, sin mirarle ya, con la vista fija en un punto más allá de su hombro y fuera de la ventana—. Deberías hablar de tus sueños. Podríamos asegurarnos de que ninguno de los dos se duerma cuando estemos en la misma cama.

—¡No podemos correr ese riesgo! Al menos, yo no lo haré.

Al fin, ella levantó su mirada llena de lágrimas hacia él.

En esto la he convertido, pensó Simon. Esta criatura de ojos tristes.

—Me estás enviando lejos en lugar de luchar para mantenerme a tu lado —acusó ella—. Entonces, no te preocupas por mí como yo lo hago por ti.

Ella se alejó de su mano repentinamente extendida. Cuando salió corriendo de la habitación, Simon dejó caer el brazo a su lado. Había perseverado y ganado, la victoria más terrible que podía imaginar.

—Sí —dijo *lady* Blackwood, señalando con el dedo otra tela de la pálida paleta, adecuada para una doncella debutante, aunque fuera la segunda temporada de Margaret—. Ese tejido es perfecto. Hemos encontrado cuatro que te sientan bien —dijo a su hija mediana—. y nada todavía para tu hermana.

—Hemos encontrado muchos que le sientan bien —argumentó Maggie—. Si tan solo ella eligiera alguno…

Jenny levantó la cabeza cuando se dio cuenta de que estaban hablando de ella. Sentada en un diván en el salón de la modista, había estado mirando fijamente su taza de té, sus pensamientos la llevaban a muchos kilómetros de distancia.

—No necesito vestidos, mamá. Soy una dama casada.

Al menos de nombre. Simon había dejado que siguiera siendo su condesa aun cuando la había desterrado a Londres.

—Por supuesto que sí, querida. Eres la esposa de un conde, después de todo. Cuando comience la pequeña temporada, estarás muy solicitada, y debes representar a tu marido de la mejor manera hasta que él llegue.

—Sí, mamá. —Ella no tenía ánimos para discutir. Temía la siguiente pregunta.

—¿Cuándo se reunirá el conde con nosotros?

—Se trata de Maggie —señaló Jenny—. Puede que Simon no venga, hasta que se abra el parlamento.

—*Mmm* —murmuró su madre, aunque se guardó sus pensamientos—. Aun así, necesitarás vestidos. Te dio una asignación, ¿no?

—Lo hizo. —Jenny más que nadie sabía exactamente lo que podía gastar—. Bien. Me gusta el azul profundo que Maggie consideró demasiado oscuro para ella. Y la seda roja y el brocado crema y dorado. Hecho.

Dejó su taza y se puso de pie.

—Si me toma las medidas, Madame Curry —se dirigió a la costurera que estaba terminando con Margaret—, entonces dejaré la elección de los adornos y los botones a su experto gusto.

Eleanor solo recibía unos cuantos vestidos de día para reemplazar los que se le habían quedado pequeños. En su mayor parte, permanecería dentro de la casa de Devere cuando Maggie y Jenny comenzaran los interminables compromisos. Sabiendo que su hermana menor se aburriría y se resentiría, Jenny se preguntó si podría utilizar su nueva condición de condesa para presentar a Eleanor a otras chicas de su edad, que estaban también solas en Londres.

Media hora más tarde, habían salido de la tienda de la modista y se dirigían a la parte alta de la calle Knightsbridge, cuando se encontraron con lord Cambrey.

—Un placer verla de nuevo, *lady* Lindsey. Y tan pronto...

Jenny se inclinó y sonrió, recordando su reciente triunfo y su celebración con champán.

—Permítame presentarle a mi madre, *lady* Blackwood, y

a mis hermanas, la señorita Margaret y Eleanor.

No se le escapó cómo lord Cambrey se las arreglaba para atender respetuosamente a su madre mientras mantenía su persistente mirada en Maggie, y parecía no fijarse en Eleanor en absoluto.

Maggie, por su parte, desplegó su infame encanto y proyectó una deslumbrante sonrisa. Cuando lord Cambrey pudo escapar de la atracción de su hermana, se dirigió de nuevo a Jenny.

—Creía que habían vuelto al campo.

—Sí, lo habíamos hecho. Lord Lindsey sigue allí. —¿Qué podía decir ella?—. Estoy ayudando a preparar a mi hermana para la temporada.

Volvió a mirar a Maggie, y Jenny tuvo la certeza de que había al menos un nombre en la tarjeta de baile de su encantadora hermana.

—¿Cuándo regresa Simon?

—Me temo que no podría decirlo. —¿Notó él la tensión en su voz? Ella esperaba que no.

Cuando les ofreció una invitación para que su señoría viniera a cenar al final de la semana y ella la aceptó, siguieron adelante.

—Es adorable —dijo Maggie en cuanto él estuvo lejos.

Jenny puso los ojos en blanco.

—No es un gatito ni un cachorro, por Dios.

Maggie soltó una risita, como si ya estuviera medio enamorada.

—No, pero es adorable igualmente. Ojalá tuviera un vestido nuevo para el viernes.

—Hay algunos *pret-a-porter* en casa de la señora

Landsdowne —sugirió su madre—. ¿Deberíamos al menos ir a echar un vistazo?

—Deberíamos, desde luego —dijo Maggie.

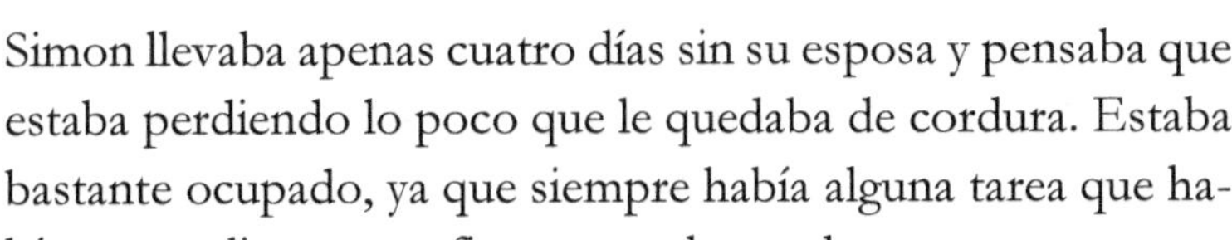

Simon llevaba apenas cuatro días sin su esposa y pensaba que estaba perdiendo lo poco que le quedaba de cordura. Estaba bastante ocupado, ya que siempre había alguna tarea que había que realizar en su finca o en alguna de sus empresas manufactureras.

Sin embargo, no podía concentrarse en una sola cosa durante mucho tiempo. Desde que Jenny se había marchado, sus pesadillas no habían hecho más que empeorar, lo que se hacía evidente al ver su ropa de cama enredada en el suelo y, a veces, a él mismo también, despertándose solo cuando se estrellaba contra la alfombra.

Por las mañanas, estaba cada vez más agotado y, por la noche, se planteaba volver a sentarse en la silla.

—¡Cobarde! —murmuró para sí mismo al darse cuenta de que estaba con la mirada perdida en los estantes de libros de la biblioteca, en lugar de atender la carta a su distribuidor de cerveza.

—¿Milord? —preguntó el señor Binkley al entrar por casualidad en la habitación en ese preciso momento.

—Nada —dijo con desgana—. ¿Qué hay para cenar?

El mayordomo parpadeó.

—No estoy seguro, milord. Nunca me lo había preguntado antes.

—Antes no me importaba, supongo. La condesa me

decía cada tarde lo que había pedido a la cocinera que preparara. Hace que uno se anticipe a una buena comida.

El señor Binkley asintió.

—Ya veo, milord. ¿Debo ir a preguntarle a la cocinera?

Simon dudó. Todo sabía a virutas del aserradero desde que Jenny se había marchado. ¿Qué le importaba si la cena era de cordero o de ternera?

—No, no es necesario. —Tenía que concentrarse en asuntos más importantes que lo que iba a comer, sobre todo porque le importaba un bledo volver a hacerlo. No ver el bello rostro de su esposa frente a él en la mesa hacía que cada comida fuera un asunto tortuoso.

—¿Quién es Dolbert? ¿Has oído hablar de él?

—Sí, milord. Era el tutor que *lady* Devere empleaba para sus hijos.

—Ya veo. ¿Dónde está ahora?

—Se ha ido, milord. No ha vuelto desde hace varias semanas.

—Si alguna vez regresa, por favor tráigamelo de inmediato.

—Sí, milord. ¿Eso es todo?

En cuanto Simon hubo despedido a Binkley, sus pensamientos volvieron a lo mismo, a su cobardía por no querer hablar de sus sueños con Jenny ni con nadie. ¿No era suficiente con tener visiones terribles revoloteando por su cabeza cuando estaba despierto? ¿Tenía que sacar a relucir las que lo atormentaban por la noche y examinarlas también? ¿Y con qué fin? Él no era como una rueda de carruaje con los radios rotos, fácil de arreglar.

Sin embargo, empezó a considerar qué podría ayudar, si

es que había algo. Cruzando la habitación hacia los estantes de libros, Simon recorrió sus lomos con la mirada. ¿Qué podría ayudarle?

Las palabras de Jenny se repetían en su mente, que él no podía sentir por ella lo que ella sentía por él. ¡Bah! La única vez desde que la conocía que se había equivocado por completo. La amaba profundamente. ¿No se lo había dicho? Al parecer, no lo suficiente, y sus palabras nunca podrían compensar sus atroces acciones.

El hecho de que ella se preocupara por él lo asombraba, ya que estaba bastante seguro de que si ella lo golpeaba cada noche, el ardor de Simon se enfriaría.

Quería gritar su frustración. En lugar de eso, agarró el libro más cercano. *El sueño de una noche de verano* de Shakespeare.

Con una expresión agria, lo devolvió a la estantería. Luego, sin embargo, divisó el estante más bajo de obras en lenguas extranjeras. Su padre siempre había tenido una colección de textos en francés, alemán e italiano. Allí, junto al volumen de cuentos de Perrault, había dos libros de Wolff, *Psychologia empirica* y *Psychologia rationalis*.

—Un hombre no se cura a sí mismo —murmuró Simon en voz alta, y luego se volvió con rapidez, pensando que de alguna manera Binkley estaría allí una vez más, escuchando las extrañas divagaciones de su patrón. Pero estaba solo.

En cualquier caso, esos libros estaban en latín, y Simon no tenía forma de saber si había una respuesta allí. Lo dudaba. Pero ¿y si había alguien en algún lugar que supiera lo que le estaba pasando? Ni siquiera le importaba el porqué. Solo quería curarse.

Una cosa era segura, el mejor lugar para encontrar las respuestas no era la campiña de Sheffield en Inglaterra. Tampoco podía recorrer Londres en busca de ayuda. No solo estaba Jenny allí, sino también muchas personas que lo conocían, y empezarían a hacer preguntas.

No, tenía que buscar la respuesta en algún lugar del continente.

Jenny recibió a John Angsley, lord Cambrey, en su casa de Londres, mientras se creía un fraude. No era más la condesa de Simon que la señora de la mansión Belton, de la que había sido expulsada sin contemplaciones.

Aun así, podía interpretar el papel de *lady* Lindsey hasta que... hasta que Simon decidiera en realidad divorciarse de ella. En cualquier caso, lord Cambrey era un invitado amable con historias de Londres que eran de la naturaleza apropiada para todos los comensales.

Además, para su deleite, trajo a su joven prima, Beryl, que se alojaba con sus padres en la ciudad. Y de inmediato, se decidió que ella y Eleanor serían compañeras cuando tuvieran que ausentarse de los numerosos eventos de la temporada.

—Gracias —dijo Jenny a lord Cambrey cuando salían del comedor hacia el salón.—. Ha sido muy amable al fijarse en Eleanor y traerle compañía. Eso me ha aliviado. Una joven que experimenta la soledad, especialmente en Londres, puede hacer muchas travesuras.

Fuera del alcance de su familia, Cambrey le preguntó:

—¿Y también una recién casada?

Jenny lo miró con dureza. No era posible que él hubiera podido deducir algo de un simple encuentro en la calle y una cena.

—Recibí una carta de Simon —continuó.

¿Por qué eso hizo que su corazón comenzara a latir con fuerza? Dios mío, ¿le había dicho a su amigo antes que a su esposa que tenía la intención de romper sus votos?

—Parece alarmada. Me disculpo. Solo dijo que no pensaba venir a Londres por el momento, y que ha partido hacia el continente.

Se sintió mal. Si no fuera la anfitriona, se excusaría de inmediato para poder ir a sollozar a su habitación.

Lord Cambrey le tocó el brazo.

—Lo he hecho aún peor. De nuevo, mis disculpas. Por supuesto, supuse que lo sabía. Simon me pidió que cuidara de usted y su familia en su lugar. Y es un placer, se lo aseguro, no una carga.

Ella apenas podía escucharlo. ¿Por qué Simon iba a cruzar el canal? ¿Y por cuánto tiempo?

—Aprecio su atención, lord Cambrey, pero estoy segura de que mi madre y yo podemos guiar a mi hermana durante una temporada.

—Sé perfectamente lo capaz que es, y si el resto de las mujeres de Blackwood son como usted, entonces la temporada de Miss Margaret será un éxito rotundo. Sin embargo, me sentiría honrado de acompañarlas a todas las funciones que deseen. Lo más probable es que yo asista todos modos.

—¿Qué están discutiendo aquí los dos solos? —preguntó Maggie. Fue una pregunta atrevida y dio a entender algo casi inapropiado. Excepto que Jenny sabía que su hermana solo estaba tratando de entrar en la conversación. También sabía que debía apartarse y dejarles conversar.

—Estábamos discutiendo la mejor manera de elegir las ofertas de la temporada. ¿Por qué no le dices a lord Cambrey a qué eventos pensamos asistir mientras yo voy a ver si tenemos más de ese delicioso vino español en la despensa?

Jenny se alejó de la pareja. La verdad es que una copa de madeira aliviaría sin duda el escozor de enterarse de que su marido se había marchado a lugares desconocidos. Sin embargo, cada vez más familias regresaban a Londres desde sus casas de campo, y en poco tiempo llegaría la época navideña. Apenas notaría su soledad cuando comenzaran las celebraciones, desde la Nochebuena hasta la Epifanía.

Sí, con eso contaba Jenny, con un fin de año y un comienzo del siguiente totalmente ajetreados, y luego las rondas de la temporada en cuanto se reanudara el Parlamento. ¡Oh, qué alegría! Y no pensaría en cuándo o si volvería a ver a su marido.

Capítulo 25

Simon levantó la pesada aldaba, dejándola caer con un sonoro ruido. Cuando nadie respondió, empujó la puerta y subió el tramo de escaleras como le habían indicado. El hombre al que había venido a ver, ese buen doctor en filosofía, supuestamente había estudiado todo lo que había que saber sobre su particular aflicción. De hecho, cuando encontró el despacho adecuado, en la puerta del erudito, bajo su placa, figuraban las palabras *Praktiker der Psychologie.*

Simon puso los ojos en blanco, sin poder soportar sus propias semanas de búsqueda inútil de una cura. Y ahora, esperaba ser visto, diagnosticado y tratado por un tal Carl von Holtzenhelm.

—Entre.

Simon respiró hondo, abrió la puerta y entró en el pequeño despacho del piso superior de un sucio edificio gris de Heidelberg.

En un sencillo escritorio de madera estaba sentado un

hombre con una corta barba de color sal y pimienta. Levantó la vista cuando entró Simon. Durante un largo momento, el médico le tomó la medida. Luego se levantó y se inclinó sobre el escritorio.

—Acérquese, Herr Devere. Abra los ojos al máximo.

Simon lo hizo.

—Saque la lengua —fue la siguiente orden.

De nuevo, Simon cumplió.

—Parece usted sano y cuerdo —dijo por fin Holtzenhelm.

—Espero estarlo, Herr Doktor.

—Tome asiento y comenzaremos.

El hombre de ciencia esperó mientras Simon ocupaba la única otra silla. Era un poco pequeña y extremadamente dura, con un asiento demasiado corto para sus muslos y un simple respaldo de madera que se le clavaba a la columna vertebral. Sin embargo, Simon trató de permanecer quieto y no retorcerse como un niño.

—Es incómodo a propósito —dijo Holtzenhelm después de mirar fijamente a Simon.

—¿Por qué debería serlo?

—Así se evita que pueda disimular o crear capas de sucesos y excusas inventadas, que enturbiarían las aguas entre nosotros y la verdad.

¡¿En serio?! ¿Una maldita silla incómoda haría todo eso? O quizá el hombre no era más que un charlatán.

—Tengo su carta aquí, en alguna parte. Sé que fue a ver a Reichenbach. Un hombre inteligente. Ambos tenemos esto en nuestros estantes. —Con esas palabras, señaló los libros de la estantería cercana con títulos que Simon no pudo traducir o, que si estaban en inglés, no reconoció. No obstante, le dio una sensación de confianza ver tales obras de filosofía y psicología en el despacho de aquel hombre.

El pequeño médico apretó los dedos y reflexionó.

—¿Por qué ha acudido a mí?

—Reichenbach lo sugirió. Ha estudiado mi problema, al que llamó sonambulismo, pero aparte de etiquetarme como sensible, no pudo ayudarme—.Simon cruzó las piernas, nervioso—. Pensó que tal vez usted sí podría.

—Umm. —Holtzenhelm gruñó—. Tal vez. Cuénteme todo. No se deje nada fuera. Necesito escucharlo más a fondo que en su carta. Las descripciones de sus acciones eran demasiado vagas.

Simon tragó saliva. No había entrado en detalles sobre lo que había ocurrido.

—No veo la necesidad de ello. Estoy completamente dormido cuando me pongo violento. Tengo una esposa, y no puedo confiar en compartir la cama con ella.

—¿La ha herido? —preguntó Holtzenhelm.

Simon asintió.

—En ese momento estás soñando, por supuesto, y representando tu sueño —añadió el hombrecillo—. ¿Es siempre el mismo sueño?

Simon reflexionó.

—Los detalles varían ligeramente, pero el sueño es bastante consistente.

—Cuénteme. —Holtzenhelm se recostó en una silla más cómoda que aquella en la que Simon se sentaba rígidamente erguido, pues encorvarse solo le traía más molestias a su espalda.

—Estoy en una celda muy reconocible, en Birmania. Estuve allí durante dos años. En el sueño, estoy convencido de que puedo vencer a uno de los guardias y salvar a mi primo.

—¿Siempre es el mismo guardia?

Simon frunció el ceño sobre su regazo.

—Creo que sí. No, quizá no. Pero siempre quiero matarlo con mis propias manos.

—¿Porque así puede escapar?

Sacudiendo la cabeza, Simon estuvo a punto de responder que no.

—Porque entonces puedo salvar a Toby.

—¿Toby es su primo?

—Lo era. Murió en la celda.

—¿Se siente responsable de su muerte?

—Soy responsable —entonó Simon.

La frente de Holtzenhelm se arrugó.

—¿Por qué dice eso? Ambos eran prisioneros, ¿no?

—Yo era más grande, más fuerte. Debería haberlo protegido. Es la única razón por la que le acompañé. Él solo quería agua.

—Ya veo.

—No, no lo ve —insistió Simon—. Tenía esposa e hijos.

—Lo siento —ofreció Holtzenhelm.

—Y nuestro guardia era tan... insignificante. En cualquiera otra circunstancia, Toby o yo podríamos haberlo derribado con una mano. Pero esa escoria despreciable lo atravesó con su sable por pedir agua.

El hombre asintió.

—En su sueño, ¿no tiene intención de escapar, solo de salvar a su primo?

—No entiendo su pregunta. Si mato al guardia, ocurrirán las dos cosas.

—¿Está Toby vivo en la celda de su sueño?

Simon reflexionó un momento, repasando cualquiera de los sueños que podía recordar, y encontró la respuesta.

—Sí, está vivo.

—En su sueño, lo salva matando al guardia. En la realidad, solo puede salvarte a ti mismo.

—No debería vivir si Toby muere —dijo Simon.

—Eso es ridículo. Espero que lo entienda. Por supuesto, su primo no debería haber muerto, pero usted tampoco. Y no debería castigarse a sí mismo ni sentir la tremenda culpa que, según oigo, carga todavía consigo.

Simon se puso en pie de un salto.

—No cargo con nada. —Luego marchó hacia el otro extremo de la habitación en dos zancadas, dándose cuenta de que estaba empezando a sudar.

Se giró y arrastró los pies hasta colocarse detrás de la dura silla.

—Por Dios, esta habitación no es mucho más grande que la celda en la que estuve. ¿Cómo lo soporta?

Holtzenhelm se encogió de hombros.

—Trabajo con los alcances ilimitados de la mente humana, la psique si se quiere, y ninguna habitación puede confinarla. Solo necesito un lugar para que usted y yo podamos hablar. Ahora mismo, confinado en esta habitación, ¿puede recordar mejor el sueño?

Simon sintió el sudor entre sus omóplatos.

—Sí puedo.

—Cuando está en el sueño, ¿sabe que es un sueño?

—Le aseguro que si lo supiera, no estaría intentando estrangular a mi mujer.

Los ojos del hombre se abrieron ligeramente, luego asintió.

—Eso es lo que debemos trabajar entonces. Debemos hacer que su cerebro entienda que está en un sueño. En cuanto sea capaz de hacerlo, tendrá el control.

Simon asimiló las palabras del hombre y, finalmente, volvió a sentarse. La silla no parecía tan incómoda.

—¿Cómo lo hago?

—Yo le ayudaré. Encontraremos los indicios que indican que se trata de un sueño porque no coinciden con lo que usted sabe que es la realidad. Habrá algunas, se lo aseguro, y cuando las vea, debe reconocerlos. Aunque no pueda despertarte de inmediato, no debe intentar matar al guardia.

—No debo matar al guardia —repitió Simon con dudas.

Holtzenhelm asintió.

—Le ayudaré.

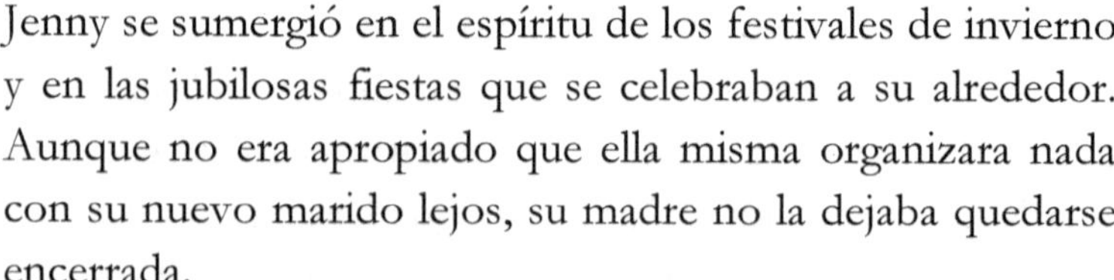

Jenny se sumergió en el espíritu de los festivales de invierno y en las jubilosas fiestas que se celebraban a su alrededor. Aunque no era apropiado que ella misma organizara nada con su nuevo marido lejos, su madre no la dejaba quedarse encerrada.

—Esta noche es la fiesta de Yule en casa de *lady* Atwood —le recordó *lady* Blackwood.

Jenny hizo una mueca.

—Y entonces algunos invitados inteligentes insistirán en una lectura de la obra de Dickens. Porque, ¡qué inusual e inesperado!

Maggie se rio como lo hacía mucho últimamente, obviamente feliz de estar en Londres una vez más.

—¡Por Dios, no puedo soportar esa historia una vez más este mes!

—Hasta yo me estoy cansando del cuento de Navidad del señor Dickens —remató Eleanor—. Aunque me parezca muy ingenioso y bien contado. De todos modos, me alegro de que se me permita asistir.

—Y el primo de lord Cambrey estará allí —añadió Maggie, haciendo sonreír a Jenny. Tanto el conde como su joven prima, Beryl, mantenían a sus dos hermanas ocupadas y felices, aunque por razones bastante diferentes.

Jenny deseaba poder preguntarle a Simon más sobre la naturaleza de lord Cambrey y sus posibles intenciones hacia Maggie. ¿Trataba el hombre los corazones de las mujeres con frivolidad o con cuidado? ¿Había hecho muchos cortejos en el pasado? ¿Y en la actualidad? ¿Y cuál era el estado de sus finanzas y posesiones?

Suspirando, miró el suntuoso salón que ahora era suyo, lleno de su propia familia. Miraba lo lejos que habían llegado, en lugar de tener que vender su propia casa y mudarse al campo, enfrentándose a un destierro permanente. Sin embargo, aquí estaban, preparándose para una temporada, disfrutando de una Navidad llena de eventos, reencontrándose con viejos conocidos. Aun así, sentía el enorme vacío de la soledad.

La música terminó con una interpretación perfectamente deliciosa de *Lay a Garland* de Pearsall, y entonces su anfitriona, todavía aplaudiendo al pianista y al cantante, se puso de pie ante la multitud.

—Tengo un regalo especial —anunció—. Lady Elizabeth Benchley, amiga del propio señor Dickens, leerá el primer y el quinto capítulo de Cuento de Navidad. ¿No es espléndido?

Esto fue recibido con un aplauso entusiasta, aunque Jenny sospechaba que este se debía a la aparición de casi una docena de sirvientes, que llevaban bandejas con copas de bebidas gaseosas y dulces.

Jenny se puso en pie.

—Voy a dar un paseo para ver los cuadros de la galería. ¿Alguien quiere acompañarme?

Su madre negó con la cabeza.

—Le he prometido a *lady* Delia que me encargaré de la animación del carnaval de mitad de semana para Argyll House. ¿Te importa, querida?

—En absoluto —dijo Jenny. Eleanor tenía la cabeza puesta en su nueva amiga, Beryl, y por un instante se preguntó si Ned y Maisie asistirían a la Temporada. Eso sí que podría ser incómodo.

Maggie se puso a su lado. Ah, por fin tenía compañía, pero su hermana la miraba con esa sonrisa beatífica que solo podía significar una cosa: lord Cambrey estaba cerca.

Sin responder siquiera a la invitación de Jenny a dar un

paseo, Maggie suspiró.

—¿A que es guapo? —Y con esa frase, pasó por delante de Jenny, que se giró para ver... ¡bueno! No a lord Cambrey, sino a otro joven elegible que se inclinaba sobre la mano de Maggie y se la llevaba a los labios.

A pesar de la sorpresa momentánea de que Maggie ya tuviera otro pretendiente, Jenny se dio cuenta de que era sensato que su hermana no se encariñara demasiado con ningún hombre todavía. Este joven, no demasiado alto pero bien vestido, invitó a Maggie a acompañarle a la mesa de refrescos para tomar una limonada.

Qué romántico. ¡Y tan público! Jenny casi había olvidado cómo cada momento que uno pasaba con el sexo opuesto estaba a la vista de todos. Qué diferencia con su propio cortejo apresurado y privado. Nadie, excepto Cambrey, había visto a Simon y a ella juntos, salvo Crocky y los desconocidos de Vauxhall.

Por lo que todos sabían, ella no era la Condesa de Lindsey, sino una ocupante ilegal que se había instalado en la casa de Devere.

Apartandose de la escena del encuentro con su hermana, siguio el flujo de gente entre una habitacion y otra. Detrás de ella, oyó que *lady* Benchley comenzaba el relato de una manera exagerada que crispaba los nervios de Jenny.

—Para empezar, Marley estaba muerto.

En pocos minutos, se encontró en un largo pasillo disfrutando de una colección de enormes paisajes, bellamente colocados en marcos dorados. Uno de ellos parecía haber sido pintado cerca de Belton Park. Retrocediendo unos pasos, miró con nostalgia el paisaje, recordando las muchas veces que Simon la había sorprendido a solas y le había hecho el amor, ya fuera con besos apasionados o con algo aún más atrevido. ¿Extrañaba él su presencia como ella la suya?

—Señorita Blackwood, ¿es usted?

Al girarse, se encontró con el vizconde Alder, su antiguo prometido. Por un breve instante, un escalofrío nervioso la recorrió. Cómo deseaba que Simon estuviera a su lado para demostrarle a este hombre que alguien la había encontrado digna de darle su apellido.

Muchas mujeres le harían un desplante y se irían. Y con razón. Sin embargo, ella nunca había sido de las que se atrevían a ser tan groseras.

—Milord —lo saludó, sin hacer una reverencia. No iba a rebajarse ni un centímetro en presencia—. Sin embargo, ahora soy lady Lindsey.

Él asintió.

—Oí el rumor de que se había casado.

—Más que un rumor —dijo Jenny, sintiendo el calor florecer en sus mejillas.

—Felicidades —dijo él—. Y al parecer, el matrimonio le sienta bien. Está impresionante.

¿Lo estaba? Ella se sorprendió de su forma de ser tan amable y de su dulce piropo. Es cierto que había sido así durante su breve relación. Sin embargo, dada la forma en que la había desechado despiadadamente, ella había pensado en encontrarse con un Michael Alder diferente si alguna vez volvían a encontrarse.

—No me había enterado de que había vuelto a Londres —añadió.

Tal vez considerando de repente el asunto, el vizconde

Alder miró a su alrededor como si esperara que Simon saliera de detrás de las largas cortinas.

—¿Tendré el honor de saludar a lord Lindsey esta noche?

—No ha venido a Londres —admitió Jenny, manteniendo un tono neutro—. Tenía asuntos que atender en otro lugar.

Las cejas del vizconde se alzaron casi hasta la línea del cabello.

—Un momento extraño para hacer negocios —dijo—. Con una nueva esposa y siendo casi Navidad.

Ella se encogió de hombros, sin ofrecerle más información, dejando que sus ojos volvieran a vagar por el cuadro.

—¿Se unirá a usted pronto? —preguntó lord Alder.

—Mm —murmuró Jenny sin comprometerse. ¿Por qué demonios le importaba al hombre infernal?

Alder se acercó un paso más.

—Me alegro de que nos hayamos encontrado, aunque solo sea para poder ofrecerle mis más sinceras disculpas.

Eso llamó su atención. Lo miró fijamente. Su antiguo pretendiente parecía un poco más viejo en solo un año. Sin duda, después de todo lo que había pasado, ella también. Sin embargo, había una tristeza en sus ojos que no había estado allí antes, una mirada tensa que provocaba ligeras arrugas en su frente.

—¿Está bien? —se oyó preguntar, aunque no sabía por qué debía sentir simpatía por él.

Al oír sus palabras, su rostro se relajó y le dedicó una leve sonrisa. Maggie se había equivocado. Sus labios no estaban mal. No eran tan bonitos como los de Simon, pero eran igualmente agradables.

—Gracias por preguntar —respondió Alder.—. No merezco su amabilidad, lo sé. En cualquier caso, ha habido complicaciones en mi vida con las que no la aburriré. Quizá alguna vez podamos dar un paseo por el parque como viejos amigos y hablar. Las mujeres casadas tienen más libertad, casi como los hombres. ¿Ha descubierto ya eso?

Jenny no percibió nada nefasto en sus palabras.

—Qué cosa tan peculiar, pero sí, sé lo que quiere decir.

—Siempre la he admirado —soltó.

Oh, vaya. ¿Acaso albergaba alguna esperanza de reconciliación?

—Es inapropiado que diga eso —dijo Jenny apartándose.

Él se encogió de hombros con despreocupación, lo que le recordó al instante, casi con dolor, a Simon.

—Las circunstancias se pusieron fuera de mi control y lamento lo rápido que desapareció de mi vida.

Mientras él hablaba, ella se llevó una mano enguantada a los labios en señal de consternación. Porque, sin lugar a dudas, vio que el dolor persistía en su mirada. ¿Podría ser que se hubiera preocupado de verdad por ella?

Al ver que ella seguía callada, él añadió:

—Sin duda, eso también fue inapropiado decirlo, sobre todo, a una mujer recién casada.

Ofreciéndole una pequeña sonrisa a cambio, Jenny dijo:

—Lo pasaré por alto, milord.

—Ha seguido adelante y tiene buen aspecto. Me alegro mucho.

Jenny le dio una palmadita en el brazo porque algo en él

la impulsó a hacerlo. En el mismo momento en que la mano de él cubría la de ella enguantada sobre su antebrazo, Jenny oyó una voz familiar.

—Ahí está lady Lindsey.

Ella retiró la mano como si le quemara, y se volvió para ver a lord Cambrey casi sobre ellos. Esperaba no parecer culpable, ya que sabía que sus mejillas estaban ahora escarlatas.

Sin embargo, en lugar de la censura del amigo de su marido, solo vio cautela en su mirada dirigida a Alder.

Por su parte, este dejó caer el brazo a su lado y ofreció una reverencia al conde.

Cambrey mantuvo la mirada en el vizconde incluso mientras se dirigía a Jenny.

—Tu hermana se dio cuenta de que llevabas mucho tiempo fuera, y nunca se sabe qué tipos de mala reputación acechan en estos pasillos.

—¿Conoces a lord Alder? —preguntó ella, tratando de iniciar una conversación más general.

—Vagamente. —Cambrey siguió mirando fijamente a Alder, que empezó a erizarse.

Al parecer, Simon la había dejado en buenas manos, pues su amigo la estaba defendiendo donde no había ninguna necesidad.

Como los hombres no estaban dispuestos a discutir sobre la caza del zorro y la mejor marca de tabaco, Jenny decidió que era mejor separarlos.

—¿Volvemos a la lectura? No quiero perderme el final, ni preocupar más a mi familia.

Cambrey se limitó a asentir con la cabeza y le tendió el brazo.

Lord Alder volvió a hablar.

—Lady Lindsey, ha sido un gran placer encontrarla esta noche.

Sabía que era mejor no decir lo mismo, ya que podría acabar con la paciencia de Cambrey. Le dedicó a Michael Alder una leve inclinación de cabeza.

—Buenas noches, milord. —Con eso, dejó que Cambrey la guiara.

Sin embargo, tras uno o dos pasos, se detuvo y miró por encima del hombro.

—Para que quede claro, Alder, la condesa está bajo mi protección mientras su marido está ausente de Londres. Considero un honor hacer cualquier pequeño servicio a un héroe de guerra como nuestro Lindsey. Me aseguraré de aconsejarle sobre su atención a su esposa la próxima vez que lo vea.

Jenny puso los ojos en blanco ante este absurdo despliegue de poses masculinas. Sin embargo, no quiso rebatir a Cambrey por el riesgo de humillarlo. Hacerlo sería un insulto directo a su propio marido. Sin embargo, esperaba que el vizconde no preocupara ni un momento al conde de Lindsey con este asunto, pues eso era poco probable. Ella no había hecho nada malo.

Cuando doblaron la esquina, sintió que la rigidez de Cambrey se relajaba.

—Gracias por venir a buscarme. El vizconde me sorprendió de la nada, pero era bastante inofensivo, te lo aseguro.

—Más bien como una tía solterona en una reunión familiar, ¿no crees?

Se rio.

—Precisamente.

—Milady, Alder es un poco más peligroso que una solterona con pelo en la barbilla. Le aconsejo que se mantenga alejada de él.

Con eso, estaban de vuelta en el bullicioso y luminoso salón principal, y allí estaba su familia, junto con la prima de Cambrey, Beryl, riendo y charlando tras la finalización de la lectura de Dickens.

—¿Puedo acompañarlas, señoras, a su carruaje? —preguntó Cambrey.

—Oh, por favor, déjenos quedarnos unos minutos más —pidió Beryl—. Quiero encontrar a Maryliss y presentarle a Eleanor.

—Muy bien —dijo Cambrey, y las dos más jóvenes se alejaron corriendo agarradas del brazo de la otra con entusiasmo mientras intentaban mantener el decoro.

—Nos alegramos de que su prima haya aceptado a nuestra Eleanor —entonó lady Blackwood—. Imagino que dentro de uno o dos años les tocará debutar.

Cambrey parecía desconcertado. Miró el camino que habían tomado las chicas.

—No creo que mis tíos hayan considerado la temporada del año que viene para Beryl. Parece demasiado joven.

Anne Blackwood se rio ligeramente.

—Todas parecen jóvenes, milord, hasta que de repente, no lo parecen. Y las niñas se convierten en mujeres en un abrir y cerrar de ojos.

La mirada de Cambrey se fijó en Maggie, prolongándose más de lo debido, antes de caer al suelo.

Jenny sonrió. Sí, esta podría ser la segunda temporada incompleta de Maggie si los pensamientos de lord Cambrey iban en dirección a una mujer adulta en particular.

De repente, más que nada, Jenny deseaba que Simon estuviera a su lado, que la mirara como si fuera el trozo de pastel más grande.

La forma de hacer el amor de Simon le había hecho creer que en realidad la quería y la necesitaba a su lado. ¿Podría haberse equivocado? ¿Se había casado con ella por cuestiones de negocios, para arreglar el desorden de sus cuentas? ¿Incluso estaba ahora con otra mujer en Francia o Italia?

Más tarde, esa misma noche, cuando se sentó en su cama, la que debería ser su cama, Jenny consideró la posibilidad de que, dada la irritante condición nocturna de Simon, este considerara más deseable una amante que una esposa. Nadie esperaría pasar la noche con una fulana, ¿verdad? Podía echarla o irse de su lado en cualquier momento.

Tal vez lo único que tenía que hacer era jurar que nunca se acostaría con él ni lo intentaría de nuevo. Después de todo, por el placer de su compañía y por ser su esposa en todos los demás aspectos, podía hacer ese voto. Si él le diera la oportunidad…

La mañana siguiente fue la primera vez que sintió las náuseas que la atormentaron durante las siguientes semanas hasta que se confirmó su estado. Estaba embarazada.

Capítulo 26

—Mamá, por favor, deja las cosas como están.

—Debes avisar a tu marido. —Su madre comenzó con el mismo argumento por tercer día consecutivo desde que se enteró del estado de buena esperanza de su hija mayor.

Jenny se lo había contado a Maggie, que en lugar de guardárselo para sí, había exclamado con entusiasmo al saber que iba convertirse en tía. De hecho, Maggie estaba exuberante y alegre por casi todo últimamente, luciendo un brillo constante que, según Jenny, debía ser el suyo.

En cualquier caso, su madre y su hermana menor lo supieron casi antes de que la taza de té débil y lechoso de Jenny se enfriara.

—Simplemente, escríbele. Ha estado ausente demasiado tiempo. Es un hombre cariñoso y querría estar contigo. Además, cualquier negocio que tenga en el extranjero no puede ser tan importante como su heredero.

Su madre no tenía idea de lo difícil que era su petición.

Jenny tendría que preguntarle a Cambrey exactamente dónde estaba su marido y si podía avisarle. ¡Qué humillante! Tal vez podría preguntarle si Cambrey había tenido noticias de Simon sin hacerle saber que ella no las tenía. Sin embargo, Jenny necesitaría una dirección si él estaba en el extranjero, y no se le ocurría cómo obtenerla sin decirle a John Angsley su situación.

La esposa abandonada, y ahora futura madre abandonada.

Cómo deseaba que ella y Simon hubieran tenido tiempo para arreglar las cosas entre ellos antes de que llegara el niño. Por otro lado, le reconfortaba que no se hablara más de poner fin a su unión, no ahora que un hijo o hija de la casa Devere estaba en camino.

Mientras tanto, no podía hacer otra cosa que esperar y seguir haciendo de anfitriona de su familia, sonreír a todos los que la felicitaban por su matrimonio y mentir a quienes le preguntaban por su marido ausente. Seguiría fingiendo que todo era como debía ser hasta que se convirtiera en verdad.

Simon se despertó en su celda. Se apoyó en la tierra blanda que tenía debajo, se levantó hasta quedar sentado y observó su entorno. A pesar de la escasa luz, extrañamente, no había ratas. Tuvo la sensación de que ese hecho era importante, porque siempre había ratas al amanecer y al anochecer.

Sin embargo, al mirar los barrotes, era su celda, como siempre. Había soñado con la mansión Belton y... con un hombre con barba que hablaba con acento. Un médico, pensó.

Además, había soñado con una mujer encantadora de ojos amplios y cómplices y una boca exuberante y digna de ser besada. Casi podía recordar su nombre.

Miró de reojo y vio a Toby. Su primo estaba sentado en el suelo y se limitaba a observarlo en silencio. Toby necesitaba que él matara al carcelero, o moriría. Con tranquila resolución, Simon supo que tenía que estrangular al hombre que tenía las llaves.

Otra fiesta, otra noche casi insoportable de pie con los viudos, las matronas y los afeminados. Podía evitar el aburrimiento imaginando quién estaba interesado en quién. Luego estaban las breves conversaciones con los que habían sido sus amigos antes de su desastrosa última temporada y la huida a Sheffield.

Obviamente, casi todos indagaban en detalles sobre su marido desaparecido, algunos por malicia, que ella ignoraba, otros por lástima, que no podía soportar.

De hecho, Jenny era cada vez más consciente de las miradas consoladoras. Salvo unos días en Londres, cuando Simon había estado tratando con Crocky, nadie había visto a su marido en más de tres años. Sin embargo, sí que habían oído hablar de él.

Inmediatamente después de su regreso a suelo inglés, los rumores que habían volado en una brisa cruel desde Sheffield hasta Londres, le habían valido la etiqueta de lord Desesperado. Ahora que residía en la casa de Devere, participando con audacia en las actividades de la pequeña temporada, sin ningún conde a su lado, la brisa se estaba convirtiendo en una tempestad.

—Está más loco que una cabra —dijo una joven, ocultando a duras penas su boca tras su abanico, mientras miraba fijamente a Jenny.

—He oído que le han inmovilizado los brazos y las piernas —dijo otra.

—Y hay que darle de comer como a un bebé —exclamó un tercero.

Tras la mayoría de los comentarios que llegaban a sus oídos, Jenny miraba fijamente al interlocutor. De vez en cuando, ponía los ojos en blanco para mostrar su total desprecio por sus ridículas especulaciones. Sin embargo, últimamente, con su deseo de sentarse o de quedarse en casa, mantenerse erguida y orgullosa se estaba convirtiendo en una tarea mucho más difícil. Estaba cansada. Se sentía casi siempre mareada, desde la mañana hasta casi la hora de la cena.

En algún momento, tal vez en dos meses, tal vez en tres, tendría que entrar en el confinamiento. Entonces, ¿cuál sería el grado de deterioro de la reputación de ambos?

¡El conde desaparecido y su condesa desaparecida!

¿Y su bebé nacería con su padre aún desaparecido?

La tempestad alcanzaría proporciones bíblicas.

—Jenny, deja de fruncir el ceño —dijo su madre, apareciendo junto a ella después de hacer la ronda por la habitación con su amiga *lady* Delia.

Maggie apareció a su otro lado.

—Me gustaría que bailaras.

La idea de girar y dar vueltas no le atraía en absoluto.

—¿Dónde está lord Cambrey? —Ciertamente, ver a

Maggie sin él era una rareza.

—No podemos bailar más de dos bailes en una noche sin que alguien grite las amonestaciones —dijo Maggie, poniendo los ojos en blanco, aunque a Jenny le pareció que la idea no le desagradaba a su hermana—. Tenemos un baile muy pronto.

—¿Quién es el siguiente en tu tarjeta? —preguntó su madre.

Maggie inclinó el papel cuadrado que colgaba de su muñeca y luego hizo una mueca.

—Oh —exclamó consternada, mirando a Jenny—. Casi lo olvido. Tu antiguo prometido escribió su nombre antes de que me diera cuenta de quién era, pero desde luego, no le voy a hacer el honor.

Jenny se sintió mal por más de una razón, pero permaneció en silencio. Con suerte, sería una coincidencia.

—¿Por qué lord Alder querría bailar contigo? —le preguntó Lady Blackwood a su hija mediana—. Puedes estar segura de que nunca permitiría una asociación entre vosotros, no después de su mal trato a nuestra Jenny. Estoy segura de que otros padres piensan lo mismo. ¡Ni siquiera puedo imaginar por qué está aquí! —terminó con cierta vehemencia, escudriñando a la multitud como si pudiera sacarlo de la sala solo con su mirada.

Jenny casi sonrió. Casi. Sin embargo, no pudo evitar preguntarse si Michael estaba utilizando a Maggie para obtener información sobre ella y, sobre todo, sobre su marido. La sociedad se movía de forma tan furtiva que no sería sorprendente. Salvo en lo que respectaba al vizconde, que sí la sorprendió, ya que él nunca había parecido del tipo que se ocupa de los chismes.

—Mamá, estoy más que encantada de perderme la próxima pieza —declaró Maggie—. Estoy segura de que lord Alder solo estaba siendo educado. —Parecía lamentar haberlo mencionado—. Porque dudo que incluso aparezca para reclamar su baile.

Justo entonces, otro joven, lord Westing, el mismo que había besado la mano de Maggie en casa de *lady* Atwood, apareció ante ellos. El único hijo del duque de Westing. Con una apariencia elegante, el marqués tenía las miradas de todas las chicas sobre él.

Después de saludar a cada una de las damas, empezando por la mayor, dirigió su atención a Maggie.

—No está usted bailando, señorita Blackwood, lo que priva al salón de mucha diversión. Es demasiado tarde para empezar este baile, pero tal vez pueda concederme el siguiente.

Maggie lo miró de arriba abajo. Jenny también examinó esta nueva perspectiva. Después de todo, aunque lord Cambrey era impresionante, ni su atención era segura, ni sus intenciones eran claras. Además, Maggie tenía toda una temporada y muchos jóvenes caballeros que considerar.

¿Qué pensaría su quisquillosa hermana de este? Westing estaba ciertamente bien vestido, con su elegante chaqueta y pantalones. Su pañuelo estaba perfectamente anudado. Además, tenía una mandíbula cincelada y unos ojos muy azules bajo una espesa melena castaña. Tanto Jenny como su madre esperaron, con la respiración contenida.

La deslumbrante sonrisa de Maggie apareció como si la hubiera sacado de su guante y se la hubiera pegado, y batió aquellas gloriosas pestañas.

Mordiendo su labio inferior para no reírse, Jenny tuvo que darle a su hermana su reconocimiento. Los hombres encontraban el coqueteo de Maggie más que encantador.

—Vaya, creo que mi próximo baile está libre —ofreció Maggie, sin mirar su tarjeta.

Jenny suspiró. Ay del hombre cuyo nombre estuviera anotado, ya que, conociendo a Maggie, seguro que había uno. Fuera quien fuera, se quedaría como un barco sin su vela, inútilmente varado.

Westing observó la bulliciosa sala.

—Tal vez podamos ir juntos a la mesa de refrescos antes de que comience nuestro baile. Allí hay menos gente en este momento.

—Una idea espléndida. —Con esa frase elogiosa, Maggie dejó que su nuevo admirador la tomara del brazo.

Tras inclinarse una vez más ante Jenny y su madre, lord Westing la condujo lejos.

Las restantes mujeres Blackwood se miraron entre sí, con los ojos muy abiertos, hasta que *lady* Blackwood intervino.

—He oído hablar bien de ese joven. No solo es muy guapo, si se me permite decirlo a mi avanzada edad, sino que se comporta bien. Y va a heredar una gran suma. Todas las solteras están envidiando a nuestra Margaret en este momento. —Ella miró en la dirección que habían tomado—. ¿Qué opinas de un partido así?

—Mamá, todos los bailes con un hombre no pueden resultar en una pareja. Sin embargo, estoy de acuerdo, es un hombre guapo. Siempre que sea amable y leal —añadió ella, pensando en las mejores cualidades de Simon—, y ame tanto a Maggie que no pueda separarse de su lado.

Dios mío, las lágrimas le punzaban los ojos.

Su madre le agarró la mano y la sostuvo, estrechándola con seguridad.

—¿Estás bien, querida? ¿Te traigo algo de beber? Eso me ayudaba cuando —bajó la voz—… cuando estaba embarazada de vosotras.

—Algo frío sería bienvenido —respondió Jenny. Su madre asintió y se apresuró a salir.

Sin duda, *lady* Blackwood lo consideró una buena excusa para espiar a su hija mediana y ver cómo le iba con Westing.

Dando golpecitos en silencio al compás de la música, Jenny se quedó sola hasta que el baile terminó. Lord Cambrey apareció, obviamente buscando a Maggie. Vaya, ¿era su nombre el siguiente en el carné de su hermana?

—Tanto tu madre como tu hermana han desaparecido —observó.

Cuando la música comenzó a sonar con una animada polca, Jenny se dio cuenta de que Maggie debía estar bailando con lord Westing. ¿Se molestaría el amigo de Simon?

Jenny decidió morderse la lengua al respecto y se limitó a asentir con la cabeza, sonriendo y observando a los bailarines. Dejó que Maggie tomara sus propias decisiones. Jenny tenía otras preocupaciones, entre ellas, la de no ser escuchada por nadie.

Como su madre aún no había regresado, decidió agarrar la sartén por el mango.

—Milord, ¿quiere dar un paseo por la galería?

Cambrey pareció momentáneamente sorprendido, pero

se recuperó con rapidez.

—Por supuesto, *milady*. —Y le ofreció el brazo.

Esperó que nadie se diera cuenta de su salida por las puertas dobles que había detrás de ellos. Otros estaban haciendo lo mismo, y ella tenía una cierta autonomía ahora como mujer casada que no había tenido antes. Sin embargo, estaba claro que lord Cambrey no era su marido, y si alguien quería iniciar un rumor desagradable, sin duda podría hacerlo. Hizo su pregunta lo más rápido posible y regresó al salón de baile.

—Seré breve —le dijo en cuanto estuvieron solos en un extremo del largo paseo. Debía de ser agradable en pleno invierno disponer de semejante tramo de salón en el que caminar vigorosamente de un lado a otro, sobre todo si una tenía un asunto preocupante, como la ausencia de un marido, con el que lidiar.

—Simplemente deseo saber si ha tenido noticias de Simon.

Cuando Simon tendió la mano al sucio carcelero, recibió una bofetada en la cara. No pudo saber de dónde venía. Intentó con más fuerza llegar al cuello del hombre, y entonces recibió otro golpe en la mejilla. Después de otro, se despertó en una cama extraña y en una habitación desconocida.

Simon supo con precisión lo que había sucedido.

Holtzenhelm había acudido al apartamento de Simon a última hora de la tarde y le había dicho que durmiera. Y, obviamente, lo había despertado de una manera eficaz.

—Gracias —murmuró Simon al hombre de gafas que se sentaba en la silla a su lado.

—De nada, pero no me complace abofetearlo. ¿Empezamos? —preguntó Holtzenhelm.

Simon asintió, cansado.

—Por el principio. Cada detalle.

Cuando Simon le hubo explicado el mismo sueño con minucias insoportables, se sintió agotado. Después de que el médico se marchara, dio un paseo por la gélida ciudad de Heidelberg.

Muchas de las tiendas estaban decoradas con motivos navideños, diferentes a los ingleses, pero que recordaban igualmente el espíritu de la festividad. Nikolastaug había llegado y se había ido, con todos los niños esperando a San Nicolás, e incluso *Herr* Holtzenhelm había parecido alegrarse días antes al describir la emoción de sus dos hijos pequeños por las golosinas que llevaban en sus botas a la mañana siguiente.

Sin embargo, cuando el buen doctor habló animadamente de la decoración del Tannenbaum e invitó a Simon a las fiestas de fin de año, sintió un dolor en el pecho. Mientras Holtzenhelm hablaba de la cena de Nochebuena, describiendo el cochinillo, la salchicha blanca y el dulce *reisbrei* de canela, y luego cerraba los ojos para describirle a Simon el próximo festín del día de Navidad, con un rollizo ganso asado, *stollen* afrutado y picante *lebkuchen*, Simon solo sentía tristeza. Había pasado las últimas tres navidades lejos de Inglaterra, recordando las celebraciones y las comidas familiares.

Ahora, sentía un nudo en la garganta por perderse la

primera Navidad con su mujer. ¿Cómo sería ver las velas reflejadas en los ojos de Jenny mientras abrían su puerta a los cantantes de villancicos y brindaban por San Nicolás?

Simplemente, quería volver a casa.

———— ❧ ————

—Lo siento. —Los ojos de lord Cambrey, en efecto, brillaban con una disculpa—. No he sabido nada de él. Es como si Simon hubiera desaparecido en el corazón de las naciones salvajes de Europa.

Tanto como él la había apartado de su corazón. Permanentemente, irrevocablemente. Con suerte, él saldría con mucha más facilidad del continente.

Ella solo suspiró con ganas de llorar. El amor por su marido estaba incrustado por completo en su ser, y apenas podía afrontar cada día sin él. Si supiera dónde estaba y cuándo podría volver a verlo, se tranquilizaría.

—Le pido que confíe en él y que no se preocupe. Prácticamente estaba cantando *Lady Greensleeves* en su honor la primera vez que me habló de usted. En cualquier caso, debe volver pronto —añadió lord Cambrey.

Sus palabras despertaron la esperanza en el pecho de Jenny.

—¿Por qué dice eso, milord?

—El parlamento se abre oficialmente en unas semanas, y es mejor que esté allí.

—Ya veo. —Las ramificaciones de un representante ausente en la Cámara de los Lores no eran buenas, incluyendo una posible pérdida del privilegio de Simon.

Sin embargo, dudaba que llegase para Navidad.

—¿Qué es lo que destaca en su mente cuando se encuentra por primera vez en la celda?

Simon se mordió una réplica brusca y respondió al doctor con la mayor sencillez posible.

—Que estoy allí de nuevo, o que en realidad nunca me he ido.

—¿Tan real es para usted? —preguntó Holtzenhelm—. ¿No tiene la sensación de estar en un sueño?

Simon dudó.

—¿En qué está pensando? —dijo Holtzenhelm.

—Cada vez que me despierto en la celda... es decir, cuando sueño que estoy de nuevo allí, el suelo está blando. Debe de ser la cama. Creo que siempre hay un momento en el que me pregunto por qué el suelo es tan cómodo después de tantas noches tumbado en la tierra dura.

Holtzenhelm asintió.

—Eso está muy bien. Si podemos convencer a su mente de que la tierra blanda indica un sueño, tal vez pueda controlar sus acciones.

Simon asintió.

—¿Hay algo más? —le preguntó Holtzenhelm—. Cuantas más señales podamos indicarle a su yo dormido, mejor.

Simon reflexionó y se llevó a sí mismo a través del sueño, más familiar que despacho en el que ahora se encontraba.

—No hay hedor. La ausencia de ratas también es bastante evidente. Siempre había alimañas, y aún más por la noche. Hacen ruidos, ruidos terribles. —Sintiendo que el sudor le pinchaba la piel, Simon cerró los ojos solo para que apareciera en su mente la visión de una rata, grande y aterradora. Al instante, abrió los ojos de golpe.

—Parece que las ratas le afectan mucho —dijo el médico—. Bien.

Simon lo miró fijamente. La capacidad de Holtzenhelm de considerar desapasionadamente los problemas de Simon le irritaba, pero quizá era lo mejor y le daba al hombre más claridad. Pero «bien» era la última palabra con la que Simon podría asociar a las ratas.

Al ver la expresión del conde, *herr doktor* se encogió de hombros.

—Estoy seguro de que puede utilizar la ausencia de cualquier olor fuerte y de ratas a su favor.

Ante esto, Simon soltó una carcajada.

—Eso sería un cambio, teniendo en cuenta que eran mi némesis nocturna, y a veces también durante el día.

—Lo comprendo —dijo el médico, aunque Simon sabía que el hombre no podía entender en realidad. Tampoco podía conocer las emociones que le causaba la celda. El miedo, la ira y la tristeza. Y la culpa.

—¿Hay algo más? Debemos repasar el sueño —dijo Holtzenhelm.

Simon volvió a recordarlo. El despertar en la celda, la ausencia de ratas, el guardia, su ira. Una y otra vez. Había algo más. Algo en el fondo de su cerebro, pero no quería pensar en ello.

En su lugar, decidió pensar en Jenny, en su dulce sonrisa y sus ojos brillantes, su voz suave y agradable. Su Jenny.

—Lo veré mañana —dijo el médico. Al llegar a la puerta, se giró—. Le deseo dulces sueños.

¿Este alemán de baja estatura tenía sentido del humor, o se estaba burlando de él?

Simon se limitó a asentir.

Esa noche, por desgracia, no fue diferente. Los sueños, que habían empezado a ser menos frecuentes durante sus breves meses con Jenny, volvían a asaltarlo.

Y cada vez que se despertaba, ya fuera enredado en la ropa de cama o caído sobre la alfombra, Simon daba gracias a Dios de que Jenny no estuviera a su lado para que le hiciera daño. ¿Encontraría alguna vez el camino de vuelta a ella?

Capítulo 27

Entonces ocurrió lo impensable. Se estaba celebrando otra cena en la que Jenny estaba sentada entre dos hombres mayores con los que la anfitriona consideraba aceptable que una mujer casada conversara toda la noche sin provocar un escándalo.

Jenny ocultó sus bostezos detrás de su servilleta y pasó del tedioso y aburrido hombre de su izquierda, que solo deseaba presumir de sus tierras y de sus hijos mayores con insoportable minuciosidad, al lascivo y vetusto noble de su derecha, que mantenía sus ojos fijos en la turgencia de sus pechos mientras se quejaba inapropiadamente de su esposa. Esa desafortunada esposa estaba sentada tan lejos de su marido como lo permitía la mesa, sin duda habiendo suplicado a su anfitriona, *lady* Chantel-Weiss, que así lo hiciera.

Para la única defensa del viejo señor, el pecho de Jenny había florecido en las últimas semanas, y aún no se había ajustado ninguno de sus vestidos para ocultar la figura más llena de su estado. Dudaba que él se hubiera fijado en su rostro una sola vez desde que estaban sentados juntos.

Y entonces apareció un invitado tardío, y Jenny sintió una agitación de incomodidad, ¡el primo Ned!

En cuanto la vio, supo que le causaría problemas por haberlo despreciado. Sus ojos se entrecerraron y su boca se adelgazó al tiempo que se volvía hacia arriba como en una sonrisa. Con una inclinación de cabeza a modo de saludo, tomó asiento junto a una señora que estaba a medio camino del otro lado de la mesa. Jenny respiró aliviada.

Ella y Ned no tendrían ni siquiera motivo para hablar, ya que solo lo hacían al otro lado de la mesa, entre las velas, las numerosas copas de cristal y los centros de mesa floreados. Sin embargo, como él había llegado tarde, su anfitriona estaba decidida a ganarse su cena.

Desde su asiento en la cabecera de la mesa, unas cuantas sillas más abajo a la izquierda de Jenny, *lady* Chantel-Weiss golpeó su copa de champán esmerilada con las largas púas de su tenedor de plata.

—Todo el mundo, silencio. —Rápidamente los comensales se callaron y se volvieron hacia su anfitriona.

—Ya que el señor Darrow ha tenido a bien llegar casi media hora después de que todos nos hayamos sentado, le exijo una reparación.

Sabiendo lo que se avecinaba, muchos se echaron a reír, algunos dieron palmadas en el mantel en señal de ánimo.

—Sí, *milady* —dijo Ned de inmediato, engreído por ser el centro de atención, mientras cualquier otro podría parecer avergonzado por su comportamiento grosero—. Cualquier reparación que desee, me esforzaré por satisfacerla y lo haré como corresponde a esta gentil reunión.

Jenny quiso poner los ojos en blanco, agradecida de no ser en realidad la señora Darrow, y de que ni siquiera se la conociese por ser la prima segunda de Ned. Su afectado discurso le provocó ganas de vomitar la pasta de gambas sobre tostadas que se habían servido a los invitados en pequeños platos cuando se sentaron a cenar.

—Debe contarnos una historia entretenida —dijo *lady* Chantel-Weiss—. ¿No es así, milord?

Sin embargo, lord Chantel-Weiss no la escuchó o no le importó, pues en el otro extremo de la mesa, a la derecha de Jenny, el buen hombre seguía sorbiendo su sopa de patata.

—Pero escúcheme, señor Darrow —continuó su anfitriona—. Su historia debe ser novedosa e interesante, o se le mostrará la puerta.

Muchos volvieron a reír, pero cuando los ojos de Ned se volvieron hacia ella, Jenny sintió un escalofrío de temor. Había algo en su mirada, un destello malicioso.

—Muy bien —dijo—. ¿Una historia? —Se quedó un momento con los dedos frente a él, como si lo estuviera considerando.

Mientras tanto, la sensación de temor de Jenny aumentaba, haciendo que su corazón se acelerara. A su vez, la piel se le puso húmeda y empezó a sudar ligeramente.

—Hace unos meses, hice un viaje al campo para visitar a unos familiares que habían caído en una situación especialmente grave. —Ned hizo una pausa dramática—. Económicamente, si me entienden.

Con la cuchara de sopa aún apretada en una mano, Jenny miró el mantel que tenía delante de su plato y se mordió el labio inferior por el malestar físico que estaba experimentando.

—Mientras estuve allí, fui testigo del cortejo más extraño que se pueda imaginar.

—Cuéntelo —dijo una voz desde lejos.

—Hable —dijo otra.

—Lo haré —dijo Ned—. ¿Qué opinan de que una joven sin título y sin dote, visite la casa de un noble rico?

Jenny casi jadeó su consternación en voz alta.

—¿Es una adivinanza? —preguntó otro.

—¿Y si les dijera que iba día tras día sin compañía a sentarse en su alcoba?

Algunas otras personas a su alrededor, efectivamente, jadearon. Jenny aprovechó la oportunidad para respirar un poco, tanto como pudo, dado su apretado corsé. Sin embargo, no pudo hacer nada para aplacar el relato de Ned ni las náuseas que iban en aumento.

Al sentir la atención que estaba recibiendo, Ned se puso de pie y se paseó por la mesa.

—Además —dijo— a pesar de que esta joven es de rostro y forma agradables, el noble apenas sabía de su existencia. Al principio.

—¿Cómo puede ser eso, si ella estaba en su dormitorio? —preguntó su anfitriona.

—Este conde... oh, perdóneme —dijo Ned, como si su desliz sobre la identidad del hombre hubiera sido un error—. Este noble tenía el tejado con goteras. —Se golpeó su propia cabeza.

—Qué gracioso —exclamó una mujer.

Jenny no pudo levantar la vista. ¿La gente ya la estaba

mirando? ¿Lo sabían?

—Aun así, esta mujer acudió a él para prestarle ayuda y consuelo.

—No me importaría ese tipo de ayuda y consuelo —dijo el tonto lascivo a su derecha. Algunos hombres se rieron.

—De hecho —continuó Ned—, sus servicios estaban muy solicitados en todo el municipio.

Se produjeron otros pocos jadeos, y el anciano lord Chantel-Weiss, que hasta entonces había permanecido en silencio y había dejado que su esposa dirigiera su fiesta, intervino.

—Aquí y ahora, le digo, Darrow. ¿Es esta una charla apropiada para la cena?

—Perdóneme, milord —dijo Ned, con un tono apaciguador, mientras recorría el extremo de la mesa detrás de la anfitriona, que sonreía y obviamente disfrutaba del relato.

—Tal vez algunos de los presentes hayan malinterpretado mi intención, pero esta joven estaba al servicio del noble... como contable, entre otras cosas.

—Más extraño aún —entonó alguien.

Jenny agarró su agua con la mano libre y casi volcó su copa de vino.

—Esta señora —continuó Ned, ahora mirándola directamente—, casi sin dinero, irónicamente tenía mente para los números y comenzó a equilibrar los libros de contabilidad de todo el pueblo. Se convirtió en la más temida del sexo masculino.

—Oh, querido, querido —dijo *lady* Chantel-Weiss.

—¡Sí! Es cierto. Sin embargo, acabó siendo de especial ayuda para el desesperado conde.

Otro grito ahogado, y esta vez, Jenny estaba segura de sentir sus miradas sobre ella. Flexionando los dedos, dejó caer la cuchara, que se estrelló contra el cuenco y salpicó el cremoso bizcocho sobre el mantel blanco.

Ned se alejó más de la mesa mientras hablaba, llegando a situarse casi directamente detrás de la silla de Jenny.

—De hecho, como si en este cuento del revés, la mujer fuera el famoso príncipe, y el conde la bella durmiente, de alguna manera, esta chica ordinaria lo despertó de su profundo estupor y, milagro de milagros, queridos amigos, se casó con ella. O así lo afirma la joven.

Jenny empujó su silla hacia atrás, casi derribando a Ned al hacerlo. La bilis le había llegado a la garganta, pero no iba a aumentar su humillación con una arcada aquí, en el comedor formal del Chantel-Weiss, mientras los miembros selectos de la sociedad la miraban boquiabiertos.

Y ciertamente no daría crédito ni respondería a la horrible historia de Ned, no mientras Simon fuera incapaz de defenderse del patético retrato que su primo había pintado del conde como un imbécil babeante y de ella como una cazafortunas.

Jenny no sabía por qué había accedido a ir a esa reunión, cuando Maggie estaba en otro baile infernal y su madre estaba en casa con Eleanor.

Casi tropezando con el umbral de la puerta mientras el suelo se tambaleaba bajo sus pies, huyó de la habitación sin ofrecer sus disculpas a sus anfitriones. Los murmullos de incredulidad y los susurros horrorizados se mezclaron con las carcajadas de alegría que la siguieron hasta el pasillo.

Ned era un auténtico canalla, ¡y se arrepentiría cuando

Simon volviera!

Al llegar al aseo, Jenny tuvo una arcada en la taza. Unos minutos más tarde, con el contenido de su estómago vaciado por completo por las violentas náuseas, Jenny miró miserablemente su desaliñado reflejo en el espejo. Luego se limpió la boca con un paño.

Por primera vez, lamentó que, como mujer casada, no necesitara una carabina. En ese momento, le habría gustado contar con la compañía de alguien como lord Cambrey, que habría cogido a Ned Darrow por la mano, muy probablemente por el cuello, y habría enderezado la situación. Si eso fuera posible.

Pensándolo bien, podría haber llevado a un duelo al amanecer.

Ella sabía una cosa. No habría más eventos para ella, que la gente pensara lo que quisiera. Con o sin espectáculo, decidió que ya había pasado la hora de su confinamiento.

—No hay nada más. —Simon no pudo evitar el tono duro de su voz. Habían repasado el sueño hasta la saciedad. Ya no podía soportar relatar la suave superficie, la extraña ausencia de alimañas, el nocivo guardia que se acercaba, y luego sus propias manos tratando de estrangular al hombre.

—¿Y si no estrangula al guardia? —preguntó *herr doktor*.

—Tengo que hacerlo —espetó Simon—, antes de que...

—Se detuvo, sintiendo que el sudor brotaba en su piel.

—¿Antes de qué? —preguntó con rapidez Holtzenhelm—. No, no se detenga. Dígalo.

—Antes de que mate a Toby.

—Su primo ya ha sido asesinado. No puede salvarlo matando al guardia.

Simon frunció el ceño.

—Piense, hombre —lo animó el hombre con gafas—. Ha dicho muchas veces que Toby está vivo en la celda con usted. En la vida real, sabe que su primo está muerto. ¿Qué necesidad tiene de estrangular al guardia?

—Para salvarlo —repitió Simon con obstinación, cuando las palabras le vinieron a la mente—. Necesito salvarlo.

—Ya veo —dijo Holtzenhelm—. Por fin lo veo.

Poniéndose en pie de un salto, Simon se paseó por la habitación. Sabía que en el fondo lo entendía, pero temía expresarlo. Si lo decía, si lo aceptaba, entonces no habría remedio. No habría forma de ayudar...

El médico lo dijo por él.

—No puede traer de vuelta a su primo matando al guardia. Ni en la vida real ni en su sueño. La culpa lo empuja a hacerlo.

Simon contempló por la ventana el gélido día de enero. Todo lo que estaba cubierto de nieve y hielo brillaba como cristales en el acuoso sol de invierno. Como los ojos de Jenny.

—Debería haberlo protegido.

—¿No sentía él lo mismo por usted?

Simon solo pudo encogerse de hombros.

—Lo más probable es que sí. —Holtzenhelm habló con calma, como si no estuvieran discutiendo el fracaso absoluto de Simon—. Si yo hubiera pedido agua, entonces él habría....

Simon lo interrumpió.

—Habría vuelto a casa con su familia. Como debería haberlo hecho.

—No hay deberes en la vida. Ninguno en absoluto. ¿Me escucha? ¿Entiende?

Pero Simon negó con la cabeza.

Holtzenhelm suspiró.

—Ahora también tiene usted una familia, ¿no es así? Una esposa que lo espera en algún lugar. Tal vez sus propios hijos algún día. ¿Por qué no puede haber para usted una vida así?

—Podría haberlo salvado. Debería haberlo hecho.

Para su sorpresa, el hombre de baja estatura golpeó su mano sobre el escritorio con gran fuerza, haciendo que Simon se diera la vuelta.

—¡No! —insistió el médico—. Me ha contado cómo murió su primo. No podría haberlo salvado.

—Matando al guardia —soltó Simon.

—Eso cree. Y ahora está condenado a hacerlo una y otra vez, si no me hace caso. No puede salvarlo. No puede.

Simon dejó que las palabras resonaran en su cerebro. ¿Cómo podía aceptar eso?

—Soy un hombre que ha leído mucho. ¿Quiere escucharme?

Simon asintió.

—Hablo ahora en nombre de su primo, como hombre que conoce y comprende a otros hombres. Lo absuelvo de su culpa.

Mirando fijamente al doctor, Simon asimiló sus palabras y se quedó mudo.

—No puede hacerlo —susurró al fin.

—Sí que puedo. ¿Por qué no? En nombre de su primo, lo absuelvo.

Simon notó que las lágrimas se le agolpaban en el fondo de los ojos, y sintió un cosquilleo en la nariz. ¡Dios mío!

—¿Quiere tener una vida con su condesa?

Miró fijamente a *herr doktor*.

—Por supuesto. Por eso estoy aquí.

—Entonces, ahora tiene tres llaves que debe usar para salir de esta pesadilla por su culpa olvidada. Una, cuando sienta que la tierra que tiene debajo no es dura. Dos, cuando note la ausencia de ratas que estarían pululando si en realidad estuviera en la celda. Y tres, cuando vea que Tobías está vivo, sabrá que está soñando. Porque está muerto, irremediablemente, y debe darse cuenta de que no tiene sentido matar al guardia.

—¿Entonces qué hago? —¿Era esa su voz, que sonaba rota y temblorosa?

—Despertarse. Examinar los hechos en el sueño y luego despertarse.

Simon sintió una pizca de esperanza. ¿Podría funcionar? Si aceptaba la muerte de Toby, podría liberarse de la pesadilla de intentar salvarlo.

—Además —continuó Holtzenhelm—. Creo que el sueño se desvanecerá de su mente dormida cuando su mente despierta acepte que no pudo salvar a su primo. ¿Acepta eso?

Simon frunció el ceño. ¿Abandonar el pesado manto de la culpa y el remordimiento? La pérdida total de dejar ir a su primo por fin, parecía insensible, incluso deshonroso.

—No lo sé —confesó.

Para su sorpresa, el hombre sonrió.

—No se preocupe. Ciertamente, podemos discutir los temas que atormentan su mente en las horas de vigilia con mucha más facilidad que los que se ocultan mientras duerme. Le prometo que ahora haremos algún progreso.

Sintiéndose animado por la aparente confianza de Holtzenhelm, Simon tomó asiento una vez más. Tal vez liberando a Toby, sería capaz de reclamar a Jenny.

———— ❧ ————

—Lord Cambrey quiere verla, *milady* —dijo el almirante, asomándose a la puerta del salón.

Binkley había llegado después de las Navidades, como un regalo tardío de San Nicolás, explicando que su señoría había dejado órdenes para que sirviera a la condesa en la casa del pueblo cuando empezara la temporada alta.

Jenny pensó en las atentas disposiciones de su marido. Al parecer, Simon sabía que no volvería antes de Año Nuevo. ¿Qué otros preparativos, se preguntó, había hecho para su larga ausencia? ¿Había previsto estar fuera solo unos meses, o años?

Jenny no había salido en una semana, ni había recibido ninguna visita, principalmente porque ninguna había venido a visitarla. Pero Cambrey era ahora un leal amigo, además de ser su único vínculo con Simon y el único que sabía que no estaba solo de viaje de negocios.

—Por favor, señor Binkley, hágalo pasar.

Cuando Cambrey entró en la habitación, su sonrisa lo decía todo, provocando en ella una oleada de emoción. Y de esperanza. Se levantó y apenas pudo contener las lágrimas.

—¡Tiene noticias de Simon!

—Sí, así es. —Sacando de su bolsillo lo que parecía ser una sola hoja de papel, se la entregó a ella.

—¿Puedo? —preguntó Jenny amablemente, alargando la mano para cogerlo, consciente de que le temblaba—. ¿No es demasiado personal?

¿Era un destello de lástima lo que cruzaba el rostro de Cambrey? Ella esperaba que no. No suya también.

—Es su marido y como se trata de usted, no, no hay nada demasiado personal. De todos modos, Simon se haría unas botas con mi pellejo si supiera que se lo estoy mostrando en lugar de resumir el mensaje.

Jenny le ofreció una sonrisa de agradecimiento antes de mirar la carta que tenía en la mano. Simon había tocado este mismo pergamino. Y allí estaba su conocida escritura. Solo porque Cambrey la estaba observando, se resistió a acercar el papel a su nariz para ver si aún quedaba algún olor de él. ¡Qué tonta!

«Saludos, Cam, y buenas noticias. He mejorado mucho. El médico que encontré me tiene trabajando literalmente día y noche, incluso mientras duermo, para solucionar el desorden de mi mente. Sé que estás cuidando a mi Jenny. La extraño más de lo que puedo expresar.

»Por eso, y por mi imperdonable comportamiento hacia ella, no he escrito a *milady*. Todavía no tengo palabras definitivas para hablarle de un resultado favorable, pero estoy, por primera vez, esperanzado. Así pues, le ruego que, al recibir esta carta, te dirijas directamente a ella y le digas que, salvo incidente imprevisto, espero volver a Gran Bretaña a finales de mes. Iré directamente a Londres».

Jenny jadeó al leer el final.

—¡Vuelve! —Compartió una mirada de felicidad con su amigo.

—Y muy mejorado —añadió Cambrey.

Ella lo descartó con un gesto.

—Estaba perfectamente bien como estaba —afirmó Jenny, incapaz de contener las lágrimas.

Cuando lord Cambrey le entregó un pañuelo, ella se secó los ojos.

—Simon no necesitaba mejorar. Sin embargo, si él es más feliz, entonces todo lo que hemos pasado ha valido la pena.

Cambrey la miró, con ojos suaves.

—En realidad es usted una joya rara, *lady* Lindsey.

Sintiendo que el calor subía a sus mejillas, Jenny trató de sonreír.

—Al igual que mi hermana —bromeó.

Sin embargo, extrañamente, su sonrisa se apagó y su expresión se ensombreció.

—Podemos esperar al díscolo Simon dentro de unas semanas —conjeturó Cambrey—. Y las personas que lo han declarado perdido, demente, incluso fugitivo de la realidad, pueden comerse sus palabras con una gran ración de cuervo.

Jenny se distrajo con su afirmación de cómo había esquivado él su comentario sobre Maggie. ¿La sociedad había decidido en realidad que el conde de Lindsey era una causa perdida?

Rezó en silencio para que Simon volviera pronto, pero le preocupaba que fuera demasiado tarde para asistir con él a los eventos de la temporada. Dentro de poco, su avanzado estado la obligaría a recluirse según dictaba la costumbre.

—¿Por qué parece tan exasperada de repente?

Él no sabía de su condición, ni era apropiado informarle.

—Simplemente estoy impaciente por verlo —dijo Jenny—. Y quiero sacudirle por haberse ido sin decirme nada.

—Es comprensible.

—Mis modales me han fallado. Debería haberle ofrecido algo cuando llegó. ¿Se queda? Maggie debería llegar a casa en cualquier momento. Se fue a cabalgar con Eleanor.

En lugar de que la mención de su hermana sirviera de aliciente, Cambrey parecía ligeramente alarmado.

—Mis disculpas, pero debo marcharme. Gracias por su oferta. Dele recuerdos a su madre.

Y con un enérgico giro de sus botas en el suelo, se marchó.

En cuanto viera a su hermana, le preguntaría la causa del extraño comportamiento de lord Cambrey.

Por el momento, sin embargo, leería y releería la carta de Simon, seguro que unas cien veces. Y al sentarse de nuevo en el sofá, Jenny se la llevó a la nariz, inhalando profundamente. ¿Había un aroma persistente del tónico de afeitar de

Simon o era solo el olor del interior del bolsillo de Cambrey?

Capítulo 28

Al llegar a suelo inglés tras días de viaje desde Alemania y la costa francesa, Simon admitió una mezcla de alivio y temor. Se había retrasado en Calais por una tormenta que hizo imposible el paso durante un día. Luego, las aguas agitadas habían hecho que el viaje, habitualmente breve, durara casi el doble.

Después de desembarcar a última hora de la tarde en Dover, rechazó la oferta de alojamiento en la posada King's Head y partió de inmediato en un carruaje hacia Londres. Agradeció enormemente que su esposa no estuviera en Sheffield, sino a un día y medio de distancia en Londres.

Ahora que estaba tan cerca, los meses de separación se habían reducido a unas pocas horas y millas insoportables.

Con su retraso, el servicio de coches de postas solo llegó a la ciudad portuaria de Rochester antes de detenerse para pasar la noche. Exhausto por los días anteriores de viaje, seguidos de horas en el vagón que se balanceaba, Simon se quedó dormido antes de que su cabeza tocara la almohada.

Como había sucedido durante las dos últimas semanas, cuando el sueño llegaba, lo afrontaba con confianza, con su mente entrenada para determinar la falsedad del mismo. De hecho, el sueño ya no se presentaba cada noche. Cuando lo hacía, tal y como le había indicado Holtzenhelm, reconocía los signos de su fantasía, y dejaba de lado su culpa por Toby y se despertaba sereno.

A la mañana siguiente, temprano, estaba listo para partir incluso antes de que el posadero estuviera preparado para servir el desayuno. Reclamaría a su Jenny tan pronto como los cascos de los caballos recorrieran las millas que aún los separaban.

Jenny esperaba con ansias, como diría su madre. Cada día se deslizaba interminable hacia el siguiente. Seguía sin aparecer Simon, y se cansó de correr hacia las ventanas delanteras cada vez que oía acercarse los caballos y las ruedas de un carruaje. Sin embargo, él había prometido en su carta a Cambrey que llegaría, y a medida que se acercaba el final del mes, su entusiasmo aumentaba.

Seguramente, hoy era el día, se decía cada día. Sus náuseas habían disminuido un poco y seguía sin mostrar más signos de su estado que unos pechos más llenos y quizá unas mejillas ligeramente más redondeadas. No podía esperar a contarle a Simon sus buenas noticias.

Sin embargo, cuando la luna nueva anunció los primeros días de febrero, y las alegres noticias de las fiestas y las celebraciones de Año Nuevo quedaron atrás, la aplastante decepción le amargó el ánimo.

Tal vez su marido había cambiado de idea sobre su regreso, o tal vez había ido primero a Belton, pasando por alto Londres. No tenía forma de saberlo. Solo sabía que la espera la estaba volviendo loca.

Cuando llegó una inesperada invitación del vizconde Alder para pasear por Hyde Park y por el Serpentine, Jenny aceptó casi al instante. Cualquier cosa con tal de no pensar en la ausencia de su caprichoso marido.

Cuando el carruaje del vizconde se detuvo, por un momento pensó que podría ser Simon y se apresuró a asomarse a la ventana. Luego maldijo en voz alta por su propio comportamiento. ¿Cuántas veces había descorrido las cortinas solo para ver frustradas sus esperanzas?

Con un vestido de día verde esmeralda y un abrigo largo a juego, cuyo volumen ocultaba cualquier cambio en su cuerpo, salió al sol sintiéndose cómodamente abrigada. Y a decir verdad, Jenny sintió una oleada de excitación al salir.

Al encontrarse con ella en la puerta principal, lord Michael Alder la acompañó por las escaleras hasta su carruaje y la ayudó a entrar antes de subir él mismo y sentarse enfrente.

Por un momento, recorrieron la corta distancia en silencio.

—Es un poco raro —confesó él.

Ella enarcó las cejas ante su comentario, aunque había pensado precisamente lo mismo. Una mujer casada, a solas con un hombre, estaba permitido, pero aun así, darían que hablar. Sin embargo, con Simon lejos y su vida en suspenso, descubrió que no le importaban mucho los chismes.

—Lo que quiero decir —añadió el vizconde—, es que nunca podríamos haber hecho esto antes, cuando yo la cortejaba.

—Es cierto. A veces, me sorprende que alguien llegue a formar un vínculo, dadas las restricciones impuestas para que la gente se conozca. El discurso extendido es difícil, no importa el tiempo a solas.

—Hoy podemos prolongar nuestro discurso todo lo que queramos —dijo Alder antes de sonreír—. Tiene una buena mente, según recuerdo.

Al poco tiempo, estaban paseando por el Serpentine, admirando las brillantes aguas.

—Aparte de los jardines de Kew, creo que este es uno de mis lugares favoritos de la ciudad —dijo Jenny, levantando la cara al aire fresco, sin importarle que le enfriara las mejillas. Estaba al aire libre por primera vez en años y se sentía viva.

Mientras caminaban, hablaron de los acontecimientos actuales, como el próximo nombramiento de un nuevo arzobispo de Canterbury y la apertura del ferrocarril de Caledonia, que facilitaría enormemente los viajes a Escocia. Se detuvieron para observar a unos jóvenes que intentaban romper una sección de hielo con grandes palos.

—Tened cuidado, chicos —dijo Alder—. Ni un paso en ese río u os tiraré de las orejas.

Jenny sonrió, apreciando su preocupación por los jóvenes desconocidos. Sin duda, algún día sería un excelente padre.

Como una hoja afilada, una punzada de tristeza la atravesó al pensar en la paternidad, y en que Simon no estuviera con ella. ¿Cuánto más agradable sería este momento si estuviera caminando con él?

—¿Está bien? —preguntó el vizconde al notar su cambio de expresión—. Se ha quedado callada, y eso nunca es algo bueno en una mujer.

—Estoy bien. —¿Qué podía decir? ¿Que deseaba que su marido estuviera con ella en lugar de él?

—¿Tal vez desee algo caliente para beber? La Casa del Jardín está abierta, ¿no?

Pronto se encontró sentada en la pequeña cafetería, con una taza de chocolate caliente delante de ella, mientras su acompañante tomaba café.

—Quiero darle las gracias —comenzó—, por haber accedido a reunirse conmigo.

—¿Por qué no iba a hacerlo? —preguntó Jenny. Debería agradecerle que la rescatara de su encierro y de su larga vigilia por Simon. Tampoco podía decirle eso.

—Nos separamos de muy mala manera —dijo Alder—. Tiene todo el derecho a odiarme y ciertamente a no querer verme.

—En realidad, milord, nos separamos en los mejores términos. La última vez que estuvimos juntos antes de que cancelara nuestro compromiso, habíamos asistido a la cena y al baile de los Huntington. Y por primera vez, bailamos todos los bailes juntos. La comida era deliciosa y la música divina. Fue una noche encantadora. Así que en realidad, nos separamos en buenos términos.

En todo caso, él parecía avergonzado.

—Tiene razón en casi todos los aspectos, y eso es lo que hace que lo que pasó sea peor, creo. Estábamos en un punto en el que parecía que nuestra relación iba viento en popa. Creo que habríamos llegado a preocuparnos profundamente el uno por el otro. Al menos, yo por usted.

Miró a su alrededor para asegurarse de que nadie estaba espiando, ya que esta conversación estaba yendo en una dirección que temía que estuviera fuera de los límites de la propiedad.

—¿Por qué discutirlo ahora?

—Porque se equivoca en el detalle más importante. Porque no fui yo quien rompió nuestro compromiso. Mi padre lo hizo con una presteza inesperada, y también con bastante astucia. Me envió a Kent para comprobar un asunto de menor importancia, al tiempo que le comunicaba en mi nombre que no habría ninguna propuesta de matrimonio. Cuando volví, usted ya se había ido a Sheffield.

—Ya veo. —Jenny consideró sus palabras. Eso alivió un poco su humillación. Sin embargo, pensándolo bien, las ramificaciones de lo que Alder podría estar sintiendo incluso en ese momento, hacían que su salida fuera menos platónica de lo que a ella le gustaba.

Esperando que no estuviera suspirando por ella, Jenny dio un sorbo a su chocolate. Cuando la cortejaba, Alder parecía haber quedado prendado de ella. No era indiferente, pero tampoco apasionado como lo eran ella y Simon. O como lo habían sido antes de que él la desterrara a Londres.

Ella debía recordarle al vizconde que ambos habían seguido adelante.

—Escuché que comenzó a cortejar a alguien al final de la temporada.

Él asintió.

—Lady Delia Hampstead. —Haciendo una pausa, saboreó su café—. Era dulce y tenía una cara bonita. —Entonces su mirada se fijó en la de ella—. Pero no era usted.

Jenny dejó que su taza cayera sobre el platillo. Oh, vaya. Sí que sentía algo por ella.

—Es peor de lo que cree —continuó Alder—. De hecho, mis padres me dijeron que fue usted quien rompió nuestra relación, aunque al parecer, todos los demás creen que fui yo. Es bastante mortificante. Pensé que me había rechazado, y por eso dejé que mi madre me dirigiera hacia *lady* Delia. Cuando supe la verdad, no vi ninguna razón para continuar con la farsa de tener algún interés en esa dama, y menos para complacer a mis padres.

—Lo siento mucho —dijo Jenny, y lo dijo en serio. Incluso podía admitir su contrición por haber pensado brevemente en él—. ¿Qué sentido tiene, sin embargo, repasar todo esto ahora? Sabe que estoy casada.

—Sí, *lady* Lindsey, lo sé. —Alder la miró largamente—. Supongo que quería que supiera que no me importaba un comino su situación económica, y que la acción deshonrosa no era mía. Después de lo que hicieron mis padres, también necesitaba saber si era feliz. La he observado desde la distancia. Está aquí por la temporada y es evidente que está sola. Una recién casada sola en Londres no presagia nada bueno. Casada, sí, pero ¿feliz?

Una miríada de sentimientos la recorrieron. Cualquier cosa que dijera podría ser interpretada como una falta de respeto a Simon y una traición a la intimidad entre marido y mujer. Sin embargo, lord Alder había sido comunicativo, y su aura de tristeza le llegó al corazón.

Desde luego, ella podía decirle algo. Que lo había superado con rapidez no era probablemente lo más adecuado, como tampoco lo era revelar su situación actual.

—Volvamos a caminar —ofreció Jenny, ya que había, en efecto, otros que podrían estar escuchando.

De vuelta al aire fresco, paseando a su lado en lugar de mirarlo directamente, podía confesar más con facilidad que deseaba que su marido estuviera en Londres.

—¿Qué se lo impide?

—No estoy segura. —Al darse cuenta de lo vago que sonaba, Jenny añadió:

—Creo que vendrá en cualquier momento.

Para su sorpresa, él se detuvo y, como la tenía agarrada del brazo, ella se detuvo a su lado. Allí, en el sendero del Serpentine, Alder se volvió hacia ella y la miró a los ojos con una expresión que Jenny no podía comprender.

En el fondo de su mente, ella era consciente de que no era una buena situación para ser vista si era reconocida. Además, pudo ver con el rabillo del ojo que había otras personas en el camino.

Sin embargo, el vizconde seguía sosteniendo su mirada. De hecho, la suya bajó hasta su boca, haciéndola jadear ligeramente.

Al recordar dónde estaban, Alder se puso rígido y su mirada se fijó de nuevo en los ojos de ella.

—Acepto que ya no es libre, pero confieso que me gustaría que fuera de otra manera. —Él emitió un pequeño gruñido de risa dolorosa, y ella se acercó, poniendo la mano en su hombro.

El pobre hombre. Ella no deseaba ser la causa de su

dolor.

—Es la mujer con la que pretendía pasar mi vida. Y, a pesar de su estado civil, no puedo evitar sentir cariño por usted.

Jenny negó con la cabeza, pero él le cubrió la mano con la suya, el calor de él se filtraba a través de sus guantes.

—Oh, Michael —empezó ella, su voz sonaba ronca por la emoción—, lo siento. —Ella deseó que él no sintiera nada por ella.

—Nunca la deshonraría haciendo o diciendo nada más. Simplemente deseo que sepa que estoy aquí para lo que pueda necesitar. Si alguna vez se sientes sola y desea pasear, como hemos hecho hoy, estoy a su servicio.

—Ella no necesita su servicio —dijo una voz dolorosamente familiar, que atravesó el aire frío como una cuchilla helada.

Jenny volvió a jadear mientras se giraba para ver a su marido. Sorprendida al verlo allí, solo pudo mirarlo con incredulidad.

Por fin encontró su voz, pero salió en un susurro incrédulo.

—Simon.

De pie, con los brazos cruzados y las piernas ligeramente separadas, parecía que había presenciado algunos momentos de su discurso con Alder. Su expresión era sombría, y ella comprendió de inmediato que estaba enojado con ella por estar con el vizconde.

Como si tuviera derecho a estar enfadado...

Una ligera presión en sus dedos la hizo mirar hacia Michael. Él frunció el ceño, tal vez preocupado por su seguridad. Ciertamente, Simon tenía un aspecto formidable, pero ella no le temía en absoluto.

Retirando sus manos, y dándose cuenta de que debería haberlo hecho de inmediato, Jenny se volvió hacia su marido. Deseó fervientemente que el vizconde no estuviera tan cerca, con su hombro presionando el suyo. Sin duda, parecían culpables sin ni siquiera un pelo de distancia entre ellos.

Al descruzar los brazos, Simon le tendió la mano.

Ella dudó, haciendo que los ojos de él brillaran con furia. De hecho, su marido nunca había tenido un aspecto más desalentador. Su pelo oscuro, barrido por el viento, como si se hubiera precipitado por el parque, rozaba el cuello levantado de su abrigo negro de viaje que se arremolinaba en torno a sus pies a la menor brisa. ¿O es que estaba temblando de rabia?

Sin embargo, Jenny solo tardó un momento en reunir el valor necesario para responder a su silenciosa invitación y hacer caso omiso del ceño fruncido y poco atractivo de su apuesto rostro.

Ella le tendió la mano y dejó él que la tomara. En cuanto Simon la atrajo hacia sí con suavidad, pero con fuerza, se sintió segura. Él había vuelto, había venido a reclamarla, y su corazón volvería a estar completo.

—Lindsey, la dama y yo solo estábamos... —dijo Alder.

—La dama es mi esposa, y le agradeceré que lo recuerde. —Simon habló sin levantar su mirada de la de ella.

Sin dar los buenos días a Alder, Simon se dio la vuelta y se dirigió a su carruaje, arrastrando prácticamente a Jenny debido a la longitud de su paso. Ella no se atrevió a mirar al vizconde, para no enfurecer aún más a su marido.

Sí, Simon era positivamente rígido, y sí, ella se sentía intimidada por sus maneras. Sin embargo, él había regresado y todo se arreglaría. De eso estaba tan segura como de que uno y uno eran dos.

Una vez sentados en el carruaje para el corto trayecto de vuelta a su casa, él permaneció estoicamente callado, observándola. Suponía que una declaración de amor después de encontrarla casi en brazos de otro hombre, era esperar demasiado. Sin embargo, su alegría no tenía límites.

La sola presencia de Simon parecía un milagro. Y en Londres, que él la descubriera en el Serpentine, era un hecho aún más milagroso.

—¿Cómo me has encontrado?

—Para mi fortuna, le habías dicho a tu madre a dónde te dirigías, aunque no con quién.

Jenny deseó que sus palabras no provocaran un inmediato sonrojo en su rostro, pero pudo sentirlo. Sin duda, parecía tan culpable como la mitológica Pandora asomándose a la caja maldita.

—Creí que no sentías nada por Alder —dijo Simon—. ¡El hombre que cruelmente rompió vuestro compromiso el año pasado!

—No siento nada por él —comenzó Jenny, apenas creyendo que estuvieran teniendo una conversación tan ridícula. Su tono áspero rozaba lo argumentativo.

—Eso no es lo que parecía cuando te vi. Tú le mirabas con expresión arrobada y, maldita sea, él te cogía las dos manos. En público.

—Una expresión arrobada. ¿Estás loco?

—Desde luego que no. —Su tono era como el hielo.

Exasperada, elevó su propia voz un poco.

—Hace meses que no te veo. Podrías haber estado fuera haciendo cualquier cosa con cualquiera, ¿y vas a discutir conmigo por estar con lord Alder a la vista de todos?

Se cruzó de nuevo de brazos, con cara de circunstancias.

—He oído que ahora no usas su nombre de pila.

El carruaje se detuvo y, sin esperar su ayuda ni la del lacayo, Jenny levantó la manija y abrió la puerta de un tirón. A falta del escalón plegable, tuvo que saltar a la acera.

—¡Estás siendo insufrible! —dijo por encima del hombro, subiendo con rapidez los escalones de su casa. Binkley le abrió la puerta antes de que ella tocase la aldaba.

Sin dudarlo, pasó por delante del mayordomo y subió las escaleras hasta la habitación que había tenido para ella sola durante tanto tiempo. Necesitaba un momento para calmarse, ya que esta no era la vuelta a casa que había imaginado. Que empezaran así era absurdo.

Simon fue tras ella. Al llegar a su alcoba, él la empujó al interior y cerró la puerta. Con llave.

—Si pensabas dejarme de lado mientras esperas tu próximo encuentro con Michael, puedes seguir esperando.

Involuntariamente, Jenny miró hacia su escritorio, donde ella había escrito una respuesta a la invitación de Alder para pasear por el Serpentine.

—¡Maldita sea! —exclamó Simon, antes de golpear con el puño la palma de su mano abierta, haciéndola saltar.

Sin embargo, si esperaba asustarla, había fracasado.

—¡Basta! —Jenny estaba a punto de llorar, furiosa. Se quitó los guantes y los arrojó sobre la cama antes de tirar del pasador de su sombrero y lanzarlo hacia la cómoda. Por último, se desabrochó el abrigo de lana que normalmente Binkley o su sirvienta se habrían encargado de quitarle.

Simon hizo lo mismo con su gran abrigo negro. Luego, como si fueran aguerridos caballeros que se preparan para la batalla, ambos colocaron sus prendas sobre las sillas y se enfrentaron de nuevo.

—¿Qué has hecho fuera tanto tiempo y con quién? —preguntó Jenny, deseando poder mantener a raya su tono de celos e incertidumbre.

—Pasé mi tiempo con el doctor Holtzenhelm, un alemán achaparrado y calvo con pelos en la nariz, con el que nunca habría querido intimar.

La imagen desinfló de inmediato sus sospechas e incluso le hizo esbozar una sonrisa. Después de todo, si lo que buscaba era un encuentro sexual, podría haberse quedado en Inglaterra.

—¿Puedes decir tú lo mismo? —preguntó Simon.

Sorprendida por la pregunta, ella hizo una pausa, con las manos en las caderas.

—Te aseguro que no he pasado el tiempo con un médico alemán bajito, calvo o no.

—Quiero decir, ¿estuviste con alguien de tu agrado? —preguntó él.

Con los ojos en blanco, Jenny se cruzó de brazos. No había imaginado que Simon Devere era un hombre celoso, ya que la obligó a ir a Londres, comprarse vestidos y asistir a una temporada sola, después de tomarla por esposa y luego abandonarla.

—He asistido a innumerables cenas, y he estado con hombres que me han mirado descaradamente el escote. He estado en demasiados bailes para contarlos, y he rechazado muchas peticiones de baile. Y durante todo eso, ni una sola vez he querido experimentar un buen revolcón con ninguno de mis admiradores.

Simon dio un paso adelante.

—¿Quién ha mirado tu escote? Lo mataré.

¿La estaba escuchando siquiera? Jenny recordó la noche en que Ned la había humillado. Simon tendría más que lidiar una vez que todos supieran que había regresado. Los rumores sobre su estado mental aún bailaban en las lenguas de muchos.

—Sinceramente, eso no es importante. ¿Empezamos de nuevo? Déjame que me ponga un vestido más ligero y tomaremos el té. Bajaré al salón.

Además de que necesitaba quitarse el maldito y pesado vestido de lana, Jenny también estaba desesperada por salir de su casa.

—No quiero tomar el maldito té —respondió Simon—, y no voy a ser despedido de esta cámara como una sirvienta.

Capítulo 29

Jenny estaba segura de que su boca formaba una perfecta O de sorpresa.

—No quise decir...

Simon la interrumpió cuando llegó hasta ella en dos rápidas zancadas.

—Solo dime, Jenny. ¿Llego demasiado tarde?

Sin esperar la pregunta y menos aún la mirada atormentada en sus ojos, ella negó con la cabeza en respuesta.

—Por supuesto que no. ¿Qué quieres decir con eso?

Él levantó las manos y las puso sobre los hombros de Jenny.

—Tuve que irme para buscar ayuda, pero me temo que estuve fuera demasiado tiempo. Estás radiante de felicidad después de tu salida con Alder. ¿Le has entregado a él tu afecto?

¡Dios mío!

—Eres un tonto. Alder no significa nada para mí. Estoy

radiante de felicidad por tu regreso y por otras razones. Tengo mucho que contarte.

Simon pareció apaciguado por su respuesta y tomó la barbilla de Jenny entre las yemas de los dedos.

—Y quiero escucharlo todo. —Se inclinó y habló contra sus labios—. Más tarde.

Reclamando su boca, Simon la besó con ternura al principio, pero su pasión avanzó sobre ella como una llama sobre el pasto seco. Metió la lengua entre los labios separados de ella, la rodeó con sus brazos y la atrajo hacia sí por las caderas.

Jenny no pudo resistirse a apretar sus pechos contra su cuerpo. Enterró los dedos en su cabello y dejó que él devorase su boca.

Enseguida, eso no les bastó a ninguno de los dos. Simon la condujo hacia la cama y la obligó a sentarse antes de agacharse para quitarle los botines. Metiendo la mano por debajo del vestido, Simon le bajó las medias.

Jenny levantó los pies, dejó que él le bajase las medias de seda hasta los tobillos y se le puso la piel de gallina cuando él acarició la piel de sus muslos. Cuando sus medias cayeron al suelo, observó cómo Simon se quitaba las suyas. En un segundo, se había despojado de todo, excepto de los pantalones.

De pie ante ella, se desabrochó los botones y se quitó los pantalones. No llevaba nada debajo, y a ella se le hizo la boca agua al ver a su viril marido en todo su esplendor. La dejó mareada de excitación. Había pasado tanto tiempo…

Ya no necesitaba los consejos de la *Obra Maestra* de Aristóteles para saber lo que iba a suceder a continuación y la mejor manera de complacerlo. Sin embargo, había un pequeño dato que aún no conocía.

—Date la vuelta, por favor —dijo él, con la voz cargada de deseo.

Ella obedeció, arrodillándose en la cama y dándole acceso a la larga fila de botones, que le hizo maldecir a Simon antes de que terminase de desabrochar la mitad.

—Estoy muy tentado de romperte el vestido —murmuró él.

—No —suplicó Jenny—. Me gusta mucho, y fue bastante caro.

—No lo haré por el primer motivo —refunfuñó él—. Y también porque no tengo intención de empezar nuestro reencuentro solo levantándote las faldas, aunque te prometo que ambos disfrutaríamos mucho de eso también.

Sonrojada, pensó que podría pedirle que hiciera precisamente eso. La próxima vez. Sonaba muy bien, incluso para una pareja casada, y ella quería experimentar todo con él.

En cuanto Simon pudo abrirle el vestido lo suficiente, se lo quitó de los hombros y lo deslizó por el torso hasta llegar a sus caderas. Sin girarla, la rodeó con sus grandes manos para acariciar sus senos a través de las capas de tela que quedaban, besando su cuello.

—¡Caramba! Ya veo por qué alguien te miraba los pechos, cariño. No recordaba que fueran tan abundantes. En efecto, he estado demasiado tiempo fuera.

Jenny permaneció en silencio. Él descubriría su secreto muy pronto. Y no podía esperar a estar desnuda ante él, porque su excitación parecía aún más rápida y fuerte que de costumbre, provocando una agradable, pero insistente palpitación entre sus piernas. Una que solo su marido podía saciar.

Desatando el corsé, Simon se lo quitó y le deslizó la camisa por los hombros. Jenny se tumbó de espaldas y levantó las nalgas, dándole acceso para que le bajara las numerosas prendas por las caderas y las piernas.

Tras arrojarlas al suelo, Simon se deleitó con su cuerpo desnudo, y observó sus muslos, su estómago y sus pechos. Frunció el ceño ante su figura, ligeramente más llena, y sus deliciosas curvas.

Ella vio el momento en que él se dio cuenta de su estado, porque sus ojos se abrieron de par en par, fijos en ella.

—¿Un hijo? —Su voz era un susurro incrédulo y esperanzado.

Sintiendo que las lágrimas se le agolpaban en los ojos, Jenny solo pudo asentir, sorprendida al ver que los de su marido también se llenaban de emoción.

—Estás de más de tres meses —dijo él con asombro, estirándose a su lado y trazando ligeramente un círculo alrededor de la pequeña redondez de su vientre—. ¿Cómo te sientes?

Jenny tuvo la tentación de hablarle de las desagradables náuseas, pero en su lugar, le explicó lo que le ocurría en ese momento.

—Siento que si no me tocas los pechos de inmediato y me besas, luego te deslizas dentro de mí y alivias el dolor, gritaré.

La sonrisa que se extendió por el rostro de Simon sirvió para aumentar su expectación.

—Di por favor, Genevieve —exigió él, bajando la

cabeza para que sus labios rozasen un pezón sonrosado. Al mismo tiempo, él deslizó la mano hacia el suave vello del vértice de sus muslos, donde los rizos ya estaban humedecidos por su deseo.

—Por favor —murmuró ella.

Él le chupó un pecho y luego el otro, mientras sus dedos rasgaban un acorde celestial donde su deseo era más intenso. El cuerpo de ella se elevó al encuentro de su mano, necesitando más.

—Iremos con cuidado —dijo él, y luego le dio un pellizco en el pecho antes de lamer la zona del cosquilleo, haciéndola gemir.

—No te atrevas a ir con cuidado. —Su voz estaba llena de deseo.

—Querida esposa —respondió Simon en tono burlón.

—Querido marido. —Ella tiró de él.

Cuando él se hundió dentro de ella, Jenny suspiró de felicidad.

Por desgracia, no mucho después, yacían enredados en los brazos del otro, agotados, pero solo temporalmente satisfechos. Simon sabía que tardarían en volver a realizar el acto, más despacio, con más ternura. Ella había tenido razón, se habían apareado como animales salvajes en celo, y había sido glorioso.

—Eso era justo lo que necesitaba —dijo Jenny, con los ojos cerrados, pareciendo totalmente agotada.

Simon se rio.

—Menos mal que he llegado a tiempo —respondió serio—. Porque he llegado a tiempo, ¿no? Podría haberte perdido. —Él acarició su suave hombro, casi incapaz de creer que ella estuviera allí a su lado. ¿Tenía Jenny idea de lo asustado que había estado al verla con otro hombre, mirando a Alder, tocándolo?

Sin abrir los ojos, ella negó con la cabeza.

—No, fui yo quien pensaba que te había perdido.

—Me fui para salvarnos —declaró él—. Para intentar que tuviéramos un matrimonio normal.

Jenny abrió los ojos y se puso de lado para mirarlo.

—¿Lo has conseguido?

Simon le pasó un mechón de pelo detrás de la oreja y reflexionó.

—Creo que sí. Nada está asegurado, por supuesto, pero he tenido éxito muchas noches a través de muchos sueños.

Los pechos de su mujer captaron su atención y bajó la mano para acariciarlos con el dorso de los nudillos, observando cómo se erizaban los pezones. Luego descendió hasta el vientre.

—Ahora hay que tener en cuenta al bebé.

Ella lo miró con los ojos brillantes.

—Sí. ¿Estás contento?

Eso era decir demasiado poco.

—Estoy encantado, sí. —Excepto por la preocupación añadida. No le ocultaría nada—. Sin embargo, saber que habrá dos vidas a mi lado en la cama no me tranquiliza.

Jenny observó cómo su mirada se oscurecía en su dulce rostro y entonces ella se sentó.

—Te pido que no me dejes otra vez. Que no nos dejes.

—Se cubrió el vientre desnudo con ambas manos con gesto protector.

Simon la atrajo hacia su pecho.

—No tengo intención de hacerlo. —Su mano la recorrió de arriba abajo, saboreando la textura de su piel satinada.

—La gente no ha sido amable —confesó ella.

Él se lo había imaginado.

—No me importa lo que digan de mí.

El silencio de Jenny le alertó de que había algo más.

—¿Qué ha pasado? —Entonces, Simon se dio cuenta—. ¿Han hablado de ti?

Sintió que ella asentía. El hecho de que la atacaran en su ausencia hizo que agujas de rabia se le clavasen en todo el cuerpo.

—¿Hay algo que yo pueda hacer?

Ella negó con la cabeza.

—Creo que no. Antes de que volvieras, había decidido retirarme antes de tiempo. Mi último acontecimiento social terminó con mi huida del comedor de Chantel-Weiss y vomitando.

Simon se habría reído si ella no pareciese estar al borde de las lágrimas. Solo lamentaba no haber estado allí para apoyarla.

—Lo siento de verdad.

—No fue solo eso. El primo Ned estaba allí, y me humilló delante de todos en la mesa.

El pinchazo que había sentido se convirtió en cuchillas de furia. ¿Cómo se atrevía ese hombre? ¡Ned era su familia!

—Les dijo a todos lo buena que soy con... con las matemáticas. —Su voz se quebró.

—Lo buena que eres con... —A medida que su ira disminuía, Simon se esforzó por no reírse. Debía de estar perdiéndose el insulto.

—¿No son tus habilidades algo de lo que deberías estar muy orgullosa? Yo lo estoy.

—Fue la forma en que lo dijo y cómo me retrató como una rareza. Y lo que es peor, mencionó cómo «te servía» a ti y a otros en el pueblo, sin dejar claro al principio qué servicios estaba prestando.

Ahora sí se sintió insultado.

—Lo desollaré vivo. —En ese momento, sosteniendo a su suave y voluptuosa esposa en sus brazos, él podría hacerlo. Castigaría con gusto a cualquiera que la hiriera.

—Debo confesarte, querido, que yo también estoy preocupada por qué sucederá por la noche, ahora que estoy encinta.

El aire abandonó sus pulmones. Su cambio de tema lo desequilibró. Sin embargo, la preocupación de ella por su bebé a causa de él era tan inesperada y reflejaba sus propios temores, que no sabía qué decir. ¿Lo expulsaría de su habitación? ¿Antes de que pudiera demostrarle que estaba curado?

Tal vez fuera lo mejor. ¿Y si perdía el control, a pesar de lo que le había enseñado Holtzenhelm?

Jenny sintió que él contenía la respiración por un momento, y luego se relajó. Casi deseó no haber expresado sus temores. Sin embargo, tenía que hacerlo. Ya no podía ponerse alegremente en peligro por miedo a que él pudiera dañar la vida que llevaba en su vientre. Solo podía preguntarse qué pasaría esa noche.

Resultó que Jenny nunca habría adivinado la extravagante solución de su marido, ya que estaba fuera de lugar en muchos aspectos. Simon decidió que el almirante permanecería en su habitación en un catre durante toda la noche.

—¿No sería preferible un perro a los pies de su cama, milord? —entonó Binkley, con el rostro inexpresivo ante su importante, pero embarazosa posición.

Jenny también habría preferido tener un perro. O a su doncella, pero Simon le recordó la última vez que la había atacado, y una mujer podría no ser lo bastante fuerte como para detenerlo.

Así, después de retirarse por la noche y de haber concluido otra larga y deliciosa sesión de sexo, mucho más lánguida que la anterior, Simon hizo entrar a Binkley en su habitación.

Jenny estaba bajo las sábanas, en camisón, con una bata sobre los hombros, sentada para observar el proceso. Simon le abrió la puerta en calzoncillos y bata al mayordomo, el cual ella supuso que había estado esperando en el pasillo. ¡Qué mortificación!

Antes, mientras cenaban, habían traído un catre y lo habían colocado bajo la ventana donde normalmente había dos sillas y una mesita.

Jenny estuvo a punto de reírse de la expresión agria del almirante. Simon había insistido en que el hombre estuviera cómodo y se vistiera para dormir, por lo que Binkley desfiló con un gorro de dormir en su calva cabeza, un camisón de cuerpo entero y unas zapatillas que asomaban por debajo.

—Bonito gorro —le dijo Simon.

—Gracias, milord.

Simon volvió a meterse en la cama y Binkley apagó las lámparas de aceite antes de acostarse en su catre bajo la luz de la luna.

Tras unos minutos de silencio, en los que todos parecían intentar permanecer lo más callados posible, Jenny dijo:

—Esta es la noche más extraña de mi vida.

Simon se rio, rodando sobre su lado y ahuecando su almohada para darle forma.

—Para mí también, *milady*. —Binkley se retorció y su catre chirrió—. Buenas noches a los dos.

—Esperemos —murmuró Simon—. Y que este peculiar acuerdo termine cuanto antes.

Cuando Jenny se despertó a la mañana siguiente, ambos hombres seguían profundamente dormidos. El hecho de descubrir que no había ocurrido nada malo la llenó de pura felicidad.

Simon estaba de espaldas, roncando un poco, pero parecía totalmente tranquilo.

Jenny miró al mayordomo y contuvo una insistente risita. Binkley colgaba de un lado del catre, con un brazo y una pierna rozando el suelo, y la cabeza inclinada hacia un lado. Un hombro huesudo estaba al descubierto donde el camisón se había deslizado hacia abajo, y se le había caído su gorro de dormir.

¿Podría salir de la cama para usar el inodoro y el baño?

Tendría que cruzar la habitación de puntillas, pasando por delante del almirante. Sin duda, Binkley, que había recibido instrucciones de no marcharse hasta que uno de ellos se levantara, vería con buenos ojos que ella fuera a atender sus obligaciones matutinas.

Deslizándose de la cama, Jenny consiguió salir de la habitación con ambos hombres aún dormidos. Tal vez un perro sería más útil.

Capítulo 30

Simon encontró a su encantadora esposa en el comedor tomando té y comiendo una rebanada de pan tostado. Nunca se había sentido más agradecido en su vida.

Sonriendo cuando ella alzó la vista del periódico, se detuvo y le abrió los brazos. El rostro de Jenny se convirtió en una amplia sonrisa, se levantó y corrió hacia él.

Después de abrazarla, se inclinó hacia atrás para mirar su hermoso rostro.

—Parece que has dormido bien —dijo ella.

Él asintió, con la garganta cerrada por la emoción.

—Sí, lo hice.

—¿Has tenido alguna pesadilla? —Sus ojos se abrieron de par, preocupada.

—Sí. —A pesar de ello, Simon no pudo evitar sonreír de nuevo.

Ella frunció el ceño.

—¿Entonces por qué sonríes como el tonto del pueblo?

—Porque sabía que solo era un mal sueño, y no dejé que me arrastrara a la violencia.

Jenny sacudió la cabeza con asombro, se acercó y le tocó la mejilla.

—El tiempo que hemos estado separados ha valido la pena, por el resto de nuestras vidas.

—Creo que sí. —¿Debía explicarle la culpa que lo había estado royendo, causando la bestia violenta que gobernaba sus sueños? Pensó que no.

—Siéntate, esposa. Deja que te atienda. ¿Quieres más té?

El sonido de su risa era como la leche y la miel bíblicas, alimentando su alma. Simon se sentó y le dio una palmadita a la silla de al lado.

—¿Me has esperado porque el pobre Binkley sigue durmiendo?

Simon se sirvió un plato de desayuno caliente del aparador y ocupó el asiento que ella le ofrecía a su lado.

—Lo desperté con una rápida patada en el costado. Después de todo, es como un sabueso.

Jenny se rio con suavidad.

—No, es un encanto que nos aguante —dijo—. Pero tu idea fue bastante brillante. Me sentí más a gusto teniéndolo allí.

—Y allí se quedará, al menos por un tiempo.

Su asentimiento le animó. Harían que esto funcionara.

—¿Eso es todo lo que vas a tomar? —preguntó él—. ¿No necesitas empezar a comer por dos?

—Por favor, no —dijo ella—. Si lo hiciera, estaría tan grande como un caballo para cuando llegara nuestro hijo.

—Entonces, el niño nacerá en otoño... —Se imaginó un hijo con el pelo castaño y los suaves ojos marrones de Jenny.

—O la niña —le recordó ella.

Sí, una hija con la inteligencia y la belleza de su mujer. Por Dios, tendría que apartar a los jóvenes con un palo. Sin embargo, por el momento, eran solo ellos dos, y no podía pedir nada más.

—¿Vamos a pelearnos por el nombre ahora? —se burló Simon.

Jenny volvió a reírse, y él se sintió encantado de cómo le brillaban los ojos.

—¿Por qué no fingimos que hemos tenido esa pelea y que ya he ganado?

—Me parece una buena idea. —Ella era sensata y práctica, y él podía confiar en que Jenny no llamaría a su bebé algo escandaloso, como Napoleón o Gertha.

Antes de que Simon terminara sus huevos y su bacon, entró Binkley, con aspecto de haberse puesto una capa extra de reserva después de las indignidades de la noche.

—Lord Cambrey desea verle, milord —dijo con rigidez, con la mirada fija al frente—. ¿Le pido que espere en la biblioteca?

—No, hazle pasar.

Limpiándose la boca con la servilleta, miró a Jenny.

—No hay secretos entre nosotros, ni nada que hable con Cam que no pueda compartir contigo.

Ella pareció sonrojarse de felicidad.

De repente, él le preguntó:

—¿Le has contado la noticia?

Ella negó con la cabeza, con los ojos muy abiertos.

—Por supuesto que no, antes tenía que contártela a ti.

—¿Qué noticia? —preguntó Cambrey, que entró con rapidez y con gran familiaridad, le dio a Simon un golpecito en el muslo a modo de saludo, retiró una silla y se sentó a la mesa.

—Siéntate —dijo Simon.

Con igual sarcasmo, Cambrey levantó las manos.

—No importa cuántas veces me lo ofrezcas, te diré que no. No necesito ningún alimento. No me impongas esa comida que huele tan bien.

Jenny se rio.

—Me alegro de verle, lord Cambrey. Por favor, sírvase cualquier cosa de nuestro aparador. Es una mañana para servirse uno mismo. Pero le pondré un poco de té.

—Diré que sí al té, y no al resto. He comido antes de llegar. Estoy aquí para hablar de política.

—Tal vez debería dejarlos solos, caballeros —dijo Jenny.

Simon sacudió la cabeza.

—Agradezco tu compañía, esposa. De hecho, no creo que pueda soportar que me abandones.

Cambrey se rio ante esta abierta declaración.

—En efecto, *lady* Lindsey, no se vaya por mí. No tardaré mucho y el tema afecta tanto a las mujeres y a los niños como a cualquiera.

Simon sintió que Jenny se sobresaltaba a su lado. ¿Debía contarle a su amigo lo de su heredero ahora, o eso avergonzaría a Jenny? Decidió guardar silencio hasta que ella estuviera lista para hablar. Pero era consciente de a qué se refería Cam.

—Ah, sí —dijo Simon—. La cuenta de lord Ashley.

—Efectivamente. Ashley sigue presionando con su Ley de Fábrica, y yo, por mi parte, la apoyo. Espero que tú también lo hagas. —Cam se inclinó hacia delante en su silla.

—Por supuesto —estuvo de acuerdo Simon—. Ya era hora.

Jenny dejó su taza de té.

—Esta vez se aprobará, espero. Es justo, equitativo y humano. ¿Cómo se puede esperar que alguien trabaje más de diez horas al día? Aunque eso debería incluir a los hombres. Después de un duro día de trabajo, estas mujeres necesitan a sus maridos en casa, y los niños necesitan a sus padres.

Cam sonrió.

—Deberíamos pedirle a su condesa que venga a hablar ante los ministros.

Los dos hombres se rieron, pero Jenny fue inflexible.

—No, gracias. Creo que ya me he salido bastante de mi papel.

—¿Entonces ha dejado la contabilidad?

Simon aguzó el oído ante la pregunta de su amigo, esperando su respuesta. Obviamente, como *lady* Lindsey, Jenny ya no tenía necesidad de trabajar para la gente del pueblo de Belton.

Ella le dirigió una mirada interrogativa con desparpajo.

Él se acercó y le cogió la mano.

—Esperaba que siguieras supervisando los libros de contabilidad de nuestra familia.

Jenny sonrió.

—Me encantaría hacerlo, milord.

—Bueno, entonces, ahora que eso está resuelto, me iré.

—Cam se puso en pie—. Solo quería asegurarme de que ibas a hacer acto de presencia mañana, y pensé que tendría que intimidarte para que votaras sí.

Habiendo asistido al Parlamento muchas veces, pero solo en la galería de visitantes, Simon había visto a menudo a su padre dirigir los asuntos de la nación. Esta sería su primera vez en ocupar el asiento de Lindsey.

—Cuando la reina abra la sesión, te aseguro que estaré allí —prometió—. Sin embargo, dudo que presionen para que se vote de inmediato. No creo que se alcance la mayoría aún.

—Es cierto, pero Ashley tratará de utilizarlo en su beneficio. Ha pasado la mayor parte de las Navidades y el mes pasado visitando a todos los miembros de la Cámara que ha podido. Le gustaría tener una votación mañana, ya que está casi seguro de ganar.

Cam estaba junto a la puerta cuando esta se abrió de repente y Maggie entró en la habitación.

—Oh. —Ella se detuvo en seco al ver a lord Cambrey en su camino. Sus mejillas se sonrojaron con un bonito color rosado.

—Señorita Margaret —dijo Cam de inmediato con una ligera reverencia.

—Lord Cambrey —respondió ella con una reverencia más acusada—. ¿Acaba de llegar? ¿Va a desayunar con nosotros?

—No, *milady*, ya me marchaba.

—Muy bien —dijo Maggie, y pasó junto a él hasta el aparador para servirse, dándole la espalda.

—Te acompaño a la salida —se ofreció Simon. Se

alegró de tener un momento a solas para preguntarle a su amigo si había algo más que debiera saber sobre las acciones de Alder o de Darrow.

—Que tenga un buen día, *lady* Lindsey —dijo Cambrey, inclinándose hacia Jenny y ofreciéndole su habitual sonrisa alegre, que ella le devolvió. Mirando hacia Maggie, añadió:

—Y usted también, señorita Margaret.

Simon observó que su cuñada solo recibió una breve inclinación de cabeza por parte de Cam, que ella podría haberle devuelto de haberla visto, pero estaba mirando el surtido de carne fría.

Sin embargo, sí respondió.

—Igualmente, lord Cambrey.

Jenny observó a su marido salir de la habitación, ajeno a la emociones de su hermana y de Cambrey, ya que él no había estado en la ciudad mientras Jenny creía ser testigo de un floreciente romance.

Conociendo a su coqueta hermana, aquella escena la sorprendió.

—Esperaba que invitases a lord Cambrey a comer con nosotros sin aceptar un no por respuesta —le dijo Jenny.

Sin embargo, ella recordó la voz neutra de Cambrey al dirigirse a Maggie, carente de toda la calidez que había mantenido antes de la llegada de esta.

Quizá se había equivocado, supuso Jenny. Hacía semanas que no asistía a un evento de la temporada, y no había oído a su hermana mencionar el baile con Cambrey en todo ese tiempo.

Maggie tomó asiento frente a ella con el plato lleno y un ligero aire de alivio. A Jenny no le habría sorprendido que su hermana hubiera dicho: «Menos mal que se ha ido».

Ese era el mensaje que transmitía cada fibra de su ser mientras se relajaba visiblemente.

—¿Qué ha pasado? —preguntó Jenny, sentándose de nuevo y sirviendo más té.

—¿Con qué? —preguntó Maggie con aire inocente.

—Contigo y lord Cambrey, por supuesto.

—No tengo ni idea de a qué te refieres. ¿Qué ocurre conmigo y con lord Cambrey? —Ahora su hermana la miraba sin comprender, dejando a Jenny con la sensación de ser una tonta chismosa.

Jenny frunció el ceño. ¿Había creado una relación entre ellos solo en su propia cabeza?

—Pensé... es decir, ¿no disfrutas de su compañía?

Maggie se encogió de hombros y puso mermelada en su tostada.

—Es bastante agradable, supongo. Pero ciertamente no es lord Westing.

—Ya veo. —Cambrey había perdido toda posibilidad frente al más elegante marqués.

—No hay nada que ver en realidad, Jenn. Estoy conociendo a muchos caballeros que me gustan en esta temporada. No hay razón para fijarme en ninguno de ellos ahora.

Su hermana sonaba demasiado pragmática para su propio bien. Jenny se rio.

—¿Y ahora qué? —preguntó Maggie.

—Acabo de reconocer que me preocupaba que fueras demasiado práctica, cuando has dicho justo lo que yo deseaba que dijeras.

Dejaría a su hermana con sus propias cavilaciones y la

dejaría encontrar su camino. Sin duda, Maggie se decidiría por alguien antes del otoño, y si no lo hacía, también estaría bien.

<hr>

—No puedo creer que te vayas antes de que termine la temporada. —Maggie tenía una mirada perpleja mientras hablaba. Tal vez no se había dado cuenta de que solo ella estaba disfrutando de los eventos, junto con su madre. Simon había regresado hacía dos meses, y Jenny estaba engordando lo suficiente como para que en realidad debiera permanecer recluida.

—Quiero dar largos paseos, y no puedo hacerlo aquí —explicó Jenny.

—La mayoría de las mujeres solo quieren estar en cama —se quejó Eleanor, que tampoco quería que su hermana se fuera.

—O tal vez no se les da opción —respondió Jenny—. Además, ¿qué diferencia hay si estoy encerrada aquí o en Belton?

Sus dos hermanas la miraron con un aspecto bastante apenado.

Maggie extendió la mano y le tocó el brazo.

—Sí que hay diferencia. Te queremos, y tu presencia siempre es bienvenida, aunque estés aquí en casa, esperando a que te cuenten los detalles de lo que pasa con *lady* Pomley o lord Twiggins. —Sus ojos se llenaron de lágrimas—. Sin embargo, entiendo perfectamente que es egoísta por mi parte. Deberías hacer lo que es mejor para ti. Si sientes la necesidad de aire campestre y paseos, entonces eso es lo que debes tener.

—Gracias. —Jenny apreciaba su apoyo, pues le resultaba muy difícil dejar a su familia en Londres. Sin embargo, eso era exactamente lo que ella, junto con Simon, pretendía hacer.

Eleanor suspiró.

—Supongo que debemos acostumbrarnos a estar sin ti, en cualquier caso. Cuando volvamos a Sheffield, estaremos en nuestra casa y tú estarás lejos, en tu mansión.

—Sabes que puedes visitarnos cuando quieras —le aseguró Jenny—. Además, solo hay un kilómetro y medio de distancia. —Todos rieron ante la melodramática afirmación de Eleanor.

Con Simon agarrado de su brazo, a Jenny no le importó asistir a un evento más de la temporada. Más íntimo que un baile de presentación, esta cena y baile tendría solo unas sesenta personas, todos amigos de los anfitriones. Algunos, como ella y Simon, estaban casados, otros habían sido emparejados por la anfitriona, a la que los padres de la debutante habían encargado tal misión. Maggie también estaría allí.

Como el anfitrión y la anfitriona fueron buenos amigos de su padre, Simon quería asistir y ocupar su lugar en la sociedad como nuevo conde de Lindsey. Además, antes de regresar a Sheffield, deseaba despejar cualquier duda sobre su competencia.

—Eres sin duda la mujer más hermosa de todas las presentes —le susurró Simon al oído cuando entraron en el magnífico comedor, ya festivo y ruidoso mientras los invitados buscaban sus tarjetas ern la mesa con la ayuda de los criados.

—Soy con facilidad la mujer más regordeta aquí. Henrietta ha tenido que ensanchar este vestido al máximo. —Aun así, sonrió a su marido, tan elegante en negro y gris.

Una vez sentados, el anfitrión pidió silencio y se presentó junto a su esposa en el otro extremo de la mesa, pidiendo después a los asistentes que disfrutasen de la velada y que no aburriesen a sus acompañantes.

Todos se rieron. Jenny se sintió aliviada de que en esta ocasión le hubieran permitido sentarse al lado de Simon, y no separados como era habitual en la mayoría de los banquetes. Las parejas casadas estaban allí solo de relleno, mientras que los invitados solteros eran emparejados según algún capricho de su anfitriona en cuanto a su idoneidad. Maggie estaba frente a ella, sentada junto a un joven al que Jenny no había visto nunca.

Jenny dio un sorbo de limonada, la cual la ayudaba con sus cada vez más escasas náuseas, y echó un vistazo a la larga mesa. Entre la treintena de parejas, pudo ver a lord Cambrey, que ya estaba inmerso en una conversación con una joven de pelo rubio.

Se había equivocado en todos los aspectos. Cambrey no parecía estar disgustado ni suspirando por su hermana. Miró a Maggie, quien se mostraba fascinada por su acompañante.

«Es una lástima», pensó Jenny. Podrían haber sido una buena pareja.

Sus ojos viajaron más lejos y... ¡Allí estaba Neddy! Él la miró con rudeza. El corazón dio un salto en el pecho de Jenny. ¿Qué malicia podría hacer su primo esta noche? Entonces Simon se rio de algo que dijo su vecino. Al mismo tiempo, sintió su cálida mano arrastrarse hasta su regazo y apoyarse en la parte interior de su muslo. Su pulso se aceleró de forma deliciosa.

Su ansiedad se disipó al instante. Ned no se atrevería a hablarle, no con su marido al lado.

Resultó que su primo no era lo bastante inteligente como para darse cuenta de que no debía atreverse. Cuando la cena terminó y los músicos estaban afinando sus instrumentos, Simon se alejó brevemente de ella para hablar con su anfitrión en el salón de los caballeros. Ned debía de haber estado esperando su oportunidad. Porque apenas Simon desapareció entre una dama con un precioso vestido azul y un hombre con un absurdo traje verde, su primo apareció frente a ella.

—Lady Lindsey —dijo él.

—Ned —le respondió ella, sin molestarse en la formalidad.

Él palideció ante su insolencia, pero Jenny descubrió que no le importaba lo más mínimo. Ahora que esperaba un bebé, estaba menos dispuesta a preocuparse por nimiedades como su primo.

—Su marido ha vuelto.

—Qué observador es.

La expresión de Ned era adusta.

—Quería felicitarla con retraso por su matrimonio.

—¿De verdad? —Ella hizo una pausa, pues ciertamente había algo más.

—Sí, no puedo culparla por preferir al conde. —Él miró su vientre, cuyo tamaño ya no podía ser ocultado por los pliegues de su vestido.

El hecho de que Ned mencionara su estado, aunque fuera de forma oblicua, estaba fuera de lugar, pero ella se negó a ponerse nerviosa. Jenny decidió solo alejarse porque estaba claro que él iba a lanzar más insultos para calmar su propio orgullo.

Al intentar marcharse, Jenny sintió que él enroscaba sus dedos en la parte superior de su brazo.

—Los modales de una condesa dictan que no debe alejarse enfadada. Somos familia, después de todo.

Ella trató de soltarse de su agarre, pero él se mantuvo firme.

—Se olvidó de que somos parientes cuando intentó humillarme y avergonzar a mi marido en la reunión de Chantel-Weiss.

—Un consejo —dijo Ned ignorando su comentario, al mismo tiempo que le acariciaba el brazo con el pulgar, haciendo que Jenny se estremeciera de asco—. No deje que la rabia por haber terminado casada con lord Desesperado le haga agarrar cualquier oferta por unos minutos de felicidad. Por ejemplo, se oye que *lady* L fue vista en el Serpentine con lord A.

Luchando por liberarse, Jenny hizo caer su tacón sobre la bota de él.

—*Uff...* —Ned emitió un sonido de dolor, pero solo la sujetó con más fuerza—. Debería comportarse con un poco más de dignidad.

—¡También usted! —exclamó Jenny—. Tiene que pensar en su hermana. Sus acciones podrían perjudicar sus posibilidades cuando debute. Suélteme.

—La señora le ha pedido que la suelte —dijo Simon—.

Sin embargo, no lo ha hecho al instante. Qué peligrosa estu-
pidez la suya.

Capítulo 31

Ned soltó en el acto el brazo de Jenny.

Simon se acercó a él, pecho con pecho. El conde era unos diez centímetros más alto, y Jenny observó cómo su primo levantaba el cuello para intentar mirar a su marido a los ojos mientras tragaba saliva.

—Lo que no puedo entender, Darrow —continuó Simon, en voz baja—, es por qué estaba tocando a mi esposa. Debería pedirle que nos viésemos al amanecer para solucionar esto.

Jenny sintió una oleada de miedo. No le cabía duda de que Simon era el mejor tirador y espadachín, pero todos los años ocurrían accidentes. No tenía ningún deseo de convertirse en viuda.

La cara de Ned se puso blanca.

—Eso es ilegal, Lindsey, y lo sabe.

Simon se quejó.

—¿Escondiéndose detrás de un tecnicismo? Podría

hacer que se supiese su cobardía y en todos los clubes de Londres se reirían de usted.

Ned la miró en busca de ayuda, y ella no pudo evitar poner los ojos en blanco ante su aspecto repentinamente infantil. Sin embargo, no deseaba que se derramara sangre, no por un comportamiento tan ridículo. Era mejor aprovechar la oportunidad para darle una lección.

—¿Le parece que mi marido está impedido mentalmente o de otro modo?

Ned volvió a tragar saliva y su mirada nerviosa se dirigió a Simon y Jenny.

—No, no, por supuesto que no.

Jenny pasó su mano por el brazo de Simon, y tiró de él ligeramente hacia atrás. Sintió que su cuerpo musculoso se relajaba.

—Entonces le sugiero que en lugar de difundir rumores, considere que su conexión con la casa Devere podría ayudarle tanto a usted como a Maisie. Como dije antes, sus acciones podrían perjudicar las posibilidades de su hermana durante su primera temporada. Al contrario, podrían serle de beneficio, al igual que la nueva asociación de los Darrow con los Lindsey. Piénselo. En lugar de enfrentarse a una muerte segura al amanecer, ¿por qué no considera difundir la historia del regreso de su valiente e inteligente nuevo primo político?

Simon casi resopló, dudando de que tal tregua pudiera ocurrir. Sin embargo, Ned parecía pensativo. Después de todo, no tenía nada que ganar con su animosidad y todo que perder.

Hubo una breve pausa.

—Obviamente, mi querida prima tiene toda la razón.

Lord Lindsey, mis disculpas por cualquier grosería percibida de mi parte. Les deseo a usted y a su condesa solo lo mejor.

Con una profunda reverencia, desapareció.

Simon la miró, con los ojos muy abiertos y el ceño fruncido, y la boca ligeramente abierta.

—¿Cómo demonios has hecho eso?

Jenny le sonrió.

—Solo apelé a su lado práctico.

—Te juro, esposa, que tú deberías ir al Parlamento, no yo, pues eres una diplomática nata.

—La verdad es que quiero volver a casa, a Belton.

—Y así será. Sin embargo, primero voy a bailar con mi condesa y mostrarla a todos.

Era obvio que desde su primera noche en casa las cosas iban a ser diferentes.

Antes de nada, el servicio les informó de la marcha de *lady* Devere a Francia junto con Peter y Alice. Jenny experimentó una punzada de tristeza. A pesar de que la viuda no había sido ninguna compañía, los niños eran alegres y muy divertidos. Con más tiempo juntos, sabía que su cariño por ellos se habría convertido en amor.

—Espero que vuelva de visita y traiga a sus hijos —declaró Jenny, con aspecto bastante malhumorado.

—Espero que no se haya llevado la plata y las joyas de la familia —murmuró Simon, y luego se dedicó a tratar de alejar tal ausencia de la mente de su esposa.

Con la casa vacía, no había nadie a quien molestar

cuando se retiraron temprano. Excepto Binkley, que se enfrentaba a otra noche en su catre por si el nuevo entorno provocaba alguna recaída en su señoría.

Simon pudo ver que Jenny estaba agotada por su viaje desde Londres y, con gran contención, mantuvo las manos alejadas de su esposa, incluso cuando ella trató de tentarlo. Abrazándola, se durmió casi de inmediato... y se despertó en su celda.

Al principio, quiso aullar por lo injusto de su vida. Había conocido a la mujer perfecta y se había enamorado. ¿Cómo diablos había sido capturado de nuevo, de vuelta en Birmania?

Intentó ponerse en pie, y sintió que la suave tierra cedía. Tierra blanda. Eso no estaba bien. Sabía que debía ser dura como una roca. Se levantó de todos modos con rapidez, ya que cuanto más tiempo permaneciera en el suelo, más posibilidades habría de que las ratas comenzaran a morderlo. Pero no había ninguna.

Simon casi rio de alivio. No había bichos de ningún tipo. La celda estaba tan limpia como cualquier habitación de Belton. Esto no era real. Sabía que Toby también estaba en algún lugar del sueño, y eso le hizo reflexionar. Sin embargo, había tenido la pesadilla tantas veces que sabía cuándo apartar la vista para no verlo en absoluto. Y entonces llegó el carcelero, haciendo sonar sus llaves.

No culpa mía que Toby haya muerto, y ya no puedo ayudarlo. No hay razón para intentar matar al carcelero.

Y con esa seguridad, Simon se despertó, todavía acostado cerca de su esposa, que roncaba con suavidad, con la espalda apretada contra su brazo.

Sintiéndose bendecido, cerró los ojos y se sumió en un sueño tranquilo.

Mientras se desvestían para ir a la cama la noche siguiente, Simon le acarició el cuello antes de declarar:

—Puedes empezar a decorar el cuarto de los niños en cuanto quieras.

Jenny se mordió el labio ante sus palabras.

—Eso da mala suerte, ¿no? Además, no hemos elegido una habitación. ¿Dónde estará el cuarto de los niños?

Tomando sus manos entre las suyas, la atrajo contra él.

—El niño estará muy cerca de nosotros tras una delgada puerta. Tu antiguo dormitorio será la guardería, porque ya no lo necesitarás.

Ella no pudo contener la sonrisa que brotó en su rostro, y las siguientes palabras de él no hicieron más que ampliarla.

—Espero, querida esposa, que podamos prescindir de Binkley a nuestros pies. ¿Lo hacemos esta noche? —Él acunó su rostro entre las manos.

Sin dudar un instante, Jenny asintió.

—Sí, absolutamente, creo que deberíamos.

Sellaron su nuevo acuerdo con un beso, tras el cual él señaló hacia las ventanas, donde el catre del mayordomo brillaba por su ausencia. Ella aplaudió encantada.

—Será especialmente bienvenido no tener que limitar nuestro acto sexual a una sola vez antes de dormir —dijo Simon mientras terminaba de desabrocharle el vestido y se lo quitaba por los hombros. Luego la giró hacia él—. A veces, me despierto por la noche y anhelo hundirme en ti, solo para darme cuenta de que Binkley está roncando en la esquina de la habitación.

Jenny soltó una risita, lo que hizo que él se agachara y le agarrara las nalgas con ambas manos, amasándolas con dedos fuertes.

—Ya no puedo apretarte contra mí con fuerza —se lamentó.

Jenny suspiró con suavidad.

—Mi vientre se está convirtiendo en un impedimento.

—Tonterías, solo significa que tenemos que ser más creativos en nuestros esfuerzos. Ahora mismo, tenemos que quitarnos la ropa, y con rapidez. Debo tener mejor acceso a ese delicioso cuerpo tuyo.

Jenny sintió que se sonrojaba de pies a cabeza, pero accedió y le permitió quitarle la ropa interior lo más rápido posible. En esta etapa de su embarazo, se sentía especialmente acalorada y palpitante.

Apenas Simon la miró, ella sintió la humedad entre sus muslos. ¿Era eso normal? Normal o no, su apetito por su marido era casi insaciable. Jenny agradeció a sus estrellas de la suerte que Simon hubiera sido lo bastante fuerte como para dejarla y recibir tratamiento. Estaba aún más agradecida de que hubiera vuelto cuando lo hizo.

—¿Por qué sonríes así? —le preguntó él, tirando de ella hacia la cama y bajando de inmediato su boca a su maduro y sonrosado pezón, sin esperar respuesta.

—Se acabó tener a Binkley de invitado —murmuró ella, arqueándose para recibir su lengua y sus dientes perversos.

Él levantó la cabeza y la miró.

—Tus labios están abiertos como los de una prostituta, tu pelo fluye a tu alrededor, estás completamente desnuda, tu cuerpo es redondo y abundante, y tus ojos están brillantes de pasión. Es decir, eres una diosa, exactamente como me gusta. ¿Y aun así estás pensando en Binkley?

Ella se rio, sin poder evitar su tono gutural, impregnado de deseo.

—No, esposo. No estoy pensando en Binkley. Por el amor de Dios, tócame otra vez. Tócame en todas partes. Pero especialmente aquí.

Rozó los rizos cargados de humedad bajo su floreciente vientre.

—Por favor —añadió.

—Con mucho gusto. —Simon volvió a llevarse el pezón a la boca mientras su mano desplazaba la suya para acariciar su miembro, ya hinchado.

Jenny gimió y cerró los ojos, incapaz de pensar. Cuando él acarició con suavidad su sensible protuberancia, justo donde más latía, Jenny sintió como si un dique estallara en su interior.

—Sí —gritó, agarrando las sábanas mientras sus caderas se levantaban de la cama—. Sí.

Su clímax hizo que cada uno de sus músculos se encogiese y luego se liberara. Cuando su cuerpo pareció fundirse de nuevo en la colcha, dejó escapar un sonido de satisfacción.

—Lo necesitaba.

—Espero que aún no estés satisfecha —dijo Simon, con un tono un poco rudo—, porque yo también estoy bastante necesitado.

Rodando hacia su lado, como Jenny había aprendido

que era más cómodo, se apretó contra Simon.

—¿Estás cómoda? —le preguntó él, todavía moviéndose con suavidad.

—No me quejo —dijo ella—. No quiero sonar demasiado pragmática, pero cualquier forma en que podamos lograr esto está bien.

Eso hizo que él se riera con ganas.

—No tienes precio. —Besando su cuello, se dispuso a liberarlos a ambos.

—¡Alguien se ha instalado en Jonling Hall! —exclamó Jenny tras irrumpir en la biblioteca, donde su querido marido estaba sentado trabajando.

Acababa de regresar de uno de los raros paseos en los que Simon no la había acompañado, ya que Cam había enviado papeles desde Londres con asuntos parlamentarios. Simon volvería a salir en breve para escuchar los debates y votar. A ella no le entusiasmaba la perspectiva, pero aceptaba que era el deber de su marido. Al fin y al cabo, el año que viene por estas fechas, ambos permanecerían en Londres mientras durara la sesión parlamentaria, y Jenny contaba con la bendición de que él se hubiera ido de Londres por su bien y el de su hijo.

Al entrar en la sala, Simon tenía la mesa cubierta de papeles.

—No corras de esa manera —dijo él—. ¿Has bajado las escaleras corriendo?

—Tal vez —dijo ella, tomando asiento recatadamente

en el sofá donde una vez les había leído cuentos a los hijos de Maude. Todavía los echaba de menos. Sin embargo, pronto tendría su propio hijo, y podría leerle a él.

—¿Por qué sonríes? —preguntó Simon, que se sentó a su lado—. ¿Es por el ocupante de Jonling Hall?

—¡Oh! Ya lo había olvidado.

—Querida esposa —dijo Simon, agarrando su barbilla y haciendo que le mirara—. Debo decir que eso te ocurre con cada vez más frecuencia. Cuanto más crece tu vientre, me temo que más se reduce tu cerebro. —Entonces se rio hasta que ella apartó la barbilla. Y todavía se rio unos minutos, reclinándose en el sofá con los ojos cerrados.

—No es gracioso —dijo ella, sintiéndose bastante molesta con él. Sabía que sus facultades no eran tan agudas como antes, pero él no necesitaba restregárselo como si ella no fuera más que una estúpida oveja.

Simon se frotó los ojos.

—Sin embargo, lo es. Siento haber sido brusco, pero llegaste aquí todo entusiasmada con Jonling Hall y dos segundos después estabas sentada con una mirada vacía y lejana en tu dulce rostro, sin recordar nada.

—¡Eh —Jenny cruzó los brazos y los apoyó sobre su abultado vientre—. Solo pensaba en sentarme en esta biblioteca a leer a nuestros propios hijos algún día.

Eso le hizo reflexionar.

—No puedo esperar a verlo. Serás una madre espléndida. Hablando de eso, deberíamos encontrar al mejor accoucheur[2] de toda Inglaterra y traerlo aquí de inmediato.

---

[2] Obstetra.

—¿Y si encuentro una comadrona? —preguntó Jenny—. De hecho, ya sé de una. Es la esposa del panadero, cuyas cuentas solía cuadrar.

—¿La mujer de un panadero para asistir en el nacimiento de mi hijo?

Ella casi se rio ante la expresión de sorpresa de su marido.

—Prefiero a Emily a un hombre extraño. Piensa en lo incómodo que será, sobre todo si le amenazas con daños físicos cada vez que me mire. Además, Emily ha tenido siete hijos propios.

Simon parecía apaciguado, pero aun así preguntó:

—¿Y quién la asistió a ella en esos siete partos? Eso es lo que quiero saber.

—Por lo que sé, lo hizo sin más ayuda que la de su marido. ¿Quizá quieras ayudarme tú?

Simon desvió la mirada.

—Creo que Emily lo hará bien. Ahora, dime quién se ha mudado a Jonling Hall.

Jenny no pudo contener la risa..

—Bueno, no lo sé. Había un carruaje en la entrada y salía humo de la chimenea principal. Vine directamente a casa para decírtelo.

Un ceño fruncido apareció en la hermosa frente de su marido.

—Creo que primero enviaré un mensaje, dando la bienvenida a nuestro nuevo vecino e invitándolo...

—O vecina —le recordó Jenny.

—O vecina, a la mansión para un almuerzo ligero. No podemos presentarnos en su puerta sin más.

—No, tienes razón, por supuesto. —Todavía sentía la mortificación de aquel momento con Ned—. Sin embargo, no sería del todo descabellado dejar una tarjeta de visita y esperar una respuesta inmediata, ya que se trataba de la residencia de su familia.

—Es cierto, pero prefiero que ese desconocido venga aquí a entrar entre a ciegas en esa casa.

—Suenas como un soldado.

Simon se encogió de hombros.

—Bien, de acuerdo entonces —aceptó Jenny—. Envía a Binkley con la invitación cuanto antes. Siento mucha curiosidad.

Él le dedicó una sonrisa tan cariñosa que la dejó sin aliento.

—Sí, esposa. Lo haré. A tus órdenes. ¿Y puedo decir que tú suenas como un general?

Ni siquiera tuvieron que esperar un día para tener noticias, pues una hora después de que Binkley entregara el mensaje en Jonling Hall, les llegó un mensaje invitándoles a cenar la noche siguiente.

—Déjame verlo —suplicó Jenny, alcanzando la misiva que sostenía Simon.

Él dejó que se la arrebatara con entusiasmo.

—La letra de un hombre, sin duda —supuso ella—. No es demasiado buena. De hecho, es más bien imprecisa. Sin embargo, bastante legible. Y firmado como J. Turner.

Simon se sirvió un trago.

—Un apellido muy sólido —dijo Jenny.

Su marido se encogió de hombros.

—No me dice nada.

—Supongo que tendremos que esperar hasta mañana.

—A veces, ser paciente no era fácil, pero Jenny había aguantado lo peor de la impaciencia mientras estaba en Londres esperando a Simon. Ciertamente, podía soportar unas horas hasta que se encontrara con ese misterioso desconocido.

—Me pregunto si deberíamos rehusar.

Las palabras de Simon fueron como un cubo de agua fría vertido sobre su cabeza. Como una niña, experimentó la inesperada decepción.

—Sé que preferirías que este señor Turner viniera aquí —dijo Jenny—, pero estoy segura de que no puede tener ninguna mala intención si nos ha invitado a cenar con él.

—Sin embargo, es un poco prepotente al rechazar nuestra invitación y pedirnos que vayamos allí.

—Simon, por favor, ¿podemos irnos?

Él le sonrió y ella supo que lo harían.

—Solo tienes que pedirme algo, querida esposa, y sabes que te lo concederé.

—Por eso encajamos tan bien juntos. —Y ella estalló en una carcajada ante su gesto de rendición.

Capítulo 32

Simon sabía que Jenny estaba emocionada por haber puesto por fin un pie en Jonling Hall. Por su parte, sin embargo, le traía recuerdos cristalinos de Toby y de las muchas veces que habían reído y cenado juntos. Había sido como un hermano, y por su bien, Simon había ido a Birmania, no dispuesto a dejar que su primo se enfrentara solo a los peligros. ¡Y pensar cómo había resultado!

Sacudiéndose las telarañas de la tristeza, Simon ayudó a Jenny a bajar de su carruaje, un tilbury muy adecuado para dos personas. Con la mano de ella en su brazo, se acercaron a la puerta principal. Evidentemente, le habían dicho al criado que los esperara, porque se abrió antes de que llegasen.

Simon deseó no sentir una punzada de inquietud, trayendo a su mujer embarazada a este lugar, antes alegre, para enfrentarse a lo desconocido.

Una amable criada, no un mayordomo serio, los recibió

en la puerta. Una señal de que este Turner, como Simon sospechaba, no era de la nobleza.

—Buenas noches, milord —dijo haciendo una reverencia a Simon—, y a usted *milady*. —La doncella hizo otra reverencia a Jenny—. Milord desea atenderles en el salón.

A Simon le costó tragar más allá del nudo en la garganta. Era muy extraño que esta joven le guiara por la casa que conocía tan bien como la suya propia. Además, con una sacudida de reconocimiento, se dio cuenta de que Maude había dejado allí todo el mobiliario. Allí estaba el espejo en el que había visto a Toby comprobar su peinado la última vez que habían salido a cenar con el padre de Simon.

Y aquí, al entrar en el salón, estaba la silla en la que él mismo se había tumbado mientras Toby le contaba un chiste sobre dos caballos que corrían. Se había reído hasta que se le saltaron las lágrimas, igual que Jenny le hacía reír ahora. Gracias a Dios que tenía a Jenny.

Apretando su mano, más para tranquilizarse a sí mismo que a ella, Simon se situó en el centro de la habitación mientras la criada se marchaba.

—Deberíamos sentarnos —dijo Jenny.

Simon no se movió. Sus ojos estaban fijos en un cuadro con un paisaje sobre la chimenea.

—Todo está como siempre, como antes de la muerte de Toby, incluso antes de que llegara Maude.

Sintiendo que ella le tocaba con suavidad el hombro, la miró, pero ella estaba con los ojos fijos en la puerta. Al volverse, Simon se dio cuenta con un sobresalto de que su anfitrión había entrado en silencio, sin que él se hubiera dado cuenta.

—¡Usted! —exclamó Simon.

El hombre se acercó, con las manos unidas a la espalda, y Simon casi empujó a Jenny detrás de él para protegerla.

—Me alegro de que haya aceptado mi invitación, lord Lindsey —saludó el hombre con una profunda reverencia—. Su encantadora condesa, supongo. —También se inclinó ante ella.

—¿Qué significa esto? —preguntó Simon.

—No lo entiendo. —Jenny se volvió hacia él con preocupación—. Simon, ¿qué pasa?

—Este es el jugador que conocí en Crocky's —le dijo él, sin dejar de mirar la cara del hombre—. El que ha estado jugando para mi tío.

—¡Es increíble! —Jenny se volvió hacia el hombre evaluándolo abiertamente. Simon la amó aún más por su reacción. Ni miedo ni histeria.

—Es cierto, *milady*. Sin embargo, hay algo más en esta historia, y que es la razón por la que compré esta casa.

—Hable. —A Simon no le gustaban los juegos.

—No quiero que usted y su esposa sufran ningún daño. Y ahora somos vecinos. ¿Cenarán conmigo?

Simon estuvo a punto de descartar la idea. Sin embargo, los modales del hombre eran impecables hasta el momento, y no había ninguna amenaza abierta por su parte, a pesar de lo poco decoroso de su profesión y de la forma secreta en que había obtenido Jonling Hall.

Sin embargo, fue la rápida mirada de asentimiento de Jenny la que lo convenció.

—Muy bien, señor Turner, antes señor Carlyle. Vamos a cenar.

En poco tiempo, estaban sentados en un extremo de la mesa del comedor, con Jenny y Simon uno frente al otro y su anfitrión a la cabeza.

Cuando les sirvieron una copa de vino y tuvieron delante una sopa de liebre, Simon no pudo esperar más.

—No quiero ser descortés, pero ¿por qué el subterfugio, por qué los distintos alias? ¿Es usted Turner o Carlyle, ya que no me gusta cenar con extraños o mentirosos?

Su anfitrión asintió.

—Soy un Turner. Carlyle es mi segundo nombre.

—¿Nos contará el misterio de cómo ha llegado hasta aquí? —La voz y la pregunta de Jenny eran mucho menos asertivas que las suyas, como correspondía a una condesa de buenos modales.

Esperando que, si era sincero, Turner le siguiera, Simon añadió:

—A decir verdad, usted me resultaba familiar en Londres, aunque no creo que nos hayamos visto nunca. ¿Me equivoco?

—Creo que está viendo un parecido familiar. Soy su primo, el hijo mayor de James Devere.

Simon sintió como si lo hubiera sabido todo el tiempo. Sin embargo, la idea de que este hombre era el medio hermano de Toby, que ahora vivía en su casa, golpeó a Simon. Conteniendo el instinto de negar sus palabras o de enfadarse con él por estar vivo mientras Toby estaba muerto, Simon hizo la única pregunta que podía hacerle.

—¿Sabía Tobías de usted?

—No.

—J. Turner —dijo Jenny—. ¿También es James?

—Jameson —dijo él en voz baja—. Mi madre es una Turner, y la única forma de tener algún reconocimiento como caballero era que me llamara así.

Simon seguía pensando en lo que Toby habría pensado de tener un hermano bastardo.

—Creo que Tobías se habría alegrado de conocerlo, o al menos de saber de su existencia.

—¿Usted cree? —dijo su anfitrión—. Me lo he preguntado a menudo. Le pedí a mi padre que me dejara conocer a mi hermanastro, pero se negó.

—¿Tal vez para evitarle a la madre de Tobías la vergüenza? —consideró Simon, ya que estaban reconociendo sin decirlo, que ese hombre era hijo ilegítimo.

—Tal vez. Se alegró de utilizarme para sus apuestas, y yo traté de ayudarle manteniendo a Crocky contento. Puede que no lo crea, pero la cantidad que proporcionaron los bienes de los Devere combinada con la que gané en las mesas de juego, era más o menos lo que debía mi padre.

—Ya veo. ¿Y mi padre estaba al tanto de esto?

—No lo sé. Sé que Tobías recibió instrucciones de su padre de enviar esos ingresos para ayudar a su hermano.

—Parece que todos sabían de esta deuda menos yo —dijo Simon, tratando de no sonar agrio.

—Usted no era el conde de Lindsey en ese momento, y Tobías solo sabía que estaba obedeciendo al conde y ayudando a su padre al mismo tiempo.

—¿Qué hará su padre ahora? —preguntó Jenny, que se había quedado callada.

Simon observó cómo aquel desconocido se volvía hacia ella, y algo en su perfil se parecía tanto a Toby que lo ablandó hacia Jameson Turner.

—Mi padre seguirá en el estado deplorable en que se encuentra, supongo, pero al menos se ha eliminado la posibilidad de que uno de los hombres de Crocky lo busque y le rompa las piernas, o algo peor. Gracias a usted, condesa.

Jenny se sonrojó.

Simon desvió la conversación hacia las preguntas que aún tenía.

—Usted debió de ponerse en contacto con mi tío antes que yo, pues ni siquiera envió una carta de respuesta cuando le informé del cese de sus fondos de juego.

—Lo hice. Era mejor que yo cargase con el peso de su molestia que usted.

Umm. Teniendo en cuenta dónde se sentaba ahora y con quién cenaba, Simon se preguntó si tenía un espía en su entorno y a quién debía Jameson su lealtad.

—¿Qué hay de esta casa? Tengo entendido que la compró directamente después de la muerte de mi padre, para arrebatársela a Tobías.

—No —Jameson negó con la cabeza—. No fue para eso, sino para guardarla para él. Por desgracia, mi hermanastro había volcado todos sus bienes en ayudar a nuestro padre, que es, siento decirlo, un pozo sin fondo. El dinero se le escapa entre los dedos como el agua.

—Sí, he visto su residencia en South Wingfield. La escasez de fondos es evidente.

Jameson asintió.

—Oí que mi padre sugirió a *lady* Devere que vendiera Jonling Hall mientras su marido estaba fuera. Sin duda, esperaba que ella le diera el dinero de la venta.

—¿Cómo pudo oír eso, viviendo en Londres? —A regañadientes, Simon comenzaba a simpatizar con el tipo.

—He mantenido mis ojos y oídos alerta sobre mi hermano menor siempre, sobre todo, después de que nuestro padre lo involucró en el asunto con el señor Keeble. Aunque el conde lo autorizó, no me pareció una buena idea, conociendo a mi padre como lo conozco. A pesar de lo que usted piense, traté de contener la situación lo mejor que pude. En cualquier caso, habría ayudado a Tobías a su regreso. —Tomó un sorbo de vino y luego continuó—. Me entristece no haberlo conseguido, pues tenía la intención de ir en contra de los deseos de mi padre y darme a conocer a mi hermano. En cualquier caso, pude salvar su casa al comprarla. Al menos sigue siendo de la familia.

—Lady Devere tenía algo de dinero y estaba en contacto con usted —supuso Simon.

—Sí. Me aseguré de que lo conservara todo, pues era su ferviente deseo regresar a Francia. Le aconsejé que guardara el resto para sus hijos.

—Vaya, eso fue muy generoso de su parte —dijo Jenny—. Estoy segura de que no ha sido fácil...

De pronto, Jenny dio un grito ahogado y una mirada extraña apareció en su rostro.

Simon se levantó y acudió junto a ella al instante.

—¿Qué ocurre?

—Yo... no estoy segura. Sentí... oh, ahí está de nuevo. —Puso las manos sobre su vientre.

El mundo de Simon se redujo entorno a su mujer, cuyo rostro se veía pálido y demudado.

—¿Te duele?

Ella no dijo ni sí ni no.

—Creo que quiero ir a casa. —Sus palabras eran un susurro.

Simon miró a su anfitrión, que ahora estaba de pie, con las manos agarrando el respaldo de su silla.

—Hemos venido en un *tilbury*.

El hombre levantó la ceja y se dirigió a la puerta.

—Haré que traigan mi carruaje a la puerta de inmediato. Es una berlina, bastante cómoda.

«Igual que Toby en sus maneras», pensó Simon mientras ayudaba a levantarse a su esposa.

—¿Puedes estar de pie?

—Sí, ya se me ha pasado un poco. Pero, Simon —empezó ella y apretó la mano que él le tendía—, es demasiado pronto.

—Lo sé, mi amor. De todos modos, mandaré llamar a la mujer del panadero. No te preocupes.

Fiel a su palabra, casi tan pronto como Jenny estuvo acostada en casa, llegó Emily. Simon, que estaba sentado a un lado de la cama, adonde la llevó desde el carruaje de Jameson hasta la escalera principal, seguía respirando con dificultad y tenía un aspecto bastante fiero, sin duda por la preocupación.

Se levantó de un salto ante la llegada de la comadrona.

De inmediato, la mujer trajo consigo una presencia tranquilizadora al acercarse al lado de Jenny y tomar su mano.

—¿Qué está pasando aquí, jovencita? ¿Está causando un alboroto y preocupando al conde? —Su tono era cálido y afectuoso. Luego miró a Simon, y observó su expresión—. Milord, ¿le importaría retirarse a aquella silla?

Ante la mirada inquisitiva de su marido, Jenny asintió con la cabeza, sonriendo mientras él le acariciaba la frente antes de tomar el asiento junto a la ventana.

—He sentido una extraña sensación que no había sentido antes.

La mujer asintió.

—¿Puedo tocarle?

—Sí, por supuesto —dijo Jenny.

—¿Ha sido aquí? —preguntó ella, apoyando una mano en la bata de Jenny sobre su vientre redondo—. ¿Sintió como si su vientre se apretara y endureciera?

—Sí, exacto. —Aliviada de que Emily supiera justo lo que había pasado, Jenny casi lloró.

—¿Está bien? —preguntó Simon, antes de que Jenny pudiera decir más.

—Creo que sí —dijo la comadrona—. Esto no es el comienzo del parto. Son solo falsas contracciones que hacen que el cuerpo se prepare para el verdadero momento. Ciertamente, puede ser aterrador al principio. Pero no ha sido doloroso, ¿verdad?

Jenny reflexionó.

—No, no creo que haya sido en realidad doloroso. Fue incómodo y aterrador. Estaba a punto de tomarme la sopa —añadió, dándose cuenta de que tenía hambre—. Y estoy segura de que olí a becadas asadas para nuestra cena.

Al escuchar la risa de Simon, ella lo miró.

—Siento haber estropeado nuestra cena con el señor Turner. Parece un hombre agradable. Tal vez deberías volver allí y terminar la comida.

—No te voy a dejar. Eso es definitivo. —Entonces,

Simon ordenó a la criada, que esperaba pacientemente en el rincón, que fuera a buscar sopa para su señora.

—Y pan —añadió Jenny—. Y si tenemos algo de pollo frío, sería estupendo. Pero trae primero la sopa, por favor. Estoy hambrienta.

<hr>

—Yo, por mi parte, estoy encantada de tenerlo como vecino —le dijo Jenny más tarde esa noche, cuando estaban en la cama. Bostezando ampliamente, cerró los ojos.

—Me reservo el juicio por ahora —le dijo Simon, acunándola cerca con la espalda contra su pecho.

—¿Te acordaste de avisar que todo estaba bien?

Él le acarició la cabeza.

—Lo hice. Deja de preocuparte por nada. Duerme bien, mi amor.

En unos momentos, abrazado a su cálida y relajada esposa, Simon sintió el tirón del sueño que lo arrastraba. Pareció que, casi de inmediato, Simon se despertaría en su celda de Birmania. Sin embargo, en lugar de sentir un ápice de temor, cerró los ojos una vez más.

—Basta —dijo.

Cuando los abrió de nuevo, estaba en casa.

Épilogo

—Tenías razón —le dijo Simon.

—Repítalo, milord.

—¿Por qué? ¿No puedes oírme por encima de los gritos del bebé?

Jenny sonrió.

—Tu hijo está deseoso de vivir, no de gritar. Y puedo oírlo perfectamente. Solo quiero que lo repitas.

—Tenías razón.

—De acuerdo —dijo él—. Pero ¿sobre qué?

—Sobre Emily. Ella es mejor que cualquier *accoucheur*[3] que podría haber contratado.

En realidad, el evento más bien aterrador del parto y el posparto había transcurrido sin problemas, aunque con dolor. Después de meses de preocupación, conociendo las muchas historias tanto de alegría como de tragedia, Jenny había dado a luz a un hermoso niño.

—Y ha traído bollos de clavo frescos. —Jenny extendió la mano hacia la cesta de bollos junto a la cama y se sirvió otro mientras Maggie volvía a entrar en la habitación—. Dudo que a cualquier obstetra, por muy competente que sea, se le ocurriese traer los mejores productos de la panadería.

Maggie también se sirvió un bollo.

—De todos modos, dudo que un *accoucheur* se casara con una panadera —dijo esta, rociando unas migas sobre la colcha—. Por cierto, el almirante se ha llevado a Emily a casa. Dijo que volvería a pasar por aquí mañana para ayudarte con... *um*... —Sus ojos se abrieron de par en par y miró a Simon.

—¿Con qué? —preguntó él.

Volvió a mirar a Jenny e hizo un gesto con la cabeza desde el bebé hasta el pecho de su hermana.

—Con la alimentación del pequeño allí. Emily dijo que no parecías del tipo de las que tienen nodriza.

—Por supuesto que no. ¿Por qué iba a dejar que mi propia leche se desperdiciara?

—Qué práctico —comentó Simon, y se sonrieron el uno al otro.

—Por favor, siéntate, Mags. ¿Dónde está mamá?

—No tardará en volver —prometió ella, acomodándose en el borde de la cama—. Ella y Eleanor todavía se están instalando.

—Me alegro de que hayas llegado a tiempo, pero siento que hayas tenido que acortar tu temporada otra vez.

Maggie se encogió de hombros y pareció no molestarse.

—Ningún baile o duque es tan importante como tú.

—Todavía puedes volver —ofreció Simon—. La casa

del pueblo te espera.

—Te lo agradezco. Sin embargo, creo que he terminado por este año.

Jenny lanzó una mirada a su marido.

Maggie continuó.

—La temporada termina en una o dos semanas. No veo ninguna razón para alargar la agonía. Podría haber llegado una oferta, pero no una que yo hubiera aceptado.

Jenny posó su mano en la de su hermana.

—No —dijo Maggie—, no me compadezcas. Estoy perfectamente bien. Qué niño tan hermoso… Si al menos no estuviera berreando tan fuerte. Es difícil oír los propios pensamientos.

Riendo, Jenny miró a su marido.

—Quizá deberíamos llamarlo Lionel, porque ruge como un león.

—Me gusta —estuvo de acuerdo Simon.

—Déjame cogerlo —dijo Maggie.

Jenny dejó que su hermana lo sacara de su regazo y se paseara por la habitación con él, acunándolo de un lado a otro. Él siguió gritando.

—*Umm* —consideró Maggie. Entonces deslizó su dedo más pequeño en la boca abierta del joven heredero. El bebé la cerró con firmeza y se hizo el silencio.

—¡Dios del cielo! —se maravilló Simon.

—¿Cómo lo has sabido? —preguntó Jenny.

—Vi a mamá hacerlo con Eleanor. Tú estabas ocupada en ese momento haciendo algo útil, estoy segura. Dios mío, tiene un buen agarre.

—Déjame intentarlo —dijo Jenny, llevándose a la boca

el último trozo del bollo pegajoso y limpiándose los dedos en las sábanas.

Maggie le devolvió el bebé a su madre.

—Si el dedo funciona tan bien —dijo Jenny—, imagino que el pecho funcionará aún mejor.

—Vaya —respondió Maggie ante la presencia del conde.

Jenny no se amilanó lo más mínimo. Estaba con las tres personas que más quería en el mundo. Entre sus brazos, le dio a su hijo acceso a su pezón izquierdo.

—¡Ay! —exclamó de inmediato.

Simon saltó de su silla, preocupado, y luego se detuvo, tal vez cohibido por estar de pie junto a su cuñada, ambos observando a su esposa, que estaba medio desnuda.

—Bueno —dijo Maggie—. Voy a ver si os traigo un té.

Con eso, dejó a los nuevos padres junto a su hijo.

—Juraría que tiene dientes —murmuró Jenny.

Simon se sentó en la cama mirando feliz la escena de madre e hijo.

—Al pensar dónde estaba hace un año, nunca podría haber imaginado esta vida contigo.

—Al pensar dónde estaba hace un año, milord, podría decir lo mismo.

—¿Esto no es un sueño? —preguntó él acariciando su rostro.

Ella le sonrió.

—Oh, sí, mi amor, creo que esto es un sueño exquisito, uno del que nunca despertaremos.

Índice

Siguiente libro de la serie

Era un hombre privilegiado e inmensamente elegible, hasta que un accidente de carruaje lo arroja a la calle adoquinada. Tras el accidente, el conde despierta como lord Herido. ¿Qué podría empeorar?

De todas las damas de Londres, ¿por qué esta le hace sentir cosquillas?
Lord John Angsley no puede mantenerse alejado de la señorita Blackwood. Pero está claro desde el principio que ella es demasiado voluble para ser una buena esposa, especialmente con pretendientes rivales que aparecen a cada paso.

¿Qué tiene de malo querer besar a algunos hombres guapos?
Margaret Blackwood sabe que el conde tiene talentos de sobra. Ella ha decidido que él es su hombre, si solo unos pocos asuntos menores no se interponen en su camino, como sus dos escayolas, una ceja a medio perder y una "otra" mujer prácticamente perfecta.

Dependencia del opio y una red de mentiras. . .

Cuando Maggie descubre la dependencia al opio del conde, puede que tenga que admitir la derrota y regresar a los salones de baile de Mayfair y sus muchos admiradores. ¿Escogerá lord Herido el maravilloso alivio del láudano o la impredecible pasión de la deslumbrante Miss Blackwood?

Información sobre la autora

Autora de éxitos de ventas en *USA Today* Sydney Jane Baily escribe novelas románticas históricas ambientadas en la Inglaterra victoriana y de la Regencia. Ella cree en historias de felices para siempre con personajes atractivos y atención a los detalles de la época.

Nacida y criada en California, ahora vive en Nueva Inglaterra con su familia.

En su sitio web, SydneyJaneBaily.com, puede obtener más información sobre sus libros, leer su blog, suscribirse a su boletín (y obtener un libro gratis) y ponerse en contacto con ella. Le encanta escuchar a sus lectores.